SCIENCE FICTION

BERND KREIMEIER

SETERRA 1

Die Trägheit der Masse

Originalausgabe

Wilhelm Goldmann Verlag

Rißzeichnungen: Christoph Anczykowski

Innenillustrationen: Gerd Striepecke

Made in Germany · 1/86 · 1. Auflage
© der Originalausgabe 1986
by Wilhelm Goldmann Verlag, München
Umschlagentwurf: Design Team München
Umschlagillustration: Reiner Wendlinger
Satz: IBV Satz- und Datentechnik GmbH, Berlin
Druck: Elsnerdruck, Berlin
Verlagsnummer: 23480
Lektorat: Theodor Singer / Peter Wilfert
Herstellung: Peter Papenbrok
ISBN 3-442-23480-8

IDENTITAETEN/FUNKTIONEN

Bran McLelan	(milit/ops)	Kommando/Kontrolle
Lana Seran	(milit/ops)	Kommando/Operationen
Algert Stenvar	(zivil/tech)	Computer/Kommunikation
Aaram Cerner	(milit/tech)	Hauptantrieb/Fusion
Marge Northon	(milit/tech)	Magnet-Systeme/Supratemp
Alan Tharin	(milit/tech)	Fission/Supratemp-Leiter
Greg Vylis	(milit/tech)	Laser/Plasma
Elena Dabrin	(zivil/tech)	Fusion/Plasma
Ann Whelles	(zivil/tech)	Tank/Pump/Ventil
Chris Morand	(zivil/tech)	Lebenserhaltung/Kommunikation
Wylam Gathen	(zivil/tech)	Telemetrie/Servosysteme
Lars Severn	(zivil/tech)	Sensoren/Systemanalyse
Yreen Valier	(zivil/ops)	Logistik/Planung
Van Kilroy	(milit/ops)	Sicherheit/Kontrolle
Frencis Caryle	(milit/ops)	EVA/Bodeneinsatz
Cal Vaurec	(milit/ops)	EVA/Bodeneinsatz
Sarah Lerande	(milit/ops)	EVA/Bodeneinsatz
Derek McCray	(zivil/scie)	Innere Medizin/Hibernation
Harl Calins	(zivil/scie)	Chirurgie/Hibernation
Alys Marden	(zivil/scie)	Beobachtung/Astrophysik
Rianna Moreau	(milit/scie)	Anorg. Chemie/Radiochemie
Hela Garlan	(zivil/scie)	Biochemie/Molekularbiologie
Ron Ahera	(zivil/scie)	Anatomie/Ökologie

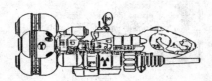

SILENT GUARD SEQUENZ REPLAY
START WIEDERGABE

INITIALPHASE ERREICHT
ANTRIEB GESCHALTET
SCHALTUNG COMPROGRAMMIERT
SYSTEMZUSTAND AUSREICHEND
GESAMTSYSTEM AKTIVIERT

T MINUS SIEBZEHN SEKUNDEN

»Magnetsysteme GO, Belastung siebzig Prozent, steigend.«

Relaissysteme arbeiten, Kontrollichter flammen auf. Schwere Datenspeicher-Magnettrommeln rotieren träge unter glasklaren Plastikscheiben, auf Computersichtgeräten flackern Ziffernkolonnen auf und verlöschen wieder.

T MINUS SECHZEHN SEKUNDEN

»Außentanks auf INTERN-CONTROL, Liqhyd-Pipeline frei, Pumpsysteme aktiv, MAG-Transportröhren in Bereitschaft.«

Eiskalter, flüssiger Wasserstoff, vermengt mit Heliumspuren und anderen Substanzen, fließt in gepanzerte, geschützte Rohrsysteme, von klobigen, großen Pumpturbinen aus gigantischen, halbleeren Drucktanks gesaugt und in das stählerne Adernetz gedrückt.

T MINUS FUENFZEHN SEKUNDEN

»EDM-Lasersystem in passiver Bereitschaft, LAS-Prozeß in Phase A. Energietransfer auf Trägergas hat begonnen.«

In gewaltigen Gasentladungs-Lasern werden Myriaden angeregter Gasatome in die Vorkammern gepumpt, aus den CON-Speicherblocks strömen Energien, die jahrelang in ihnen geruht hatten.

T MINUS VIERZEHN SEKUNDEN

»Extern-Magnetsystem Brennkammerglocke gelb, EM-Netz gekoppelt. Feldstärke nimmt zu.«

Massive Magneten aus großen Metallblocks, mit flüssigem Helium auf tiefste Temperaturen gekühlt, erzeugen unüberwindliche Felder, als durch die armdicken, eisigen Supraleitkabel Strom zu fließen beginnt.

T MINUS DREIZEHN SEKUNDEN

»Computerprogramm PHASE II läuft planmäßig. Wir haben Noret-Point. Abbruch nicht mehr möglich, Verzögerung eingeleitet.«

Die zahllosen Schaltkreise, Mikroprozessoren und Datenspeicher, nur scheinbar erstarrt, erwachen mit einem Schlag aus ihrem monatelangen Schlaf. Elektronen fließen wie Blutzellen in den metallenen Spinnennetzen, die den kathedralenhaften Stahlleib durchziehen. Grelle Lichter vertreiben die Finsternis, welche die niedrigen Kavernen und verlassenen Kontrollräume beherrschte. Der leise, flüsternde Gesang der kristallenen Nerven kriecht durch die Räume.

T MINUS ZWOELF SEKUNDEN

»FIS-Reaktoren auf Vollast, Energiespeicher erreichen Sollwert.«

In der langen Nacht, die in den Reaktorzellen herrscht, glüht geisterhaftes, tödliches Licht auf, als die Abschaltstäbe mit einer gleichmäßigen, mechanischen Bewegung von verhalten zitternden Motoren aus dem Reaktor-Core gezogen werden. Das Natrium erwärmt sich, glühendes Metall strömt wie Lava zu den mächtigen Wärmeaustauschern, während unsichtbare Strahlenschauer auf meterdicke Abschirmungen prallen.

T MINUS ELF SEKUNDEN

»Hauptreaktor zündet… jetzt. STELLAREAKTOR-System zeigt Grünwerte.«

In einer stählernen Kammer, deren Metallpanzer mit Flüssigwasserstoff auf frostige Kälte gekühlt wird, bäumen sich die nicht sichtbaren Finger der Magnetfelder auf, als aus den transparenten Zellen des Laserringes eine Reihe blendender, sonnenheißer Blitze bricht und ein Staubkorn aus Lithium zu einem grellen Stern wird.

T MINUS ZEHN SEKUNDEN

»Wir haben T zehn. Energie steht, Computer gibt Grün, Programm läuft.«

Der Injektorblock richtet sich aus, sensible Motoren bewegen die tonnenschwere Druckkammer und verändern ihre Lage in der kardanischen Aufhängung um Bruchteile eines Millimeters. Flüssiger Wasserstoff strömt durch Spezialventile und gelangt in die Eruptionskammer. Ringmagneten beginnen, tödliche Felder aufzubauen, deren eiserner Griff die Flüssigkeit gegen die Irissperre preßt, hinter der das Vakuum liegt.

T MINUS NEUN SEKUNDEN

»Brennkammerfeld wird aufgebaut. S-MAG-Systeme grün, Kontakte geschlossen für Glockensektion.«

In den supraleitenden Metallmassen der Magnete, die den Brenn«

kammermantel umgeben, bewegen sich unzählige Elektronen. Geräuschlos entstehen immer mächtigere Magnetfelder in dem lichtlosen Gewölbe der titanischen Brennkammer-Glocke. Der feine Gasschleier, der in ihr hing, glüht auf und entweicht aus der düsteren Brennkammer-Höhle, sichtbar nur für die überall in das Wabengitter des Glockenmantels eingelassenen empfindlichen Sensoren und Scanner.

T MINUS ACHT SEKUNDEN

»BT-MAG-System erreicht Sollwert, M-Felder in Reaktions- und Entspannungsbereich stabil.«

Rote Lichter leuchten auf, auf Datensichtgeräten verhalten Kolonnen; Warnsymbole erscheinen.

»Injektor-Magnetsysteme außerhalb der Toleranz, Feldstärke schwankend. Reservesysteme?«

T MINUS SIEBEN SEKUNDEN

»Reservesysteme laufen.«

Weitere Schaltkreise erwachen, Supraleit-Kabel werden eingeschaltet, durch Glasfasern zucken Irrlichter.

»INJEC-MAG instabil. R-Systeme aktiv. Der Computer befürchtet MHD-Instabilität des Plasmas.«

T MINUS SECHS SEKUNDEN

»Programm läuft. Abbruch nicht möglich.«

Die Magnetfelder des Injektorsystems erreichen ihren Maximalwert, die Rotationspumpen kühlen den Flüssigwasserstoff im Zuleitungssystem. Die Außenschotts und Meteorschilde des Irisventils klappen auf.

»Instabilität nimmt zu. Bei Fluktuationen ist Kontakt mit der Kammerpanzerung möglich.«

T MINUS FUENF SEKUNDEN

»Wir haben T fünf. Das Programm läuft. Energie okay, Stützmasse okay, Laser grün.«

»Was ist mit den Feldern?«

»INJEC-MAG rot.«

Die Zellen der Laser werden transparent, die Ventile zu den Entladungsröhren entsichert.

T MINUS VIER SEKUNDEN

»Feldabweichung innerhalb der Toleranz.«

»Grün?«

»Der Computer hält Rot. Belastungsrisiko bei Reaktion.«

Die Außeniris des Injektorkanals öffnet sich, die Stahlblenden der Laser werden eingezogen.

»Programm läuft.«

T MINUS DREI SEKUNDEN

»INJEC-MAG gelb. Instabilität scheint behoben auf Reservesystem. TKD-Überbrückung, Zweitkanal.«

»Gelb?«

T MINUS ZWEI SEKUNDEN

»Gelb.«

T MINUS EINE SEKUNDE

»Rot für Haupttriebwerk.«

»Programm läuft.«

ZERO-POINT

»GO.«

Die zerbrechlich wirkende Irisblende mit den rasiermesserscharfen Metallkanten bricht auf. Ein mächtiger Strahl flüssigen Wasserstoffs jagt ins Leere. Aus siebzig starren Augen schlagen helle, gerade Lichtblitze in die Flüssigkeit, die in einem grellen, weißglühenden Stern explodiert. Aus der finsteren Triebwerkshöhle steigt eine lodernde Eruption heraus, jagen glühende Gasmasssen, von unbezwingbaren Magnetfeldern vorangepeitscht, in das Vakuum und die Kälte hinaus. Eine Flammensäule wächst aus der Brennkammer, breitet sich aus und wird zu einem wabernden Feuernebel.

Dann fällt sie wieder in sich zusammen. Aus dem stetigen Ausbruch wird ein wilder, ungezähmter Brandvulkan, als das Feuer der Atomkerne erlischt und dann wieder aufflammt. Ein Glutfinger greift durch die zusammenbrechenden Magnetfelder, streicht über die massive, eiskalte Stahlpanzerung der Brennkammer, die in weißglühendes, flüssiges Metall zerfällt.

ALARM

Rote Lichter flammen dutzendweise auf, während die entfesselte Sonne gegen die geisterhaften Finger kämpft, die sie gefangen halten.

SAVE-PROGRAMM AKTIV – ABBRUCH DER ZÜNDUNG

Der eisige Rachen, aus dem, einem unruhigen Geysir gleich, flüssiges Deuterium quillt, wird von den Irisblättern geschlossen. Die grelle, vernichtende Flamme, ihrer Nahrung beraubt, flackert, verblaßt und erlischt. Das Spinnennetz aus Lichtblitzen zerfällt, als die Laser abgeschaltet werden. Die glühenden Nebelschleier im Zwielicht der Brennkammer werden von den ersterbenden Magnetfeldern vertrieben, dann dringt wieder das Licht der Sterne in die Brennkammer-glocke.

```
ZUENDUNG ABGEBROCHEN BEI T PLUS 1.2 SEKUNDEN
COUNTDOWN-SICHERHEITSFRIST ZEHN SYSTEMTAGE
COUNTDOWN ENDING TIME
CET 09.23.59.38
```

»Verdammter Mist.«

CET 09.23.07.59

DATA REPLAY

CODE: MEARCH

KENNZIFFER: 03001

PROGRAMM: SCHADENSKONTROLLE – UEBERBLICK

START WIEDERGABE

ANLASS: FEHLGESCHLAGENER ZUENDUNGSVERSUCH HAUPT-TRIEBWERK

URSACHE: INSTABILITAET DER MAGNETFELDER DES INJEKTOR-SYSTEMS
FOLGEN: TEMPORAERE MHD-INSTABILITAETEN UND MOEGLICHER PLASMAKONTAKT MIT BRENNKAMMERWAND-MATERIAL
SCHAEDEN: VERMUTLICH BESCHAEDIGUNGEN ERSTEN GRADES AM WABENGITTER DER BRENNKAMMER UND AM PANZERMA-TERIAL – EVENTUELL REPARABEL
VERMUTLICH LEICHTE BESCHAEDIGUNGEN DER MAGNETEN DES REAKTIONSRAUMS-FELDSYSTEMS – REPARABEL
VERMUTLICH LEICHTE BESCHAEDIGUNGEN DES INJEKTOR-SYSTEMS – REPARABEL
VORRANGIG ZU BEHEBEN: DEFEKTE DES INJEKTORSYSTEMS, DIE ZUR INJEC-MAG-FELDINSTABILITAET FUEHRTEN
BESEITIGUNG: DES DEFEKTES MOEGLICHERWEISE IN DER ZUR VERFUEGUNG STEHENDEN ZEIT MIT BORDMITTELN NICHT DURCHFUEHRBAR
SCHADENSEINSTUFUNG: UNTER BERUECKSICHTIGUNG DER BORD-SITUATION UND DER FOLGEN EINER UEBERSCHREITUNG DER TOLERANZZEIT DES VERZOEGERUNGSPROGRAMMS PHASE II IST DER SCHADEN AM HAUPTTRIEBWERK ALS GE-FAEHRLICH FUER MISSION, SCHIFF UND BESATZUNG EINZU-STUFEN

FOLGERUNGEN: SOFORTIGE BESEITIGUNG DER ENTSTANDENEN
SCHAEDEN UND DER ALS URSACHE IN FRAGE KOMMENDEN
DEFEKTE UNUMGAENGLICH
SICHERHEITSFRIST: NACH PROGRAMM VERZOEGERUNGS-PHASE II
ZEHN TAGE

ENDE WIEDERGABE

CET 09.22.32.17

Die Hauptzentrale, von der aus der Antrieb kontrolliert wurde, lag am Bugtrichter, nahe dem Kommandokomplex, in dem auch der Kernteil des Computers untergebracht war. Sie war nicht besonders groß, da sie lediglich zur Überwachung automatisch ablaufender Programme verwendet wurde. Eine manuelle Steuerung des Triebwerks war nur von einem Kontrollraum im Heck aus möglich, aber dieser war augenblicklich nicht bemannt, da die Besatzung der SETERRA gleichfalls nicht mehr besonders groß war.

In der Mitte des Raumes stand die sechseckige Säule eines Computersegments für Berechnungen mit Extremgeschwindigkeiten, auf dem breiten Sockel montiert, der die Kühlaggregate verbarg. Um den Computer herum zog sich ein Ring aus zwölf Kontrollpulten, auf dessen Außenseite sich fest montierte Metallsessel befanden, spartanisch wirkende Stangengerüste ohne jede Verkleidung. Ein weiterer Ring mit zwölf Datensichtgeräten, kleineren Außenterminals des Computers, befand sich auf der Innenseite. In den Metallsesseln hatten sich zwölf Männer und Frauen angegurtet, etwa die Hälfte der Besatzungsmitglieder, die noch am Leben waren.

Mit einem letzten Blick auf den Bildschirm lehnte sich Bran McLelan zurück und schaltete sein Terminal ab. Der Kommandant der Kernbesatzung war ein mittelgroßer, ehemals kräftiger Mann, dessen widerspenstiges, schwarzes Haar bereits ergraute. Seine Gestalt war aufrecht, aber von beginnendem Verfall gezeichnet, sein Gesicht wirkte fast ausgezehrt, und seine blaßblauen Augen musterten düster den sich verdunkelnden Bildschirm. Wie bei allen Anwesenden erschien seine Haut bleich und faltig im sterilen Licht der Leuchtröhren, und seine Augen tränten trotz der schwachen Beleuchtung.

»Okay«, sagte er nach einiger Zeit. »Die Fakten stehen fest. Marge?«

Die Technikerin Marge Northon, die ihm gegenübersaß, runzelte die Stirn. Sie wirkte zierlich, aber sie war genausowenig zerbrechlich wie es eine Stahlstrebe gewesen wäre. Der zerknitterte Stoff ihres Coveralls, das hellbraune, drahtähnliche Haar und die feinnervigen Finger, alles an ihr wirkte wie in einem Feuer gehärtet. Sie lächelte bitter.

»Ja, die Fakten stehen in der Tat fest. Wir wissen, daß die Zündung nach cirka eineinhalb Sekunden abgebrochen werden mußte, weil die magnetischen Felder in der Brennkammer nicht stabil genug waren, um dem Plasmadruck widerstehen zu können. Es kam zu einer Berührung des heißen Gases mit der Reaktionskammer-Wand. Das sind die Fakten, die wir kennen.« Sie warf McLelan einen spöttischen Blick zu. »Aber viel wichtiger ist, was wir nicht wissen: Wie groß sind die Schäden? Können wir sie beheben? Und vor allem: Was war die Ursache für die verdammte Instabilität?«

»Genau.« Die neben ihr sitzende, hochgewachsene Fusionstechnikerin faltete einige Computerausdrucke zusammen. Elena Dabrin hatte blaßblondes Haar und eine helle Haut, ihre ehemals schlanke Figur wirkte schmal, ihr Gesicht blutleer.

»Mit einer unkontrollierten Plasmareaktion sind praktisch alle Schäden denkbar. Mit Sicherheit ist die Panzerung beschädigt, vielleicht sogar das Magnetsystem. Wenn die Schäden irreparabel sind, haben wir weitere Zusammenbrüche der Magnetfelder zu befürchten, sobald wir das Triebwerk wieder in Betrieb nehmen.«

Northon nickte. »Und falls wir den Defekt im Injektor nicht beseitigen können, wird das Triebwerk ohnehin nicht mehr arbeiten.«

Sie schwiegen einen Augenblick. Alan Tharin, der hagere Reaktorspezialist, machte eine fahrige Geste und fragte: »Was bedeutet das konkret?« Er sah den Kommandanten an. »Ich kann mir die Folgen ungefähr vorstellen, aber wieviel Zeit haben wir genau?«

McLelan sah den Mann an, der links neben ihm saß. Algert Stenvar bewegte seine breiten Schultern in der formlosen, fleckigen Jacke und rieb sich mit der linken Hand das Kinn, auf dem zahllose Bartstoppeln sich anschickten, einen unregelmäßigen Bart zu bilden. »Al?«

Stenvar seufzte und betätigte eine Eingabe-Tastatur. Dann wartete der Computer-Operator einen Augenblick und sagte schließlich: »Diese Frage ist nicht ganz einfach zu beantworten. Zunächst haben wir zehn Tage. Das ist die im Programm enthaltene Sicherheitsfrist.« Er strich sich das halblange, sandfarbene Haar aus der Stirn und musterte den Bildschirm. »Wenn wir die Sache mit den geringsten Risiken in den Griff bekommen wollen, muß das Triebwerk in zehn Tagen einsatzfähig sein.« Seine grauen Augen lösten sich von den Zahlenreihen und warfen Tharin einen nachdenklichen Blick zu. »Sollte der Ausfall länger als zehn Tage dauern, müssen wir anschließend mehr Stützmasse umsetzen, um planmäßig unsere Geschwindigkeit herabzusetzen. Das bedeutet, daß das ohnehin angeschlagene Triebwerk stärker belastet wird.« Er tippte einige Angaben ein. »Nehmen wir an, wir überziehen die Sicherheitsfrist um weitere zehn Tage. Sollten wir das Haupttriebwerk in – von morgen an gerechnet – zwanzig Tagen zünden, würden wir nicht mehr mit einer G-Einheit, also zehn Metern pro Sekundenquadrat, verzögern, sondern mit mehr als dreizehn Metern pro Sekundenquadrat. In dreißig Tagen wären es bereits zwei G.«

»Und?« fragte Wylam Gathen, der Experte für Telemetrie- und Kontrollmechanismen. Die Stimme des dunkelblonden, hartgesichtigen Mannes klang ungeduldig.

»Ich weiß es nicht sicher, aber im Zweifelsfalle können wir uns von Derek oder Harl die genauen Daten geben lassen. Auch ohne medizinische Ausbildung aber weiß ich, daß der Mensch unter normalen Umständen eine Andruck-Belastung von bis zu drei G über einige Zeit hin überleben kann. Unter normalen Umständen.« Er grinste gezwungen. »Unsere Verfassung dagegen ist miserabel, und selbst in den Andruckliegen wären wir nicht in der Lage, mehr als… nun, ich schätze, eineinhalb G dreißig Tage lang auszuhalten. Und etwa dreißig Tage lang muß das Triebwerk in Betrieb sein, wenn wir mit eineinhalb G verzögern. Mehr halten wir nicht aus. Unsere Muskeln und Skelettknochen sind noch immer geschwächt von dem unvermeidlichen Abbau während der Hiber-Zeiten, vor allem aber durch die Schwerelosigkeit. Die schwache Rotations-Schwerkraft hat unseren körperlichen Verfall nicht verhindern können, und seit fünf Monaten haben wir nicht einmal mehr die.«

»Wir könnten in die Sarkophage gehen«, meinte Ann Whelles, die Hand auf einen Verband auf ihrem linken Oberarm legend, unter dem sich die halb verheilte Narbe einer Tieftemperatur-Verbrennung befand.

»Riskant, aber möglich.« Stenvar nickte ihr zu. »Weitaus schwerwiegender ist der katastrophale Zustand des Schiffes. Die Zelle der SE-TERRA ist für eine Beschleunigung von einem G ausgelegt. Als wir starteten, wäre sie vielleicht noch bis einskommazwei G belastbar gewesen, auf dem Papier zumindest. Aber das galt nur für den ursprünglichen Entwurf. Wir alle wissen, wieviel davon geändert wurde.« Er lachte trocken. »Außerdem sind derartige Berechnungen sowieso nur vergeudete Zeit.« Er sah achselzuckend auf das Datensichtgerät. »Die Korrosions- und Meteoritenschäden, die Alterungsprozesse und Dekompressionszerstörungen eingerechnet, schätzt der Computer, daß wir bereits mit einskommaeins G große Risiken eingehen würden. Bei einskommazwei G sind große Segmente der Schiffszelle in Gefahr, und bei einskommadrei – das entspricht einer Zeitspanne von zwanzig Tagen – haben wir mit Explosionen, Gasverlusten und Strukturschäden zu rechnen, die uns den Rest geben würden. Versuchen könnten wir es dann aber immer noch.«

Tharin nickte. »Verstanden. Was ist die oberste Grenze? Theoretisch, meine ich.«

»Dreißig Tage Aufschub«, antwortete Aaram Cerner, ein grauhaariger, früher einmal stämmiger Techniker, der sich auf Ramjet-Systeme, wie den Antrieb der SETERRA, spezialisiert hatte. Er war der einzige, der noch älter als McLelan war, ein eigentlich ruhiger, gelassener Mann, den die vergangene Zeit aber ebenso zermürbt hatte wie die anderen.

»Dreißig Tage Aufschub«, wiederholte er. »Wenn wir die zehn Tage Sicherheitsfrist und weitere zwanzig Tage benötigen, um die Reparatur durchzuführen, haben wir alle Reserven ausgeschöpft. In dreißig Tagen ist der letzte Zeitpunkt, an dem es noch einen Sinn hat, das Triebwerk zu zünden.«

Er warf Tharin einen Blick zu, ehe er mit der Erklärung fortfuhr. »Das Triebwerk muß mehr Stützmasse umsetzen, wenn wir stärker verzögern wollen. Bei einem G sind es mehr als vierhunderttausend Kilogramm pro Sekunde, die durch den Injektor strömen. Diese Menge läßt sich maximal auf das Zweifache steigern, also zwei G. Mehr schafft der Injektor nicht, vom Triebwerk einmal ganz abgesehen. Außerdem steigt mit jedem zusätzlichen Kilogramm über der Normmenge die Gefahr, daß die Magnetfelder zusammenbrechen. So oder so: Dreißig Tage sind das Äußerste.«

Der Reaktortechniker nickte. »Und zehn Tage haben wir, ohne das Risiko zu vergrößern. Was ist, wenn wir es nicht schaffen?«

Stenvar verzog das Gesicht. »Falls wir es in dreißig Tagen nicht geschafft haben sollten, das Triebwerk zu reparieren, brauchen wir es eigentlich nicht mehr weiter zu versuchen. Es ist dann egal, ob wir es später oder überhaupt nicht aktivieren.

Bei unserem Eintritt in das System wird die Geschwindigkeit der SETERRA größer als die Fluchtgeschwindigkeit sein. Zu groß also. Wir werden eine Hyperbelbahn um das Zentralgestirn beschreiben und das System dann wieder verlassen, in den interstellaren Raum. Ins Nichts.«

Sie sahen einander an. Auf den Gesichtern, bleich geworden unter der jahrelangen Einwirkung von weißem Neonlicht, lag der Ausdruck der Erschöpfung, der sie seit Monaten begleitete, seit sie erneut aus den Hibernat-Sarkophagen gestiegen waren. Der Jahrzehnte währende Frosterschlaf bei Temperaturen nahe dem Nullpunkt zehrte an Körper und Geist gleichermaßen, aber vor allem der Körper litt bei den gefährlichen Tau-Vorgängen. Ihre Muskeln waren träge und kraftlos, ihr Herzschlag unregelmäßig, sie brauchten viel Schlaf und träumten schlecht, ihr Gedächtnis war unzuverlässig, selbst die einfachsten Gedankengänge fielen schwer. Entkräftet, ausgelaugt, hager und abgemagert, unter Drogen und Metabolika gesetzt, nicht fähig, sich lange Zeit zu konzentrieren oder ihren zitternden Fingern ihren Willen aufzuzwingen, standen sie einer übermächtig wirkenden Gefahr gegenüber, die sie mit dem endgültigen, lange hinausgezögerten Untergang bedrohte.

»Was hat der Schubstoß überhaupt bewirkt?« fragte Whelles nüchtern.

»Praktisch nichts«, antwortete Stenvar nach einem Blick auf sein Datensichtgerät. »Eineinhalb Sekunden Schub bedeuten, daß sich unsere Geschwindigkeit nur um einen Bruchteil verringert hat. Für seitliche Abweichungen und andere Bahnveränderungen, Drehungseffekte, Schwingungen in der Schiffszelle oder andere gefährliche Vorgänge war die Zeitspanne zu gering.«

»Okay«, sagte McLelan schließlich. »Wir müssen das Triebwerk reparieren, wenn möglich, binnen zehn Tagen, spätestens in dreißig Tagen.«

»Vor allem den Injektor«, warf Dabrin ein. »Und ich glaube, daß zehn Tage wirklich das Äußerste sind. Der Computer mag das anders sehen, aber er ist nur so gut wie die Daten, die er bekommen hat.«

»Ja.« Der Kommandant überlegte. »Wir müssen auf jeden Fall eine Arbeitsgruppe in den Heckbereich schicken. Zu dieser Gruppe gehören mindestens Elena, Alan und Marge.« Er sah Greg Vylis an, einen asketisch wirkenden, schwarzhaarigen Mann, der die Brusttaschen seiner verknitterten, löchrigen Jacke mit einigen Farbstiften und einem großen Handcomputer gefüllt hatte. Wann immer einer der Stifte ausgelaufen war, hatte er einen gleichmäßigen, großen Farbfleck in dem ehemals weißen Stoff hinterlassen. »Greg, ich glaube, es ist besser, gleichzeitig mit dem Check des Injektors auch die Lasersysteme zu überprüfen.«

»Möglicherweise sind einige der Kerr-Austrittszellen beschädigt worden«, warf Cerner ein.

Vylis nickte schweigend.

»Okay«, fuhr McLelan fort. »Aaram, Sie werden selbstverständlich mitgehen. Wylam?«

Gathen antwortete mit einem unwilligen Achselzucken. »Ich denke, es bleibt sich gleich, ob ich im Heck oder in der Bugsektion krepiere, aber ich sehe nicht recht ein, weshalb ich in den letzten Wochen meines Lebens bis zum Zusammenbruch arbeiten sollte«, erklärte er mit ätzender Stimme. »Wir haben im Grunde keine Möglichkeit, dieses elende Wrack wieder manövrierfähig zu machen.«

»Willst du aufgeben?« fragte Tharin erregt und sah den Telemetrie-Experten aufgebracht an. »Gibst du dich geschlagen?«

Gathen lachte sarkastisch. »Ich bin ganz einfach realistisch, nicht wirklichkeitsfremd. Finde dich mit den Fakten ab, Alan.«

Der Reaktortechniker schüttelte zornig den Kopf. »Wenn dir nichts Besseres einfällt als Endzeitprognosen, dann behalt sie wenigstens für dich, statt uns mit deiner Untergangsstimmung anzustecken.«

»Ich sage, was ich denke«, erklärte der Telemetrie-Experte heftig. »Wenn ihr mich daran hindern wollt, müßt ihr mich schon in eine Außenschleuse stecken.«

»Wahrscheinlich wird es dir nicht schwerfallen, allein den Weg dahin zu finden, da wir deiner Meinung nach in jedem Falle scheitern werden«, unterbrach Marge Northon mit gefährlich leiser Stimme den Streit. Tharin, der zu einer Erwiderung angesetzt hatte, brach ab und drückte sich wieder in seinen Metallsessel zurück. Der Telemetrie-Experte bemerkte den warnenden Blick des Kommandanten und bemühte sich, Northons herausforderndes Lächeln nicht zu beachten. Er streifte Tharin mit einem bösartigen Seitenblick und nickte dann.

»Meinetwegen, ich werde die Gruppe begleiten. Anscheinend möchte man meine Gegenwart nicht missen.«

Keiner reagierte, und McLelan musterte schweigend diejenigen, die bisher zum Reparaturtrupp gehörten.

»Ich nehme an, daß ich auch gebraucht werde«, meldete sich Ann Whelles schließlich. »Der Schaden gehört in meinen Fachbereich, wenn er im Ventil- und Leitungssystem liegen sollte.«

»Und der Arm?« fragte McLelan und wies auf den Verband. »Es wird keinesfalls einfach werden, auch nur ins Heck vorzustoßen.«

»Es wird schon gehen«, antwortete sie schlicht. »Es muß wohl.«

»Ja«, meinte er resigniert. »Lars?«

»Ich weiß nicht, ob meine Vermutungen zutreffen«, meinte Lars Se-

19

vern, der zurückhaltende Sensor-Techniker, vorsichtig, »aber vielleicht liegt der Fehler im Regelkreis-System der Magneten. Und die Sensoranlagen der Brennkammer dürften jetzt sowieso ausgebrannt sein.«

Der Kommandant nickte zustimmend. »Damit wärt ihr acht. Al, ich brauche Sie hier am Hauptcomputer.« Stenvar nickte, und McLelan wandte sich einer mittelgroßen, ein wenig zerstreut wirkenden Frau zu, die rechts neben ihm saß und nachdenklich auf ihr Datensichtgerät blickte. »Yreen?«

»Ich bleibe am Computer«, erwiderte sie gedankenverloren und blickte dann Ann Whelles und Marge Northon an. »Laut Daten haben wir genug Ersatzteile auf Lager, um sieben der zehn Segmente des Injektors komplett auszutauschen. Aber den Kernblock können wir weder reparieren noch ersetzen, und bei den Magnetzellen sieht es ähnlich aus. Ich werde sehen, was sich machen läßt, aber erfahrungsgemäß ist ein Teil der Ersatzteile mit der Zeit unbrauchbar geworden, und die gespeicherten Zahlen stimmen mit der Wirklichkeit selten überein.«

»Das führt uns zu einem weiteren Problem«, hakte McLelan ein. »In welchen Depots liegen die Ersatzteile?«

»Kein Problem«, entgegnete Yreen Valier trocken. »Allesamt sind es Heckdepots oder zumindest Ersatzteillager im hinteren Bereich der Schiffszelle. Schwierig ist nur der Transport ganzer Magnetzellen, falls der Austausch einiger Segmente im Brennkammer-Wabengitter nötig sein sollte. Die Bauteile haben eine träge Masse von etwa zehntausend Kilogramm.«

Marge Northon fluchte leise in sich hinein. »In welcher Ebene liegen die Depots?«

Valier betätigte die Eingabetastatur des Computers. »Achsenlager«, gab sie dann Bescheid. »Nah dran jedenfalls. Aber es gibt Korridore zum Heckhangar und vielleicht sogar Transportbahnen.«

»Also gut«, unterbrach sie McLelan. »Die Einzelheiten klären wir noch, desgleichen den Zeitplan. Die Gruppe umfaßt jetzt acht Mitglieder. Soll Seran oder einer der beiden Ärzte euch begleiten?«

Cerner schüttelte den Kopf. »Nein«, entschied er nach kurzem Überlegen. »Wir haben keine Möglichkeiten, sie im Heck unterzubringen, und da es dort keine Medic-Zentrale gibt, würden Harl und Derek ohnehin nur Erste Hilfe leisten können wie wir auch. Proviant und eventuelle Sauerstoffvorräte kommen noch hinzu. Wir haben keine Ahnung, wie es im Heckbereich aussieht, oder?«

McLelan nickte.

Tharin hob den Kopf und blickte nervös zu ihm hinüber. »Wie sollen wir denn ins Heck vorstoßen?« fragte er. »Mit BULLOCK-Schleppern?«

Gathen warf ihm einen verächtlichen Seitenblick zu, und der Kommandant schüttelte den Kopf. »Wer weiß, was mit dem Heckhangar und den Dockstationen passiert ist. Der Computer macht widersprüchliche Angaben darüber, aber sie sind mit Sicherheit beschädigt. Außerdem haben wir nicht genug Fahrzeuge hier im Bughangar, um die gesamte Gruppe hinunterzuschaffen.« Er sah Cerner an. »Ihr müßt einen der drei Hauptschächte benutzen, entlang der Deuterium-Pipeline. Wenn sie nicht blockiert sind.«

»Das klingt ja vielversprechend«, stellte Northon fest und bemerkte, daß sich McLelans Aufmerksamkeit dem vor ihm befindlichen Sichtschirm zugewandt hatte. Sie registrierte flüchtig, daß es dafür keinen wichtigen Grund zu geben schien, und sie konnte auch nicht erkennen, weshalb er gestutzt hatte.

»Die Schächte sind doch nur streckenweise mit Helox-Gemisch gefüllt, oder?« fragte sie dann und sah Stenvar an.

»Sie sind an einigen Stellen leck«, bestätigte er und beobachtete verständnislos, wie der Kommandant die Schiffsskizze auf seinem Sichtschirm, in der die drei Hauptschächte hell markiert waren, senkrecht stellte und sie mit versteinertem Gesicht betrachtete, angespannt, als wäre ihm ein beunruhigender Gedanke gekommen. Stenvar schüttelte unmerklich den Kopf und sah Northon an.

»Auch haben wir im Bereich der Mittelsektion eine nicht unerhebliche radioaktive Verseuchung festgestellt«, fuhr er fort. »Aber sie sind trotzdem der sicherste Weg in den Heckbereich. Und zurück.«

McLelan sah abrupt auf und unterbrach ihn. »Über den Rückweg können wir uns Gedanken machen, wenn das Triebwerk repariert ist«, sagte er scharf, schaltete sein Sichtgerät ab und stand auf. »In einer Viertelstunde sollte die Gruppe im Hauptschacht sein«, erklärte er, als er den Raum verließ.

Lana Seran, die hagere Vize-Kommandantin, die bisher geschwiegen hatte, sah ihm mit hochgezogenen Augenbrauen nach und wechselte mit Cerner und Dabrin einen verständnislosen Blick.

»Wenn ich mich recht erinnere, ziehen sich die Hauptschächte gerade durch die gesamte Schiffszelle«, beendete der grauhaarige Ramjet-Experte das Schweigen. »Wie lang sind sie genau?«

Algert Stenvar, der sich ebenfalls erhob, musterte Cerner. »Die Länge?« Er dachte einen Augenblick nach. »Die Hauptschächte erstrecken sich innerhalb der Schiffszelle mehr als zehn Kilometer weit.«

CET 09.22.01.40

DATA REPLAY

CODE: SITUARCH

KENNZIFFER: 02002

PROGRAMM: SITUATIONSANALYSE – UEBERBLICK

START WIEDERGABE

SCHIFFSZUSTAND: ALLGEMEINE UEBERSICHT
FUNKTIONSFAEHIGE PRIMAERSYSTEME UND HAUPTSY-
STEME 34 PROZENT
FUNKTIONSFAEHIGE SEKUNDAERSYSTEME 72 PROZENT
FUNKTIONSFAEHIGE RESERVESYSTEME 87 PROZENT
SCHIFFSSYSTEME INSGESAMT:
BELASTETE SYSTEME 69 PROZENT
FUNKTIONSFAEHIGE SYSTEME 74 PROZENT
TOTALAUSFAELLE IN 49 VON 420 AUSSENSEKTOREN
TOTALAUSFAELLE IN 21 VON 420 KERNSEKTOREN
TOTALAUSFAELLE IN 13 VON 3900 HIBER-KAMMERN
REGISTRIERTE ORGANISCHE AUSFAELLE 302
TREIBSTOFF- UND STUETZMASSERESERVEN AUSREICHEND
TRIEBWERK NICHT FUNKTIONSFAEHIG
ENERGIERESERVEN AUSREICHEND
REAKTORSYSTEME FUNKTIONSFAEHIG
COMPUTERSYSTEME FUNKTIONSFAEHIG
KONTROLLSYSTEME IM ALLGEMEINEN FUNKTIONSFAEHIG
SCHIFFSZUSTAND: AUSREICHEND BIS GEFAEHRLICH SCHLECHT
BESATZUNGSZUSTAND: ALLGEMEINE UEBERSICHT
REGISTRIERTE ORGANISCHE AUSFAELLE 27
UEBERLEBENDE DER KERNBESATZUNG 23
VOLL EINSATZFAEHIG 0
BEDINGT EINSATZFAEHIG 23
BESATZUNGSZUSTAND: NICHT AUSREICHEND

ENDE WIEDERGABE

CET 09.21.58.35

DATA REPLAY

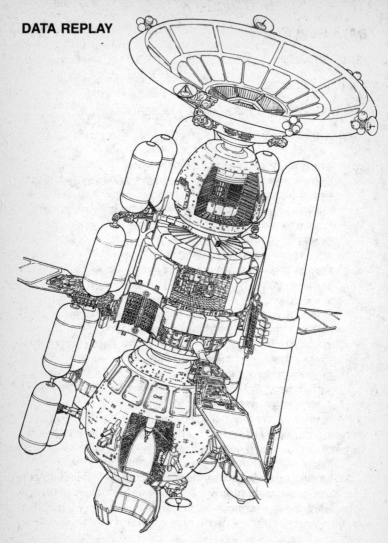

PLOT: SETERRA/GESAMTSYSTEM TOTALE

CET 09.21.58.36

Das Raumschiff fiel auf einen fernen Stern zu, einen blassen, gelben Fleck, der sich von den anderen Gestirnen kaum absetzte. Der gewaltige Metalleib stürzte ihm entgegen, die Stahlglocke des Triebwerkes der fernen Sonne zugewandt, während der mächtige Fangtrichter im Bugbereich auf den Weltraum blickte, den sie durchquert hatten. In den drei zylindrischen, zwölf Kilometer langen Außentanks, die beim Start leer gewesen waren, lagerte jetzt eisiger, verflüssigter Wasserstoff, mit weitreichenden Magnetfeldern im Weltraum eingefangen und in den Staubtrichter gesaugt. Die Schiffspanzerung war mit Rissen, geflickten Lecks und Bruchstellen übersät, den Einschlägen, die zahlreiche Schwärme von Mikrometeoriten hinterlassen hatten.

Ihr Unbehagen veranlaßte sie, sich die Größenverhältnisse ihrer begrenzten, aber unübersehbaren Welt ins Gedächtnis zu rufen. Das Raumschiff hatte eine Gesamtlänge von fast vierzehn Kilometern, der Magnetfangtrichter durchmaß mehr als fünf Kilometer. Es hatte eine Ruhemasse von mehr als neunundvierzig Millionen Gewichtstonnen, seine Stützmassereserven bemaßen sich auf fast zwanzig Milliarden Gewichtstonnen flüssigen Wasssserstoffs, untergebracht in den drei großen Außentanks und vierundzwanzig weniger gigantischen, jeder fast drei Kilometer lang und einen halben Kilometer durchmessend, angeordnet in drei Zweierreihen, jede acht Liqhyd-Tankbehälter umfassend. Seine zylindrische Kernzelle war ähnlich den großen Außentanks beschaffen, besaß aber einen Gesamtdurchmesser von fast zwei Kilometern. Sie verband den riesigen Fangtrichter mit dem Haupttriebwerk und war in drei annähernd gleichgroße Sektionen unterteilt. Aus der Mittelsektion mit dem Containergerüst wuchsen die drei Montagegestänge für die mächtigen Sonnenpaddel hervor, leichte, von den Sonnenwinden zerfetzte Gittergeflechte, die Lichtenergie mit Solarzellen elektrisch umsetzten, fest gekoppelt an die Metallrahmen, in denen die vierundzwanzig Außentanks hingen.

Während Lana Seran neben Valier durch einen Verbindungsgang zur Computerzentrale zurückging, dachte sie beunruhigt an den Zustand des Schiffes. Der metallene Gigant hatte eine lange Fahrt überstanden, und die Zeit und der Weltraum hatten dem scheinbar unbesiegbaren Schiffskörper aus Stahl und Flüssigkeit zahlreiche Schäden zugefügt, die nie ganz vernarben würden. Die Jahre, Jahrzehnte hatten die SETERRA gezeichnet, und allein die Verwerfungen im Außenpanzer der Kernzelle zeigten bereits, was die überlebenden, im Wachzustand befindlichen Männer und Frauen der Kernbesatzung seit Monaten wußten: Das Schiff stand vor seinem letzten Manöver. Nach einem Weg, der viele hundert Lichtjahre umfaßt hatte, würde die Flammensäule des Triebwerkes den ausgehöhlten Metalleib an sein endgültiges Wegesende bannen.

Aber wenn der Schaden am Antrieb nicht behoben werden konnte, würden Raumschiff und Besatzung ihren Weg in die Unendlichkeit für alle Zeiten fortsetzen, ohnmächtig an Geschwindigkeit und Flugbahn gebunden. Weniger die großen Einschlagskrater der Meteoriten und die durch Explosionen verursachten Aufbrüche, sondern die zahlreichen kleinen Defekte, die in jedem Aggregat, in jedem Servomechanismus, in jedem Subcomputer steckten, waren die großen Gefahren, die das Schiff bedrohten.

Serans Gedanken kehrten zu der Einsatzbesprechung zurück, die erste wenige Minuten zurücklag. Die Vize-Kommandantin schüttelte stirnrunzelnd den Kopf.

Valier, die neben ihr herging, warf ihr einen fragenden Blick zu. »Beunruhigt dich etwas?«

Seran nickte zögernd. »Ich habe das Gefühl, etwas übersehen zu haben.«

»Im Zusammenhang mit den Reparaturarbeiten?« fragte die mittelgroße Logistikerin. »Wir haben über alle Schwierigkeiten gesprochen, die während der nächsten zehn Tage auftreten könnten, meine ich.«

»Ich bin mir nicht sicher«, fluchte Seran. »Mich stört der Verlauf der Einsatzbesprechung. Manchmal glaube ich, datenblind zu sein...«

»Die Wirklichkeit hinter den Modellen nicht mehr zu kennen?« ergänzte Valier. »Lana, wir sind sicherlich einer unübersehbaren Datenflut ausgesetzt, aber das war von Anfang an so. Und wir haben bisher nichts wirklich Wichtiges unberücksichtigt gelassen.«

»Wir haben bisher keine Fehler begangen«, stimmte Seran spöttisch zu. »Wir bewegen uns blind in einem Minenfeld, und weil wir zufällig den ersten Sprengsätzen entgangen sind, verlassen wir uns darauf, daß wir auch weiterhin verschont bleiben, oder?«

»So meinte ich das nicht«, entgegnete Valier geduldig. »Aber wir stehen dem ohnmächtig gegenüber, und wenn wir einen Fehler begehen, werden wir es erst anschließend bemerken können. Das System ist zu groß, zu komplex, um alle Fehler vermeiden zu können.« Sie lächelte schwach. »Außerdem: Menschen begehen immer Fehler, unabhängig vom System.«

»Und sterben gelegentlich dabei«, ergänzte die Vize-Kommandantin zynisch.

Valier nickte. »Wenn wir sterben, ist immer ein Fehler die Ursache, eine Fehlentscheidung oder ein fehlerhaftes Gen, ein Organdefekt... der Unterschied ist letztendlich nicht so wichtig.«

»Sehr beruhigend.«

»Wir sind jenseits echter Verzweiflung«, erklärte die Logistikerin nachdenklich. »Im Grunde sind wir unfähig geworden, die Gefahren zu begreifen, denen wir gegenüberstehen. Wir quantifizieren und digitalisieren sie, aber wir erfassen sie nicht.«

»Die Gefahren bleiben«, meinte Seran. Valier schwieg. Sie erreichten einen Seitengang und wechselten auf das andere Laufgitter.

»Wylams Verhalten beunruhigt mich«, sagte sie schließlich. »Seit einiger Zeit ist er mürrisch und launisch.«

»Er war immer unbeständig«, antwortete Seran gleichmütig. »Aber Alan und er haben sich aneinander festgebissen, seit dem Zwischenfall vor zwei Monaten.«

»Mit der defekten Strahlungskontrolle?«

Seran nickte. »Wyl hat ihn in eine verseuchte Zone gehen lassen, ohne die Überwachungsgeräte zu überprüfen. Wenn Alan das Warnlicht nicht sofort aufgefallen wäre...«

»Ich fürchte, er wird ihm das nie verzeihen«, seufzte Valier. »Er hat erkärt, daß er Reaktoren ab jetzt mit Lars überprüfen will.«

»Lars ist so sorgfältig, daß er seine Checklisten wahrscheinlich im Gedächtnis hat, egal, ob mit zwanzig oder mit zweitausend Kontrollpositionen«, bestätigte Seran. »Und Alan gehört zu der Art von Menschen, die jede Minute auf ihr Chronometer blicken, um festzustellen, ob es intakt ist. Manchmal frage ich mich, wie er es schafft, die Reaktorschotts hinter sich zu schließen, er fragt sich mit Sicherheit nach den ersten Schritten, ob er auch alle Ventile geschlossen und die Leuchtkörper abgeschaltet hat.«

»Aber Lars ist einfach verbissen korrekt, während Alan voller Selbstzweifel steckt und zu seinem Gedächtnis weniger Vertrauen hat als wir zu unserem.« Valier schüttelte verhalten den Kopf. »Sie passen trotzdem zusammen.«

»Aber McLelan wird deshalb nicht die Arbeitsteams verändern, und wenn Alan und Wyl weiterhin miteinander arbeiten, wird es früher oder später ernsthaften Ärger geben.«

Valier musterte nachdenklich das Metallrost unter ihren Magnetstiefeln. »Er verhielt sich vorhin eigenartig«, sagte sie dann. »Ich weiß, daß er sich nicht mit vielen Worten aufhält, aber so abrupt hat er bisher keine Einsatzbesprechung beendet.«

»Wir werden alle ungeduldig«, meinte die Vize-Kommandantin. »Aber es stimmt, sein Verhalten überraschte mich. Fast, als hätte er...«

Sie vestummte und blieb stehen.

Valier musterte sie fragend. »Als hätte er...?«

»Fast so, als hätte er etwas bemerkt, was uns nicht aufgefallen war, und als wollte er verhindern, daß wir es erkennen. Deshalb hat er das Gespräch bei der ersten Gelegenheit abgebrochen.«

»Und was soll er bemerkt haben?« fragte Valier sachlich.

Seran setzte sich achselzuckend wieder in Bewegung. »Wenn ich das wüßte, wäre mir besser zumute. Vielleicht sehe ich auch Gespenster.« Sie fluchte leise. »So oder so, es sieht so aus, als würde ich mir im Moment vergebens den Kopf zerbrechen.«

»Wir werden es früh genug erfahren, wenn dein Verdacht richtig ist«, stimmte Valier zu. »Wahrscheinlich werden wir es sogar viel zu früh erfahren.«

CET 09.20.08.37

DATA REPLAY

CODE: CREWARCH

KENNZIFFER: 02003

PROGRAMM: ZUSTANDSANALYSE BESATZUNG

START WIEDERGABE

BESATZUNGSZUSTAND: UEBERSICHT
    AUSFAELLE DURCH TOD 22
    AUSFAELLE DURCH KOMA 5
    UEBERLEBENDE DER KERNBESATZUNG 23
    UEBERLEBENDE IN HIBER-ZUSTAND 0
    UEBERLEBENDE IN KALTSCHLAF-ZUSTAND 6
    UEBERLEBENDE IN WACHZUSTAND 17
    VOLL EINSATZFAEHIG 0
    BEDINGT EINSATZFAEHIG 23
    SOFORT EINSATZFAEHIG 17
BESATZUNGSZUSTAND NICHT AUSREICHEND

ZUSTANDSANALYSE TECHNISCHER STAB:
    BRAN MCLELAN KOMMANDANT (COM.)
    AUFGABENBEREICH KOORDINATION/MISSIONSKONTROLLE
    FAEHIGKEITSEINSTUFUNG: 0,87
    KOERPERLICHE VERFASSUNG: 0,52
    PSYCHISCHE STABILITAET: 0,67
    WACHZUSTAND SEIT 147 TAGEN
    YREEN VALIER OPERATORIN (CAPT.)
    AUFGABENBEREICH KOORDINATION/LOGISTIK
    FAEHIGKEITSEINSTUFUNG: 0,82
    KOERPERLICHE VERFASSUNG: 0,49
    PSYCHISCHE STABILITAET: 0,72
    WACHZUSTAND SEIT 147 TAGEN

ALGERT STENVAR COMPUTER-OPERATOR (ZIV.)
AUFGABENBEREICH
PROGRAMMIERUNG/COMP-KONTROLLE
FAEHIGKEITSEINSTUFUNG: 0,85
KOERPERLICHE VERFASSUNG: 0,58
PSYCHISCHE STABILITAET: 0,73
WACHZUSTAND SEIT 147 TAGEN
CHRIS MORAND TECHNIKERIN (ZIV.) AUFGABENBEREICH
LEBENSERHALTUNGSSYSTEME/COM-ANLAGEN
FAEHIGKEITSEINSTUFUNG: 0,89
KOERPERLICHE VERFASSUNG: 0,64
PSYCHISCHE STABILITAET: 0,74
WACHZUSTAND SEIT 147 TAGEN
AARAM CERNER TECHNIKER (CAPT.)
AUFGABENBEREICH RAMJET-TRIEBWERKSSYSTEME
FAEHIGKEITSEINSTUFUNG: 0,88
KOERPERLICHE VERFASSUNG: 0,40
PSYCHISCHE STABILITAET: 0,53
WACHZUSTAND SEIT 147 TAGEN
GREG VYLIS TECHNIKER (LTNT.)
AUFGABENBEREICH GASENTLADUNGSLASER/LAS-
SYSTEME/FUSIONSSTEUERUNG
FAEHIGKEITSEINSTUFUNG: 0,86
KOERPERLICHE VERFASSUNG: 0,54
PSYCHISCHE STABILITAET: 0,50
WACHZUSTAND SEIT 147 TAGEN
MARGE NORTHON TECHNIKERIN (LTNT.) AUFGABENBEREICH
MHD-MAGNETSYSTEME/SUPRA-MAG-SYSTEME
FAEHIGKEITSEINSTUFUNG: 0,81
KOERPERLICHE VERFASSUNG: 0,89
PSYCHISCHE STABILITAET: 0,80
WACHZUSTAND SEIT 147 TAGEN
ALAN THARIN TECHNIKER (LTNT.)
AUFGABENBEREICH FIS-REAKTORSYSTEME/SPL-SUPRALEI-
TER
FAEHIGKEITSEINSTUFUNG: 0,71
KOERPERLICHE VERFASSUNG: 0,53
PSYCHISCHE STABILITAET: 0,48
WACHZUSTAND SEIT 147 TAGEN

ELENA DABRIN TECHNIKERIN (ZIV.) AUFGABENBEREICH
PLASMAFUSIONSPROZESSE/FUSIONSSTEUERUNG
FAEHIGKEITSEINSTUFUNG: 0,75
KOERPERLICHE VERFASSUNG: 0,41
PSYCHISCHE STABILITAET: 0,74
WACHZUSTAND SEIT 147 TAGEN
ANN WHELLES TECHNIKERIN (ZIV.)
AUFGABENBEREICH   TANK/PUMP/VENTIL/SPL-VERSORGER/
PIPELINE-ROEHRENSYSTEM
FAEHIGKEITSEINSTUFUNG: 0,76
KOERPERLICHE VERFASSUNG: 0,47
PSYCHISCHE STABILITAET: 0,76
WACHZUSTAND SEIT 147 TAGEN
WYLAM GATHEN TECHNIKER (ZIV.) AUFGABENBEREICH
TELEMETRIE/SERVOSYSTEME/KONTROLLSYSTEME
FAEHIGKEITSEINSTUFUNG: 0,71
KOERPERLICHE VERFASSUNG: 0,56
PSYCHISCHE STABILITAET: 0,31
WACHZUSTAND SEIT 147 TAGEN
LARS SEVERN TECHNIKER (ZIV.)
AUFGABENBEREICH   SYSTEMANALYSE/SENSORSYSTEME/
FEEDBACK-KONTROLLEN
FAEHIGKEITSEINSTUFUNG: 0,79
KOERPERLICHE VERFASSUNG: 0,65
PSYCHISCHE STABILITAET: 0,70
WACHZUSTAND SEIT 147 TAGEN

ZUSTAND BEUNRUHIGEND

ENDE WIEDERGABE

CET 09.19.14.05

Die drei Zentralschächte waren Metallröhren, die sich nahe der Längsachse durch die Kernzelle zogen, ähnlich ausgerichtet wie die drei großen Außentanks. Sie reichten von den Maschinenhallen im Bugbereich, an den Tankanlagen des Fangtrichters und der Gasverflüssigungsanlage vorbei, entlang der Flüssiggaspipeline bis in die Kontrollzentrale der Hecksektion, nahe der mächtigen Brennkammer des Haupttriebwerkes, in dem zweiundsiebzig riesige Gasentladungslaser jenes Feuer entfachten, das auch in den Sternen brannte.

Sie umgaben den Zentralachsschacht, in dem außer der Flüssiggaspipeline Kabelschächte, Glasfaserstränge und Umwälzröhren montiert waren, Schlagader des Raumschiffes und Rückgrat seines Computer-Nervensystems.

Mit diesem Achsschacht zogen sie sich durch die Sektoren der Kernzelle, deren innere Sektionen mit Luftumwälzanlagen und Lebenserhaltungssystemen ausgestattet waren, durch zahlreiche Schleusenschotts abgesichert. Im Bugbereich der Kernzelle, die von zahlreichen radialen, axialen und achsparallelen Gängen durchmessen wird, lagen die Kontrollräume, die Hiber-Kammern, Depothallen und Materiallager. Von den Zentralschächten ausgehende Axialgänge verbanden diese mit den in den Außensektionen befindlichen Leitzentralen und Service-Stationen für die drei Hangarkomplexe, in denen Shuttle-Raumschiffe und ATLAS-Schlepper bereitstanden. Ebenfalls in den äußeren Sektionen, in denen es außer einigen Kontrollgängen nur Inspektionsschächte, Sicherheitsschotts und Frachtbuchten gab, befanden sich Helium- und LOX-Innentanks.

Am Ende des Bugsegmentes ragten die drei Zentralschächte und der Achsschacht in eine Terminalröhre, ein zerbrechlich wirkendes, stählernes Gittergeflecht, das in das Containergerüst überging, welches die Außensektionen des Bugsegmentes mit denen des Hecksegmentes koppelte und mit ihnen eine Art Mantel für die Kernsektionen bildete.

Der sechseckige, langgestreckte Terminal-Schacht war um die Stützmassepipeline herum gebaut worden, einer gekühlten, meterdicken Metallröhre, wand sich zwischen Schleusenkammer, Gastanks, Sensopacks und Experimentalstationen durch und hing in den mächtigen Grundträgern des Containergerüstes, das weiteres Frachtmaterial beherbergte, insgesamt mehr als zehn Millionen Massetonnen, die in gewaltigen, hundertzwanzig Meter langen und zwölf Meter breiten und hohen Transporteinheiten untergebracht waren. Jeder der im stählernen Spinnennetz des Gerüstes aufgehängten Container faßte bis zu tausend Massetonnen.

Anschließend traten die Hauptschächte gemeinsam mit dem Pipeline-Röhrenkomplex, der genau auf der Längsachse lag, in die Hecksektion des Schiffsrumpfes ein, an den Kernreaktoren und um das große Fusionskraftwerk herum, das sie mit drei schalenförmigen Lagertanks umschlossen, gelangten schließlich in den Triebwerksbereich, in dem die großen Speicherblöcke standen, die jahrzehntelang die Energie aufgenommen hatten, die die Reaktoren freisetzten. Sie traten zwischen den Innentanks hindurch, die bei Schäden an der Pipeline eine Sicherheitsfrist ermöglichten, während der das Triebwerk weiterhin in Betrieb sein konnte, zu den Isotop-Reaktoren, dem Kernstück der Notstrom-Versorgung, und endeten schließlich bei den Kontrollzentralen, nahe dem Montagegerüst, in dem das Wabengitter hing. In diesem waren die zahllosen Magnetzellen befestigt, die das Magnetfeld errichteten, welches die Brennkammer normalerweise vor einer Berührung mit dem Fusionsplasma schützte.

Supraleit-Kabel und Kontrolleitungen, Service-Schächte und Terminal-Röhren zogen sich durch das Geflecht aus Stahlrahmen und Metallwaben, Kühlungssysteme lagen wie glitzernde Adern über den klobigen Wabenblocks der Magneten. Hier spalteten sich die drei Hauptschächte in ein Labyrinth kleinerer Kontrollgänge auf, nachdem sie in einen einzigen großen Hangarraum gemündet waren, in dem sich einige Einmann-Raumschlepper befanden, Manipulatoren vom Typ BULLOCK, kleine Raumschiffe, die nur aus einem Cockpit und mächtigen Robot-Greifarmen bestanden, gekoppelt mit einem starken Triebwerk, drei kugelförmigen Treibstofftanks und einem kleinen Isotopreaktor.

Die Hauptschächte hatten einen Durchmesser von vier Metern, ihr Innendurchmesser betrug etwa zweieinhalb Meter. Ursprünglich waren sie für ein System von Magnetbahn-Kabinen gebaut worden, mit denen man innerhalb einer halben Stunde das Schiff vom Bug bis zum Heck durchqueren konnte. Dieses System war – wie zahlreiche andere – nie installiert worden, und in den Schächten hatte man dafür nachträglich eingebaute Zusatzsysteme und Kontrollkabel montiert. Defekte, Detonationen im Supraleit-Kabelnetz, explosive Lecks in nahegelegenen Drucktanks, Materialhalterung und Mantelrisse hatten die

33

Außenhülle der Schächte stellenweise aufgerissen, Gasverluste waren die Folge gewesen. Die Sicherheitsschotten, die in regelmäßigen Abständen in die Schachtwände eingelassen waren, hatten sich nicht schließen können, da sie von den später verlegten Kabelröhren blokkiert wurden, und die Ersatzschleusen, die man für diese Fälle montiert hatte, lagen viel weiter auseinander.

Der B-Schacht war laut Hauptcomputer nicht nur passierbar, sondern schien von allen drei Hauptschächten noch die beste Verfassung aufzuweisen. Auf einer Länge von zehn Kilometern waren nur insgesamt neun Segmente mit einer Länge von jeweils einem halben Kilometer gesperrt und evakuiert, nachdem die Kontrollsysteme Leckagen in den Außenmänteln festgestellt hatten. Radioaktivität wurde nur in einem Segment im Mittelbereich festgestellt, größere Schäden schien es also nicht gegeben zu haben.

Die Gruppe, ausgerüstet mit Raumanzügen, tragbaren Schneidgeräten und anderem Werkzeug, hatte zweieinhalb Stunden für achtzehn der zwanzig Teilsegmente gebraucht. Im Mittelbereich, beim Containergerüst, hatte die Explosion eines LOX-Drucktanks den A-Schacht völlig zerstört und den B-Schacht, in dem sie sich bewegt hatten, schwer beschädigt, die Durchquerung des Stahldschungels aus zerrissenen Metallstreben, gesplitterten Panzerplatten und gespaltenen Kabelröhren hatte allein eine halbe Stunde gedauert, und bei jeder noch so vorsichtigen Bewegung waren sie das tödliche Risiko eingegangen, ihre Anzüge aufzureißen. Die Radioaktivität in diesem zerstörten Segment kam aus einem Notreaktor, dessen Abschirmung und Core-Hülle durch die Explosion leckgeschlagen und so das Isotopgemisch freigesetzt worden war. Im Bereich des A-Schachtes war die Strahlendosis gefährlich hoch, aber auch am B-Schacht hatte die Skala der Meßgeräte, die sich an ihren Anzügen befanden, nicht ausgereicht.

Das achtzehnte Segment war nach einem Gasverlust gesperrt worden, die verbliebenen Reste der Sauerstoff-Helium-Atmosphäre evakuiert und ausgepumpt. Aus der geplatzten Außenhülle eines Supraleit-Kabels war aller Flüssigsauerstoff entwichen, das Kabel war abgeschaltet worden, ehe der schmelzende, nicht mehr gekühlte Metallkern den flüssigen Wasserstoff der Innenkühlung hatte entflammen können. Die Plastik-Isolierungen eines Dutzends Kontrollkabel und einiger Glasfaser-Computerleitungen waren versengt, zum Teil gebrochen und aufgerissen. Durch Brand im Kabelschacht, der schließlich das Leck im Segment verursacht hatte, wurde auf einer Länge von zwanzig Metern alles in eine Masse aus verformtem Metall, verbranntem Plastik und geborstenem Glas verwandelt. Ceram-Splitter lagen an der Außenseite, ein Zeichen dafür, daß der Brand zu einer Zeit stattgefunden haben mußte, zu der die Rotation des Schiffes um die Längsachse noch nicht gestoppt gewesen war. Die Zentrifugalkraft hatte die zertrümmerten Materialteile an die Metallwand gedrängt, und jetzt stiegen bei jeder Berührung grauweiße, schwerelose Schleier aus Asche, Staub und Splittern auf. Das Licht der gelegentlich noch intakten Neonröhren malte gespenstische Schatten auf die fleckige, verschmierte Schachtwand.

Sie standen vor einer der nachträglich eingebauten Druckschleusen, der klobigen Durchstiegskammer zum neunzehnten Segment. Die Batteriesysteme der Kammer waren bei dem Brand beschädigt worden, und sie widersetzte sich jedem Versuch, das achteckige Plattenschott zu öffnen.

Greg Vylis nahm die rechte Hand von der Kontaktplatte und legte sie um einen der Haltegriffe, die an der Wand montiert worden waren, nachdem man festgestellt hatte, daß das Magnetkabinen-System nicht eingebaut werden konnte. Er wandte sich den anderen zu, die hinter ihm im Schacht hingen, von einem feinen Schleier aus Staub und Splittern umgeben, der bei jeder Bewegung von den Wänden aufstieg.

»Nichts zu machen?« fragte Tharin schließlich ungeduldig.

Vylis verneinte wortlos, in einer Bewegung, die man durch die verdreckte Sichtscheibe seines Helms kaum wahrnehmen konnte.

»Und jetzt?« fragte Northon. »Warten wir, bis sie durchgerostet ist?«

Vylis schüttelte den Kopf und sah Ann Whelles fragend an, die einen der beiden Schneidbrenner hielt. Sie erriet seine Gedanken und sah auf die Kontrollanzeigen. »Hydrogen und LOX die Hälfte, Energie ausreichend«, teilte sie ihm trocken mit und reichte das Gerät hinüber. »Meinst du, das klappt?«

»Möglich«, bemerkte Vylis wortkarg, nahm den Schneidbrenner und veränderte die Einstellung der Mündung ein wenig. Das Gerät, etwas unhandlich wegen der beiden zylindrischen Druckflaschen, wurde mit Wasserstoff- und Sauerstoffgas betrieben. Es gab auch andere Gasgemische, die manchmal eine größere Wirksamkeit erzielten, aber im Weltraum waren diese beiden Gase in vieler Hinsicht von Bedeutung und wurden für zahlreiche, lebenswichtige Zwecke eingesetzt, und deshalb hatte man die Schneidbrenner auf dieses Gemisch genormt. Aus dem gleichen Grund basierte auch das chemische Treibstoffsystem der Lagekontrolldüsen auf flüssigem Sauerstoff und Wasserstoff, und auch die zweifachen Kühlmäntel der Supraleitkabel wurden mit diesen Flüssiggasen gefüllt. In Raumnot konnte man auf jede Sauerstoffreserve angewiesen sein, die erreichbar war.

Mit einem hellen Blitz stieß die blaßblaue, schemenhafte Flamme aus der Mündung heraus. Das fauchende Geräusch war nicht wahrzunehmen, aber Vylis spürte die Vibration des Gerätes in seiner Hand. Er setzte die Flamme auf das obere der beiden Drehlager an, in denen die Metallplatte ruhte. Das Metall glühte auf und begann zu schmelzen.

»Diese nachträglich eingebauten Geräte scheinen allesamt aus minderwertigem Metall zu bestehen«, stellte Marge Northon mit einem erleichterten Grinsen fest.

Tharin nickte. »Ausnahmsweise freue ich mich darüber«, sagte er. »Wir würden hier eine Ewigkeit festsitzen, wenn es anders wäre.«

»Eine Ewigkeit, das ist richtig«, pflichtete sie ihm trocken bei. Ihre Stimme klang beißend.

»Wenn es anders wäre, würden wir uns sowieso nicht mit einer defekten Schleusenkammer abplagen müssen«, stellte Cerner ruhig fest. »Dann würde das Triebwerk nämlich seit einigen Stunden arbeiten.«

Tharin sagte nichts, sondern musterte das Drehlager, das sich in der Brennerflamme verformte. In dem weißglühenden Metall klaffte bereits ein Riß.

»Mir wäre es auch lieber, die Magnetbahn-Kabinen wären planmäßig eingebaut worden«, meinte Elena Dabrin seufzend, deren kurzgeschnittenes, blaßblondes Haar verschwitzt und strähnig wirkte. »Mehrmals schaffe ich diesen Weg nicht.«

»Weshalb ist das eigentlich nicht geschehen?« fragte Wylam Gathen, der hinter ihr stand und, den zweiten Schneidbrenner in der Hand, mit seltener Geduld wartete.

»Die MagTube-Kabinen waren bereits zum Mond geschafft worden, als das Kerngerüst der SETERRA montiert war«, rief ihm Cerner ins Gedächtnis. »Was aus ihnen geworden ist, weiß ich nicht, aber sie müssen verlorengegangen sein.«

»Sie lagerten wahrscheinlich in den Hallen von Selenaport«, vermutete Dabrin. »Und die hat es in den ersten Tagen erwischt. Aber ich meinte, wir hätten uns darüber schon mal unterhalten, Wyl?«

»Mag sein«, sagte Gathen zweifelnd.

Northon lachte spöttisch. »Das beste an den Blocker-Drogen ist, daß wir nicht einmal sicher sein können, wen jetzt sein Gedächtnis getäuscht hat«, erklärte sie grinsend.

Die anderen schwiegen. Vylis bearbeitete mit einem Schraubenzieher das Metall, das noch rötlich glühte, und erweiterte den Spalt. Dann wandte er sich dem unteren Drehlager zu.

»Wenigstens haben diese Schleusenschotts keine automatische Innenverriegelung«, stellte Lars Severn fest. »Wie diese Konstruktionen überhaupt dicht bleiben können, ist mir schleierhaft.«

»Dicht ist wahrscheinlich nur das andere Schott«, mutmaßte Cerner. »Da drückt das Gasgemisch im anderen Segment gegen das Vakuum hier.«

»Schlicht, aber ausreichend«, spottete Northon. »Statt vernünftiger Dichtungen nutzen wir den Unterdruck aus. Irgendwie wird es schon reichen.«

»Ich habe das System nicht entwickelt«, meinte Cerner achselzuckend. »Außerdem reicht es tatsächlich.«

»Im Augenblick«, stellte Gathen skeptisch fest.

»Dein ständiges Mißtrauen wird die Dichtungen nicht besser machen«, fuhr ihn Tharin aufgebracht an, seine brüchige Beherrschung verlierend.

Gathen setzte zu einer heftigen Erwiderung an, besann sich dann aber und warf dem anderen nur einen kalten Blick zu. Cerner beobachtete sie besorgt und sah dann wieder zur Druckkammer. Der Lasertechniker setzte erneut den Schneidbrenner ab, schaltete ihn aus und griff dann mit dem schweren Schraubenzieher in einen Spalt, der sich an der Oberkante der achteckigen Schottplatte geöffnet hatte.

Lautlos löste sich die Metallplatte ab, driftete zur Seite und gab den Blick auf die Durchgangsröhre frei. Das gelbe Licht ihrer Helmscheinwerfer fiel durch die Staubschwaden in die dunkle Kammer.

»Das ist die Handkontrolle. Wir können das andere Schott manuell entriegeln«, stellte Elena Dabrin erleichtert fest.

»Das ist auch verdammt gut so«, bemerkte Gathen verdrossen. Ann Whelles blickte auf die Kontrollanzeigen des Schneidbrenners, den Vylis ihr wortlos gereicht hatte, nickte nur und gab dem Gerät einen Stoß. »Leer«, sagte sie lapidar.

»Der Computer wird Teilsegment 19 evakuieren«, befürchtete Tharin plötzlich und blickte Cerner beunruhigt an, »sobald es Gas in dieses Segment verliert.«

»Wenn der Computer noch funktioniert«, wandte Gathen mürrisch ein. »Er hat längst nicht mehr Zugang zu allen Sektoren.«

»Der Große Bruder ist nicht allwissend«, stellte Northon sarkastisch fest. »Aber er war ja sowieso nur ein verbilligtes Modell, nehme ich an.«

»Gebrauchtware«, meinte Dabrin und grinste schwach.

»Das ist doch scheißegal«, sagte Gathen ungeduldig. »Die paar Kubikmeter Helox-Atemgemisch werden uns auch nicht mehr in Gefahr bringen.«

»Okay«, unterbrach sie Cerner und nickte dem Lasertechniker zu.

Vylis zuckte wortlos die Achseln und stieg mit den Beinen zuerst in die Röhre ein. Er legte die Hand auf einen Schaltgriff und drückte ihn langsam herab.

»Entriegelt?« fragte Cerner.

Der hagere Techniker nickte und trat mit seinen schweren Stiefeln, in deren Sohle auch magnetische, augenblicklich abgeschaltete Zellen eingelassen waren, gegen das andere Schott und stemmte sich gegen den Druck, den die Helox-Atmosphäre auf der anderen Seite auf die Metallplatte ausübte. Das Schott öffnete sich einen Spalt weit, und ein wenig Staub wirbelte auf. Dann leuchtete ein Warnlicht auf, und auf einer roten Leuchtfläche flackerten die Alarmzeichen.

DEKOMPRESSIONSALARM.

»Wie erwartet«, meinte Tharin, fast um sich selbst zu beruhigen. Das Metall der Röhrenwand vibrierte ein wenig, als sich im Segment 19 einige Pumpen einschalteten und auf den Druckverlust reagierten, indem sie die Röhre evakuierten und den Rest des Gasgemisches in leere Tanks drückten. Eineinhalb Minuten später wurde das gelbe Warnlicht rot.

EVAKUIERTE SEKTION

»Alles klar«, sagte Cerner. »Greg, jetzt müßte sie aufgehen.«

Der schweigsame Techniker verstärkte den Druck. Nichts geschah. Er hob den rechten Fuß ein wenig an und trat dann, die Hände um zwei Haltegriffe gelegt, mit dem schweren Stiefel gegen die Schottplatte, die geräuschlos aufsprang.

»Die Scharniere klemmten«, stellte Tharin erleichtert fest, während Vylis sich mit den Händen durch die Röhre schob. Cerner löste sich von der Wand und manövrierte sich gleichfalls in den Durchstieg. Die anderen folgten.

Das neunzehnte Segment war im Gegensatz zum vorhergehenden

erleuchtet, auch wenn einige der Gasröhren durch den abrupten Druckverlust geborsten waren. Schleier grüngelblichen Leuchtgases hingen im Schacht und breiteten sich langsam aus. Einige Glasscheiben der in den Wandnischen untergebrachten Armaturen waren gleichfalls gesplittert, und der feine Glasstaub glitzerte schwach.

Segment 19 befand sich in relativ gutem Zustand. Das weiße Plastik und die lackierten Metallflächen waren verrottet, aber nicht leck oder zerbrochen, an einigen Stellen hatten sich Koppelstellen gelöst, ein paar Risse klafften im Material, und nicht viel mehr als die Hälfte aller vorhandenen Beleuchtungskörper war intakt, aber das Gittergeflecht des Laufrostes war fast unbeschädigt und überall begehbar.

Gathen, der als dritter die aufgebrochene Druckschleuse passiert hatte, wandte sich einem kleinen Computer-Terminal zu, das an der Wand montiert war. STATUS REQUEST, tippte er mit Hilfe der Tastatur ein.

SEGMENT BEDINGT EINSATZBEREIT – ENERGIEVERSORGUNG UND KONTROLLSYTEME INTAKT

»Okay«, meinte er mißgelaunt. »Es scheint alles in Ordnung zu sein.«

Cerner nickte zufrieden. »Gehen wir«, schlug er vor. Vylis krümmte sich in dem Schacht schwebend zusammen, die linke Hand an einem Griff lassend, während er mit der rechten an den Stiefelschaft tastete und einen Schalter betätigte. Er setzte den rechten Fuß auf den Laufrost, und die Magneten hafteten bereits an dem Metall, noch ehe er mit der anderen Hand auch die linke Stiefelsohle eingeschaltet hatte. Dann ging er vorsichtig über den Laufrost weiter. Die anderen warteten einen Augenblick, dann aktivierte auch Marge Northon ihre Magnetzellen und folgte ihm.

Nacheinander stapften sie über den Laufgang, der an einigen Stellen aus der Verankerung gebrochen war. Das fünfhundert Meter lange Segment wirkte wie ein abgrundtiefer Siloschacht, und unbewußt, trotz der fehlenden Schwerkraft, setzten sie die Tiefe, in der er sich verlor, mit einem eingebildeten *Unten* gleich, und sich selbst mit winzigen Fliegen, die an der Wand der brunnenartigen Schlucht klebten und *hinuntersahen*. Dann wieder wechselte die Perspektive, und sie stiegen in einer erstickend engen Röhre *aufwärts*, um gleich darauf einen scheinbar endlosen Tunnelgang zu durchwandern.

Das Licht der Gasröhren wirkte trübe, und die glühenden Nebelschwaden aus den gesplitterten Leuchtkörpern füllten das Segment mit Zwielicht. Sie ließen ihre Helmscheinwerfer eingeschaltet, während sie den Laufgang entlangstiegen.

»Ich glaube, ich werde in der Schlafzeit Alpträume von diesem Schacht haben«, befürchtete Elena Dabrin schaudernd. Gathen warf der Plasmaphysikerin einen düsteren Blick zu.

»Mal den Teufel nicht an die Wand«, bat Tharin gequält. Sie wandte den Kopf und sah den hageren Reaktortechniker besorgt an.

»Ich meinte gewöhnliche Träume«, verbesserte sich Elena. »Schließlich haben wir die Blocker.«

»Und wenn sie versagen?« fragte Tharin fahrig. Sie runzelte die Stirn, drehte sich achselzuckend wieder um und ging weiter. Nach einigen Schritten sagte sie, ohne sich umzublicken: »Darüber mache ich mir keine Gedanken. Ich denke ja auch nicht darüber nach, was passiert, wenn mein Sauerstoffgerät plötzlich versagt.«

Sie stapften schweigend hintereinander her, überquerten eine Stelle, aus der ein Zwei-Meter-Teil aus dem Laufgang herausgebrochen war, und zwängten sich an einem Batterieblock vorbei, der nachträglich an der Schachtwand montiert worden war.

»Was kommt nach diesem Segment?« erkundigte sich Severn, als sie die Markierung passierten, die den vierhundertsten Meter anzeigte.

»Ich will hoffen, das nächste«, bemerkte Marge Northon spöttisch.

»Ich ahnte es schon«, entgegnete er mit humorloser Kälte. »Irgendwo in dieser Sektion befindet sich doch der Heckhangar, oder?«

»Ab dem hundertsten Meter im zwanzigsten Segment«, bestätigte Cerner, das lückenhafte Erinnerungsvermögen des anderen ignorierend.

»Hoffentlich funktionieren die beiden Druckschleusen, die noch vor uns liegen, besser als die letzte«, meinte Gathen gereizt. Der Telemetrie-Spezialist bewegte den Schneidbrenner, den er in der linken Hand hinter sich herzerrte. »Die Tanks sind nur noch halb voll.«

»Wahrscheinlich brauchen wir den Brenner nicht mehr«, sagte Tharin, aber man hörte trotz der Verzerrung durch die Helmmikrofone, daß er das selbst nicht ganz glaubte.

»Hat der Computer irgendwelche Schäden im Hangarsegment angezeigt?« wollte Ann Whelles wissen.

»Der Computer hat gar nichts angezeigt«, brummte Severn.

»Was?«

»Das verdammte Scheißding verfügt über keine Kontrolleinheiten im Bereich des zwanzigsten Segments«, fluchte Gathen, der vor ihr herging.

Severn nickte. »Wyl und ich wollten es erst gar nicht glauben, aber es ist so. Anscheinend sind zwar unzählige Sensoren eingebaut worden, aber man hat schlicht vergessen, eine Verbindung zum Computernetz zu installieren.«

»Na prächtig«, stellte Northon fest. »Eine Expedition ins Abenteuer.«

Der Sensor-Techniker lachte ein wenig bitter. »Das zwanzigste Segment ist tatsächlich ein weißer Fleck auf unserer elektronischen Bordlandkarte«, gab er zu. »Ich habe nicht die geringste Ahnung, wie es da unten aussehen mag.«

»Aber daß das Heck noch da ist, das weiß diese Mißgeburt von einem übergroßen Taschenrechner, die wir Computer nennen, wenigstens, oder?« fragte die Magnetanlagen-Spezialistin mit beißendem Sarkasmus.

»Ich glaube, das können wir als sicher annehmen«, entgegnete Severn humorlos.

Vylis erreichte die nächste Druckschleuse, und sie blieben stehen. Der Laser-Techniker schaltete die Magnetzellen in seinen Stiefeln ab und betrachtete die Kontrollplatte ein wenig skeptisch.

»Ein anderes Modell«, meinte Cerner, der hinter ihm auf dem Laufganggitter stand.

Vylis erwiderte nichts, sondern legte den Finger auf die rote Taste, die das Schott öffnen sollte. Eine Lichtleiste leuchtete auf, und mit einer unregelmäßigen, stockenden Bewegung glitt die Schottplatte langsam zur Seite.

»Das erspart uns einiges Nachdenken«, seufzte Tharin erleichtert.

Whelles warf einen Blick auf die Kontrollanzeigen. »Auf der anderen Seite herrscht Normdruck«, bemerkte die Antriebs-Expertin. »Wir werden uns einzeln durchschleusen müssen.«

Vylis warf Cerner einen Blick zu, und der grauhaarige Ramjet-Spezialist nickte. »Fang an, Greg.«

Der Laser-Techniker schob sich in die Schleusenkammer und wandte sich den Innenkontrollen zu. Gleich darauf schloß sich das Schott wieder. Ein rotes Licht flammte auf, nach vierzig Sekunden erlosch es wieder.

»Das andere Schleusenschott funktioniert ebenfalls«, stellte Cerner befriedigt fest. »Marge?«

Northon trat an Whelles vorbei vor die Kammer und betätigte die

Öffnungstaste, während die Antriebs-Expertin die Kontrollen überwachte. Das Schott öffnete sich erneut. Besorgt musterte Tharin die ruckartigen Bewegungen der Metallplatte. »Hoffen wir, daß der Mechanismus das noch ein paarmal aushalten kann«, murmelte er beunruhigt.

»Siebenmal noch«, sagte Ann Whelles.

Northon, die Beine bereits in der Kammer, warf ihr einen Blick zu und lachte. »Einmal reicht mir zunächst schon«, erklärte sie. »Das nächstemal nämlich.«

»Außerdem ist das Wiederrauskommen wichtiger als das Reinkommen«, setzte Tharin hinzu, während sich die Schleuse abermals verriegelte und das Warnlicht aufleuchtete. Er dachte schaudernd an die Gefahr, daß beide Schleusenschotts blockieren konnten, während man mit einem Sauerstoffvorrat für ein paar Stunden in der engen Kammer eingeschlossen war, ohne jede Möglichkeit, aus ihr heraus und dem Erstickungstod zu entkommen.

»Vierzig Sekunden«, präzisierte Cerner und blickte auf seinen Chronometer.

CET 09.18.57.43

Der Kommandant, Algert Stenvar, Yreen Valier und Lana Seran, die Vize-Kommandantin, saßen in der Computerzentrale des Schiffes, einem Raum, der sieben Programmierern und Operatoren Platz bot und dessen Wände von Kontrollpulten, Systemtafeln und Bildschirm-Galerien bedeckt waren. Der Raum verfügte über keine eigene Beleuchtung, die flackernden, grünen Lichter der Datensichtgeräte erhellten ihn weit genug. Auf dem größten der Projektionsschirme waren ihr Zielstern und ihre gegenwärtige Position abgebildet, gleichzeitig auch die Zone, in der ihre geplante Umlaufbahn liegen sollte, und die Flugbahn, die sie bisher beschrieben hatten und weiterhin beschreiben würden, wenn die Reparatur des Triebwerkes nicht rechtzeitig gelingen sollte. Die gelbliche Linie zielte am Zielstern vorbei, bog ein wenig auf den Stern zu und berührte kurz die breite Zone des geplanten Astra-Orbits, dann zog sie an dem Stern vorbei und verlor sich irgendwo zwischen den Sternbildern, die im Hintergrund erschienen.

McLelan sah den Programmierer fragend an. Der erwiderte den Blick gleichmütig und zog einige Computerausdrucke aus der Brusttasche seines verknitterten Coveralls.

»Ich lasse ein Echtzeit-Programm ablaufen, damit wir den Überblick über unsere gegenwärtige Situation behalten können«, erklärte er.

»Überblick«, wiederholte Seran verächtlich. »Wir empfangen keinerlei Daten aus dem zwanzigsten Segment, und ein Drittel aller Verbindungen in den Heckbereich sind unterbrochen, sofern sie überhaupt jemals installiert worden sind.«

»Das ist richtig«, gab Stenvar ungerührt zu. »Wir erhalten außerdem auch keine Daten aus siebzehn Außen- und zwei Kernsektoren, und aus fast allen anderen Sektionen erreichen uns ziemlich lückenhafte Informationen.« Er sah sie achselzuckend an. »Ich korrigiere mich also: Das Programm soll uns den Überblick über die verfügbaren Daten verschaffen.« Er verzog das Gesicht zu einem etwas überheblichen Lächeln. »Außerdem glaube ich, wir können davon ausgehen, daß wir über alle wesentlichen Daten verfügen.«

Die Leiterin der Erkundungsgruppe versank in skeptisches Schweigen und betrachtete den Projektionsschirm. In der linken oberen Ecke lief ein Countdown ab.

»Neunundzwanzig Tage«, las sie halblaut ab. »Was ist T? Der letzte Zeitpunkt, um das Triebwerk zu zünden?«

»Exakt«, bestätigte Stenvar mit geheuchelter Anerkennung. Sie beachtete die Ironie nicht. Der Kommandant lehnte sich zurück und sah Valier an. Die Logistik-Offizierin hielt einige Papierbögen in der Hand. Sie bemerkte seinen Blick erst nach einiger Zeit.

»Ich habe versucht, einen genauen Verteilungsplan für die Ersatzteile zu erstellen, die wahrscheinlich benötigt werden«, erklärte sie zerstreut und deutete auf die Faltblätter. »Wie Al bereits feststellte, sind alle unsere Daten ein wenig lückenhaft, unzuverlässig, zum Teil mißverständlich und sogar widersprüchlich. Trotzdem scheinen die Lager glücklicherweise ziemlich vollständig zu sein, und fast alle sind unbeschädigt geblieben, von kleineren Defekten abgesehen. Ich habe außerdem die Com-Leitungen und das Glasfaser-Netz zur Triebwerks-Kontrollzentrale überprüft. Die Verbindung steht bereits.« Sie runzelte die Stirn. »Bis jetzt sind sie allerdings noch nicht eingetroffen.«

»Laut Computer haben sie das achtzehnte Segment bereits vor mehr als einer Stunde erreicht«, meldete Stenvar. »Sie müßten jetzt eigentlich bereits im zwanzigsten stecken.«

»Im B-Schacht?« fragte Seran.

Stenvar nickte. »Ja. A und C waren an verschiedenen Stellen blokkiert, und außerdem führt B direkt auf das Deck des Heck-Hangars. Und dort müßten sie jetzt ungefähr sein.«

»Wir werden es ja erfahren«, meinte McLelan nüchtern. »Sie haben noch etwa zwei Stunden Zeit, ehe sie unsere Worst-case-Schätzungen übeschreiten.«

»Der schlimmste Fall wäre doch wohl, daß sie überhaupt nicht bis ins Heck vorstoßen können«, warf Seran scharf ein.

»Weshalb sollten sie nicht?« fragte Stenvar ein wenig erstaunt.

Sie warf dem Programmierer einen spöttischen Blick zu. »Wegen blockierter Schleusen beispielsweise. D-, E- und H-Schotts kann man mit Schneidbrennern nicht aufbrechen, und wenn die Energieversorgung zu den Druckkammern unterbrochen ist, gibt es keine andere Möglichkeit, ins nächste Segment vorzudringen. Für die Metallplatten bräuchte man schon Plastiksprengstoff, und den haben sie doch wohl nicht.«

»Den könnte man im Schiff auch kaum einsetzen«, meinte Valier.

44

»Das hielte die Zellenstruktur wahrscheinlich nicht mehr aus.«

Die Vize-Kommandantin lachte. »In diesem Schrottkahn könnte man eine ganze Serie von Sprengungen durchführen, ohne etwas zu zerstören, was nicht ohnehin schon kaputt gewesen wäre.«

»Das halte ich für übertrieben«, mischte sich Stenvar ein. »Und auch unsere Schiffszelle ist stabiler, als sie vielleicht erscheinen mag.«

»Wir haben zuviel zu verlieren, als daß wir vermeidbare Fehleinschätzungen über den Zustand unserer Schiffes riskieren könnten«, erwiderte Seran heftig.

»Möglich«, gab Stenvar zu. »Aber wir können nicht mehr arbeiten als im Augenblick. Sollten wir etwa den Wissenschaftsstab ganz erwecken?«

McLelan sah die Vize-Kommandantin nachdenklich an. »Wäre das eine Möglichkeit?«

»Nein«, seufte Seran. »Von den Komafällen, die sich in der Medic-Station befinden, einmal abgesehen, umfaßt der Stab außer mir, den beiden Ärzten, Alys und Hela noch je drei Männer und Frauen. Sie sind zwar nicht mehr hiberniert, befinden sich aber seit mehr als einhundertzwanzig Tagen im Cryogen-Kaltschlaf. Allein zwei Tage würden wir brauchen, bis der Erweckungsvorgang durchgeführt werden kann, und bis sie dann in der Lage sind, Aaram und den anderen bei den Reparaturarbeiten zu helfen, wäre die Sicherheitsfrist abgelaufen. Wir würden mehr Zeit dafür aufwenden müssen, sie überhaupt am Leben zu erhalten, als wir im besten Falle anschließend wieder freisetzen.«

McLelan nickte. »Wahrscheinlich werden Derek und Harl schon mit den Vorbereitungen für die medizinische Versorgung des Reparaturtrupps nach dessen Rückkehr überlastet genug sein. Und Alys?«

»Sie arbeitet seit elf Tagen an den Abänderungen des Erkundungsprogrammes. Wir haben einige Robotsonden verloren, und sie muß die Zielparameter nochmals überrechnen. Wichtige Daten sind zwar bisher nicht eingegangen, aber sie ist nicht mehr fähig, zusätzliche Reparaturarbeiten zu übernehmen.« Seran schüttelte schwach den Kopf. »Gleiches gilt auch für mich, seit Charl tot und Wyl unabkömmlich ist. Und was mit Hela ist, wissen Sie ja.«

»Hela Garlan?«

»Ja. Unsere Offizierin für Biowissenschaften. Derek hatte sie außerplanmäßig sofort dehiberniert, weil er befürchtete, daß sie die verstärkte psychische Aktivität während der Kaltschlafphase nicht mehr

45

überleben würde.«

»Wegen Rogers Tod?« fragte Valier.

Seran nickte. »Die Katastrophe im A-Hangar hat uns alle schwer getroffen«, sagte sie mit unvermittelt brüchig klingender Stimme. »Sie war seitdem depressiv und in sich zurückgezogen, anfangs in einem fast katatonischen Zustand.«

»Nicht einsetzbar«, konstatierte McLelan.

Sie nickte wortlos.

»Ich erinnerte mich kaum noch an Rogers Gesicht«, meinte Valier nachdenklich. »Es hieß doch, ihr Zustand hätte sich gebessert?«

»Das stimmt auch. Aber er hätte sich eigentlich nicht mehr verschlechtern können. Sie ist immer noch teilnahmslos. Wirkt wie gelähmt. Und das wird sich nur sehr langsam ändern, fürchte ich.« Sie fluchte leise. »Wenn überhaupt. Jedenfalls, Alys läßt bereits den Computer die Ersterfassung auf große Distanzen durchführen, mit den Teleskopen und den anderen Bordsystemen, soweit sie arbeiten, vor allem aber mit den noch vorhandenen Sonden. Wir haben zwei große und elf kleine Robotsonden durch Defekte und andere Ursachen verloren, andere sind nur teilweise einsatzbereit, gibt der Computer Auskunft. Deshalb haben wir auch die Sonden, die wir als Reserve zurückhalten wollten, starten müssen. Das Programm konnte abgeändert werden.«

»Ergebnisse?« fragte McLelan knapp.

»Außer dem Zentralgestirn haben wir bisher vier größere Massekörper entdeckt, allesamt auf Außenbahnen.«

»Unbewohnbar«, stellte Valier enttäuscht fest.

»Höchstwahrscheinlich, obwohl sich vielleicht noch etwas ergeben wird«, meinte Seran zweifelnd. »Allerdings ist es nicht gerade hilfreich, daß der Computer den größten Teil der Meßdaten sperrcodiert und nicht freigibt... Sicherheitsprogramme. Alys hat wegen der defekten Sonden schon genug Ärger.« Sie sah den Kommandanten scharf an, zuckte dann die Achseln. »Sie läßt zwei weitere Analyseprogramme ablaufen. Einer der Planeten ist ein Gasriese oder eine protostellare Gasmasse, fast ein Gestirn, könnte man sagen. Die Daten sind nicht sehr präzise. Die anderen drei sind weiter draußen, zu kalt, zu groß, zu wenig dicht. Außerdem haben wir den Verlauf eines ziemlich ausgedehnten Asteroidengürtels ausgemacht. Keine weiteren großen Objekte mehr, bisher.«

»Asteroidengürtel?« fragte McLelan beunruhigt.

Seran nickte. »Ja. Ziemlich aufgefächert sogar, innerhalb der Umlaufbahn des Gasriesens. Ziemlich dichtes Zeug, wie es scheint, Nikkel-Eisen hauptsächlich. Stark ausgegast. Wenn die Vergleichsdaten stimmen, ist er älter als der Sol-Gürtel.«

»Sind die Gravitations- und Gezeitenkräfte des kalten Gasriesen für die Entstehung des Trümmergürtels verantwortlich?« fragte Stenvar. Seran schüttelte den Kopf.

»Keine planetaren Trümmer?« vergewisserte sich McLelan.

»Unwahrscheinlich«, erklärte Seran. »Alys hat zusätzlich eine Laplace-Simulation der Kontraktions-Implosions-Phase dieses Systems durchgeführt, soweit der Computer die nötigen Daten verfügbar hat und wir sie abrufen können. Auf den Umlaufbahnzonen nahe der protostellaren Masse konnten sich eigentlich gar nicht erst echte Planeten entwickeln. Der Vorgang wurde bereits in der Planetesimal-Phase weitgehend unterbrochen. Am Ende saugte die quasistellare Massenkonzentration den größten Teil des Wasserstoff- und Heliumgases und große Anteile der anderen gasförmigen Substanzen aus der späteren Gürtelzone auf, während die Steinreste auf zahlreiche Umlaufbahnen verteilt wurden und nicht mehr kollidieren konnten.«

»Das heißt, wir haben mit feinen, ausgedehnten Schwärmen von Mikrometeoriten zu rechnen«, stellte McLelan fest.

»Bis hin zu faustgroßen Boliden vermutlich«, ergänzte Seraen. »Und das praktisch in unserer Anflugebene. Die SETERRA liegt ziemlich nahe an der System-Ekliptik.«

»Ich brauche einige Gefahrenabschätzungen«, forderte der Kommandant, den Blick auf Stenvar gerichtet.

Der Programmierer nickte zustimmend. »Ich werde auch die Meteoriten-Abwehrsysteme überprüfen«, sagte er.

Seran warf ihm einen zweifelnden Blick zu. »Davon ist nicht mehr allzuviel übrig«, meinte sie nur.

Er zuckte gleichmütig die Achseln.

»Was wissen wir über die Bahnen und die Anordnung der Schwärme?« fragte McLelan, ihre Bemerkung nicht beachtend.

»Was der Computer uns wissen läßt«, antwortete die Vize-Kommandantin nüchtern. »Im Augenblick praktisch nichts. Genaues werden wir erst feststellen können, wenn die Sonden im System vordringen.«

»Wann wird das sein?«

»In zwei Tagen passiert die erste Sonde die Bahn des äußersten bisher georteten Planeten, wieder achtundvierzig Stunden später wird sie in einen Nahorbit eingeschwenkt sein. Nicht viel mehr Zeit wird vergehen, ehe die anderen, noch nicht verzögernden Robotsonden die Randzonen des Trümmergürtels erreichen. Sie werden ihn allerdings nur passieren, auf dem Weg ins Systeminnere.«

Der Kommandant betrachtete die breite, schimmernde Zone auf dem Projektionsschirm, in der sich erdähnliche oder zumindest bewohnbare Planeten befinden konnten.

»Und die Zone?«

»In etwa neun Tagen werden die ersten Sonden dort eintreffen. Daten werden wahrscheinlich schon zwei Tage vorher eintreffen. Dann werden wir Bescheid wissen, sofern der Computer sie freigibt.« Sie seufzte. »Von den optischen Teleskopen verspreche ich mir vorerst nicht allzuviel. Wir sind noch zu weit entfernt, um zuverlässige Aufnahmen anfertigen zu können, und die Geräte haben unter der Strahlung und dem Magnetfeld gelitten. Die planmäßige Durchmusterung ist trotzdem erst einmal durchgeführt worden.«

»Wir werden dem System näher kommen«, hoffte Stenvar zuversichtlich.

Sie nickte ironisch. »Natürlich. Wahrscheinlich schneller, als uns lieb sein kann. Jedenfalls glaube ich nicht, daß die nächsten drei Tage irgendwelche Überraschungen bergen.«

McLelan nickte. »Okay. Al, ergänzen Sie Ihr Programm auch mit den einzelnen Sondenbahnen und den entdeckten Planeten und Meteoritenschwärmen«, ordnete er dann an.

Der Programmierer runzelte die Stirn. »Das läßt sich machen«, sagte er. »Allerdings werde ich mit hypothetischen Daten arbeiten müssen, manchmal zumindest.«

»Weshalb?«

»Unsichere und unvollständige Daten«, erkärte Seran. »Außerdem die Zeitintervalle zwischen der Abstrahlung einer Anweisung und dem Empfang durch die Sonde. Im Augenblick benötigt ein Richtstrahl mehr als eine Stunde, um die Sonden zu erreichen. Dieser Wert wird sich innerhalb der nächsten zehn Tage nur in Einzelfällen stark verringern, wenn einzelne Sonden in einen festen Orbit oder eine stationäre Position eintreten.«

»Mit anderen Worten: Die Bildschirmsituation wird mit der Wirklichkeit vielleicht nicht übereinstimmen«, faßte Stenvar zusammen.

»Angesichts der hervorragenden Verfassung unserer Telemetrie- und Fernsteuer-Anlagen und der Unzulänglichkeit der Echtzeitprogramme, die den Sondencomputern zur Verfügung stehen, wird das Bild ganz sicher nicht mit der Wirklichkeit übereinstimmen«, stellte Seran fest.

McLelan nickte resignierend. »Machen Sie es trotzdem.«

»Was werden wir in der Zwischenzeit unternehmen?« erkundigte sich die Logistikerin und schaltete ihr Computer-Terminal ab. »Unsere Vorarbeiten werden morgen abgeschlossen sein.«

McLelan blickte auf den Bildschirm, der in das Pult vor seinem Sessel eingelassen war. Eine dreidimensionale Computerskizze des Heckbereichs war darauf zu sehen, mit Hilfe einiger Tasten drehbar und beliebig zu vergrößern. In einer langen, engen Röhre leuchtete ein gelber Lichtpunkt, ein winziger, unauffälliger Fleck, der zwischen den gewaltigen Maschinen, Treibstofftanks und Lagerhallen zu verschwinden drohte. Er schien sich nicht zu bewegen.

»Wir warten«, entschied er.

CET 09.18.29.40

DATA REPLAY

CODE: CREWARCH

KENNZIFFER: 02003

PROGRAMM: ZUSTANDSANALYSE BESATZUNG

START WIEDERGABE

ZUSTANDSANALYSE WISSENSCHAFTLICHER STAB:
    LANA SERAN VIZE-KOMMANDANT (COL.) AUFGABENBEREICH
    KOORDINATION/EXPEDITIONSKONTROLLE
    FAEHIGKEITSEINSTUFUNG: 0,92
    KOERPERLICHE VERFASSUNG: 0,79
    PSYCHISCHE STABILITAET: 0,70
    WACHZUSTAND SEIT 147 TAGEN
    DEREK MCCRAY MEDIC-OFFIZIER (LTNT.)
    AUFGABENBEREICH   HIBERNAT-BEHANDLUNG/CHIRURGIE/
    ANAESTHESIE
    FAEHIGKEITSEINSTUFUNG: 0,91
    KOERPERLICHE VERFASSUNG: 0,49
    PSYCHISCHE STABILITAET: 0,69
    WACHZUSTAND SEIT 147 TAGEN
    HARL CALINS MEDIZINER (ZIV.) AUFGABENBEREICH
    HIBERNAT-BEHANDLUNG/BIOMEDIZIN/CHEMOTHERAPIE
    FAEHIGKEITSEINSTUFUNG: 0,85
    KOERPERLICHE VERFASSUNG: 0,59
    PSYCHISCHE STABILITAET: 0,61
    WACHZUSTAND SEIT 147 TAGEN
    ALYS MARDEN WISSENSCHAFTLERIN (ZIV.)
    AUFGABENBEREICH
    ASTRONOMIE/ASTROPHYSIK/ASTROCHEMIE
    FAEHIGKEITSEINSTUFUNG: 0,82
    KOERPERLICHE VERFASSUNG: 0,53

PSYCHISCHE STABILITAET: 0,54
WACHZUSTAND SEIT 147 TAGEN
HELA GARLAN WISSENSCHAFTLERIN (ZIV.)
AUFGABENBEREICH
BIOCHEMIE/BAKTERIOLOGIE/VIROLOGIE
FAEHIGKEITSEINSTUFUNG: 0,72
KOERPERLICHE VERFASSUNG: 0,32
PSYCHISCHE STABILITAET: 0,28
WACHZUSTAND SEIT 127 TAGEN
RIANNA MOREAU WISSENSCHAFTLERIN (ZIV.)
AUFGABENBEREICH
CHEMIE/STRAHLENCHEMIE/MOLEKULARGENETIK
FAEHIGKEITSEINSTUFUNG: 0,74
CRYOGENKALTSCHLAF SEIT 127 TAGEN
SHAYLA ATHORN WISSENSCHAFTLERIN (ZIV.)
AUFGABENBEREICH
GEOLOGIE/MINERALOGIE/PETROCHEMIE
FAEHIGKEITSEINSTUFUNG: 0,73
CRYOGENKALTSCHLAF SEIT 127 TAGEN
RON AHERA WISSENSCHAFTLER (ZIV.) AUFGABENBEREICH
OEKOLOGIE/PALAEONTOLOGIE/ANATOMIE
FAEHIGKEITSEINSTUFUNG: 0,70
CRYOGENKALTSCHLAF SEIT 127 TAGEN
SARAH LERANDE PILOTIN (CAPT.) AUFGABENBEREICH
SHUTTLE/ATLAS/BULLOCK/LANDEGERAET
FAEHIGKEITSEINSTUFUNG: 0,80
CRYOGENKALTSCHLAF SEIT 127 TAGEN
FRENCIS CARYLE PILOT (CAPT.) AUFGABENBEREICH
SHUTTLE/ATLAS/BULLOCK/LANDEGERAET
FAEHIGKEITSEINSTUFUNG: 0,79
CRYOGENKALTSCHLAF SEIT 127 TAGEN
CAL VAUREC PILOT (CAPT.)
AUFGABENBEREICH SHUTTLE/ ATLAS/BULLOCK/LANDEGE-
RAET/ABSETZCONTAINER
FAEHIGKEITSEINSTUFUNG: 1,00
INDEX FUER PSYCHISCHE STABILITAET ENTFAELLT
CRYOGENKALTSCHLAF SEIT 127 TAGEN

ENDE WIEDERGABE

CET 09.18.24.11

Der erste Teil des zwanzigsten Segmentes, eine hundert Meter lange
Röhre, die von der bisher geraden Bahn des B-Schachtes abwich und
nach außen bog, war gleichfalls unbeschädigt. Einige Beleuchtungskörper blieben schwarz, die anderen erhellten den Schacht und machten die grauen Flecken auf dem ehemals weißen Plastik sichtbar. Vylis
und Northon standen bereits vor der Schleuse zum Hangarkomplex,
einer großen Kammer, in der vier Mann gleichzeitig stehen konnten,
und warteten auf die anderen Mitglieder des Reparaturtrupps, die
nach und nach die Segmentschleuse passierten, deren Schotts wieder
gleitfähig waren, nachdem man die Korrosionsschichten abgerieben
hatte.

Sie starrten schweigend auf eine rot leuchtende Plastikfläche, auf
der nebeneinander die beiden Warnungen RAD-ALERT und DE-
COM-ALERT standen. Der eingeschaltete Bildschirm des Computer
projizierte:

STRAHLUNGSALARM – DEKOMPRESSIONSALARM

Cerner trat zu ihnen und musterte besorgt die beiden Warnzeichen,
dann brach er das Schweigen. »Was sagen die Instrumente?«

»Auf dieser Seite sind es nur ein paar Rad«, meinte Northon. »Nicht
gefährlich, aber immerhin: Strahlung.«

»Und wir haben noch die beiden Bleischichten der Schleusenschotts
zwischen uns und der Strahlungsquelle«, stellte Tharin fest. »Scheiße.«

»Gibt es in der Hangarsektion Reaktoren oder strahlende Sub-
stanz?« fragte Ann Whelles, die mit ihm herangekommen war.

»Klar.« Der Reaktortechniker fluchte. »Klar doch. Jeder der verdammten BULLOCK-Schlepper, auf die wir so angewiesen sind, hat
einen Bordreaktor, und wahrscheinlich existiert auch noch ein halbge-
panzerter Notreaktor für die Hangarschott-Motoren.«

»Natürlich«, sagte Whelles. »Die Schlepper.«

»Sieht so aus, als könnten wir froh sein, daß die Strahlung nicht stärker ist«, faßte Cerner zusammen. »Wieviel schirmen die Schottplatten
ab, Alan?«

Tharin sah sie hilflos an. »Ich weiß es nicht. Diesen Schleusentyp
kenne ich nicht. Aber normalerweise haben wir eine Fünfzig-Prozent-
Absorption in Schleusenschotts und eine Neunzig-Prozent-Abschir-
mung in Strahlenschotts.«

»Das heißt, wir müssen mit der doppelten Strahlendosis rechnen«, folgerte Cerner und warf einen Blick auf den Geigerzähler, den Northon am Handgelenk trug. »Ich glaube, es könnte schlimmer sein.«

»Die Detektoren sind vielleicht defekt«, meinte Elena Dabrin zweifelnd und warf der schmutzigen Metallplatte, hinter der das Hangardeck lag, einen mißtrauischen Blick zu.

»Nein«, widersprach der hagere Reaktortechniker nervös. »Dann würden sie gar nichts anzeigen.«

»Sicher?«

»Natürlich«, fluchte er. »Ich rede doch keinen Mist, wenn es um Strahlung geht.«

»Okay, okay«, lenkte sie besänftigend ein. »Es ist schließlich auch meine Haut.«

Tharin schwieg. Severn, der Sensor-Techniker, starrte das fleckig-graue Schott an und sagte: »Jedenfalls ist dahinter irgend etwas nicht in Ordnung.«

»Strahlung und Gaslecks«, bestätigte Northon beißend und deutete auf die leuchtende Warnfläche, aber der spöttische Ton prallte von der Gleichgültigkeit Severns ab.

»Wahrscheinlich mehr«, entgegnete er. »Wenn die Reaktor-Abschirmungen beschädigt wurden, muß es ganz schön drunter und drüber gegangen sein, habe ich recht, Alan?«

Tharin nickte widerwillig. »Klar, wahrscheinlich.«

»Egal«, beendete Cerner ihre Überlegungen. »Wir müssen auf die andere Seite... so oder so.«

Vylis schlug mit der flachen Hand auf die Schottkontrolle, und das Schott glitt zur Seite. Die Beleuchtung der Innenkammer war defekt. Der Lasertechniker trat in die Schleuse ein. Northon, der Reaktortechniker und Cerner folgten ihm. Als sie nebeneinanderstanden, schloß er das eine Schott wieder und betätigte die Öffnungstaste für das zweite. Die schwere Metallplatte wich scheinbar geräuschlos zurück und gab den Blick auf den Hangar frei.

»Scheiße«, wiederholte Tharin.

CET 09.18.12.29

Das Hangardeck war von einer Explosion verwüstet worden, welche die übersichtlich angelegten Dockbuchten in einen Schleier aus bewegungslos schwebenden Metallsplittern und Plastiktrümmern gehüllt hatte. An einer Stelle klaffte ein zehn Meter langer Riß in der Außenwand, und die zerfetzten Überreste eines LOX-Drucktanks lagen verstreut auf der früher einmal eben gewesenen Fläche. Brandspuren und versengte Lackierungen waren trotz des schmierigen weißen Löschschaums, der über allem lag, ohne Schwierigkeiten auszumachen. Der Brand hatte anscheinend gestoppt werden können, bevor das Hangardeck luftleer hatte gepumpt werden müssen, aber die Schäden waren beachtlich. Eine der Detonationen hatte tiefe Löcher in die Außenhülle gerissen, und anscheinend verlor das Schiff an einigen der leckgeschlagenen Stellen immer noch geringe Mengen Helox-Atemgemisch. Zerrissene Kabel und Glasfaser-Leitungen schlingerten in der verqualmten Gasatmosphäre umher, und die blassen Rauchschwaden zeigten, daß weder die Umwälzpumpen noch die Filteranlagen die Explosion überstanden haben konnten. Zwei der sechs Ankerbuchten, in denen die kleinen BULLOCK-Einmannschlepper lagen, waren beschädigt worden, eines der beiden Raumfahrzeuge war völlig zerstört, nachdem einer seiner Treibstofftanks geplatzt und ausgebrannt war. Außer dem Stahlskelett der Cockpitzelle hing nur noch der aufgerissene Panzer des Reaktors im Gittergerüst, auch die beiden anderen Kugeltanks hatte das Feuer aufgerissen, ihr Inhalt hatte sich ausgebreitet und war nach allen Seiten hin abgefackelt worden. Ein Brand im freien Fall ist keine heftige, aber eine gründliche Katastrophe. Das zweite Wrack in der danebenliegenden Dockbucht war von den verbrennenden Treibstoffwolken versengt worden, aber Tankhüllen und Reaktormantel hatten standgehalten. Dennoch war der Schlepper kaum mehr einzusetzen, da eine der Cockpitscheiben gesprungen war und aus zahlreichen Lecks am Rohrgestänge beständig blasenwerfende Flüssigkeit quoll. Außerdem schien die Verankerung des Triebwerkes angebrochen zu sein. Im ganzen Hangardeck trieben feine Glassplitter, Metallfasern und Flüssigkeitstropfen umher, und zahlreiche Leuchtröhren flackerten in den ständig wechselnden Unterbrechungen ihrer Stromversorgung in einem lautlosen Gewitter, während andere erloschen oder zerschlagen waren. Betankungsschläuche, ehemals an der Wand verankert, drifteten zerfetzt durch das niedrige Deckgewölbe und schlangen sich um verknickte Kabelschächte und verbogene Laufgänge.

»Wenn die Reservoirtanks entzündet worden wären...« sagte Tharin fassungslos, als sie aus der Schleuse traten.

»Dann könnten wir von hier aus den Zielstern sehen«, ergänzte Northon trocken und sah auf die Bodenplatten, unter denen die riesigen Flüssigwasserstoff- und LOX-Tanks liegen mußten, aus denen die BULLOCK-Raumschlepper versorgt wurden.

»Ob die Hangartore der vier unbeschädigten Ankerbuchten funktionieren?« fragte Cerner schließlich.

Tharin nickte geistesabwesend. »Ich glaube doch«, sagte er dann. »Sie können manuell betätigt werden, und wenn der Notreaktor für ihre Stromversorgung beschädigt worden wäre, hätten wir hier so viel Strahlung wie an der Mündung eines Gamma-Lasers.«

»Ich fürchtete schon, die Außenreparaturen könnten wir abschreiben«, meinte der grauhaarige Ramjet-Experte erleichtert. Hinter ihnen schloß sich das Schleusenschott wieder.

»Was ist mit dem Durchgang zur Kommandozentrale?« wollte er dann wissen und versuchte, durch die Rauchschwaden etwas zu erkennen.

Northon löste den Blick von einem Schwelbrand, der zwischen zwei auseinandergeplatzten Plastikplatten blakte. »Was ist mit der Kommandozentrale selbst?« fragte die zierliche Magnetfeld-Spezialistin sarkastisch. »Wenn es dort genauso aussieht wie hier, dann sind wir aufgeschmissen. Ohne Systemanalyse finden wir die Defekte nie, nicht in zehn Tagen jedenfalls.«

»Ich bezweifle ohnehin, daß der Computer eine brauchbare SysAn zustande bringt«, wandte Cerner nüchtern ein. »Zu viele Schäden, und ein derart zusammengeschustertes Schaltnetz...«

»Genau«, stimmte Vylis zu, während er vorsichtig dem blanken Ende eines zerschnittenen Normtemp-Stromkabels auswich.

Tharin streifte den Techniker mit einem Seitenblick, erstaunt, daß dieser sein beharrliches Schweigen gebrochen hatte, und musterte dann den klaffenden Spalt in der Hangarwand. »Die verdammten Supraleiter«, fluchte er.

Cerner folgte seinem Blick und sah ihn fragend an. »Die Explosion ist durch einen Supraleiter verursacht worden«, erklärte der schlaksige Reaktortechniker und trat einige Schritte auf dem Laufgang zur Seite, um besser sehen zu können.

»Wieso ist er detoniert?« fragte Cerner. »Das Gas?«

Tharin nickte fahrig. »Wahrscheinlich sind Verschiebungen eingetreten, als das Triebwerk lief. Der unregelmäßige Schub…« Er blickte sie achselzuckend an. »Es hat ein Leck im Außenmantel gegeben, der flüssige Sauerstoff lief aus und verdampfte, und die verdammte Kontrollautomatik hat wohl nicht reagiert und abgeschaltet. Während die Temperatur im Kabel weiter anstieg, platzte schließlich auch die Innenhülle. Flüssigwasserstoff ist nicht besonders zäh, und während die Suppe aus Flüssiggas aus dem Kabel heraussprudelte und siedend über die Bodenplatten floß, stieg die Temperatur des Metallkerns über die Sprungschwelle, die Legierung schmolz und begann zu glühen, Funken sprangen und… Feuerwerk.«

»Wenn das mit allen SPL-Leitungen passiert ist…« sagte Cerner ahnungsvoll.

Tharin sah den älteren Mann an und verzog das Gesicht. »Wenn es auch die Reserveleitungen erwischt hat, sieht es düster aus«, teilte er Cerners Sorgen.

»Verdammter Mist«, fluchte der Ramjet-Techniker, die letzten Reste seiner brüchig gewordenen Gelassenheit verlierend.

Northon deutete auf die Deckenbeleuchtung. »Zumindest bis hierher funktionieren einige Kabel noch. Und der Computer hat keine grundlegenden Beschädigungen der Kontrollzentrale im Heck gemeldet.«

»Es kann Stunden dauern, bis ein leckes SPL-Kabel hochgeht«, entgegnete Tharin nervös und blickte sich beunruhigt um. »Aber vielleicht sind alle diejenigen, welche leckgeschlagen wurden, bereits explodiert. Und in eineinhalb Sekunden können die Verschiebungen innerhalb der Schiffszelle nicht allzugroß gewesen sein.«

»Warten wir es ab«, meinte Northon skeptisch. »Ich habe mir abgewöhnt, in diesem Schiff an irgend etwas zu glauben… außer an den Teufel im Detail.« Sie wandte sich um und warf einen Blick auf das rote Licht, das anzeigte, daß die andere Hälfte der Gruppe bereits in der Kammer war. Eine zweite Warnlampe flackerte und signalisierte in gelbem Licht die gefährliche, aber nicht tödliche Strahlung, die sie in jedem Augenblick traf.

»Die anderen kommen«, stellte Cerner fest.

Sie nickte. »Wird auch verdammt Zeit«, bemerkte sie trocken. »Die Strahlung ist zwar nicht so hoch, wie ich erwartet hatte, aber je eher wir hier verschwinden, desto besser.«

»Glaubst du, weiter im Heck wäre die Strahlendosis geringer?« fragte Tharin langsam.

»Ja«, antwortete sie verblüfft. »Geringer als hier zumindest.«

Der hagere Reaktortechniker lachte nervös. »Im Wabengerüst der Triebwerkszelle und rund um den Montagesockel gibt es mehr Spaltstoffe als in allen anderen Regionen des Schiffes.« Er deutete auf die Rauchschleier. »Je näher wir dem Triebwerk kommen, desto höher wird die Strahlungsgefahr sein.«

CET 09.17.56.10

DATA REPLAY

CODE: REGENRA

KENNZIFFER: 03002

PROGRAMM: INSTANDSETZUNG ALLGEMEIN – ERFASSUNG

START WIEDERGABE

FESTGESTELLTE SCHAEDEN: ALLGEMEINE UEBERSICHT
BESCHAEDIGUNGEN DES WABENGITTERS DER BRENNKAM-
MER
BESCHAEDIGUNGEN DES PANZERMATERIALS
ZERSTOERUNGEN IM BEREICH DER HECKSEKTION
ZERSTOERUNGEN IM BEREICH DES HANGARDECKS HECK
VERFORMUNGEN DER SCHIFFSZELLE IM HECKBEREICH
BRUCHSTELLEN IM MONTAGESOCKEL-LASERSYSTEM
BRUCHSTELLEN IM AUSSENGERUEST DER BRENNKAMMER
AUSFAELLE EINES TEILS DER SPL- UND ANDERER SUPRA-
LEIT-ENERGIESYSTEME
FUNKTIONSUNFAEHIGKEIT EINES TEILS DER SEKUNDAER-
UND RESERVEREAKTOREN IM HECKBEREICH
BESCHAEDIGUNGEN DES TANK- UND PUMPSYSTEMS FUER
LOX/LHY UND STUETZMASSE
BESCHAEDIGUNGEN DES FILTER- UND UMWAELZSYSTEMS
FUER HELOX-ATEMGEMISCH
UNKONTROLLIERTE FREISETZUNG VON SPALTSTOFFEN
GAS- UND STRAHLUNGSLECKS
DEKOM-SCHAEDEN NACH EXPLOSIVEN DRUCKVERLUSTEN
IN SEKTIONEN UND SEKTIONSTEILEN
MOEGLICHERWEISE BEDENKLICHE MATERIALKONTAMINIE-
RUNG DURCH ZUNEHMENDE VERSEUCHUNG MIT ISOTOP-
STAUB UND SEKUNDAERSTRAHLUNG

FESTGESTELLTE DEFEKTE: ALLGEMEINE UEBERSICHT
DEFEKT DES MAGNETFELD-SYSTEMS DER INJEKTOR-ANLA-
GE
EINSTUFUNG: ALLGEMEINE UEBERSICHT
BEHEBBARE BEZIEHUNGSWEISE VERNACHLAESSIGBARE
AUSFAELLE
SCHWERE, MOEGLICHERWEISE NUR TEILWEISE REPARABLE
AUSFAELLE
IRREPARABLE, MOEGLICHERWEISE BEDEUTENDE AUSFAEL-
LE
ZUSAMMENFASSUNG:
GENERALUEBERHOLUNG UND DEKONTAMINATION DES
HECKBEREICHS IN ZUFRIEDENSTELLENDEM UMFANG NICHT
MOEGLICH
INSTANDSETZUNG DER TRIEBWERKSANLAGEN UND DES IN-
JEKTORSYSTEMS SOWIE UEBERPRUEFUNG DES WABENGIT-
TERS MOEGLICH
STATUS: INSTANDSETZUNG LAEUFT

ENDE WIEDERGABE

CET 09.17.49.31

Das Videobild flackerte und hatte ein blaßgraues, ein wenig nebelhaftes Aussehen. Auf der Linse der Kamera schienen schwarze Flecken zu sein, denn in der linken unteren Ecke prangten einige dunkle, verwaschene Stellen.

Die Kontrollzentrale im Heck war praktisch unbeschädigt geblieben, und weil es keine Druckverluste gegeben hatte, bestand für die acht Männer und Frauen, die sich in ihr einquartiert hatten, keine wirkliche Notwendigkeit mehr, ihre steifen, unhandlichen Schutzanzüge zu tragen. Aber soweit McLelan erkennen konnte, hatten alle, die im Aufnahmebereich der VidCom-Kamera standen oder saßen, lediglich ihren Helm abgenommen.

Die Reparaturgruppe war an der Kontrollzentrale vor einer Viertelstunde angekommen, viereinhalb Stunden, nachdem sie am Bugring in den B-Schacht eingestiegen war. Der Kommandant hatte zu diesem Zeitpunkt bereits zwanzig Minuten vor dem Bildschirm zugebracht, der ihm die Kontrollzentrale zeigte, mit stoischer, unbewegter Miene, zwei Datensichtgeräte gleichzeitig bedienend, während er darauf wartete, daß die acht Techniker die leere Heckzentrale erreichten.

Cerner hatte ihm einen ersten Situationsbericht aus dem Heckbereich übermittelt und ihm von den Erfahrungen und Beobachtungen berichtet, die sie im B-Schacht gemacht hatten. Er erinnerte sich an die Einwände und die Skepsis seiner Vize-Kommandantin, als der grauhaarige Ramjet-Spezialist ihn über den Zustand der einzelnen Druckschleusen informierte, und hörte besorgt zu, als Cerner ihm beschrieb, wie sie das für die Außenarbeiten unentbehrliche Hangardeck vorgefunden hatten. Mit einem Eingabepult machte er sich einige Notizen, die Stenvar für seine Simulationen und Zeitplan-Einteilungen berücksichtigen mußte, während er den Techniker, der das älteste und auch erfahrenste Mitglied seiner Mannschaft war, sorgenvoll musterte. Cerner wirkte abgekämpft und beunruhigt. Innerhalb weniger Stunden schien er seine früher so unerschütterliche Gelassenheit völlig verloren zu haben. Flüchtig dachte er, wie sehr ihm Cerners Ruhe, die sich so deutlich von Gathens gelegentlicher Apathie oder der steinernen Unbewegtheit, hinter der sich Greg Vylis verschanzte, unterschied, als Maßstab für die Verfassung der Besatzung gedient hatte.

»Was sagt der Computer zur Systemanalyse?« fragte er, seine Beunruhigung verdrängend.

»Alle 02-Programme sind nicht mehr besonders zuverlässig«, entgegnete Cerner nach einiger Zeit schwerfällig.

»Das waren sie noch nie«, erklärte McLelan und versuchte, die Störungen, die Cerners Stimme verfremdeten, herauszufiltern.

»Ja. Zu viele nachträgliche Veränderungen, die dem Computer nicht bekannt sind. Wir haben mit 02001 einige hundert kleinere Defekte aufgespürt, ein Dutzend wichtige Sachen vielleicht, deren genaue Position im Schaltnetz sich wohl in einigen Stunden bestimmen läßt, aber ich fürchte, es fehlt noch eine Menge.« Er machte eine kurze Pause und starrte nachdenklich auf einen Bildschirm, der sich links neben der Kamera befinden mußte. »Code SUSAN können wir jedenfalls vergessen.«

»SUSAN?« fragte McLelan verwirrt.

»SysAn«, erklärte Cerner zerstreut. »Wir nennen das Systemanalyse-Programm SUSAN.« Seine Stimme klang, als würde er mit sich selbst sprechen.

»Finden Sie die Fehlstellen auch ohne Computer?« fragte McLelan schließlich. »Ich meine: rechtzeitig?«

»Es wird hart werden«, antwortete Cerner. »Möglich. Wir werden wahrscheinlich alle Hauptsysteme selbst überprüfen müssen, eines nach dem anderen.«

»Wir haben lediglich neun Tage«, erinnerte ihn McLelan.

Der Techniker reagierte mit einem Achselzucken. »Ich weiß«, sagte er. »Sonst noch etwas?«

Der Kommandant überlegte. »Unter Code 04042 findet ihr ein Spezialprogramm, das Yreen erarbeitet hat. Es enthält die Lager und Transportwege, die ihr brauchen werdet, und einige andere Daten sowie ein allgemeines Suchprogramm für bestimmte Ersatzteile. Al ist augenblicklich dabei, einen Rahmenzeitplan zu erarbeiten, den wir euch in einigen Stunden übermitteln werden.«

»Okay«, bestätigte Cerner. »Wenn wir es schaffen, übermitteln wir einen ergänzenden Zustandsbericht an den Computer... die Compdaten sind wenig wert. Aber verlassen Sie sich nicht darauf.« Er dachte einen Augenblick nach und sah sich dann um.

»Ich fürchte, wir werden auf Alan und Wyl aufpassen müssen«, erklärte er dann. »Sieht nach ernsthaftem Streit aus.«

McLelan schüttelte verständnislos den Kopf. »Weshalb jetzt diese plötzliche Aggressivität? Der eigentliche Anlaß für ihre gegenseitige

61

Ablehnung liegt doch schon einige Zeit zurück.«

»Bisher waren wir zu erschöpft, um aufeinander loszugehen. Aber seit dem Triebwerksversager sind wir auf Aufputschmittel angewiesen.« Er seufzte. »Es wird in den nächsten Tagen eher schlimmer als besser werden, bis zum Zusammenbruch oder zur Explosion, je nachdem, was eher kommt.«

»Diese verdammten Drogen«, sagte der Kommandant erbittert. »Verzichten Sie darauf, soweit es geht, oder die Situation wird vollends unkontrollierbar.«

Cerner lachte. »Wir werden mit jedem Tag mehr nehmen müssen, wenn wir die Reparaturarbeiten rechtzeitig abschließen wollen. Auch wenn es dann zu einer Katastrophe kommen kann.« Er blickte ungeduldig auf ein Datensichtgerät vor sich. »Ich glaube, das wäre vorerst alles, oder?«

McLelan zögerte, aber ehe er zu einer Antwort ansetzen konnte, hatte der andere bereits abgeschaltet. Die Verbindung zwischen Heckzentrale und Kommandoraum war unterbrochen.

Mit einem besorgten Stirnrunzeln schaltete er eine zweite VidCom-Anlage ein und gab ein Codewort ein, das die Verbindung zur Computerzentrale herstellte. Der Bildschirm flackerte gelblich, dann erschien Stenvars Gesicht.

»Kommandant?«

»Al, ist es möglich, Com- und VidCom-Leitungen zum Heck von uns aus zu steuern?«

Stenvars Gesicht zeigte leise Überraschung, die gleich darauf wieder von geschäftsmäßiger Sachlichkeit verdrängt wurde. »Inwiefern steuern?« fragte er.

»Welche Beeinflussungsmöglichkeiten haben wir überhaupt?« antwortete McLelan mit einer Gegenfrage.

Stenvar warf ihm einen scharfen Blick zu und gab dann achselzuckend eine Codierung in den Computer ein. Während er auf die Antwort wartete, erklärte er: »Wir können eine hergestellte Verbindung von uns aus unterbrechen, und wir können durch eine Blockierung verhindern, daß eine Verbindung eingerichtet wird.« Er sah McLelan an. »Aber ich glaube nicht, daß Sie mich danach fragen würden.«

Der Kommandant nickte ungeduldig. »Natürlich.«

»Okay.« Stenvar blickte wieder auf sein Datensichtgerät. »Der Computer führt noch folgende Standardverfahren: Konferenzschaltung, Telex-Übermittlung, Wegfall der optischen Übertragung im

VidCom, Veränderung der Tonübertragung durch Filter und andere Zusatzschaltungen...«

»Weiter.«

»Das ist so ziemlich alles. Alles andere würde eine Umprogrammierung oder ein Sonderprogramm erfordern.«

McLelan nickte seufzend und entschloß sich, seine Absicht auszusprechen. »Können wir dafür sorgen, daß die Leitungen zum Heck offenbleiben.«

»Also keine Blockademöglichkeiten und keine Unterbrechung durch den anderen?«

»Exakt«, bestätigte McLelan.

»Ja, das ist möglich«, meinte Stenvar nach einigem Überlegen. »Nicht einmal sehr schwierig.«

»Auch so, daß der andere nichts davon bemerkt?«

Stenvar sah überrascht auf. »Jetzt begreife ich«, murmelte er. »Nein«, sagte er dann laut, »das geht keinesfalls. Wir müßten die Kontrollanzeigen im Heck ausschalten, und um das zu erreichen, müßten wir die Schaltkreise ändern. Im Heck.«

Der Kommandant nickte resignierend. »Also gut. Sonst noch irgendeine Möglichkeit?«

Stenvar schüttelte den Kopf. »Nein.«

McLelan zuckte die Achseln. »Verstanden. Das wäre alles, Al.« Er sah, wie Stenvar wortlos zu einem Schalter griff, und gleich darauf erlosch das Bild. Einen Augenblick lang überlegte er, ob er Cerner anweisen sollte, ständig eine Leitung zwischen Heckzentrale und Kontrollraum offenzuhalten, aber er verwarf den Gedanken sofort wieder. Eine heimliche Überwachung war schon gefährlich genug, aber wenn er die Reparaturgruppe anwies, die Anlagen und Kameras, die zu ihrer Beobachtung dienen sollten, selbst zu installieren, mochte das mühsam aufgebaute Vertrauen zwischen ihm und der größtenteils aus Zivilisten bestehenden Besatzung endgültig zerbrechen.

Sein Blick fiel auf eine schmale Cassette, die in einer Plastikhalterung am Rand seines Kontrollpultes steckte. Auf ihr waren die geheimen Dienstanweisungen des Militärrates für den Kommandanten gespeichert. Er hatte sie bisher einmal abgespielt, dann hatte er die Plasthülle zerbrochen und die unbrauchbare Speichercassette in die Halterung gepreßt. Nach dem Willen seiner Vorgesetzten hätte er die gesamte Besatzung jederzeit überwachen lassen müssen, mit Hilfe eines ausgedehnten Netzes von Vid-Kameras, die teilweise zum VidCom-

Netz gehörten, aber durch ein geheimes Programm ohne Kennummer zu Spionaugen umgewandelt werden konnten. Dieses Überwachungssystem arbeitete aber nur im Bereich der Bugsektion, und auch dort nur an einigen wichtigen Stellen, den Kontrollräumen, der Computerzentrale, den Hangars. Obwohl der Rat alles darangesetzt haben mußte, daß das Netz installiert wurde, war weder genug Zeit noch Material vorhanden gewesen, um eine lückenlose Überwachung an jeder Stelle des Raumschiffes möglich zu machen.

Er selbst hatte das OWLWATCH-Programm erst einige Male aktiviert, in kritischen Phasen, um nicht auf das Zustandekommen einer normalen Com-Verbindung warten zu müssen. Die Ängste des Militärrates interessierten ihn nicht. Er hatte seine eigenen. Ihm war es egal, unter wessen Kommando das Schiff seinen Zielstern erreichte, solange es ihn nur erreichte. Ohne dringende Notwendigkeit wollte er die Rechte seiner Untergebenen nicht verletzen, aber wenn er es für erforderlich hielt, kannte er keine Skrupel mehr.

Er war von jeher ein Soldat gewesen, auch vor seiner Militärzeit. Befehle, die ihm nicht gefielen, versuchte er zu ändern, aber wenn er eine Anweisung einmal akzeptiert hatte, hielt er sich ganz und gar, ohne Rückhalt, daran gebunden. Das mochte ein Grund für den Rat gewesen sein, ihn als Kommandanten einzusetzen, denn dieser Charakterzug war in einem Jahrzehnt militärischen Drills zu einem Reflex gemacht und dann immer wieder getestet worden. Aber mehr und mehr war er zur Überzeugung gelangt, daß die verantwortlichen Psycho-Offiziere übersehen hatten, wie er sich über Einzelheiten von Befehlen hinwegsetzte, auch wenn er den Befehl selbst hingenommen hatte. Er war sich selbst nicht darüber im klaren, aber Stenvar war die Ähnlichkeit zwischen dem Verhalten eines Computers und dem Verhalten McLelans bewußt. Ein einmal eingegebenes Programm galt absolut, kannte keine Grenzen, keine Toleranzen mehr, akzeptierte keine Ergänzungen und Änderungen, ordnete sogar Anweisungen geringerer Priorität dem Ziel der Programmerfüllung unter.

Und so hatte er, weniger aus moralischen Erwägungen, auf eine ständige Überwachung der Mannschaft verzichtet, aus dem einfachen Grunde, weil er glaubte, daß die Gefahr eines solchen Schrittes größer war als die möglichen Vorteile. Und ebenso ging es ihm nicht darum, Cerner und die anderen Techniker zu kontrollieren, sondern er wollte von ihren Überlegungen und Handlungen unabhängig sein. Das Geschehen im Heckbereich war zu wichtig, als daß er sich auf gelegentliche Berichte beschränken wollte. Sein ganzer Charakter, auf Kontrolle und Effizienz angelegt, erzogen, gedrillt, konnte sich mit der Vorstellung, auf das bereits unzuverlässig werdende Verhalten anderer angewiesen zu sein, nicht abfinden. Die Ohnmacht, in der er sich befand, raubte ihm den Schlaf, und in den wenigen Stunden, in denen er, mit Hilfe von Medikamenten, unruhige Erholung fand, träumte er von einer winzigen Gestalt, einem zerbrechlichen Insekt gleich, die versuchte, einen mächtigen, entwurzelten Baum auf einem reißenden Fluß durch gefährliche Stromschnellen zu steuern. Von dem Tage an, an dem er das Schiff zum ersten Mal gesehen hatte, fraß ihn das Wissen auf, einer begrenzten, aber unübersehbaren Welt aus Stahl und Flüssigkeit nach seinen Maßstäben hilflos ausgeliefert zu sein. Das Bewußtsein, daß das Schiff trotz seiner Größe nur ein endlich großes Gebilde war, ließ seinen bisher unbewußten Drang nach Kontrolle zu einem Wahn werden. Er gönnte sich keinen Schlaf mehr, um nicht bewußtlos von einer Katastrophe überrascht zu werden, und wenn der Computer einige Leitungen in äußere Schiffssektionen verlor, fühlte er sich wie ein Leprakranker, dessen Finger versagten. Mit jeder Vid-Com-Kamera, die ausfiel, schien es ihm, als würde sein Augenlicht schwächer.

Er schüttelte die Gedanken ab, die ihn bedrängten, und sperrte sie in den Blinden Fleck seines Bewußtseins, in das einzige Gewölbe seiner begrenzten, aber unübersehbaren Welt, in das er niemals Einblick haben wollte. Reflexhaft glitt sein Blick über die Anzeigen und Instrumente, las Meßdaten und Lichtsignale ab, dann hob er den Kopf und musterte die Projektion auf dem großen Bildschirm. Der gelbe Lichtfleck, der die Position des Schiffes markierte, war ein wenig weitergerückt. Er wirkte winzig im Vergleich zu den blassen Flecken, die das gelbe Zentralgestirn und die vier bisher entdeckten Planeten des Zielsystems darstellten. Seine Welt wurde wieder größer. Er bemerkte nicht, daß seine Hände zitterten. Seine Augen blieben starr auf den Bildschirm gerichtet, während sein Gehirn versuchte, Maßstab und Bedeutung der Projektion in einen Bezug zur Wirklichkeit zu setzen. Er begriff nur, daß alle die unzähligen Gebilde aus Stein und Eis, die sich zwischen ihm und dem Ziel befanden, auch die letzten Überreste seiner Macht zerstörten und völlig außerhalb seiner Kontrollmöglichkeiten lagen. Das Schiff kehrte aus dem Nichts wieder in die Welt zurück, und er würde sich mit dieser Welt abfinden müssen. Oder sie würde ihn zerbrechen.

Und gleichzeitig ging ihm immer wieder der Gedanke durch den Kopf, der ihm erstmals bei der Einsatzbesprechung gekommen war, bevor der Reparaturtrupp sich auf den Weg ins Heck gemacht hatte. Die Gewißheit selbst war bereits beunruhigend genug, auch wenn er bisher der einzige zu sein schien, dem der grundlegende Fehler in ihren Überlegungen aufgefallen war. Aber auch wenn er zunächst hatte verhindern können, daß andere begriffen, welcher Schwierigkeit sie sich gegenübersehen würden, so mußte früher oder später jemand die Gefahr erkennen, und dann konnte es zur Katastrophe kommen. Fast verzweifelnd gestand er sich ein, daß es keine Möglichkeit gab, zu verhindern, daß auch andere einem denkbaren Gedanken nachgehen würden.

ABCDEFGHIJKLMNOPQRSTUVWXYZ

CET 09.16.51.45

Der Abgrund erschien endlos, düster, schwarz, auch wenn in ihm weißgelbe, schmale und immer wieder lückenhafte Lichtbänder senkrecht herabliefen. In regelmäßigen Abständen waren zahnradähnliche, ringförmige Formationen zu erkennen, die mit der verdreckten Metallwand verwachsen zu sein schienen. Aus der Tiefe zogen sich langsam heraufkriechende Nebelfinger, blaßgrünlich leuchtend, ihr entgegen, und bei jeder Bewegung schienen schattenhafte Gestalten im Zwielicht zu zittern.

Sie bewegte sich unruhig in der schweren Metallrüstung, die sie umgab, und wandte den Kopf. Ihre Hände lagen an einem aus der Schachtwand ragenden Stahlgriff, und ihre schweren Stiefel hatte sie in einen Spalt gesteckt, um sicheren Halt zu finden, obwohl sie zu schweben schien.

Einige Zeit geschah nichts, und sie fragte sich, weshalb sie Angst hatte, sich zu rühren. Ihr Blick fiel auf einen verschmutzten Sichtschirm, der ihr gegenüber in die Metallwand eingelassen war. Die eisiggrünen Ziffern irritierten sie, und sie beobachtete verständnislos, wie die dargestellte Zahlenfolge immer geringere Werte anzeigte. Gleichzeitig erlosch nach und nach das Licht, lediglich die Ziffern schienen aufzuglühen und wurden heller, bis sie in ihren Augen brannten. Ein leises, regelmäßig wiederkehrendes, metallisches Geräusch drang in ihr Bewußtsein, aber sie blickte weiterhin starr auf den Sichtschirm, auf dem schließlich das Wort ZERO erschien.

In der Tiefe des Schachtes flammte ein fernes Feuer auf, und eine nicht sichtbare Faust griff nach ihr und den Gespenstern in den feinen Staubschleiern, die jetzt schneller werdend herabstürzten. Sie klammerte sich erschreckt an den Stahlgriff, aber der Sog hinab wurde immer stärker, und bald darauf gaben ihre Finger nach. Ihr Angstschrei verhallte in ihrem Glashelm nicht, brandete wieder gegen ihr Gesicht, während sie fiel und fiel und...

Elena Dabrin erwachte unvermittelt, als Cerner sie am Arm berührte. Sie registrierte erstaunt, daß sie schweißgebadet war, und sah ihn fragend an.

»Weil du plötzlich geschrien hast, nahm ich an, daß du einen Alptraum hattest«, erklärte er und fuhr vorsichtig fort: »Einen normalen, meine ich.«

68

»Wer weiß«, murmelte sie. »Scheußlich genug war er. Aber eigenartig.«

Sie sah sich um und wurde sich bewußt, daß sie und Cerner sich in den Heckquartieren befanden, nahe der Kontrollzentrale, in denen sie während der nächsten Tage bleiben würden.

»Dieser Gewaltmarsch durch den Schacht muß mich mehr mitgenommen haben, als ich gedacht habe«, sagte sie dann. »Jedenfalls träume ich jetzt schon von dem verdammten Mistding, und das hat mit dem Frosterschlaf wohl nichts zu tun.«

Cerner nickte erleichtert. »Ja, das glaube ich auch.«

Sie antwortete nicht, sondern musterte nachdenklich ihre Finger. Der Alptraum beunruhigte sie weit mehr als erklärbar war, weil er bedeutsamer schien, als sie begreifen konnte.

»Es heißt doch, in Träumen versucht das Unterbewußtsein manchmal, uns vor Gefahren zu warnen«, meinte sie dann.

Cerner lachte bitter. »Angesichts der vielen Psycho-Blocker, die wir im Blut haben, würde es mich schon fast überraschen, wenn wir überhaupt noch ein Unterbewußtsein haben.«

Dabrin schüttelte irritiert den Kopf. Ein Gedanke kam ihr, aber er entglitt ihr wieder, als ihr ein stetig wiederkehrendes, sehr leises Geräusch auffiel. Sie bewegte den Kopf und starrte suchend zu dem Auslaßgitter der Gasumwälzanlage hinauf, durch welches das Helox-Atemgemisch ausgetauscht wurde. Leise scharrte eine Metallkante gegen die Gitterfläche, rhythmisch, sich mit dem Gasstrom bewegend.

»Anscheinend habe ich es diesem lockeren Stahlteil dort zu verdanken, daß ich nicht einmal mehr schlafen kann«, vermutete sie erschöpft und deutete auf das Entlüftungsgitter.

Cerner folgte ihren Fingern und stand auf. »Möglich«, sagte er und musterte die Gitterfläche.

Sie nickte. »Ich erinnere mich, das Geräusch im Traum gehört zu haben«, behauptete sie fest.

Der grauhaarige Ramjet-Techniker schlug mit der Faust zweimal gegen das Auslaßgitter und lauschte. »Ich wollte, alles wäre so einfach zu reparieren«, seufzte er dann und wandte sich wieder der Plasmaphysikerin zu. »Sieh zu, daß du noch ein wenig Schlaf bekommst«, empfahl er ihr besorgt und musterte ihr abgekämpftes Gesicht. »Und vergiß diesen verdammten Alptraum.«

CET 09.15.20.45

DATA REPLAY

CODE: STEELFINGER ELF

KENNZIFFER: 08211

GRUNDSTATUS: EINGESCHRAENKTE DATENFREIGABE

PROGRAMM: EINSATZKONTROLLE ROBOTSONDE ELF

START WIEDERGABE

SITUATION: UEBERSICHT

TELEMETRIE	LEICHT BESCHAEDIGT
ENERGIEVERSORGUNG	INTAKT
BEOBACHTUNGSSYSTEME	LEICHT BESCHAEDIGT
LAGEKONTROLLE	INTAKT
COMPUTERSEGMENTE	INTAKT
DATENSPEICHERSYSTEME	LEICHT BESCHAEDIGT
HAUPTANTRIEB	INTAKT
BAHNKORREKTURSYSTEME	LEICHT BESCHAEDIGT

ZUSTAND AUSREICHEND FUER GEPLANTE OPERATION
POSITION: PARABOLISCHER INTERIMSORBIT UM AEUSSERSTEN
PLANETEN MIT SINKENDER ZIELDISTANZ
MANOEVERPROJEKTION: COUNTDOWN FUER GESCHWINDIGKEITS-
REDUZIERUNG UND UEBERTRITT IN EINEN ELLIPTISCH-STA-
BILEN ORBIT IN SYSKLIPTIK-EBENE LIEF VOR EINER STUNDE
UND ACHT MINUTEN AB
MANOEVER UND LAGEKORREKTUR WERDEN IN CIRCA ZWEI-
UNDFUENFZIG MINUTEN DURCH TELEMETRIEDATEN UEBER-
PRUEFT WERDEN KOENNEN
GRUNDPROGRAMM LAEUFT

ENDE WIEDERGABE

CET 09.14.54.17

Außer dem Kommandozentralen-Komplex und dem großen Kontrollraum für fast einhundertzwanzig Operatoren war am Fangtrichtergerüst im Bugsegment auch der Beobachtungskomplex montiert. Von der Wissenschaftszentrale aus, die über einen eigenen, unabhängigen Computer verfügte, wurden alle Teleskop- und Orteranlagen des Raumschiffes eingesetzt. Am Magnetfangtrichter befestigt war ein großes, schwenkbares Radioteleskop, das dem Beobachtungskomplex mit den Abschußanlagen für die fünfundzwanzig großen und hundert kleinen Robotsonden gegenüberlag. Außerdem existierten in dem Gerüst vier weitere Antennenkomplexe, zu denen auch Opto-Refraktoren, Infrarotteleskope und Radio-Orter gehören, ergänzt durch Facett-Spiegelteleskope und anderes Gerät.

Auch im Hecksegment befand sich eine große Teleskopsektion, im Montagegerüst des Triebwerkes gegenüber einem großen, kugelförmigen Stützmassetank montiert, und ergänzt wurden diese Anlagen durch ein Netzwerk kleinerer Orterstationen mit Tiefraum-Radar und anderen Anlagen, die am Außenpanzer des Raumschiffes untergebracht waren.

In der Wissenschaftszentrale der SETERRA glommen einige Beleuchtungskörper, ansonsten erhellte nur das grüne Licht der Datensichtgeräte den Raum. Zwei Frauen befanden sich in dem Kontrollraum. Lana Seran, die Vize-Kommandantin, beobachtete einen Bildschirm, auf dem die Positionen der einzelnen Sonden verzeichnet waren, die zu Beginn der ersten Verzögerungsphase abgefeuert und auf Systemkurs gebracht worden waren. Sie waren weitaus schneller als das Mutterschiff und hatten das Sonnensystem mehr als vierzig Tage vor ihm erreicht. Neben ihr saß die Astrophysikerin des Wissenschaftsteams, Alys Marden, und betrachtete einige Funkbilder des Zielgestirns, in blassen, falschen Farben und mit grober Auflösung, von einer der Sonden in einer Swingby-Passage geschossen, bei der das Projektil ein wenig Geschwindigkeit verloren hatte.

Der Wissenschaftsstab umfaßte noch elf Mitglieder. Das Team hatte nicht so viele Ausfälle erlitten wie der Technische Stab der Kernbesatzung, aber die fünf tödlichen Unfälle und die vier Komakranken, die seit einhundertsiebenundvierzig Tagen in den Medic-Sarkophagen untergebracht waren, mit Hilfe von Drogen und Maschinen am Leben

71

erhalten, hatten auch das wissenschaftliche Team dezimiert. Die Vize-Kommandantin leitete den Wissenschaftsstab, der gleichzeitig als Erkundungstrupp diente, an Bord wie auch bei EVA-Missionen außerhalb des Schiffes.

Marden überwachte die Flugbahnen der Erkundungssonden und kontrollierte den Verlauf des Erfassungsprogramms. Ursprünglich war ein dreiköpfiges Team für diese Aufgabe eingeplant gewesen, aber der Astronom Charl Myner war bei einer Teleskopreparatur verunglückt, und der Telemetrie-Spezialist Wylam Gathen befand sich mit dem Reparaturtrupp im Heck.

Mit Hilfe der Teleskope waren bisher vier Planeten entdeckt worden, die allesamt Umlaufbahnen außerhalb der Zone beschrieben, außerdem der Asteroidengürtel, der sich innerhalb der Umlaufbahn des großen Gasriesen befand. Eine Sonde befand sich in der Nähe des bisher äußersten, drittgrößten Planeten, einer ziemlich hellen, kalten Welt, deren hohes Albedo auf eine eisbedeckte Oberfläche schließen ließ. Außerdem hatte die Sonde mit der Distanz-Spektralanalyse Anteile von Kohlendioxid und Spuren von Stickstoff in der Atmosphäre ermittelt.

Die Entfernung zwischen dem Schiff und den Sonden betrug einige Milliarden Kilometer, während die Sonden, die am weitesten in das System vorgedrungen waren, sich lediglich etwa hunderttausend Kilometer vom Randgebiet des Asteroidengürtels entfernt befanden. Die Funksignale erreichten die Richtantennen des Schiffes mit fast zwei Stunden Verzögerung. Aus diesem Grunde mußte der Bordcomputer der Sonde alle Manöver selbst überwachen und bei Abweichungen eigenständig Korrekturen ausarbeiten, während der Hauptcomputer des Schiffes lediglich die Verzögerungszeit einkalkulieren und Daten übermitteln konnte, die in dem Augenblick, in dem sie die Sonde erreichten, gerade zutreffen mochten, aber ebensogut bereits vom Geschehen entwertet sein konnten.

Sechsundneunzig Minuten zuvor hatte die Raketensonde ELF, sofern sie sich programmgemäß verhalten hatte, ihren Bremssatz abgefeuert und ihre Geschwindigkeit auf Orbitalparameter verringert. ELF war die erste Sonde, die den Eisplaneten erreichen würde; er stand ein wenig abseits der Bahn, die das Schiff beschreiben würde. Falls das Manöver planmäßig verlaufen war, mußten die Bestätigungsdaten bald eintreffen. Nach der Sonde ACHT, die im äußeren Asteroidengürtel geblieben war, und der SECHZEHN, die einen Interimsorbit um den Gasriesen beschrieb, war ELF die dritte der großen Erkundungssonden, die ihr Ziel erreichte. Nachdem eine weitere Sonde durch einen Defekt steuerlos ins Nichts driftete, würden immerhin noch weitere neunzehn große Robotsonden bleiben, um die übrigen Planeten und Regionen des Zielsystems zu erforschen. Die Bahnen der hundert kleineren Forschungssonden waren festgelegt, sie suchten sich ihre Zielobjekte selbst und führten ihre Bahnkorrekturen meist unabhängig vom Hauptcomputer durch.

Marden schaltete den Bildschirm um, und statt der Fotografie des Riesenplaneten erschien ein Teleskopbild, in das der Computer grünlich leuchtende Bahnen und einige Fadenkreuze einblendete: die Umlaufbahnen bisher ermittelter Begleiter des Zentralsterns und andere Leuchtreflexe, hinter denen sich möglicherweise weitere Planeten verbargen.

Das Schiff verfügte über zahlreiche große Teleskope, meist optische Reflektoren mit Facettspiegeln, aber auch über einen Großreflektor mit einem Monospiegel und die drei großen Radioteleskope, die am Bugtrichter montiert waren. Am Montagesockel im Heck, über dem zerstörten Hangardeck, lag der siebte Teleskopkomplex. Trotz der relativ großen Zahl einsatzbereiter Beobachtungsgeräte würde die planmäßige Durchmusterung der Umlaufbahn-Ebene mehr als achtzehn Tage dauern und dennoch nicht alle Himmelskörper erfassen, die den Zielstern umliefen. Mit der Entdeckung der ersten Planeten hatte der Computer zumindest die genaue Lage der System-Ekliptik der Ebene, nahe der die Umlaufbahnen der anderen Planeten liegen mußten, berechnen und die Teleskope entsprechend ausrichten können.

Bereits die Identifizierung des jeweiligen Leuchtflecks als Meteorit, Asteroid, Komet oder Planet war nicht gerade einfach, die Bestimmung der Umlaufbahn schließlich dauerte wenigstens zwei Tage und beanspruchte für jeden einzelnen Himmelskörper einen Sektor des Hauptcomputers. In regelmäßigen Abständen mußte der Leuchtfleck beobachtet, seine scheinbare Stellung am Sternenhimmel bestimmt und die Veränderung berechnet werden. Dann berücksichtigte der Computer die Bahn, die das Schiff in der Zeit zwischen den Beobachtungen zurückgelegt hatte, und versuchte, aus den erhaltenen Daten eine Umlaufbahn zu berechnen. Mit jeder weiteren Messung wurden diese vorläufigen Ergebnisse überprüft und berichtigt. Da die äußeren Planeten in ein, zwei Tagen keine mit hinreichender Genauigkeit zu ermittelnden Entfernungen zurücklegten und die mit Hilfe parallakti-

73

scher Messungen gewonnenen Positionsdaten gleichfalls unsicher waren, verfügte der Computer noch nicht über gesicherte Bahnbestimmungen, obwohl drei Spiegelteleskope allein für diese Aufgabe eingesetzt wurden.

Tatsächlich waren die Erfassungsanlagen des Schiffes überlastet. Zwei der Teleskope waren defekt und nur bedingt einsatzbereit, und die Entdeckung des ersten Planeten hatte ein wenig später stattgefunden, als man ursprünglich erwartet hatte. Das Programm lief nicht planmäßig ab, und nach und nach wurden alle Teleskopeinheiten für die Suche nach dem eigentlichen Ziel der Mission eingesetzt, für die Suche nach einem Planeten, dessen Umlaufbahn erdähnliches Leben zuließ. Alle bisher entdeckten Welten befanden sich außerhalb dieser Zone und waren damit zu weit von ihrem Zentralstern entfernt. Ihre Oberflächentemperatur war zu niedrig, und außerdem handelte es sich um Gasriesen. Inzwischen durchforschte die Hälfte aller einsatzbereiten Teleskope den Bereich, in dem sich ein erdähnlicher Planet befinden konnte, aber bisher war nicht einmal ein als Planet verdächtiger Lichtfleck gefunden worden. Bis die Raketensonden in diesen Bereich gelangten, würde noch einige Zeit vergehen.

Die beiden Frauen ähnelten sich äußerlich kaum. Seran, die Vize-Kommandantin, war eine hagere, relativ große Frau, mit kurzgeschnittenen, schwarzen Haaren und dunkelgrauen Augen, in ihr Gesicht hatten sich scharfe Linien eingegraben. Die Astronomin war mittelgroß und hatte schulterlanges, rotes Haar und blaßgrüne Augen. Aber dennoch ähnelten sich ihre Gesichter sehr, in ihnen lag der gleiche Ausdruck der Unruhe und Abgekämpftheit, mit Sorgenfalten auf der Stirn und müden Augen, und beide hatten jenes harte, verbitterte Verhalten von Menschen, die seit langer Zeit ein Ziel vor Augen haben und den Blick nicht mehr von ihm lösen können. Mit jedem Schritt schien in ihnen das Gefühl zu wachsen, dem Ziel nicht nähergekommen zu sein, und jedes weitere Hindernis forderte sie lediglich zu schweigsamem, beharrlichem Zorn heraus, dem jedes innere Feuer fehlte. Jede Minute, die verging, ohne daß ein weiteres Problem aufgetaucht war, machte sie mißtrauisch. Dieses Gefühl hatte sich nach und nach aller Mitglieder der Kernbesatzung, die die zurückliegenden Jahre Wachzeit überlebt hatten, bemächtigt, aber in diesen beiden Frauen war es so ausgeprägt, daß jede andere Regung, ja selbst der Haß auf das Schiff, darin unterging, erstickt wurde.

Alys Marden hatte mit jedem Blick auf die Projektionen, welche die

Teleskope zeigten, den Zielstern gesehen, aber das eigentliche Ziel, der Planet, war nicht sichtbar gewesen und war es bisher geblieben. Die Ungewißheit, ob ihre Wanderung tatsächlich ein Ziel gehabt hatte oder ob das Licht des Zielsterns lediglich ein Irrlicht gewesen war, kein Leuchtfeuer, das eine bewohnbare Welt markierte, verdrängte alle anderen Gedanken.

Auch Lana Seran verfiel mehr und mehr der Überzeugung, daß ihre Anstrengungen vergeblich gewesen sein würden. Sie resignierte, aber ihr inneres Aufgeben äußerte sich nicht in ihrem Verhalten, sondern nur in ihren Gedanken. Im Gegenteil, je mehr sie am Gelingen des Unternehmens zweifelte, desto verbissener und zäher arbeitete sie, um die Hindernisse zu beseitigen, ohne die Überzeugung zu haben, daß sich die Entbehrungen letztendlich auszahlen würden. Sie war eigentlich Zivilpilotin – wie auch die meisten Angehörigen des Wissenschaftsstabes Zivilisten waren, während fast alle anderen Piloten und die Techniker einen militärischen Rang besaßen, auch der Kommandant –, aber sie war bereits während des Krieges gegen ihren Willen eingezogen worden. Sie hatte sich nie mit der zwangsweisen Eingliederung der Zivilisten in das militärische Gefüge abgefunden, und ihre Auseinandersetzungen mit dem Sicherheitsbeamten, mit dem der Rat die Besatzung überwachte, hatten erst mit dessen Tod geendet, bei jener Explosion im A-Hangar, bei der auch Roger Garlan und eine Technikerin getötet worden waren, in einer Wachphase vor fast elf Jahren. Als der Leichnam des Offiziers in den Weltraum katapultiert wurde, war ihre einzige Empfindung eine tiefe Erleichterung gewesen. Die ständigen Zusammenstöße hatten ein Ende gefunden, denn McLelan, der ranghöchste Offizier der Kernbesatzung nach Kilroys Tod, war zwar Soldat, interessierte sich aber nicht für die Konflikte zwischen den beiden Gruppen, sondern nur für den Ablauf der Mission. So hatte sie freie Hand gehabt, die Auseinandersetzungen zu schlichten, und nach und nach hatten Wissenschaftler wie Militärtechniker vergessen, daß sie zwei vom Militärrat sorgfältig getrennten Gruppen angehörten. Die verschiedenen Gefahren, welche die Kernbesatzung hatte bestehen müssen, hatten die Abneigungen und Vorurteile unterdrückt, wenn auch nicht immer beseitigt. Aber dafür traten andere Probleme auf, die technischen Schwierigkeiten, die der zunehmende Verfall des Schiffes und die sich häufenden Defekte mit sich brachten, und die Tatsache, daß die Besatzung mehr und mehr ihre Reserven angriff. Ständig wiederkehrende Froster- und Kaltschlafzei-

75

ten, die andauernden Drogeninjektionen, die ununterbrochene körperliche und geistige Belastung und die Zeit zermürbten die Männer und Frauen ebenso wie das Raumschiff.

Seran reagierte auf diese Rückschläge mechanisch, wie ein Roboter. Sie verzeichnete die Probleme, überlegte sich, wie sie zu beseitigen seien, und nahm sie in Angriff, aber ihre Geduld und Nervenstärke nahmen mit jedem weiteren Tag ab. Sie beschränkte sich auf Wesentliches, interessierte sich nicht mehr für die Gefühle und Gedanken anderer, befahl, überwachte und beleidigte. Ihr war es egal, wie viele Anweisungen, Flüche und Beschimpfungen die Stimmung verschlechterten, solange die Arbeiten rechtzeitig erledigt wurden. Ihr Einfühlungsvermögen, ihre Fähigkeit, eine Spezialistengruppe zu leiten, diente ihr nur noch dazu, die Katastrophe zumindest hinauszuschieben, wenn sie nicht zu verhindern war. Während die Astrophysikerin schweigsam und mürrisch wurde, reagierte sie ungeduldig, aufbrausend, herrisch.

Beide wurden mehr und mehr gemieden, aber das war nicht unbedingt außergewöhnlich. An Bord des Schiffes ging inzwischen jeder jedem aus dem Weg, je länger die Fahrt dauerte, ein unbewußter oder auch gewollter Versuch, den Zeitpunkt aufzuhalten, an dem sie versuchen würden, einander umzubringen. In der allgemeinen Gereiztheit fiel die Absonderung der beiden Frauen niemandem auf.

Aus irgendeinem Grunde, sei es, weil sie beide versuchten, sich durch ihre Arbeit abzulenken, sei es, weil sie ahnten, daß sie von denselben Ängsten verfolgt wurden, waren sie häufig gleichzeitig in der Wissenschaftszentrale anzutreffen, während sie sonst kaum mit anderen sprachen. An Bord eines mehr als zwölf Kilometer langen Raumschiffes war es relativ einfach, Begegnungen zu vermeiden, weitaus schwieriger jedenfalls, als sie zu erzwingen.

Seran sah auf den Chronometer an ihrem Datensichtgerät und warf einen besorgten Blick auf den Kontrollschirm, auf dem die geplanten Bahnen der Raketensonden und ihre tatsächlichen Wege, soweit sie bekannt waren, dargestellt wurden. Dann blickte sie zu Alys Marden hinüber, die jetzt gleichfalls den Kopf gehoben hatte. Die Astronomin hatte ihr Zeitgefühl, ihren ganzen Lebensrhythmus so sehr nach dem Erfassungsprogramm ausgerichtet, daß sie nicht einmal mehr auf die Chronometer sehen mußte, um zu erfahren, wieviel Zeit vergangen war. Manchmal war sie so erschöpft, daß sie in einer der Ruhephasen einschlief, aber sie erwachte immer wenige Minuten vor dem Zeit-

76

punkt, an dem das nächste Manöver überwacht werden mußte, dann wieder arbeitete sie halb bewußtlos wie ein Bauteil einer Maschine, ohne noch ihre Handbewegungen wirklich wahrzunehmen.

Der Countdown auf dem Bildschirm erreichte ZERO, aber nichts geschah. Sie warf Marden einen besorgten Blick zu, doch bevor sie etwas sagen konnte, wechselte das Bild.

FERNSONDE ELF ERREICHT ZIEL UND FUEHRT VERZOEGE-RUNGSMANOEVER MIT EINER ZEITLICHEN ABWEICHUNG VON 1,73 SEKUNDEN AUS

UMLAUFBAHNPARAMETER WERDEN SYNCHRON AUF FREQUENZ-BAND DATA ELF UEBERMITTELT

PROJEKTION OPTISCHER AUFZEICHNUNGEN BEGINNT

Auf dem Bildschirm erschien ein Funkbild des Eisplaneten, auf dem keine wesentlichen Details zu erkennen waren. Der Anmerkung des Computers war zu entnehmen, daß die Aufnahme während des ersten Anfluges gemacht worden war, vor der Eingliederung in einen Orbit um den Planeten.

»Okay«, sagte die Astronomin nur und wandte sich wieder dem Datensichtgerät zu.

Seran schaute sie fragend an. »Wann ist die vierte fällig?« fragte sie.

»In viereinhalb Stunden«, erwiderte Marden, ohne aufzublicken.

»Ziel?«

»Der Gürtel… Korridorvermessung zwischen den Meteoriten-schwärmen.«

Seran nickte und beobachtete die Zahlen, die auf dem Datensichtge-rät erschienen. »Umlaufbahnradius«, las sie murmelnd ab, »Planetar-Radius… wahrscheinlich Metallkern-Welt, Wassereis, gefrorenes Methan, Kohlensäureschnee… hört sich verdammt ungemütlich an«, sagte sie laut. »Ich hoffe, es wird nicht so eine Frostwelt sein, auf der ich begraben werde.«

»Wenn wir keinen Erdplaneten finden, werden wir im Schiff ster-ben«, meinte Marden trocken und blickte sie an. »Das System verlas-sen können wir nicht mehr, wenn wir einmal abgebremst haben, und zum nächsten schaffen wir es nicht…«

»Ich weiß, ich weiß«, unterbrach sie Seran schroff. Sie starrte die Schriftzeilen auf dem Compmonitor grimmig an. »Ich traue diesem Computer genauso weit, wie ich ihn werfen kann.«

»Glaubst du, die Daten sind manipuliert?«

»Was soll ich wohl glauben«, fluchte die Vize-Kommandantin erbittert. »Datenabfrage verweigert. Statusbericht nicht verfügbar. Listing sperrcodiert. Jedesmal, wenn ich Einzelheiten erfahren will, weigert sich dieses Metallgehirn, mir zu antworten. Eine Handvoll von Sicherungsprogrammen blockiert sich wechselseitig, während ich nicht einmal zuverlässige Angaben darüber erhalten kann, welche Sonden intakt und welche defekt sind. Es würde mich nicht überraschen, wenn unsere Irrläufer in Wirklichkeit voll funktionstüchtig wären und sich durchaus planmäßig verhielten... aber wir kennen den Einsatzplan nicht. Wir erhalten keine der eingehenden Daten direkt auf die Bildschirme, sondern erst, nachdem sie vom Computer überprüft wurden. Sie können manipuliert sein, ergänzt oder ersetzt, ohne daß wir es merken würden, und einen großen Anteil der Datenströme bekommen wir erst gar nicht zu Gesicht, weil er auf Nimmerwiedersehen in den gesperrten Speichersektionen verschwindet. Das gleiche gilt für die Basisdateien, die Vergleichsdaten aus dem Sol-System und von Alphaprox-Centaurus.« Sie lachte sarkastisch. »Der Computer könnte ebensogut ein Simulationsband in die Eingabekanäle einspielen und es genausowenig merken wie wir. Wir können nicht einmal überprüfen, ob da draußen wirklich ein Planet ist, solange die Optoteleskope nicht manuell gesteuert werden können.«

Die Astrophysikerin nickte ernst. »Ja, das ist ein Problem. Mich beunruhigt es auch, in allen Belangen völlig von den Programmen abhängig zu sein, die der Militärrat in das Compsystem eingegeben hat.« Sie dachte an die langen Monate in der halb zerstörten Mondbasis. »Erinnere dich an Eibermend; nachdem er das Projekt und den Militärrat übernommen hatte, gab es eine Explosion in dem Sektor, in dem er sich befand, und wochenlang behauptete man, er wäre noch am Leben, obwohl er wahrscheinlich tot war.«

»Er wurde gesehen«, warf Seran ein. »Einäugig, im Gesicht entstellt, aber lebend.«

»Ja, auf Monitoren, im VidCom-Netz von Selenaport. Aber da lag er wahrscheinlich schon im Sterben. Trotzdem ist nie offiziell bestätigt worden, daß er gestorben ist, und die Sicherheitsbehörden haben sich auch nie dazu geäußert, ob es ein Anschlag, eine interne Auseinandersetzung oder ein Unfall gewesen ist.« Marden deutete auf die Bildschirme. »Ohne verläßliche Daten ist man nicht gefährlich für das System. Sie schätzen ab, welche Daten ungefährlich sind, und machen uns diese gerade so weit zugänglich, wie es ihnen nötig erscheint.«

»Mich macht es unsicher, nicht einmal den Namen des Zielsterns zu kennen«, bemerkte die Vize-Kommandantin hart. »Wir wissen nicht, wohin wir fliegen, mit welcher Geschwindigkeit wir uns exakt bewegt haben und wie lange es gedauert hat. Der Computer sagt, es waren mehrere Jahrhunderte, und das Schiff sieht ganz danach aus, aber wer kann das wirklich beurteilen. Alle Chronometertafeln werden vom Computer gesteuert, alle Speicher vom Datennetz erfaßt.« Sie lachte. »Charl hat in einer Wachzeit einen behelfsmäßigen Zeitmesser gebaut, der völlig unabhängig war, mit einem provisorischen, nicht genehmigten Energieanschluß. Er hat mir davon erzählt, kurz bevor er starb.«

»Und?«

»Als er das Gerät nach der nächsten Erweckung überprüfte, zeigte es siebenundvierzig Jahre an, und der Energieverteiler, an den es angeschlossen war, war abgeschaltet... niemand weiß, wie lange schon.« Sie sah die Wissenschaftlerin an. »Auch die Computeruhren zeigten siebenundvierzig Jahre seit dem letzten Erwecken an.«

»Ein interessantes Spiel«, stellte Marden fest.

»Scheißspiel«, sagte Seran tonlos. »Das gleiche gilt für die Leistungsdaten des Antriebs. Sicher, anhand des Stützmasse-Umsatzes können wir die Beschleunigung abschätzen, solange der Antrieb auf Wasserstoff-Deuterium-Fusion betrieben wird. Aber die Kapazität des Ramjet-Antriebes bei Sofortumsatz der angesaugten Materie ist theoretisch unbegrenzt.«

»Es gibt technische Grenzen«, versetzte Marden. »Die Stärke des Magnetfeldes beispielsweise. Wenn wir bei aktivem Fangtrichter in dessen Nähe wären, würden uns die oszillierenden Felder töten, trotz schwächender Abschirmungen, Gegenfeldern und Sperrzonen. In den Cryosarkophagen, im Frosterschlaf sind wir vor den Auswirkungen weitgehend geschützt, aber das gilt nicht für beliebige Feldstärken und Betriebszeiten. Außerdem gibt es Bremsstrahlungen, wenn ruhender Wasserstoff von einem relativistisch bewegten Magnetfeld beschleunigt wird, und andere Gefahren.«

»Sicher«, gab Seran zu. »Diese Grenzen sind theoretisch abschätzbar. Aber wo liegen die Leistungsgrenzen dieses Systems tatsächlich? Ich weiß es nicht, du weißt es nicht, Aaram auch nicht... vielleicht nicht einmal die Montageteams von Selenaport, soweit sie überlebten und an Bord sind.« Marden schwieg, und Seran starrte zornig die blassen Fotos des Eisplaneten an. »Kein Pilot fliegt gerne blind«, meinte sie schließlich. »Kein Pilot will fliegen, ohne zu wissen, wo er gestartet ist, wo er sich befindet und wo der Flug enden wird.« Sie er-

79

innerte sich an ihren ersten Shuttleflug, als sie vom Erdorbit aus den Pazifik beobachtet hatte, und später die Monate auf der großen Mondbasis, von der aus die Erde nicht mehr als ein grünblau funkelndes Glasgebilde gewesen war. Als sie, Jahre und Kämpfe später, wieder auf dem Mond angelangt war, hatte man sogar vom Mond aus die Narben, die gelbbraunen Kraterflecken und die grauweißen Eismassen erkennen können, die sich unter den Schleiern aus Asche und Staub ausbreiteten.

Die Astrophysikerin sah sie von der Seite an, während sie ihren Erinnerungen nachhing. Nach einer Weile sagte sie: »Ihr Piloten, ihr habt immer zur Erde zurückgeblickt, nach dem Start, vor der Landung...« Sie seufzte. »Die Teleskope auf der Mondrückseite waren immer nach draußen gerichtet, aus dem Sonnensystem hinaus, von der Erde weg. Wenn man einige Zeit nicht mehr zurückgeblickt hat, verliert man den Mut, den man braucht, um dann noch den Kopf zu bewegen und sich umzudrehen. Man will nicht mehr sehen, was hinter einem liegt.«

»Möglich«, entgegnete Seran nur. »Wer fliegt, will auch ein Ziel haben, eine Landepiste, einen Leitstrahl, von dem man eingewiesen wird, ein Signalfeuer.«

»Man muß fortgehen, um zurückblicken zu können«, spann Marden ihren Gedanken weiter. »Aber... die Menschen, die auf der erdabgewandten Seite des Mondes jahrelang an den gigantischen Teleskopen saßen und in Bereiche sahen, die sie niemals erreichen konnten, ich glaube, sie waren innerlich bereits zu weit fort, um noch umkehren zu können.« Sie lächelte bitter. »Einer hat mir mal gesagt, wer mit einem Blick ganze Galaxien erfaßt, der verliert das Gefühl für Abmessungen nicht, sondern nähert sich erst dem richtigen Verständnis von Bedeutungen.«

»Die einzig richtige Art, die Erde zu sehen, ist die, es durch ein Teleskop zu tun«, warf Seran ein. »Myner... Charl... hat mir das zu erklären versucht, aber ich habe es bisher nicht begriffen.«

»Vielleicht sind wir das wirklich... ein Staubkorn aus Metall, das von einem Lichtfleck zum anderen treibt.«

»Das Gefühl für Bedeutungen«, meinte die Vize-Kommandantin bitter. »Eine Stadt – ein Lichtermeer. Ein Kontinent – ein braungrüner Fleck. Ein Planet – ein ferner Regentropfen. Ein Stern...«

Sie brach ab. »Die Menschen sind hinter den Teleskopen wohl besser aufgehoben als vor ihnen. Nicht wir wachsen mit unserem Wissen, das Weltall schrumpft auf unsere Maßstäbe zusammen. Eine Galaxie im Goldfischglas.«

»Das Weltall zwischen zwei Buchdeckeln«, ergänzte die Astrophysikerin. »Wissen ist die Befestigung eines grundlegenden Mißverständnisses«, zitierte sie dann. »Wiseman.«

Sie schwiegen einen Augenblick, bis sich Marden wieder dem Datenterminal zuwandte. Während sie einige Programmanweisungen überprüfte, sagte sie: »Am meisten ärgert mich, daß im Computernetz soviel Mist gespeichert ist... die EDEN-Terraformprogramme beispielsweise. Ich glaube nicht, daß wir überhaupt eines von den 09-Programmen verwenden können.«

»Nichts ist vergebens getan«, entgegnete Seran und grinste müde. »Es kann immer noch als schlechtes Vorbild dienen.« Sie warf der Astrophysikerin einen abwartenden Blick zu. »Kennst du 08047?«

»Das ist ein Beobachtungsprogramm«, erwiderte Marden, ohne aufzusehen. »Aber welches?«

»CONTACT.«

»CONTACT?« fragte sie und speicherte eine Datensequenz ein.

»Ein Programm mit Maßregeln für den Fall, daß wir auf intelligentes Leben stoßen sollten«, erklärte Seran. »Aber interessant sind vor allem die beiden Folgeprogramme 08048 und 08049.« Sie lachte auf. »Typisch militärisch: erst COMBAT und dann COMCATE.«

»COMBAT?« fragte Marden verblüfft und löste den Blick von ihrem Bildschirm. »Was soll denn das sein?«

»Ein Programm, mit dessen Hilfe wir uns gegen Angreifer verteidigen können sollen.«

»Wir? Womit denn? Die SETERRA hat doch keinerlei Bewaffnung.«

Seran schüttelte den Kopf. »Das stimmt nicht. Für Oberflächeneinsätze sind wir bis an die Zähne bewaffnet, und sollte es zu einem Raumkampf kommen, haben wir die beiden Meteoritenabwehrsysteme.«

»Lahmarschige Fernlenk-Torpedos und Nahdistanz-Raketen«, entgegnete Marden abfällig. »Nicht einmal geeignet, um einen BULLOCK abzuschießen, solange dessen Steuerdüsen funktionieren.«

»Ich nehme nicht an, daß der Rat nur solche Projektile in den Depots untergebracht hat«, vermutete die Vize-Kommandantin. »Außerdem sind am Gerüst, an dem die drei großen Außentanks hängen, einige alte Lasergeschütze montiert worden, die aus abgewrackten

81

Kampfraumern stammen. Und McLelan hat mir einmal anvertraut, daß in irgendeiner Lagerhalle auch noch Raumjäger untergebracht sind, von umfangreichen Bodenwaffen-Depots ganz abgesehen.«

»Auch Atomwaffen?«

»Nicht anzunehmen, daß der Militärrat auch nur einen Teil seines Arsenals zurücklassen würde, oder?« Seran breitete die Hände aus. »Ich habe zwar bisher noch nichts gefunden, und auch Yreen hat nichts aus den Daten, die ihr zugänglich sind, ermitteln können. Aber ich würde meinen Sarkophag darauf verwetten, daß sich irgendwo an Bord, in einem versiegelten Gewölbe mit blockierter Zugangstür, ein umfangreiches ABC-Waffenlager befindet.«

»Megatoxo-Kampfstoffe und Mykoviren gegen Fremdwesen?«

»Nein«, sagte Seran und verbesserte sich dann: »Das kann ich nicht völlig ausschließen.«

»Aber?«

»Die Waffen sollen vor allem dazu dienen, die Macht des Rates zu erhalten.« Sie sah die Astrophysikerin ernst an. »Wenn sie eingesetzt werden, dann gegen uns.«

Ehe sie etwas erwidern konnte, flackerte ein gelbes Licht auf, und auf zwei Bildschirmen erschienen lange Kolonnen von Ziffern und Buchstaben. Sie wandte sich hastig wieder dem Kontrollpult zu.

»Was ist los?« fragte Seran.

»Ein Teleskop hat einen Lichtreflex ausgemacht, der wahrscheinlich kein Stern ist.« Sie startete ein Untersuchungsprogramm und überließ den Computer wieder sich selbst. »Und was ist COM-CATE?«

»Kontaktaufnahme mit Fremdwesen. Im Gegensatz zu dem militärischen Einsatzprogramm, das mit sehr präzisen Angaben und genauen Anweisungen ausgestattet ist, besteht COMCATE nur aus einer Reihe allgemeiner Maßregeln, deren Zusammenfassung ein einziges Wort ist… Mißtrauen.« Sie runzelte die Stirn und sah Marden fragend an. »Gibt es Anzeichen für intelligentes Leben im Zielsystem?«

Die Astrophysikerin schüttelte den Kopf. »Entsprechende Daten sind mir sowieso nicht zugänglich, aber der Computer hat nichts Derartiges angezeigt. Anzeichen für eine technische Entwicklung hätten wir schon vor Monaten feststellen müssen, vor der ersten Verzögerungsphase. Semiintelligentes Leben…« Sie zuckte die Achseln. »Bis jetzt haben wir nicht einmal einen Planeten gefunden, der Leben tragen *könnte*…«

Ein gelbes Licht leuchtete auf, und einige Schriftzeilen erschienen auf dem Bildschirm und unterbrachen sie. Sie las die Zeilen ab und gab eine Anweisung ein.

»Der Computer glaubt, einen weiteren Planeten identifiziert zu haben.«

»Der Lichtfleck von vorhin?«

»Ja«, bestätigte die Astrophysikerin und nahm Daten auf. »Nicht so groß wie die Erde, Bahnradius... innerhalb des Zonengebietes. *Nicht* in der Zone.«

»Eine Innenbahn«, stellte Seran enttäuscht fest. »Der fünfte Planet, und wieder eine falsche Umlaufbahn.« Sie stand auf und wandte sich ab. »Ich werde es McLelan melden.«

»Wenn es Planeten innerhalb und außerhalb der Zone gibt, ist die Wahrscheinlichkeit groß, daß es auch in ihr Planeten gibt«, behauptete die Astrophysikerin, ohne aufzublicken. »Erdähnliche Planeten«, setzte sie dann hinzu, aber die Resignation, die in ihrer Stimme schwang, widersprach ihren Worten.

»Wahrscheinlichkeit«, sagte die Vize-Kommandantin bitter. »Statistiken, sterile Zahlenkolonnen.« Sie drehte sich wortlos um und ging zum Schott. Ehe sie in den Gang hinaustrat, warf sie der Astrophysikerin noch einen Blick zu.

»Ich will ihn sehen, nicht an ihn glauben.«

Marden blickte ihr nach. »Glauben ist besser als nichts«, murmelte sie, »aber ich fürchte, das haben wir alle verlernt.«

CET 09.13.32.11

DATA REPLAY

CODE: BIOCONTROL

KENNZIFFER: 02100

PROGRAMM: COMPUTERUEBERWACHUNG BESATZUNGSZUSTAND

START WIEDERGABE

COLLAPS WARNING
BIOKONTROLLE MELDET BEUNRUHIGENDE DATEN FUER:
BRAN MCLELAN
VERMUTLICHER AUFENTHALT: SUBZENTRALE C
-COMPUTERINTERFACE-
COMP-PROGNOSE: ZUSAMMENBRUCH WAHRSCHEINLICH

COLLAPS WARNING
ENDE WIEDERGABE

CET 09.13.24.49

Der Zentralcomputer des Raumschiffes war in der Kernzelle untergebracht, weit entfernt vom Fangtrichter, dessen überstarke Magnetfelder ihn gefährden konnten. Außer der eigentlichen Computerzentrale und einem zweiten Operationsraum existierten allein im Bugsegment acht weitere Subzentralen, in denen unmittelbarer Zugang zum Computer hergestellt werden konnte.

Die Subzentrale C befand sich nicht weit vom Quartier des Kommandanten entfernt. Calins, der Medic-Offizier, der sich zur Zeit des Alarms in der Lazarettsektion aufhielt, hatte einige Minuten gebraucht, um die noch ziemlich zentral gelegenen Kontrollräume zu erreichen.

Als er die Subzentrale betreten hatte, war der Kommandant bereits bewußtlos gewesen. Er hatte ihm eine große Menge kreislaufstützender Medikamente gespritzt, ehe er es gewagt hatte, ihn in die nahegelegene Medic-Station zu schaffen, auch in Schwerelosigkeit nicht unbedingt ungefährlich.

Nachdem er McLelan an den Abtaster angeschlossen und den Scanner eingesetzt hatte, injizierte er ihm ein Contradrenalin, um die Herzfrequenz zu senken, dann wandte er sich den Daten zu, die der Computer ermittelt hatte. Als das Ergebnis feststand, blickte er einen Moment lang wie erstarrt auf die Zahlenkolonnen, bis er bemerkte, daß McLelan die Augen aufgeschlagen hatte und ihn ansah.

»Was ist passiert?« fragte er mit überraschend fester Stimme und musterte die Geräte, die ihn umgaben. »Bin ich zusammengebrochen?«

»Ja, beinahe«, antwortete der Medic-Offizier. »Sie waren bewußtlos und standen vor einem Kollaps. Der Herzschlag war unregelmäßig.« Er deutete auf den Computerschirm hinter sich. »Würde die Biokontrolle mich nicht alarmiert haben, hätte es gefährlich werden können. Aber so kam ich rechtzeitig.«

Der Kommandant schüttelte verständnislos den Kopf. »Ich dachte, die Biokontrolle wäre defekt und würde nicht mehr arbeiten?«

Calins nickte. »Sie war noch nie zuverlässig, und zeitweise fällt sie völlig aus, aber manchmal arbeitet sie stunden- oder tagelang störungsfrei, und rein zufällig tat sie es auch in dem Moment, als Ihr Zustand kritisch wurde.«

McLelans Gesicht zeigte einen Augenblick lang echtes Erschrekken. »Wäre sie nicht intakt gewesen, wäre ich vielleicht schon tot«, stellte er fest. Calins widersprach nicht.

»Was haben Sie denn gemacht?« fragte er, um den anderen abzulenken. »Vielleicht gab es eine unmittelbare Ursache für den Kollaps.«

»Ich habe mit dem Computer eine Modellprojektion für die Zeit nach der Reparatur durchgeführt«, antwortete der Kommandant zögernd, mit einer Zurückhaltung, die den Arzt mißtrauisch gemacht hätte, wenn seine Gedanken sich nicht mit etwas anderem beschäftigt hätten.

»Aber der Computer war abgeschaltet«, wandte er geistesabwesend ein. »Zumindest, als ich die Subzentrale betreten habe.«

McLelan unterdrückte einen Fluch, als er sich an seinen verzweifelten Versuch erinnerte, das verräterische Computerprogramm abzuschalten, nachdem er begriffen hatte, was dem unvermittelt einsetzenden, übermächtigen, stechenden Schmerz folgen würde. »Ich muß ihn wohl gerade abgeschaltet haben, als ich ohnmächtig wurde«, meinte er mit gezwungen ruhiger Stimme. »Aber ich sehe keinen Zusammenhang mit dem Anfall.«

»Vielleicht war auch die allgemeine Überlastung der Grund«, gab Calins zu und sah McLelan an. »Ich rate Ihnen auf jeden Fall, sich etwas zurückzuhalten.«

»Und verraten Sie mir auch, wie ich das machen soll?« fragte McLelan sarkastisch.

»Nein«, antwortete Calins ungerührt und zögerte dann, ehe er fortfuhr: »Aber Sie sollten darauf achten, daß Sie nicht allzu lange allein sind.«

»Allein?« wiederholte der Kommandant erstaunt und sah den Medic-Offizier scharf an. »Wie schlimm sieht es denn wirklich aus?«

Calins wandte sich um und deutete auf den Computersichtschirm, auf den gerade die Schlagfrequenz von McLelans Herz projiziert wurde, während auf einem anderen eine räumliche Scanneraufnahme des Organs selbst zu sehen war. Die Ausschläge der grünleuchtenden Linien waren unregelmäßig.

»Ich bin mir nicht ganz sicher, bevor nicht eine ausführliche Untersuchung durchgeführt ist. Es steht also nichts endgültig fest.«

»So klingt es fast wie ein Urteil«, meinte der Kommandant ungeduldig. »Harl, Sie vermuten doch etwas, also reden Sie auch.«

Calins nickte. »Es sieht nach einer nicht reversiblen Schwäche der

Herzmuskulatur aus, verursacht durch Schäden im Netz der Herzkranzgefäße. Eine mit dem Alter eintretende Entwicklung, die aber durch die anhaltende Schwerelosigkeit während der letzten Jahre in außergewöhnlichem Maße gesteigert wurde.«

McLelan runzelte die Stirn. »Ich lege das so aus, daß weitere Anfälle folgen werden.«

Der Arzt nickte. »Mehr als das.« Er sah ihm ins Gesicht. »Sie werden den Weltraum nicht mehr verlassen können.«

Der Kommandant erwiderte den Blick des Medic-Offiziers mit versteinertem Gesicht und sagte nichts.

»Sie würden innerhalb kurzer Zeit sterben, wenn Sie einer andauernden Schwerebelastung von halber Erdgravitation ausgesetzt werden. Um ein G zu überleben, müßten Sie sich einer Organtransplantation unterziehen, aber auch die kann nicht alle Schäden beseitigen«, erklärte Calins weiter. »Sie würden eine Landung auf einem Erdplaneten oder gar den Rückstart in den Orbit keinesfalls überleben.«

McLelan nickte mit unbewegtem Gesicht. »Ich habe verstanden.«

»Ich behaupte nicht, daß gar keine Möglichkeiten bestehen«, schränkte der Medic-Offizier ein. »Die Compdiagnose ist nicht sehr präzise. Aber es sieht auf alle Fälle eher schlecht aus.«

Der Kommandant nickte wieder. »Und die vierzig Tage der Verzögerungsphase? Die Andruckbelastung wird ein G betragen, wenn das Triebwerk planmäßig gestartet wird.«

»Sie werden diese vierzig Tage überleben, aber es könnte gegen Ende kritisch werden. Wäre die Zeit erheblich länger, hätten Sie keine Überlebenschance.« Calins atmete tief ein. »Und falls wir eine erdähnliche Welt entdecken und sie erreichen, werden Sie sie nicht betreten können.«

McLelan schwieg und starrte wie gebannt auf den Sichtschirm, auf dem sich noch immer die grünleuchtende Linie wand und bewegte, rhythmisch, regelmäßig, fast suggestiv. Calins beobachtete irritiert den entrückten Gesichtsausdruck. Als sein Blick auf den Sichtschirm fiel, richtete er sich alarmiert auf. Die Schlagfrequenz wurde immer größer, die Anzahl der Ausschläge steigerte sich, zunächst unmerklich, dann rapide, strebte einem kritischen Wert zu, wobei am Überwachungsgerät zahlreiche rote Warnlichter aufflammten. In der während der ganzen Zeit synchron ablaufenden akustischen Wiedergabe der Herztöne verschmolzen die einzelnen Schläge miteinander.

Calins begriff und stieß einen Ruf der Überraschung aus, während er sich rasch vorbeugte und den Sichtschirm abschaltete. Als er wieder McLelan ansah, lag der mit schmerzverzerrtem Gesicht schweratmend auf der Metalliege.

»Verd… was ist passiert?« fragte er mit gepreßter Stimme und wischte sich mit dem Handrücken den feinen Schweißfilm von der Stirn.

Der Arzt schüttelte verwirrt den Kopf. »So etwas habe ich bisher noch nicht gesehen«, stellte er fast entgeistert fest. »Als wären Sie von Ihrem eigenen Herzschlag hypnotisiert worden, und als hätte dies eine Art Resonanzkatastrophe verursacht. Aber daß ein fast epileptisches Syndrom durch ein derartiges Feedback erzeugt wird…« murmelte er.

McLelan befreite sich erschöpft von einigen Sensoren, die an seiner Haut befestigt waren, und richtete sich unsicher auf. »Ich bin anscheinend überempfindlich oder extrem nervös«, meinte er mit brüchiger Stimme.

Calins nickte. »Das Foltersyndrom«, erklärte er.

»Was?«

»Das Foltersyndrom«, wiederholte der Arzt. »Wenn jemand über längere Zeit extremen Foltern ausgesetzt war, leidet er an Folgewirkungen wie mangelnder Konzentrationsfähigkeit, depressiven Wechselphasen, Schlafstörungen, psychischen Schäden, einer dauerhaften Angst, die zu unbegründeten, hysterischen Anfällen führt.« Er nickte langsam. »Und der Frosterschlaf ist eine regelrechte Folter, wie schon die Folgewirkungen zeigen.«

McLelan antwortete nicht, sondern musterte sein Handgelenk, an dem ein Armbandcomputer befestigt war, in dem auch die Biokontroll-Geräte untergebracht sein mußten. »Sie werden über diesen Vorfall schweigen«, sagte er schließlich. »Ich nehme an, daß ich mich darauf verlassen kann, Harl.«

Calins musterte den Kommandanten abwartend. »Sie meinen, damit die anderen nicht beunruhigt werden?« fragte er dann. »Sie berauben sich damit der Möglichkeit, einem tödlichen Anfall zu entgehen, wenn wir alle Bescheid wissen und auf Sie achten können.«

»Ich weiß«, stimmte McLelan zu. »Das werde ich riskieren müssen.« Er lächelte gezwungen. »Mir fällt da gerade ein psychologisches Modell ein, das in die Auseinandersetzungen um die Zusammensetzung der Kernbesatzung eingebracht worden war.«

»Weshalb?«

»Weil es vielleicht verdeutlicht, weshalb wir über meinen Gesundheitszustand besser schweigen sollten«, erklärte der Kommandant. »Dem Modell nach sollte der Kommandant als eine Art Gottvater-Gestalt eingesetzt werden, abgerückt und abgeschlossen von der übrigen Mannschaft, selbstgerecht, paranoid, während die anderen Besatzungsmitglieder eher labil sein mußten, vielleicht sogar mystisch-religiös eingestellt.« Er schüttelte den Kopf. »Angeblich wäre das eine sehr stabile Situation.«

Calins antwortete nicht, während McLelan aufstand, und dachte, daß dieses Modell anscheinend nicht verwirklicht worden war, er aber dennoch leises Unbehagen fühlte, bei dem Gedanken daran, durch was es ersetzt worden sein mochte. Wenn es in veränderter Form nicht doch eingesetzt worden war. Vielleicht waren sie schon unfähig geworden zu erkennen, in welchem System aus manipulierten Wahnideen sie gefangen waren.

Dem Kommandanten war seine Nachdenklichkeit nicht aufgefallen, als er den Lazarettraum verlassen hatte. Während er zu seinem Quartier zurückging, ging er im Geiste die veränderte Situation durch. Unterwegs warf er einen Blick in die Subzentrale, um sich zu vergewissern, daß das Computerpult abgeschaltet und alle Spuren beseitigt worden waren.

In seinem Quartier setzte er sich an die Schaltkonsole der VidCom-Anlage. Es war ihm zwar besser erschienen, seine Befürchtungen für sich zu behalten, aber falls er durch einen zweiten Anfall im entscheidenden Augenblick nicht eingreifen konnte, war es besser, wenn auch andere von den bevorstehenden Schwierigkeiten wußten.

Er nickte entschieden und beugte sich vor. Nachdem er eine Anweisung eingegeben hatte, erschien das Gesicht der Vize-Kommandantin auf dem Sichtschirm. Wie er es erwartet hatte, befand sie sich in der Wissenschaftszentrale, allein, da Marden einige Antennenanlagen überprüfte.

»Kommandant?«

McLelan lächelte gezwungen. »Ich muß mit Ihnen sprechen, Lana, möglichst in meinem Quartier.«

»Weshalb?« fragte sie, ohne daß sich ihr Gesichtsausdruck änderte.

Er runzelte die Stirn. »Sagen wir, ich muß Ihnen etwas gestehen.«

89

CET 09.05.34.05

Von der großen Kommandozentrale des Raumschiffes, in der zwölf Männer und Frauen arbeiteten, zog sich ein Geflecht aus Megabit-Glasfaserkabeln zu anderen Kommandozentralen wie der Missionskontrolle am Fangtrichter, der Wissenschaftszentrale, der Triebwerkskontrolle, dem Compraum, der Reaktorzentrale und den Flugleitzentralen bei den Hangaranlagen. Weniger große Verbindungsadern vernetzten diese Kontrollräume mit den kleineren Sektionszentralen, Sektorkontrollen und Subzentralen, von denen aus einzelne Segmente des Schiffes gesteuert und überwacht werden konnten. Alle diese Kontrollräume wurden erst bemannt, wenn eine größere Unternehmung in dem entsprechenden Gebiet durchgeführt werden mußte.

Die Kontrollzentrale des Heckbereiches war ein annähernd runder Raum, niedrig, mit Andrucksesseln für zehn Besatzungsmitglieder. Ein großer Computer, der mit dem Hauptcomputer über ein Glasfaserkabel verbunden war, diente zur Überwachung der Elektronik im Triebwerk. Ungefähr die Hälfte aller Meßgeräte, Schaltsysteme und Kontrolleinheiten war planmäßig eingebaut worden, und in den Bereichen, in denen dies geschehen war, erfaßte das Systemanalyseprogramm alle auftretenden Schäden und Defekte. Aber zahlreiche Bestandteile des Überwachungsnetzes waren Ersatzteile oder andere, notdürftig angepaßte Bauteile, die nicht mit den Daten des SYSAN-Programmes übereinstimmten, und aus diesen Regionen erhielt der Computer keine brauchbaren Ergebnisse. Ein großer Teil der wichtigen Segmente und Anlagen mußte also von Hand überprüft werden.

Es hatte sich erwiesen, daß die Kontrollräume unbeschädigt geblieben waren. Die Verschiebungen im Zellengerüst des Schiffes hatten nur an einigen Stellen, vor allem im Bereich der Hangarsektion, stattgefunden, verursacht durch eine Bruchstelle im Gerüst. Die Beschädigungen der Schiffszelle waren nicht mehr zu beseitigen, aber das Gefüge hatte sich schlimmstenfalls um einen Zentimeter verformt. Auch der größte Teil der Supraleitkabel war intakt geblieben.

Da der Bereich, in dem der Computer Schäden ermitteln und anzeigen konnte, hauptsächlich das Wabengitter, das die Brennkammer umgab, umfaßte, setzten zunächst Marge Northon und Aaram Cerner, die sich auf das Triebwerk spezialisiert hatten, den Computer ein, während die anderen Techniker die Maschinenanlagen selbst unter-

90

suchten. Auf dem Bildschirm war eine elektronische Skizze der Brennkammer zu sehen, in der die beschädigten Waben gekennzeichnet waren. Die drahtige Magnetfeldspezialistin hielt einen Taschencomputer in der linken und gab mit der rechten Hand die Kennummern der Waben ein, die ausgetauscht werden mußten. Nach einigen Minuten stoppte sie das Programm.

»Okay, das reicht«, sagte sie erschöpft und öffnete die Gurte, die sie in dem Sessel gehalten hatten. Sie drückte sich aus ihm heraus und setzte die Magnetstiefel auf den Gitterrost. Wie der grauhaarige Ramjet-Techniker trug sie noch ihren Raumanzug, hatte aber den Helm abgenommen.

»Wir sollten uns jetzt erst mal das Triebwerk von draußen ansehen«, schlug sie vor.

»Eine EVA mit einem Schlepper?« fragte Cerner.

»Natürlich. Wir müssen ohnehin einen von ihnen überprüfen, um sicherzugehen, daß er einsatzfähig ist. Außerdem will ich mir die Dockanlage ansehen, über die wir die Ersatzteile zum Heck schaffen wollen.«

Er nickte. »Aber die Schlepper sind verseucht«, wandte er dann ein.

»Nicht viel, aber wir sollten sie so wenig benutzen wie nur irgend möglich.«

»Wir werden ohnehin mehr Strahlung abbekommen, als wir vertragen können«, meinte sie kalt. »Und darüber mache ich mir jetzt besser keine Gedanken. Wenn ich wieder aus dem Schlepper... wenn ich wieder aus diesem Schiff heraus bin, dann werde ich darüber nachdenken.«

»Ich fürchte, wir werden ziemlich fertig sein nach diesen zehn Tagen«, meinte Cerner.

Sie nickte nur. »Das dürfte sicher sein. Gehen wir?«

Sie verließen die Kontrollzentrale und gingen durch eine langgestreckte Verbindungsröhre in Richtung Hangar. Als sie eine Verteilerkammer erreichten und in einen anderen Gang stiegen, bemerkte Northon eine Markierung auf einer verriegelten Luke, auf der auch eine große gelb-schwarze Plakette angebracht war, die vor Strahlung warnte.

Sie blieb stehen und versuchte im Licht ihres Helmscheinwerfers, die Buchstaben, die mit grauer Farbe auf das Plastik geschrieben worden waren, zu entziffern. Neben der Plakette prangte ein Kreuz in derselben abblätternden Farbe.

»Es scheint ein Name zu sein«, sagte sie zu Cerner, der neben ihr stehengeblieben war. »Was bedeutet das?«

»Das bedeutet, daß sich dahinter ein Toter befindet«, erklärte ihr der Techniker widerwillig.

»Ein Toter?«

»Ja«, nickte er und seufzte. »Ich hatte es fast vergessen. Man vergißt all das, an das man sich erinnern will, nie das, was man vergessen wollte.«

»Was war denn passiert?«

»Einer meiner Kollegen«, berichtete Cerner. »Er kam bei einem Unfall ums Leben… bei der Überprüfung eines autarken Isotop-Reaktors.«

»Und?« fragte Northon, während sie versuchte, den Namen neben dem Kreuz zu entziffern.

»Er öffnete eine Leitung, ohne vorher die Zuleitungsventile überprüft zu haben. Wahrscheinlich war er überarbeitet oder wollte auf die Sicherheitsmaßnahmen verzichten, jedenfalls erstickte er an den giftigen Kühlmittel-Dämpfen.«

»Er liegt da drin?«

Cerner nickte. »Nach dem Ausfall der Kühlung wurde der Reaktorkern zu heiß, und durch die Lecks trat Strahlung aus. Wir hatten keine Schutzanzüge zur Verfügung, und außerdem breitete sich in dem Korridor radioaktiver Staub aus.« Er verzog das Gesicht. »Als die Zeit knapp wurde, klebten wir eine Warnungsplakette auf die Luke, verriegelten sie und machten weiter. Der Reaktor war ohnehin nicht mehr wiederherzustellen.«

Northon grinste schwach. »Die Leiche in der Wand. Wer war es?«

Cerner runzelte die Stirn und fluchte leise. »Ich kann mich an seinen Namen nicht mehr erinnern.«

»Ob noch etwas von ihm übrig ist?«

Er warf der Luke einen angewiderten Blick zu und ärgerte sich, daß er den halb vergessenen Vorfall erwähnt hatte.

»Möglich«, gab er schließlich zu. »Der Inspektionsgang war zwar mit Helox-Gemisch gefüllt gewesen, aber wir haben die Luke damals luftdicht versiegelt. Außerdem ist es sehr kalt in den Überprüfungsschächten.«

»Es sind immerhin mehrere Jahrhunderte«, meinte sie. »Das ist eine verdammt lange Zeit, und wir unterschätzen sie viel zu oft.«

»Bei dem ganzen verfluchten Schiff hat man diese Zeit unterschätzt«, entgegnete Cerner ungehalten. Sie löste den Blick von der Luke und stieg in den anderen Verbindungsgang. Nach einigen Schritten fragte sie: »Du warst bei den Montagetrupps dabei?«

Er nickte. »Ja. Das Ramjet-Triebwerk und der Magnetfangtrichter waren zwar bereits montiert worden, aber das lag über ein Jahrzehnt zurück, als ich nach Selenaport gebracht wurde. Der Zusammenbruch und der halbe Scheißkrieg lag dazwischen, und wir mußten alles überprüfen und einen großen Teil der Anlagen ersetzen.« Er warf ihr einen verzweifelten Blick zu. »Wir haben damals zwei Jahre gebraucht, um das Triebwerk wiederherzustellen, und dabei war es nur den Temperatursprüngen beim Eintritt in den Mondschatten und den Mikrometeoriten ausgesetzt gewesen. Und jetzt sollen wir es in zehn Tagen noch einmal schaffen, und inzwischen ist die ganze Anlage verrottet.«

»Ich habe gehört, es hätte damals auch einige Explosionsschäden im Heck gegeben«, sagte die Technikerin.

»Ja«, gab er widerstrebend zu. »Es kam immer wieder zu Angriffen durch Schiffe, die vom Gürtel aus operierten, und einmal hat die halbfertige Schiffszelle zwei SpaceRak-Treffer abbekommen, und eine war nahe dem Montagesockel eingeschlagen. Aber damals konnten wir alle Segmente austauschen. Jetzt kann es uns passieren, daß wir nicht einmal mehr über einzelne Ersatzteile verfügen. Und je mehr angepaßte, veränderte Teile wir einsetzen, desto größer ist die Gefahr, daß die ganze zusammengepfuschte Anlage nicht mehr arbeitet.«

»Mag sein«, räumte sie ein. »Aber darüber kann ich mir immer noch den Kopf zerbrechen, wenn es soweit ist.«

Er erwiderte nichts darauf. Nach einiger Zeit fragte er: »Bist du überhaupt nicht bei der Endmontage beteiligt gewesen?«

»Nein. Ich befand mich damals noch auf der Erde, glaube ich, bei einer Fusionsanlage in Nevada. Wir versorgten eine Megalopolis an der Westküste mit Energie.«

»Das Kraftwerk arbeitete noch?«

»Wir haben den Krieg fast unbeschadet überstanden. Die nächste Raketenbasis lag mehr als zweihundert Meilen entfernt, und falls ein Sprengkopf auf uns gezielt war, hat er uns verfehlt. Aber uns gingen nach und nach die Ersatzteile aus ... wie überall. Als sie damit anfingen, Asteroidentrümmer auf Bodenziele zu lenken, und wir die Anlage stillegen mußten, hat das Militär nicht nur alle verwendbaren Teile ausgebaut, sondern auch den größten Teil des technischen Stabes zwangsversetzt.«

»Der Militärrat? Ich dachte, das Kraftwerkspersonal wäre zivil gewesen.«

»An sich ja, aber ich war bei einem Ramjet-Triebwerksprogramm der Raumflotte beschäftigt gewesen, und damals hatte man mich als Militärtechnikerin eingestellt. In der Anfangsphase des Zusammenbruchs ging der Rat dann dazu über, in allen wichtigen Anlagen Zivilisten durch Militärangehörige, die ihrer Gerichtsbarkeit unterstanden, zu ersetzen. Am Ende gab es dort zweimal mehr Soldaten und Armeetechniker als Zivilwissenschaftler, bis die Anlage dann demontiert wurde.«

Sie sah ihn achselzuckend an. »Jedenfalls wurde ich zum Mond versetzt. Als ich aus dem Pendler stieg, hatte man das Triebwerk des Schiffes bereits betriebsbereit gemacht, und zwei Tage später fand der erste Probelauf statt.«

Er nickte. »Ich habe auch als technischer Angehöriger des Flottenprogramms angefangen. Wir bauten die ersten Ramjet-Antriebe für die interplanetaren Schiffe. Später wechselte ich in die zivile Raumforschung, nachdem man mich aus der Raumflotte austreten ließ.« Er fluchte verbittert in sich hinein. »Verdammt, sie haben mich zwangseingezogen, als der Krieg kam. Alle Ex-Militärangehörigen seien laut Gesetz Reservisten, behaupteten sie, machten mich zum aktiven Soldaten und setzten mich als Triebwerksingenieur auf ein systeminternes Kampfschiff. Mehrere Monate Einsatz jenseits der Saturnbahn, dann der Gürtelkrieg, und zweieinhalb Jahre danach wurde ich wiederum auf die Mondbasis versetzt, als Eibermend den Militärrat übernahm und dieser beschloß, das REFUGEE-Projekt wiederaufzunehmen.«

»Was war das eigentlich für ein Projekt?« fragt sie, während sie vor einem automatischen Schott warteten, das sich langsam hob.

»REFUGEE?« Cerner runzelte die Stirn. »Ich weiß es nicht… nicht mehr… genau, aber während meiner Zeit in Selenaport habe ich einiges gehört. Nicht viel, damals lag ja schon die Nachrichtensperre über allem, was mit der SETERRA zu tun hatte.«

»Wegen der Megalopolen und wegen des Gürtels?«

»Ja, wahrscheinlich. Ich möchte nicht wissen, was geschehen ist, nachdem wir gestartet sind.«

»Ich auch nicht, aber…« Sie verstummte.

»Jedenfalls«, sagte er schließlich, »war das Projekt REFUGEE bereits mehr als zwölf Jahre alt, als der Krieg ausbrach. Am Anfang standen, glaube ich, die Erprobungs-Expeditionen der ersten Ramjet-Hibernationsschiffe... die Fahrten der YMIR und der LONGRANGE aus dem System heraus, der MINOTAURUS-Testflug nach Alpha-prox-Centaurus und die anderen Interstellar-Missionen, die danach kamen. Die Orbitalwerften in der Mondumlaufbahn, im Gürtel und in den Lagrange-Positionen waren fertiggestellt worden, die Wasserstoff-Raffinerien nahe des Saturn hatten ihre Arbeit aufgenommen, als man beschloß, große Transportschiffe mit Ramjet-Antrieben zu entwickeln und zu bauen, während gleichzeitig Robotsonden mit dem gleichen Antrieb ausgesandt wurden.« Er lachte bitter. »Angeblich hatte man Anzeichen für erdähnliche Planeten entdeckt, aber das ist fraglich. Als der Zusammenbruch kam, befand sich die Zelle des ersten Schiffes bereits in einer Mondumlaufbahn, und man war dabei, die Hibernat-Kammern zu installieren. Dann folgte der Krieg, erst auf der Erde, dann im Gürtel.«

»Soweit ich weiß«, warf Northon ein, »hatte der Krieg schon lange vorher begonnen, oder?«

Cerner nickte. »Im All, ja. Schiffe gingen verloren, wenn die Sonnenaktivität Funkverbindungen unterbrach, und Wracks fand man nicht. Niemand hatte Hemmungen, Atomwaffen im All einzusetzen. Aber für die Erde kam der wirkliche Krieg erst nach dem Zusammenbruch, nach dem Antarktiskonflikt.« Er hing seinen Erinnerungen nach. »Als es vorbei war, hatten lediglich einige Megalopolen überlebt, meist südlich des Äquators. Der Mond, vor allem die Schiffszelle, die Orbitwerften, der Antriebskomplex und die riesigen Mengen Deuterium-Stützmasse, die von Tankschiffen in einem Interim-Orbit gelagert worden waren, sind unbehelligt geblieben. Eine Zeitlang sah es so aus, als wäre auch der Krieg damit beendet...«

»...bis der Gürtel rebellierte«, beendete sie den Satz.

»Ja.« Er sagte es leise, als spräche er mit sich selbst. »Es gab Übergriffe von Afroasia-Schiffen, aber auch von unserer Seite, und dann wurden die Militärstationen auf dem Mond angegriffen. Ceres wurde gesprengt, und dann... die Asteroiden.«

»Eigentlich erstaunlich, daß die SETERRA weitgehend unbeschädigt blieb und sogar fertiggestellt werden konnte«, bemerkte die Technikerin. »Während gleichzeitig die Erdoberfläche vollständig verwüstet wurde...«

»Abgesehen von den beiden SpaceRak-Treffern blieb das Schiff vom Krieg verschont, und die anderen wichtigen Anlagen zunächst ebenfalls. Als sich abzeichnete, daß die Situation unhaltbar wurde, entschied man sich, das REFUGEE-Projekt wiederaufzunehmen und zu beenden.«

»Unter anderen Bedingungen«, stellte sie trocken fest. »Gab es ursprünglich einen festgelegten Zielstern? Ich weiß, daß Alphaprox-Centaurus und die anderen Gestirne in Solnähe keine geeigneten Begleiter besaßen.«

Cerner sah sie achselzuckend an. »Die Theorien über Planetenbildung waren nicht besonders zuverlässig, weil es keine eindeutigen Beobachtungsdaten gab, weder von den Fernsonden noch von den Orbitalteleskopen. Man hat keine Welten von Erdgröße oder gar mit vergleichbarer Atmosphäre nachgewiesen, oder zumindest ist eine solche Entdeckung nie bekanntgemacht worden.« Er verzog das Gesicht. »Möglich, daß der Militärrat von einer der alten Robotsonden eine Sendekaskade aufgefangen hat, aber ich weiß ebensowenig wie die meisten anderen, ob es einen festgelegten Zielstern gab, als das Projekt wiederaufgenommen wurde. Vielleicht haben wir mehrere Systeme passiert, ohne davon zu erfahren, oder haben auf Nachrichten von den Robotsonden gewartet, denen wir folgten… die entsprechenden Programme sind im Compnetz vorhanden.«

»Offiziell hieß es, man habe ein System mit vielversprechenden Rahmendaten entdeckt«, bemerkte die Technikerin bitter. »Die Wissenschaftler hätten die Wahrscheinlichkeit für erdähnliche Welten in diesem System als hoch angegeben, und die Computer gaben ihnen recht.« Sie lachte geringschätzig. »Was wohl vor allem darin lag, daß die Computer von eben diesen Wissenschaftlern mit Daten versorgt wurden.«

»Ja.« Cerner erwiderte ihren erbosten Blick gleichmütig. »Allerdings haben wir, wie auch immer, ein einigermaßen aussichtsreiches System gefunden, oder?«

Sie lachte kalt, und er starrte sie an.

»Okay, schon gut«, lenkte er ein. »Ich rege mich nicht über Entscheidungen auf, die nicht mehr zu ändern sind, und ich habe auch keine Sehnsucht danach, jemanden umzubringen, der schon jahrhundertelang Staub ist.« Sie schaute ihn fragend an. »Oder sollten einige dieser sogenannten Wissenschaftler gar an Bord sein?«

Er lachte gezwungen. »Nein, ich glaube nicht.«

»Vertrauen Sie den eigenen Berechnungen nicht?«

»Wenn sie den Krieg überhaupt überlebt haben, waren sie wohl schon zu alt«, erwiderte er nüchtern.

»Vielleicht hat der Militärrat noch einige von ihnen aufbewahrt«, entgegnete sie und zuckte dann die Achseln. »Egal. Ich hätte ihnen jedenfalls ein böses Erwachen gewünscht, oder besser überhaupt keines.«

Cerner warf ihr einen Blick zu, in dem Abscheu und Angst gleichermaßen lagen, sagte aber nichts. Sie erreichten die Druckschleuse zum Hangar. Wortlos setzten sie ihre Helme auf und begannen mit der gegenseitigen Kontrolle.

CET 09.04.02.54

Die Autark-Reaktoren waren Bestandteile des Notstromnetzes, das einzelne Sektoren nach dem Ausfall des Hauptnetzes versorgen sollte. Sie wurden mit Isotopladungen betrieben, Reaktorfüllungen aus stark radioaktiven Substanzen, bei deren Zerfall Wärme freigesetzt wurde, ohne daß eine gesteuerte Kettenreaktion stattfand. Die strahlenden Reaktorladungen wurden in den Brutreaktoren nahe dem Haupt-kraftwerk erzeugt und angefertigt, ihre Lebensdauer betrug zwischen zwei Jahren bei kleinen und zwanzig Jahren bei großen Reaktoren. Nach sechs Jahrhunderten war nicht so sehr der Ersatz unbrauchbar gewordenen Isotop-Brennstoffes, sondern der mangelhafte Zustand der Strahlenschutzkammern, der Bleischilde und Bio-Abschirmungen das Problem. Zahlreiche Reaktoren arbeiteten überhaupt nicht mehr, bei anderen waren die Kühlmittelkreise durch Defekte lahmgelegt worden, und nicht wenige ähnelten unsichtbaren Leuchtfeuern, die wahre Vulkanausbrüche tödlicher Strahlung freisetzten.

Einige dieser Reaktoren lagen im Heckbereich, und zwei von ihnen waren unter anderem für die Energieversorgung des Wabengitters ein-geplant worden. Der eine der beiden Reaktoren hatte in der kritischen Zeit keinerlei Energie in das Netz eingespeist, und der andere war dar-aufhin beinahe überlastet worden.

Tharin, der hagere Reaktorspezialist, und Gathen, der die Kontroll-anlagen und Meßsysteme überprüfen wollte, hatten etwa vierzig Mi-nuten gebraucht, um durch das Labyrinth von Inspektionsschächten den Reaktor zu erreichen. Wäre die starke Strahlung nicht gewesen, die ihren Geigerzählern den Weg gewiesen hatte, hätte es möglicher-weise noch ein wenig länger gedauert, denn in den Schächten waren zu wenige Markierungen und Richtungsweiser angebracht worden, ohne die man sich kaum zurechtfinden konnte.

Tharin hatte, einer Ahnung der auf ihn wartenden Schwierigkeiten folgend, seinen Druckanzug gegen einen Strahlenschutz-Panzer aus-getauscht, einem klobigen, steifen Gebilde, das ihm die Bewegungen in den Schächten sehr erschwerte. Jetzt stand er in einer Kontrollkam-mer des Reaktors und spürte mit einem Prüfgerät Strahlenlecks im Rohrnetz auf, die er mit einem Spezialmittel abzudichten versuchte. Tatsächlich war der gesamte Bereich um den Reaktor durch ver-dampftes radioaktives Kühlmittel verseucht, bis hin zu den Druckwänden eines nahen LOX-Tanks. Der Sauerstoff, der wahrscheinlich ebenfalls kontaminiert war, sollte verlorengegangenes Gas im Umwälznetz ersetzen, als Teil des Atemgemisches, aber für diesen Zweck war er jetzt unbrauchbar. Der Tank mußte gesperrt werden, denn sollte das radioaktive Gas in die Schächte gepumpt werden, wäre ein großer Teil des Heckbereiches verseucht. Da das Gas aber nicht in das Pumpsystem der Steuertriebwerke eingespeist werden konnte, weil keine Verbindung zu diesem Rohrnetz bestand, konnte er nicht einmal abgefackelt oder in den Weltraum abgelassen werden, und so würden viele tausend Liter Flüssigwasserstoff noch jahrzehntelang in dem Tank liegen, bis ein Verwendungszweck gefunden oder die Druckwände verrottet sein sollten.

Gathen stand mehr als zwanzig Meter entfernt, hinter den Bleiglas-Sichtluken des nicht besonders großen Kontrollraums, der neben der Zugangsschleuse zum Innenraum des Reaktors lag. Er überprüfte die Greifarme, die die Isotopladungen im Reaktor auswechseln sollten. Tatsächlich schien der Reaktor, von den Strahlenlecks abgesehen, intakt zu sein. Gerade dies war beunruhigend.

Tharin wandte sich um und sah zu dem Techniker herüber. Er verzog das Gesicht, für den anderen durch das Sichtvisier nicht erkennbar, dann machte er mit der rechten Hand ein O.K.-Zeichen. Gathen nickte. Der Reaktortechniker stapfte gebückt langsam über den Laufrost hinweg auf die Dekontaminierungs-Schleuse zu. Der gepanzerte Anzug war ziemlich massig und unbeweglich, aber in der Schwerelosigkeit bereitete weniger das Gewicht als die Starre des Strahlenpanzers Schwierigkeiten.

Während er in der Entseuchungskammer stand, fluchte er leise vor sich hin. Cerner hatte ihm erklärt, daß er auf seinen Streit mit dem Telemetrie-Experten keine Rücksicht nehmen konnte, als er sich beschwert hatte, daß er erneut mit Gathen zusammen an den Reaktoren arbeiten mußte. Sie hatten auf dem Weg zu dem Reaktor kaum ein Wort miteinander gewechselt.

Gathen, dessen schlechte Stimmung wieder einer unbeständigen Lethargie gewichen war, wartete bewegungslos einige Minuten und sah zu, wie in der Schleuse heißer Wasserdampf über den Anzug strömte. Als sich das Innenschott öffnete und Tharin den Raum betrat, leuchtete an seinem Strahlenmeßgerät eine rote Lampe auf.

»Heiß«, stellte er langsam fest und richtete das Gerät auf ihn, dann wich er einen Schritt zurück. Der Ausschlag war beunruhigend hoch.

99

Tharin blickte auf sein eigenes Warngerät, das an seinem Gürtel hing. »Scheiße«, sagte er beunruhigt.

»Defekt?« fragte Gathen mit einem versteckten Grinsen.

»Ja, verdammt«, bestätigte er nervös. »Wieviel?«

Gathen hielt die Anzeige hoch. »Genug«, meinte er kalt, »aber keine Katastrophe.«

»Wenn das der einzige mistige Reaktor wäre, den ich in den nächsten zehn Tagen betreten muß...« meinte der hagere Techniker besorgt. »Außerdem war das eine verdammt hohe Dosis für eine halbe Stunde.«

Der blonde Telemetrie-Techniker nickte mit gleichgültiger Miene und trat noch einen Schritt zurück. »Der Anzug hat einiges abbekommen«, stellte er fest. »Vielleicht arbeitet die Dekon-Schleuse nicht mehr richtig. Es ist in jedem Fall besser, wenn wir ihn sobald wie möglich loswerden.«

»Läuft das Scheißding wieder?« fragte Tharin und deutete flüchtig auf das Schaltpult des Reaktors.

»Nein. Die Automatik hat nicht wegen der Lecks gesperrt, und Brennmaterial haben wir bereits ausgetauscht.«

»Mist«, fluchte er fahrig. »Weshalb denn? Wo steckt der elende Fehler?«

»Irgendwo zwischen der Kontrolleinheit und den Meßgeräten«, meinte Gathen wenig interessiert. »Vielleicht liegt es am Kabelnetz.«

»Oder an der Fernkontrolle des Reaktors. Oder an der Programmierung. Oder am Sub-Computer... oder...« vermutete Tharin verzweifelt und verstummte dann resignierend. »Das kann ja heiter werden.«

Gathen ging an ihm vorbei in die Außenschleuse, die in den Inspektionsschacht führte. »Gehen wir erst einmal zurück«, forderte er ungeduldig. »Je eher wir diesen Panzeranzug wegschmeißen, desto besser.«

»Von den Anzügen haben wir ja mehr als genug«, sagte Tharin mit einem hilflosen Grinsen.

»Genau«, erwiderte Gathen eisig. »Aber von den Reaktoren nicht.«

Sie stiegen durch die Luke wieder in den Schacht ein, eine unbeleuchtete, unübersichtliche Röhre, in der zahlreiche Kabel und Röhren angebracht waren. Sie mußten ihre Helmscheinwerfer einschalten und stolperten trotzdem immer wieder über lose verlegte Kabelstränge, da sie in dem niedrigen Schacht gebückt gehen mußten.

»Ich bin diesem Reaktortyp bisher nicht begegnet. War dir diese Art Autark-Gerät bekannt, Wyl?« fragte Tharin nach einiger Zeit. Er hielt einen Abstand von ungefähr vier Metern, damit das rote Warnlicht an Gathens Meßgerät erlosch.

»Ein Reaktor, den ich vor zwei Jahren im Bugsegment überprüfen mußte, gehörte zu derselben Serie«, erklärte Gathen unfreundlich.

»Echtjahren?«

»Selbstverständlich. Ich habe einige Reparaturen am Fangtrichter ausführen müssen, ehe die erste Bremsphase begann. Die Reservereaktoren waren allesamt aus militärischen Großraumschiffen ausgebaut worden, wie dieser auch.«

»Und?«

»An einem der Reaktoren waren die Greifarme beschädigt, und die Isotopladung gab nichts mehr her«, erklärte er unwillig.

»Habt ihr es geschafft?«

»Nein«, antwortete Gathen heftig.

»Nicht?«

»Nein, verdammt. Und seitdem hat das Fangtrichter-Magnetfeld einige Unregelmäßigkeiten, wenn die Stromversorgung zusammenbricht.«

»Hat dem elenden Kahn nicht geschadet«, meinte Tharin nach einiger Zeit unsicher.

»Einer Leiche schadet es auch nichts, wenn ihr die Fingernägel abbrechen«, sagte Gathen in einem Anflug von Morbidität.

»Scheiße«, versetzte Tharin verbittert. »Darüber kann ich nicht lachen.«

»Hätten wir auch keinen Grund zu«, erwiderte der blonde Telemetrie-Spezialist kalt. »Wir sitzen schließlich in diesem Schiffskadaver. Und wir können nicht aussteigen.« Er sah über die Schulter auf Tharin, der den Blick nicht bemerkte. »Würmer können sich wenigstens verdrücken.«

»Es reicht«, protestierte Tharin und fühlte, wie ihm übel wurde. Dann fiel sein Blick auf das rote Warnlicht, und er erkannte, daß er wieder zu nah an Gathen herangekommen war. Verhalten fluchend blieb er stehen und ließ den anderen wieder Abstand gewinnen. Als die Lampe erlosch, zog sich einen Augenblick lang ein böses Lächeln über Gathens Gesicht.

»Bei derartigen Einfällen hätten dich eigentlich die Psychos erwischen müssen«, fuhr der hagere Tharin fort, ehe Gathen etwas sagen konnte. »Wegen zu hohen Risikos bei der Hibernation.«

»Wenn nicht die Psychologen, dann die Träume, was?« fragte der blonde Telemetriespezialist herausfordernd. »Aber ich bin nicht im Koma gelandet, Alan, oder?«

Der Reaktortechniker bewegte die Schultern in dem klobigen Strahlenpanzer und antwortete nicht. Sie schwiegen einige Zeit, bis sie einen Querschacht erreichten, der ein wenig größer war, so daß sie aufrecht weitergehen konnten.

»Ich würde gerne einmal erfahren, was ich geträumt habe«, meinte Tharin schließlich.

»Kannst ja auf Entzug gehen«, schlug Gathen verletzend vor. »Ohne die Blocker erfährst du es früh genug.«

»Scheiße«, erwiderte er nervös. »Natürlich nicht so. Aber aus zweiter Hand...«

»Und wer soll sich als Versuchstier zur Verfügung stellen?«

Tharin setzte zu einer heftigen Erwiderung an, aber das erneut aufflammende Warnlicht hielt ihn zurück. Wieder blieb er stehen. »Nein«, sagte er und versuchte, seine Stimme unter Kontrolle zu bringen. »Ich dachte an Enzephalographgeräte«, setzte er dann beherrschter hinzu. Gathen beachtete seine Worte nicht, sondern musterte nur schmunzelnd die Warnlampe, bis sie erlosch.

»Möchte wissen, was diese elenden Psycho-Drogen alles anrichten«, begann der Reaktortechniker bald darauf wieder, als ihm das eisige Schweigen Unbehagen bereitete.

»Sie beseitigen die Erinnerung an die Träume«, erklärte Gathen kurz. »Das ist alles.«

Er schüttelte den Kopf. »Das ist nicht alles. Hast du noch nie darüber nachgedacht, was die in deinem Gehirn alles anrichten können?«

»Nein.«

»Sie löschen Erinnerungen. Aber bestimmt nicht nur die Erinnerungen an die Alpträume.«

»Sondern?«

»Was weiß ich. Alles, was in deinem Gedächtnis ist, kann in Gefahr sein.«

»Davon habe ich nicht viel bemerkt«, stellte Gathen überlegen fest.

»Klar doch. Wenn du eine Erinnerung verloren hast, weißt du ja auch meistens nicht mehr, ob es sie jemals gegeben hat, oder ob du sie aus einem anderen Grund vergessen hast. Eine derartige Nebenwirkung ist nicht nachzuweisen.«

»Aber möglich, was?« fragte der blonde Techniker bissig.

»Ja.« Tharin starrte nachdenklich auf den Rücken des anderen, ohne zu bemerken, daß seine Finger, die das Visier das Strahlenpanzers öffnen wollten, zitterten. »Der Rat könnte sie verwenden, um unseren Willen zu brechen oder uns abhängig zu machen... süchtig.«

»Wie mit Discaplin, was, Alan?«

»Klar, so ähnlich, wie es damals bei den Discaplin-Experimenten passiert ist. Sie könnten uns versklaven...«

»Vielleicht haben sie es schon«, sagte Gathen herausfordernd.

»Möglich ist es«, stellte Tharin nervös fest.

»Unsinn. Psychopharmaka, die diese Wirkung haben, würden unsere Fähigkeiten zu stark beeinträchtigen. Wenn wir mit derartigen Drogen vollgepumpt werden würden, wären wir gar nicht in der Lage, unsere Aufgabe zu erfüllen.«

»Woher willst du das wissen?« fragte Tharin unsicher. »Bist du Pharmakologe?«

»Nein«, versetzte Gathen und wandte sich gleichgültig um. »Aber eine Nebenwirkung der Blocker steht anscheinend fest.«

»Welche?«

»Sie erzeugen Verfolgungswahn«, antwortete er ätzend und drehte sich wieder um. Tharin tat zwei Schritte und mußte nicht einmal hinsehen, um zu wissen, daß das rote Licht wieder brannte.

Auch diesmal blieb er stehen.

CET 08.22.51.42

DATA REPLAY

CODE: HIBERNAT-STATCON II

KENNZIFFER: 07004

PROGRAMM: ZUSTANDSKONTROLLE HIBERSARKOPHAGE KERN-
BESATZUNG
VERLAUF – DAUERUEBERWACHUNG

START WIEDERGABE

OBJEKT: HIB-SARKOPHAG 21 CAL VAUREC

STATUS: STUFE I CRYOGENKALTSCHLAF SEIT 147 TAGEN

SYSTEMZUSTAND: UEBERSICHT

SARKOPHAGKAMMER	INTAKT
SUPRATEMP-KUEHLSYSTEM	LEICHT BESCHAEDIGT
RESERVEKUEHLUNG	INTAKT
CRYOGENEMULSION-RECYCLINGSYSTEM	BESCHAEDIGT
CRYEM-RESERVERECYCLINGSYSTEM	INTAKT
MEG-UEBERWACHUNGSSYSTEM	LEICHT BESCHAEDIGT
BIOKONTROLLE	BESCHAEDIGT
KONTROLLSYSTEME HIBERGERAET	LEICHT BESCHAEDIGT
COMPKONTROLLE DEHIB-SYSTEME	INTAKT
ENERGIEVERSORGUNG SPL	INTAKT
RESERVESYSTEM BRENNSTOFFZELLE	INTAKT
RESERVESYSTEM ENERGIEBATTERIE	LEICHT BESCHAEDIGT
MANUELLE AUSSENKONTROLLE	INTAKT

SYSTEMZUSTAND: ZUSAMMENFASSUNG
SYSTEMZUSTAND AUSREICHEND
UEBERPRUEFUNG EMPFEHLENSWERT

COMPUTERPROGNOSE FUER ENDERWECKUNG:
WAHRSCHEINLICHKEITSINDEX FUER POSITIVES ERGEBNIS
SYSTEMEINSATZ 0,82
UEBERLEBEN ORGANISMUS 0,73
KOMA-WAHRSCHEINLICHKEIT 0,39
INDEX FUER WAHRSCHEINLICHE PSYCHISCHE STABILITAET
ENTFAELLT
GESAMTPROGNOSE: 0,58

ENDE WIEDERGABE

CET 08.22.47.12

Ein Raumschiff, sei es noch so groß, das mehrere hundert Lichtjahre zurücklegt und sich jahrhundertelang im interstellaren Weltraum bewegt, kann normalerweise keine lebende Besatzung haben. Lebende Menschen atmen, trinken und essen, und sie sind auf massige Geräte angewiesen, die sie mit Atemluft, Wasser und Nahrung versorgen. Chemische Recycling-Anlagen, die einen Menschen unbegrenzte Zeit am Leben erhalten können, besitzen fast zehnmal mehr Masse als er selbst, biologische Algentank-Anlagen zwanzigmal mehr. Und Sauerstoff und Wasser, für den Menschen unverzichtbar, schaden Metall, Computergerät und anderen empfindlichen Anlagen.

Ein wacher Mensch verbraucht mehr Sauerstoff, Wasser und Biomasse als ein schlafender, und entsprechend geringer ist für diesen die Masse der Lebenserhaltungssysteme.

Aber der Lebensbedarf eines Schlafenden liegt noch immer weit über dem eines Getöteten. Und ein hibernierter Mensch lebt nicht mehr.

Der Frosterschlaf besteht aus zwei Schritten. Damit der menschliche Organismus den Gefriervorgang überstehen kann, wird er zunächst in Cryogenkaltschlaf versetzt, ein biochemisch-hormonell herbeigeführter, winterschlafähnlicher Zustand in einer auf den Gefrierpunkt abgekühlten organischen Flüssigkeit, über die Sauerstoff und Nährstoffe transportiert werden können. In dieser Cryogenphase wird der menschliche Organismus nach und nach dehydriert, damit der Anteil des Zellwassers im Gewebe so weit wie möglich verringert werden kann.

An die Cryogenphase schließt sich der eigentliche Frosterschlaf an, bei dem der Organismus schockartig auf Temperaturen von etwa zwei Kelvin abgekühlt wird. Mit der Schockgefrierung wird verhindert, daß das kristallisierende, zu Eis werdende Wasser sich zu sehr ausdehnen und das Zellgewebe in katastrophalem Ausmaß zerstören kann. Aber auch die schnelle Gefriertechnik ist nicht in der Lage, Gewebsverluste ganz zu verhindern, wenn sie auch durchweg unter zehn, meist etwa um zwei Gewichtsprozent liegen.

Ein hibernierter Mensch kann jahrtausendelang in diesem Zustand bleiben, sofern die Geräte, welche die Temperatur konstant halten, nicht beschädigt werden, denn bereits bei etwa zehn Kelvin treten

Stoffwechselvorgänge auf, die den Organismus gefährden, während sie bei zwei Kelvin praktisch bis zum Stillstand verlangsamt sind, nachdem in Sekundenbruchteilen Supratemperaturen erreicht wurden.

Ursprünglich fünfzig Männer und Frauen waren in den Hiber-Sarkophagen untergebracht worden, sie hatten die Kernbesatzung des Raumschiffes gebildet. Jeder der Sarkophage führte Schockgefrierung und Auftauvorgang computergesteuert durch und war für beliebig viele solcher Schritte geplant gewesen, dennoch hatten drei Männer und Frauen ihr Leben aufgrund defekter Frostergeräte verloren. Nach vielen Jahrhunderten Echtzeit gab es lediglich dreiundzwanzig Überlebende, die diese Zeit körperlich und geistig unbeschadet überstanden hatten.

In zehn Zehner-Kammern waren die einhundert Techniker und Wissenschaftler der Reservemannschaft untergebracht, die das Schiff übernehmen würden, sobald es sein Ziel erreicht hatte. Ihre Hibernat-Anlagen waren nicht für mehrere Erweckungen ausgelegt, und selbst wenn eine Früherweckung durchgeführt wurde, würden die Überlebenden mehr als zwanzig Tage medizinisch behandelt werden müssen, bis sie die Folgewirkungen des jahrhundertelangen Frosterschlafes ausreichend überwunden hatten.

Weil der Schockfrostvorgang sicherer und kontrollierter durchgeführt werden konnte, wenn die Menschen anschließend von Anfang an in der Hiberkammer belassen wurden, anstatt wie die Kernmannschaft in unregelmäßigen Abständen wieder aufgetaut und eingefroren zu werden, waren die meisten der Hibernat-Anlagen nicht für mehrmaligen Gebrauch geschaffen. In diesen Hiberkammern lagen Gruppen von dreißig Männern und Frauen, weil die Hiberanlagen nur geringfügig an Masse zunehmen mußten, wenn sie die mehrfache Anzahl Menschen gleichzeitig versorgen sollten. Andererseits würde ein Gerätedefekt in solchen Gefrierräumen wesentlich mehr Opfer fordern, weshalb man die Anzahl wieder begrenzt hatte.

Genau dreitausendneunhundert dieser Hibernat-Kammern waren in den drei Abteilungen der Kernzelle gleichmäßig in jeweils neunzig Hiber-Sektionen verteilt, zehn bis dreißig Kammern pro Sektionsdeck. In ihnen befanden sich insgesamt einhundertsiebzehntausend Männer und Frauen, die zwar momentan, meist aber nicht unwiderruflich tot waren.

Wer sich in diesen Hiberkammern befand, war tot, zumindest für die Kontrollanlagen und Lebenserhaltungssysteme des Schiffes. Sie atmeten nicht, aßen nicht, tranken nicht, sie froren und schwitzten nicht, auch wenn die Temperatur in den Hiberkammern bei minus zweihundertsiebzig Grad Celsius lag. In dieser Kälte erstarrt, waren die hibernierten Körper völlig konserviert, selbst die Molekülbewegungen und Stoffwechselreaktionen hatten sich extrem verlangsamt. Im Weltraum, in den das Raumschiff beständig Wärmeenergie abstrahlte, stellte es keine Schwierigkeit dar, die Hiberkammern im Temperaturbereich um zwei Kelvin zu halten.

Von den Überlebenden der Kernbesatzung befanden sich noch sechs Angehörige des Wissenschaftsstabes, die Erkundungsgruppe, in ihren Sarkophagen, bereits seit einhundertsiebenundvierzig Tagen wieder im Cryogenkaltschlaf, damit ihr Organismus, nachdem er den Auftauvorgang überstanden hatte, sich bis zur Enderweckung regenerieren konnte. Jene fünf Männer und Frauen, die seit Jahrzehnten oder gar Jahrhunderten nicht mehr erweckt worden waren, weil sie bleibende geistige Schäden davongetragen hatten und vielleicht nie mehr aus dem Koma erwachen würden, waren gleichzeitig aufgetaut, anschließend aber in die Medic-Sarkophage überführt worden, in denen sie mit Chemodrogen und Psychopharmaka behandelt werden konnten.

In regelmäßigen Abständen überprüften die beiden überlebenden Medic-Offiziere die letzten sechs Sarkophage, die noch in Betrieb waren. Nachdem der Computer eine nicht mehr vernachlässigbare Fehlfunktion der Biokontroll-Geräte des Sarkophages 21 angezeigt hatte und sie keine verläßlichen Daten über den körperlichen Zustand des darin befindlichen Piloten bekommen hatten, hatten sich Calins und McCray entschlossen, die Geräte zu überprüfen und, wenn möglich, zu reparieren.

Calins schaltete den Sichtschirm ab, auf dem er noch einmal die Compdaten über den Zustand des Sarkophages abgerufen hatte, und wandte sich den beiden anderen zu. McCray und die Logistik-Offizierin, die die Ärzte begleitet hatte, weil sie ohnehin zum Warten verurteilt und mit den Ersatzmodulen für die Sarkophagelektronik vertraut war, warteten vor dem Eingang zur Frosterkammer.

»Der Computer bleibt dabei«, stellte er fest. »Wir sollten uns die Geräte also besser ansehen.«

McCray, mit Cerner der älteste Angehörige der Kernbesatzung und ebenfalls ergrauend, nickte bedächtig und betätigte mit der rechten

Hand eine zweifach gesicherte Schalttaste. Das schwere Sicherheitsschott zur Sarkophagkammer setzte sich in Bewegung, während die beiden Männer und die Frau die Sichtvisiere ihrer Schutzhelme schlossen. Sie hatten sich mit beheizbaren Druckanzügen ausgerüstet, um gegen die eisige Kälte gewappnet zu sein, die von den auf den Gefrierpunkt abgekühlten, sarkophagähnlichen Behältern ausging.

Sie betraten den abgedunkelten Raum, in dem die fünfzig Einmann-Hibernatgeräte untergebracht waren, und gingen an den Reserveaggregaten und dem Kontrollcomputer vorbei. Zehn der Sarkophage waren sternförmig im Zentrum angeordnet, die anderen vierzig zogen sich in fast geschlossener ringartiger Formation an der Wand entlang. Calins las die Ziffern über den milchig-trüben Verschlußscheiben mechanisch ab, obwohl er den Weg kannte. Vor dem einundzwanzigsten Sarkophag blieben sie stehen. Die Gesichtszüge des Mannes waren durch das Sicherheitsglas fast nicht zu erkennen. Sie musterten ihn schweigend.

»Ich möchte nicht wissen, was er im Augenblick träumt«, brach McCray schließlich das Schweigen.

Der jüngere Arzt neben ihm nickte in seinem Helm. »Selbst die Psychoblocker werden nicht ganz verhindern können, daß die Erinnerungen weiterwirken«, meinte er und trat einen Schritt näher an den Sarkophag heran. »Wenn ich daran denke, daß alle diejenigen, die im Koma bleiben werden, auf unbegrenzte Zeit dauerhiberniert sein sollen, sobald das Schiff demontiert ist, und ich mir bewußt mache, daß sie dann wieder träumen werden, erscheint es mir fast verzeihlicher, sie umzubringen, anstatt ihre Qualen zu verlängern für die zweifelhafte Möglichkeit, ihre geistige Gesundheit später zumindest soweit wiederherstellen zu können, daß sie selbständig zu leben imstande sind...«

McCray nickte. »Mag sein, aber wer soll sie umbringen? Wer kann mehr als zehntausend Menschen umbringen?«

»Ich nicht«, murmelte Calins. »Mir läßt schon der eine Mann, den ich getötet habe, keine Ruhe mehr.«

»Loram?« fragte McCray bedächtig.

Valier sah von einem zum anderen. »Loram Colyn?« fragte sie. »Ich weiß, daß er im Koma liegt, aber was hat das mit dir zu tun, Harl?«

Calins hob den Kopf und erwiderte ihren verständnislosen Blick mit angespanntem Gesicht. »Er war in die Explosion im Hecksegment verwickelt, in den ersten Monaten, nachdem wir den Mondorbit verlassen hatten und aus der ekliptischen Ebene drifteten, und hatte schwere Verletzungen erlitten.«

Sie nickte. »Ich erinnere mich«, sagte sie einfach, ihn abwartend musternd.

Der ältere Arzt sah mit unergründlichem Gesicht von einem zum anderen. »Die psychologischen Untersuchungen waren zwar abgeschlossen gewesen, und er hatte sie wie wir alle überstanden, aber weil Derek, der andere damals noch lebende Arzt und ich befürchteten, daß der Vorfall ein für ihn traumatisches Erlebnis gewesen sein könnte, deshalb testete ich ihn noch einmal, nachdem er die unmittelbaren Folgen überwunden hatte. Mit einem negativen Ergebnis.«

»Dem Test nach hätte er also einen längere Zeit dauernden Frosterschlaf nicht überstanden?«

»Mit Sicherheit nicht«, antwortete Calins gequält. »Als er es erfuhr, bat er mich, das Testergebnis zu verschweigen. Er wollte es riskieren, hibemiert zu werden, obwohl dieser Schritt seine geistige Gesundheit zerstören würde. Und ich gab nach.« Calins sah Valier mit beinahe schmerzhafter Ausdauer an. »Er erwachte nicht mehr aus dem Koma.«

Sie schwiegen, bis McCray zur Logistik-Offizierin hinüberblickte. »Ich habe versucht, ihm auseinanderzusetzen, daß Loram so oder so keine Überlebenschance hatte«, erklärte er und wandte sich Calins zu. »Was wäre denn deiner Meinung nach geschehen, wenn Kilroy etwas von dem Testergebnis erfahren hätte?« McCray schüttelte energisch den Kopf. »Wir haben uns zu der Zeit bereits im interplanetaren Weltraum befunden, weit entfernt von jedem der verlassenen Stützpunkte. Die Mission konnte nicht mehr abgebrochen werden, und Kilroy oder der Militärrat hätte sie auch nicht abgebrochen, wenn es möglich gewesen wäre, nur um einem einzigen Mann das Leben zu retten.«

Valier nickte bitter. »Sie hätten ihn in die nächstgelegene Außenschleuse gebracht und ermordet. Er hatte gar keine andere Möglichkeit, als den Frosterschlaf zu riskieren, und er ist nicht tot, auch wenn sein jetziger Zustand fast ebenso unwiderruflich ist.«

Der jüngere Arzt schüttelte abweisend den Kopf. »Wenn ich McLelan berichtet hätte, wie das Ergebnis des Tests gewesen war, hätten wir Loram mehr Zeit lassen können, den Schock zu überwinden, und vielleicht hätte er den Frosterschlaf dann besser überstanden...«

»Vielleicht«, gab McCray zu. »Wir haben alle Fehler gemacht, Fehler, die angesichts der Bedeutung, die unseren Entscheidungen zukommt, anderen sehr schaden, sie vielleicht töten können. Aber wenn wir es wagen, darüber nachzudenken, wenn wir diesen Sachverhalt nicht verdrängen, zerfleischen wir uns selbst und ändern nichts.« Er seufzte. »Auch wenn es grauenhaft klingt, unsere Fehlentscheidungen dürfen uns innerlich nicht berühren, weil wir den Gestorbenen nicht mehr helfen können, unzählige Lebende aber von uns abhängig sind.«

Die Logistik-Offizierin sah ihn zustimmend an. »Jedem an Bord dieses Schiffes sind Menschen zum Opfer gefallen, und die größte Schuld haben wir bereits vor dem Start auf uns geladen. Und hinter jedem Besatzungsmitglied liegen einige, die wir durch unsere Entscheidungen umgebracht haben, die für unsere Fehler bezahlen mußten, auch wenn wir es nicht wollten.« Sie blickte Calins achselzuckend an, mit gezwungen gleichgültigem Gesicht. »Wir sind in einem Schiff der Toten, auch wenn es da noch Unterschiede gibt. Einige sind bereits endgültig tot, andere sind es auch, obwohl ihre Körper es noch nicht begriffen haben, und manche sterben seit Jahrhunderten. Zwischen dem Leben und seinem Ende gibt es keine plötzliche Veränderung, die Übergänge sind fließend, und manchmal glaube ich, ich bin dem Ende dieser Entwicklung näher als diejenigen, die in den Frosterkammern liegen. Etwas stirbt in uns allen, seit dieses Unternehmen begonnen hat, schon deshalb, damit der verstümmelte Überrest überleben kann, bis er nicht mehr gebraucht wird.«

»Und beherrscht werden wir durch die festverdrahteten, unveränderbaren Grundprogramme, die der Rat dem Computer eingegeben hat, ehe er bereit war, den ersten Schritt zum Ende zu wagen«, ergänzte McCray nachdenklich. »Marge hat es eine testamentarische Gewaltherrschaft genannt.«

Calins beugte sich schweigend über eine Schaltkonsole und nahm die Metallverkleidung ab. Der ältere Arzt beobachtete ihn mit besorgtem Gesicht, dann ergriff er den Handcomputer, der an seinem Gürtel befestigt war, und koppelte ein Überträgerkabel an die Schaltkonsole an. Mit den so transferierten Daten konnte er genau verfolgen, welche elektronischen Geräteteile Calins gerade überprüfte und in welchem Zustand sie sich befanden. Die Logistik-Offizierin stellte sich neben ihn und setzte das Computergerät ab, das sie in der rechten Hand getragen hatte. Mit ihm konnten Mikroprozessorsegmente komplett abgetastet und kontrolliert werden, ein defektes Geräteteil dieser Art zu reparieren, war allerdings nicht möglich. Ihr Blick streifte erneut das schattenhafte Gesicht des Mannes, der in dem Sarkophag lag.

»Ich muß immer an Carald denken«, murmelte sie leise und sah McCray mit müdem, erschöpftem Gesicht an. »Wie viele Jahre habe ich nicht einmal mehr mit ihm gesprochen, habe ich ihn nicht gesehen, und dann diese ständige Ungewißheit, ob er jemals wieder erwachen wird. Ich weiß nicht einmal, in welcher der Frosterkammern er sich befindet...«

Der Medic-Offizier nickte. »Den Rat interessierten Fähigkeiten, keine Gefühle oder Sympathien, die wir füreinander empfinden oder nicht empfinden. Caralds Fähigkeiten reichten nicht aus, und alles andere ergab sich daraus folgerichtig in den Augen des Militärrates und seines Sicherheitsdenkens. Aus diesem Grund wird dir verheimlicht, in welcher Hiberkammer er sich befindet. Wir alle haben keinen Zugang zu der Datensammlung, in der wir Angaben darüber finden würden, schon deshalb, damit wir nicht in der Lage sind, die Frosterkammern, in denen sich die Offiziere befinden, zu sabotieren, und andere außerplanmäßig zu erwecken. Vielleicht sind die Mitglieder des Rates bereits gestorben, und wir wissen es nicht.«

»Oder auch Carald ist nicht mehr am Leben«, meinte Valier bitter. »Gewißheit darüber würde ja meine Fähigkeiten schwächen, auf die der Rat angewiesen ist.« Sie schüttelte den Kopf. »Und selbst wenn er den Frosterschlaf übersteht... ich werde fast sieben Jahre gealtert sein, während die Zeit für ihn stillstand, und wir beide werden uns schon durch die Alpträume verändert haben. Wer weiß, wieviel Zeit mir zu leben bleibt, wenn die Mission beendet ist, und wer weiß, wie lange ich dann noch leben will, noch leben kann.«

McCray antwortete nicht, als sie geendet hatte, und er bemerkte, daß Calins das Funkgerät seines Schutzhelms abgeschaltet hatte. Er begann, die ersten Überprüfungen durchzuführen.

»Sie können unser Gedächtnis verstümmeln«, sprach McCray schließlich, mehr zu sich als zu ihr, »aber sie können uns nicht vor ihm schützen.«

CET 08.19.39.11

Als die grelle Stichflamme sich in alle Richtungen ausbreitete und den Schleier, den die Nebeltröpfchen der sich vermischenden Flüssiggase gebildet hatten, in einem Feuerwall verschlang, schloß sie geblendet die Augen. Der schwarze Schatten, den die Gestalt Roger Garlans geworfen hatte, schien sich in ihre Netzhaut eingebrannt zu haben, bis sie wieder etwas sehen konnte und den versengten, zusammengefallenen Raumanzug des Technikers erkannte, der zwanzig Meter von ihr entfernt durch die weit aufgesprengten Hangartore driftete, in den Weltraum hinaus.

Sie hing auf einer Arbeitsplattform nahe dem A-Hangar, der von den ersten Detonationen bereits schwer beschädigt worden war. Der überraschende Ausbruch, den mehrere Lecks im Netz der Betankungsröhren verursacht haben mußten, hatte die siebenköpfige Gruppe, die mit den Reparaturarbeiten begonnen hatte, in eine tödliche Gefahr gebracht.

Mit zusammengekniffenen Augen erblickte sie, wie zwei silbrig schimmernde, anscheinend unversehrte Gestalten sich von dem glühenden Wrack eines Shuttles auf die sichere Schleuse zubewegten. Der überheiße Freifallbrand, durch den reinen Sauerstoff, der aus einem leckgesprengten Drucktank herausspritzte, zu einer lodernden Fackel aufgeheizt, schmolz Metall und Glas, während die ins Vakuum entweichenden Gase ihn bereits wieder erstickten.

Eine weitere Explosion erschütterte auch die Stahlplattform, auf der sie sich an einigen Geräten und Montageteilen festhielt. Ihre Finger lösten sich vom Gehäuse eines Vakuumschweißgerätes, und sie driftete vom Schiff fort, in die Leere hinein, bis ihr ausgestreckter Arm eine verbogene Stahlstrebe erreichen konnte und ihre Magnetstiefel wieder die Arbeitsplattform berührten.

Aus den Augenwinkeln eine Bewegung bemerkend, wandte sie erschreckt den Kopf. Ihr linker Arm stieß gegen die Schulter eines Mannes, der sich an ihr festhalten wollte. In genau demselben Moment erkannte sie, daß es Van Kilroy war, der Sicherheitsbeamte, welcher die Gruppe begleitet hatte. Sie wich instinktiv zurück, so daß er wieder von der Arbeitsplattform abdriftete, wobei er ihr die Hand entgegenstreckte. Der unbewußt in ihr aufgestiegene Haß, die Verbitterung über diesen Mann, der sie zugleich flehend und befehlend ansah, blok-

kierte ihre Gedanken, schien ihren Arm zu lähmen, während Kilroy davontrieb und in der Finsternis verschwand, als die Flammensäule in ihrem Rücken wieder in sich zusammenfiel und die fast ganz entleerten, ausbrennenden Gastanks zusammen mit einigen wenigen unbeschädigt gebliebenen Scheinwerfern das Landedeck des A-Hangars ausleuchteten, soweit ihr Licht dazu ausreichte.

Als Lana Seran erwachte, dauerte es einen Augenblick, bis sie erkannte, daß sie auf einer Computertastatur lag, mit der Stirn gegen den Monitor gelehnt. Sie war über einer Abänderung eines Steuerprogramms eingeschlafen, konstatierte sie beinahe bestürzt.

Der Schreck über ihre Übermüdung wich der Erinnerung an das, was sie geträumt hatte. Die Katastrophe, die Roger Garlan und andere das Leben gekostet hatte, kehrte im Schlaf immer wieder, besonders das Geschehnis, von dem nur sie allein wußte.

Die Umstände, unter denen Kilroy gestorben war, waren ihr allein genau bekannt, aber nicht einmal sie konnte sich darüber klar werden, ob sie den Sicherheitsbeauftragten bewußt getötet oder einfach nicht schnell genug reagiert hatte, um ihm zu helfen, unbewußt vielleicht. Ihre Erinnerung war nicht sehr genau, ihr Gedächtnis getrübt, und die Situation war mehrdeutig gewesen, vielleicht hatte sie sich auch in der Entfernung getäuscht, in der er an ihr vorbeigeschwebt war.

Sie vergrub ihr Gesicht zwischen ihren Händen und versuchte erschöpft, die düsteren Erinnerungen zu vergessen. Der Mann war tot und unzählige Milliarden Kilometer entfernt, seine Leiche würde nie zu ihr zurückkehren, und sein Ende hat niemandem geschadet außer ihm selbst, und bisher hatte keiner um ihn getrauert. Die bitteren Linien, die sich um ihre Mundwinkel eingegraben hatten, vertieften sich, als sie an ihr Gespräch mit McLelan zurückdachte. Sie warf sich vor, die Gefahr übersehen zu haben, und der innere Konflikt zwischen ihrem unmenschlichen Willen, die Mission erfolgreich sein zu lassen, auf welche Art auch immer, und ihrer früher unnachgiebigen Überzeugung, diejenigen, die von ihren Entscheidungen abhängig waren, vor manipulierenden Schritten und kaltblütigen Opferstrategien zu schützen, näherte sich einer endgültigen Entscheidung.

Der Kommandant hatte sie gebeten, mit ihm zu sprechen, ehe sie ihr Schweigen brach, aber sie fragte sich mißtrauisch, ob er dann versuchen würde, sie an diesem Schritt zu hindern. Seit ihr klargeworden war, welche Gefahr für die Reparaturgruppe sie übersehen hatte, mißtraute sie sich selbst mehr als den anderen, denen sie mit zweifelnder

Zurückhaltung, manchmal auch wachsamem Verdacht gegenüberstand.

Sie schüttelte verzweifelt den Kopf, unfähig, sich für oder gegen den Kommandanten zu entscheiden, für oder gegen die Männer und Frauen, die sich auf sie verlassen mußten. Scheitern oder Gelingen der Mission stand gegen das Leben von acht Menschen, ungeachtet aller Einwände.

Mit einer müden Handbewegung strich sie sich eine Strähne aus dem Gesicht und starrte blind auf den Sichtschirm, auf dem der Computer das Wort ERROR aufblinken ließ, nachdem sie einige Eingabetasten berührt hatte, als sie über der Computertastatur erschöpft zusammengebrochen war.

Als der Programmierer die Subzentrale betrat, bewegte sie erschreckt den Kopf. Stenvar musterte sie erstaunt.

»Ich bin eingeschlafen«, beantwortete sie seine unausgesprochene Frage.

»Sieht fast so aus, als wenn du krank wärest, Lana«, meinte er besorgt und setzte sich in einen der freien Metallsessel.

»Es ist diese verdammte Erschöpfung«, schwächte die Vize-Kommandantin ab. »Sie steckt in jeder einzelnen Sehne, Muskelfaser, im Mark.« Sie deutete auf den Monitor. »Mit dem Steuerprogramm kann ich noch einmal anfangen«, klagte sie dann seufzend.

Stenvar nickte, sich einem anderen Sichtschirm zuwendend. »Es hilft nichts, wir müssen weitermachen«, erwiderte er.

Sie sah ihn lange an, ohne daß er es bemerkte. »Wir müssen weitermachen, was auch geschieht«, sagte sie dann leise. Auch wenn es endgültig klang, bewegte sie schwach den Kopf, als wollte sie ihn abwehrend schütteln. »Welche Opfer dies auch fordern mag...«

CET 08.17.21.50

Das Hecksegment hatte eine annähernd zylindrische Gestalt, die sich zum Triebwerk gerichtet etwas verbreiterte und dann in das mächtige Montagegerüst überging, in dem die Stahlmäntel hingen, die die Reaktionskammer umgaben. Im Gitterwerk waren die mächtigen Laserröhren zu erkennen, daneben die kugelförmigen Heliumtanks des Notkühlsystems, Laufgänge und Inspektionsschächte, Kabelstränge und Flüssiggaspipelines.

Von den beiden im Hecksegment arbeitenden Zweierteams abgesehen, befanden sich die Mitglieder des Reparaturtrupps am Montagesockel, bei der Ansatzstelle des Wabengitters, im Bereich der Injektoranlage und der Lasersysteme. Hier waren durch die unregelmäßigen Schubstöße des Triebwerkes zahlreiche Schäden entstanden, und einige der Gasentladungsröhren der Laser hatten Lecks, durch die sie Trägergas verloren. Das Kohlendioxid-Stickstoff-Gemisch drang durch die Innenschächte von einem Raum in den anderen und löste immer wieder Alarme aus. Das aus manchen der leckgeschlagenen SPL-Kabel dringende Wasserstoffgas stellte keine unmittelbare Gefahr dar, da die Konzentration überall noch unterhalb der Gefahrengrenze lag, aber bei weiteren Lecks und zunehmender Vermischung mit der Bordatmosphäre bestand Explosionsgefahr. Störungen im elektronischen Netz hatten viele Pump- und Ventilanlagen stillgelegt, auch Filtergeräte im Umwälzsystem. Unvermittelt aufgetretene Stromstöße waren die Ursache für den Ausfall ganzer Prozessor-Blöcke gewesen, nicht wenige der empfindlichen Siliziumplatten mußten unbrauchbar geworden sein. All diese Bauteile konnten nur mühsam mit der Hand ausgewechselt werden, eines nach dem anderen.

Vylis, der schweigsame Laser-Techniker, überprüfte mit bedächtigen Bewegungen und mißmutig-starrem Gesichtsausdruck eine Laserröhre nach der anderen. Die Entladungskammer eines einzigen Lasers hatte einen Durchmesser von zwei Metern und war dreißig Meter lang, hinzu kam ein vierzig Meter langes Rohr, in dem mit Hilfe von Linsen, Filtern und Blenden der Strahl nachkorrigiert und zur Brennkammer geleitet wurde. Die Anregungstanks und das Pumpsystem, die Röhren, Gastanks, SPL-Kabel, Kühlanlagen und der Kontrollcomputer bildeten ein Bauteil von weiteren dreißig Metern Länge und

Breite. Vor allem die Röhrenmäntel hatten die Belastung durch die Explosionen und Schubstöße nicht immer unbeschadet überstanden, und so tastete sich Vylis mit einem Gasdetektor und einem Montagekasten für Leckagen an den vierzig Meter langen Röhren entlang, weite Strecken auf dem Bauch oder Rücken liegend, und überprüfte anschließend die ersten Meter des Führungsrohres, soweit sie innerhalb der Schiffszelle lagen und nicht außerhalb im Gittergerüst der Brennkammer verliefen. Das Trägergemisch aus Stickstoff und Kohlendioxid war schwach radioaktiv markiert, und deshalb waren Lekkagen bereits mit einem empfindlichen Strahlenspürgerät nachzuweisen. Trotzdem dauerte die Überprüfung eines Lasers meistens eine Stunde, und insgesamt gab es zweiundsiebzig Laser, von denen fast zwanzig auf jeden Fall untersucht werden mußten. Vylis arbeitete mit stoischer Ruhe, ohne die Miene zu verziehen, seit acht Stunden.

Obwohl die Kühlanlagen nach dem fehlgeschlagenen Zündversuch ohne Unterbrechung gearbeitet hatten, war es in den Inspektionsschächten um die Laserröhren sehr warm, und der Schweiß lief ihm das Gesicht herunter und sammelte sich in seinem Druckanzug. Das Atemgemisch war in den abgeschlossenen Räumen stickig geworden, aber die engen Schächte und die Temperaturen ließen es nicht zu, daß er einen Helm trug. Vylis fluchte und lamentierte nicht, seine Beherrschung schien unerschütterlich, aber er selbst spürte bereits die ersten Risse in ihr. Er arbeitete so konzentriert, wie es ihm möglich war, aber meistens war er sich seiner Handgriffe kaum noch bewußt. Manchmal blieb er in einem der Schächte liegen und regte sich einige Augenblicke lang nicht, um seinen flachen, hektischen Atem wieder unter Kontrolle zu bekommen. Dennoch verließ er die Inspektionsschächte nur, um zum nächsten Laser zu gehen.

Die anderen drei Techniker, die Vylis verlassen hatte, um mit der Überprüfung der Laser zu beginnen, befanden sich an der Stelle des Schiffes, an der sich der weitere Verlauf der Ereignisse entscheiden würde. Der Defekt im Injektorblock war nicht nur die Ursache für den Abbruch des Startversuches gewesen, sondern er würde auch jeden weiteren Versuch zunichte machen, wenn es nicht gelang, ihn zu beseitigen.

Der Injektor war das Bauteil des Triebwerkes, welches die riesigen Mengen flüssigen Wasserstoffs aus dem Schiff heraus in den Brennpunkt der Laserstrahlen und in den Griff der übermächtigen Magnetfelder brachte. Dies geschah mit Hilfe eines gestaffelten Systems mechanischer Hochdruckpumpen und eines mehrschichtigen Elektro-magnet-Katapultes aus verschiedenen großen Ringen von tonnen-schweren SPL-Magneten. Der Injektor beschleunigte viele tausend Liter Flüssigwasserstoff aus den Hochdruckkammern auf eine Ge-schwindigkeit, die den Flüssigkeitsstrahl den Brennpunkt innerhalb einer Sekunde erreichen ließ. Gleichzeitig sorgte der Injektor für einen stetigen, kompakten Wasserstoffstrahl, der sich praktisch nicht aus-dehnte, bis er den Brennpunkt erreichte.

Montiert war das große Gebilde an der Kontaktstelle zwischen dem Brennkammer-Gitter, dem Gerüst, das den Reaktionsraum glocken-förmig umspannte, und der Schiffszelle. Der Montagesockel, die Ver-bindung zwischen Gerüst und Schiff, war ein unübersichtliches Ge-flecht aus Stahl und Sial, und zahlreiche Freifall-Laufgänge zogen sich zwischen den Laserröhren, Drucktanks und Kabelschächten hin-durch, an den Tragsäulen entlang hinauf zum Gittergerüst und zu den massigen Magnetzellen.

Der Injektor befand sich in einem tankähnlichen Raum, angekop-pelt an die Zenit-Stelle der Brennkammer-Glocke. Er konnte durch einen Schacht erreicht werden, der zwei Meter maß und sich neben der Druckröhre der Pipeline erstreckte, die den Injektor mit den großen Außentanks verband, in denen der Flüssigwasserstoff gelagert wurde. Die Räume um die eigentliche Anlage waren mit Helox-Gemisch ge-flutet und schienen keine Lecks davongetragen zu haben. Das zenti-meterdicke Panzermaterial der Strahlenabschirmung hatte die Explo-sionen ohne Schäden überstanden. Wie der gesamte Bereich nahe der Brennkammer war auch die Metallzelle des Injektors radioaktiv ver-seucht. Beim Start des Schiffes werden im Triebwerk mehr als einhun-dertdreißig Tage lang Deuteriumkerne zu Helium-4 verschmolzen, und dabei war unvermeidlich auch harte, energiereiche Strahlung ent-standen, die nach und nach das Material des Brennkammer-Gerüstes und die Schutzpanzer zu Radioaktivität anregte. Die Sekundärstrah-lung war nicht sehr gefährlich, solange man Strahlenschutzanzüge trug und sich nicht allzu lange Zeit im verstrahlten Bereich aufhielt. Das stetige, knisternde Geräusch der Geigerzähler hallte in den kalten Räumen wider.

Elena Dabrin, die blasse Plasmaphysikerin, und die ruhige Ann Whelles befanden sich in einem kleinen Kontrollraum, der durch ei-nige Glasfenster den Blick auf den Injektorraum freigab. Auch Lars Severn, der Sensor-Techniker, betrachtete ungeduldig die Frontplatte des Computers, der die Injektoranlage überwachen, Fehler ausfindig machen und im Notfall die Verbindung zum Hauptcomputer ersetzen sollte.

»Datensalat«, bemerkte Dabrin resignierend und stoppte die Wiedergabe. Das Datensichtgerät schaltete sich ab, der Bildschirm wurde dunkel.

Severn runzelte nachdenklich die Stirn. »Ich habe nicht den geringsten Verdacht, wo die Ursache für diese Fehlfunktion liegen könnte.«

»Nachträgliche Veränderungen des Systems?« mutmaßte Dabrin vage.

»Nein«, entgegnete Severn und schüttelte ungeduldig den Kopf. »Der Injektor ist ein Kompakt-Bauteil, das bereits fertig montiert worden war, ehe der Krieg begann.«

»Nach den Daten dürfte die Anlage überhaupt nicht mehr arbeiten«, meinte Whelles lakonisch und strich sich mit der Hand über den bandagierten Arm. »Was ist mit Programmfehlern?«

»Das Programm war in Ordnung. Was sollte es verändert haben?«

»Keine Ahnung.« Sie überlegte. »Vielleicht hat der Injektor-Block doch mehr abgekriegt, als wir ahnen.«

»Keine Schäden, behauptet der Hauptcomputer«, entgegnete Severn kurz angebunden.

»Und der Computer selbst?«

Severn seufzte. »Wie, Ann?«

»Vielleicht ist bei der unkontrollierten Reaktion ein heftiger Gammablitz ausgelöst worden«, vermutete Dabrin erschöpft. »Oder bei der Berührung des Plasmas mit der Panzerwand.«

»Nein«, unterbrach Severn sie, dann stockte er.

»Was ist?« fragte Dabrin.

»Strahlung«, sagte er entgeistert. »Natürlich.« Er schlug mit der flachen Hand gegen die Frontplatte. »Die Strahlung hat seine Datenspeicher beschädigt. Seit Jahrzehnten nimmt die Radioaktivität des gesamten Injektorblocks langsam, aber sicher wieder zu, und jedes verflixte Gammaquant, das die Datenbank trifft, verändert einige Bits.«

»Das Programm ist also unvollständig«, stellte Dabrin entmutigt fest.

»Ja«, bestätigte Severn unwillig. »Damit haben wir praktisch jede Möglichkeit verloren, den Injektor mit Hilfe des Computers zu überprüfen. Wir haben nicht einmal die Schaltschemata und den Bauplan zur Verfügung.«

»Dann sollten wir uns beides besorgen«, meinte Whelles ruhig. »Die Datenbänke des Hauptcomputers sind intakt, und eine Transfer-Verbindung zur Kontrollzentrale kriegen wir hin.«

»Das Programm für den Injektor ist sehr umfangreich«, entgegnete Severn zweifelnd. »Es wird einige Zeit dauern, bis wir über eine Kopie verfügen, und wir haben keine wirklich zuverlässige Verbindung zwischen der Heckzentrale und dem Mistding«, er wies auf den Computer, »hier. Als MA-Aufzeichnung wird das Programm wahrscheinlich noch eine B-Speichertrommel umfassen, und die hierher zu schaffen, möglichst noch gegen die Strahlung abgeschirmt, wird ziemlich schwierig sein.«

»Wie wäre es, wenn wir eine Verbindung zum Hauptcomputer aufbauen, und zwar von hier aus?« Whelles warf dem schwarzhaarigen Sensor-Spezialisten einen fragenden Blick zu.

»Ist wahrscheinlich weniger schwierig«, überlegte Elena Dabrin laut.

»Aber auch nicht einfach«, warf Severn skeptisch ein. »Wir müßten ein Glasfaser-Kabel bis hierher zum Anschluß-Terminal legen.«

»Immerhin hätten wir dann sofort alle Daten zur Verfügung, und die Berechnungen und Kontrollen führt dann der Hauptcomputer durch, und nicht diese elektronische Leiche hier«, erklärte Whelles bedächtig. »Wer weiß, was mit der Hardware passiert ist. Ehe wir mit der Überprüfung der Prozessoren fertig sind, könnten wir bereits das Kabel verlegt haben.«

Dabrin nickte zufrieden. »Die bestehenden Verbindungen zum Datennetz...«

»...sind allesamt ohnehin unbrauchbar, richtig«, vollendete Severn ihren Satz. »Es ist sowieso nur eine Leitung installiert worden, deren Kapazität groß genug wäre, und die ist an mehreren Stellen unterbrochen.«

»O.K. Dann bleibt uns kaum etwas anderes übrig.« Whelles sah mit einem entwaffnenden Lächeln von einem zum anderen.

Dabrin bemerkte befriedigt, daß sie Severns Einwand abgewehrt hatte. »Aber woher beschaffen wir uns das GF-Kabel?« fragte sie dann nachdenklich.

»Aus den Magazinen«, schlug Whelles vor.

»Zweihundert Meter GF-Kabel, eine Kilobit-Transfer-Leitung? Im Ersatzteillager?« Severn schüttelte den Kopf. »Niemals.«

»Soll Yreen sich mit dem Problem befassen«, meinte Whelles trokken. »Im schlimmsten Falle werden wir irgendwo eines ausbauen müssen.«

»In zwei Stunden«, bemerkte Severn skeptisch.

»Was denn sonst? Das wäre sowieso die letzte Möglichkeit.«

Sie schwiegen einige Zeit. Severn sah sich ungeduldig im Kontrollraum um und warf dann einen Blick durch eine der schrägstehenden Sichtscheiben. Hinter ihr war der klobige Umriß eines Preßmagneten-Ringes zu erkennen, mit armstarken SPL-Kabeln, die zu Supra-Saugpumpen führten. Kühlrippen rankten sich um die Segmente des Magnetringes herum, zahlreiche Abdeckplatten waren in die Metallhülle eingelassen, Standgitter und Laufroste zogen sich an dem schweren Gebilde entlang, das immerhin hundert Meter Länge aufwies.

»Wie kommen wir an die defekten Teile heran?« fragte er dann.

»Gar nicht«, erwiderte Whelles trocken. »Wahrscheinlich ist nicht einmal die Hälfte aller defekten Bauteile von außen erreichbar. Selbst wenn wir die anderen nur sehen wollten, müßten wir die Magneten demontieren, und die wichtigsten Teile können ohnehin nicht ersetzt werden. Zum Teil stecken sie draußen, im Injektorturm.«

»Und was machen wir statt dessen?«

»Wir überbrücken defekte Schaltkreise, geben dem Computer die Anweisung, bestimmte Prozessoren und einzelne Segmente auszuschalten, und passen die Programme an die dann noch vorhandene Hardware an.« Sie grinste schwach. »Wollen wir hoffen, daß anschließend noch genug da ist, was funktioniert«, scherzte sie dann.

Severn würdigte sie keiner Antwort.

»Grandiose Aussichten«, spottete Dabrin bedrückt.

»Ja«, bestätigte die Technikerin. »Der Injektor ist eine große Einheit, und wenn das ganze Gebilde mit defekten Bauteilen durchsetzt ist, dann sind wir am Ende.«

»Wir werden es bald wissen«, sagte Severn ungeduldig.

Sie nickte. »Ich glaube, es ist am besten, wir kehren in die Heckzentrale zurück und versuchen, von Yreen zu erfahren, wo das nächste GF-Kabel mit Kilobit-Kapazität liegt. Wenn sich überhaupt eines in den Heckdepots befindet.«

CET 08.11.06.32

DATA REPLAY

CODE: REPARA-T

KENNZIFFER: 03174

PROGRAMM: TRIEBWERKSINSTANDSETZUNG – REPORTPRO-
GRAMM

START WIEDERGABE

ZUSAMMENSETZUNG REPARATURGRUPPE:
    TECHNISCHER STAB: GESAMTE AUSFAELLE DES TECHNI-
    SCHEN STABES: 18
    RELEVANTE AUSFAELLE: 6
    VERFUEGBARES PERSONAL: 12
    EINSETZBARES PERSONAL: 8
    EINGESETZTES PERSONAL: 8
REPARATURGRUPPE: MITGLIEDERZAHL 8
    AARAM CERNER TECHNIKER (CAPT.)
    AUFGABENBEREICH RAMJET-TRIEBWERKSSYSTEME
    ELENA DABRIN TECHNIKERIN (ZIV.) AUFGABENBEREICH
    PLASMAFUSIONSPROZESSE/FUSIONSSTEUERUNG
    ANN WHELLES TECHNIKERIN (ZIV.)
    AUFGABENBEREICH TANK/PUMP/VENTIL/SPL-VERSORGER/
    PIPELINE-ROEHRENSYSTEM
    MARGE NORTHON TECHNIKERIN (LTNT.) AUFGABENBEREICH
    MHD-MAGNETSYSTEME/SUPRA-MAG-SYSTEME
    GREG VYLIS TECHNIKER (LTNT.) AUFGABENBEREICH
    GASENTLADUNGSLASER/LAS-SYSTEME/FUSIONSSTEUE-
    RUNG
    WYLAM GATHEN TECHNIKER (ZIV.) AUFGABENBEREICH
    TELEMETRIE/SERVOSYSTEME/KONTROLLSYSTEME
    LARS SEVERN TECHNIKER (ZIV.)
    AUFGABENBEREICH SYSTEMANALYSE/SENSORSYSTEME/
    FEEDBACK-KONTROLLEN

ALAN THARIN TECHNIKER (LTNT.) AUFGABENBEREICH
FIS-REAKTORSYSTEME/SPL-SUPRALEITER

INSTANDSETZUNGSSCHWERPUNKTE: UEBERSICHT

MOMENTAN: GASLECKS/STRAHLENLECKS/REAKTORDEFEK-
TE/LASERDEFEKTE/SPL-DEFEKTE/GF-NETZ-DEFEKTE/COM-
PUTERDEFEKTE

GEPLANT: INJEKTOR-MAGNETSYSTEM/INJEKTOR-ELEKTRO-
NIK BRENNKAMMER-MAGNETSYSTEM/BRENNKAMMER-GIT-
TER-STRUKTUR

STATUS: INSTANDSETZUNG LAEUFT

ZEITFAKTOR:

ZEITPLAN-SOLL: 08 TAGE 05 STUNDEN 06 MINUTEN
ZEITPLAN-STATUS: 08 TAGE 05 STUNDEN 06 MINUTEN
ZEITPLAN-SICHERHEITSFRIST 06 STUNDEN
ZEITPLAN WURDE BISHER EINGEHALTEN

ENDE WIEDERGABE

CET 08.09.43.21

Der Zentralkörper des riesigen Raumschiffes bestand aus zwei großen Zellen, dem Bug- und dem Hecksegment, verbunden nur durch den Terminal-Schacht, die Pipeline-Röhren und die Gitterstränge des Containergerüstes. Während die Heckzelle im wesentlichen aus Drucktanks, Maschinen, Kraftwerksanlagen und Energiespeichern aufgebaut war, waren im Bugsegment die Hiber-Kammern und die Magazine, die Lagerräume und Frachtbuchten untergebracht. Beide waren in einen inneren und einen äußeren Teil, die Kern- und Außensektionen, getrennt. Die Außensektionen, in denen sich im Bug Frachtcontainer, Ersatzteile und Materiallager befanden, aber auch zahlreiche LOX- und Heliumtanks, umgaben die Innensektionen, welche die Pipeline, die Hiber-Kammern, den Hauptcomputer, einzelne Kontrollräume und kleinere Maschinenhallen enthielten. Beide Bereiche waren durch eine starke Metallpanzerung voneinander abgeteilt, Druckschleusen sorgten für die Versiegelung der Durchgänge. Eine zweite Schutzhülle umgab die Außenwand der Schiffszelle, ein stellenweise meterdicker Komplexpanzer aus organischem Fasermaterial geringen Gewichtes, versetzt mit extrem harten Ceram-Metalllegierungen.

Während in den Außensektionen nur einige luftleere Stahlröhren die einzelnen Räume und Hallen miteinander verbanden und zu den Hangars, den Schleusentoren und den Ansatzstellen des Containergerüstes führten, wurde die Kernzelle von einem dichten Netz aus Inspektionsschächten, Gängen und Laufrosten durchzogen, die von den großen Achsen- und Radialschächten ausgingen. Vor allem entlang der Hiber-Kammern lagen gerade, langgestreckte Verbindungsgänge mit achteckigem Querschnitt, in regelmäßigen Abständen von Sicherheitsschotts unterbrochen, an der einen Seite ein Laufrost für Magnetstiefel, auf der anderen zwei Reihen von Leuchtröhren, in die beiden anderen Flächen waren die Zugänge zu den Hiber-Kammern eingelassen.

Alle Hiber-Kammern waren mit dem Hauptcomputer verbunden, ebenso wie die Überwachungsanlagen Teil des Datennetzes waren, um technische Mängel und Ausfälle sofort ermitteln zu können. Fiel in einer Hiber-Kammer ein Teil des Kühlsystems aus, so wurde gleich darauf die Kernbesatzung von dem Defekt in Kenntnis gesetzt, sofern die Verbindung zwischen Hiber-Kammer und Computernetz nicht unterbrochen war. Innerhalb weniger Tage, je nach Art des Schadens, versuchten die Techniker dann, ihn zu beheben.

Die Kernbesatzung hatte einen hohen Blutzoll gezahlt. Von den Technikern, welche die Hiber-Kammern, die Sarkophage, die Lebenserhaltungssysteme und andere Recycling-Anlagen instandhalten konnten, hatte nur Chris Morand überlebt, eine schlanke Frau mit rotblonden, strähnig gewordenen Haaren, die ihre Erschöpfung und Müdigkeit mit bitterem Zynismus zu verbergen versuchte. Sie hatte jede dieser Reparaturen erledigt, die in den letzten zwanzig Jahren Bordzeit angefallen waren.

Begleitet wurde sie bei den Untersuchungen einer Hiber-Kammer von einem Arzt. Es gab seit einiger Zeit nur noch zwei Mediziner an Bord des Schiffes, beide Hibernations-Spezialisten. Meist übernahm Harl Calins die Untersuchung der Kammern, weil er fast zehn biologische Jahre jünger als Derek McCray war und die körperliche Anstrengung einer mehrstündigen Expedition mit Magnetstiefeln in die äußeren, meist luftleeren Bereiche besser verkraften konnte. Calins war zwar anfangs nicht jünger gewesen als McCray, aber dieser hatte wesentlich längere Wachphasen durchgemacht, während Calins in seinem Sarkophag belassen worden war. Innerhalb der Besatzung traten inzwischen merkliche Verschiebungen des Alters auf, da einige Techniker immer wieder erweckt und eingesetzt wurden, während andere zum Teil jahrzehntelang ohne Unterbrechung in ihrem Hiber-Sarkophag geruht hatten. Aber diese Alterungsunterschiede waren nichts gegen die Verschiebung gegenüber den Dauerhibernierten, für die praktisch keine Zeit vergangen war, während die Kernbesatzung im Durchschnitt um zehn Jahre gealtert war.

Einige Stunden zuvor hatte Algert Stenvar bei der Durchführung eines Reparaturprogrammes bemerkt, daß der Computer den Defekt der Kühlaggregate einer Hiber-Kammer anzeigte. Er hatte Morand benachrichtigt, und sie entschied sich, die Überprüfung einer Umwälzanlage zu unterbrechen und sich zunächst um den Hiber-Defekt zu kümmern.

Die Kammer lag am Rande der Kernsektion, in einem Teil des Schiffes, der nach der Explosion einer Druckleitung und einem nachfolgenden elektrischen Feuer schwer beschädigt und praktisch abgeschnitten worden war. Zwei der Hiber-Kammern waren in Mitleidenschaft gezogen worden, in jeder waren dreißig Menschen gestorben bei dieser mehr als zwei Jahrhunderte zurückliegenden Katastrophe.

Harl Calins, ein mittelgroßer Mann mit schwarzen Haaren und braunen Augen, ein ziemlich bedächtiger und normalerweise ausgeglichener Charakter, durch die Nachwirkungen der Blocker-Drogen ein wenig unruhiger und aggressiver, als er es in einer früheren Zeit gewesen war, vor mehr als zwölf Jahren Wachzeit. Seit zwölf Jahren, bewußt erlebt in Abschnitten von Monaten, manchmal nicht einmal Wochen, zwischen denen Jahre, Jahrzehnte eisigen, todähnlichen Schlafes lagen, stand er, wie alle anderen Überlebenden auch, unter dem Einfluß von Betäubungsmitteln, Psychopharmaka, Metabolika und zahlreichen anderen Chemo-Drogen, und diese zwölf Jahre in chemischen Fesseln hatten ihn zu einem anderen Menschen gemacht. Die Zeit auf der Erde, auf dem Mond schien ein anderes Leben zu sein, eine unvollständige, blasse Erinnerung, die einem Fremden gehörte. Wie alle anderen trug auch er eine tiefliegende, verborgene, übermächtige Angst in sich, einen Alptraum, der ihn bedrohte, ihn umbringen konnte. In den wenigen Augenblicken, in denen er über die Gefahren nachdachte, die sie umgaben, geriet er an den Rand eines Abgrundes, aber diese Augenblicke, in denen der Nebelvorhang der Beruhigungsmittel aufriß, lagen weit auseinander, und gerade die Bordärzte des Schiffes waren mehr als überlastet. Sein Leben bestand aus Scheintod, traumlosem, tiefem Schlaf und hastiger, flüchtig gemachter Arbeit, sagte er sich; er gestand sich ein, daß er trotz erzwungener, mühsam aufrechterhaltener Konzentration nicht in der Lage war, über die lebenswichtigen, einfachen Handgriffe hinaus irgendeine Aufgabe zu erfüllen. Er mußte nicht in den Spiegel schauen, um sein Gesicht zu sehen, denn ihre Gesichter zeigten wenige besondere Merkmale neben der Erschöpfung, die in jeder Faser ihres Fleisches eingebrannt war. Er sah die dunklen Ringe um die Augen der anderen und wußte, daß seine eigenen ebenso aussehen würden, entzündet, ein wenig gerötet, feucht. Träumeraugen, so hatten sie das genannt, in den ersten Jahren, in denen ihre Körper noch Reserven besessen hatten. Jetzt, nach mehreren Jahrhunderten Schiffszeit, waren sie wie ihr Schiff selbst am Ende ihres Weges angelangt.

Im Bereich der Kernzelle waren fast alle Verbindungsgänge mit Helox-Gemisch geflutet, und auch die Beleuchtung schien einigermaßen intakt zu sein. Sie trugen dennoch ihre Druckanzüge, die Helmvisiere ließen sie allerdings offen. Morand führte einen Werkzeugkasten an einem Schultergurt mit sich. Da die Kernzelle auch in den Zeiten betreten wurde, in denen das Schiff um seine Längsachse rotierte, waren die Laufroste an der Außenwand der Gänge angebracht, so daß ihre Köpfe jetzt in Richtung auf die Pipeline wiesen.

Die Technikerin warf in regelmäßigen Abständen einen Blick auf die Metallwände und versuchte, die verblaßten Kennziffern zu erkennen, mit denen die einzelnen Hiber-Kammern markiert worden waren. Die abgestandene Gasmischung roch nach Öl und Rost, und die eisige Kälte, die die Luken und die Kammerwände umgaben, erreichte sie über die Schiffsatmosphäre. Zwar spürte sie den Frost in seiner vollen Stärke nur auf ihrer Gesichtshaut, aber es war auch nicht so sehr die Temperatur, die sie frösteln ließ, sondern die Erinnerungen an die erlittenen Qualen, welche die Drogen unterdrücken sollten. Immer wenn ihr Blick die in regelmäßigen Abständen in die Gangwand eingelassenen Lukendeckel streifte, mußte sie an das Verschlußteil ihres eigenen Hiber-Sarkophages denken, und wie es sich auf sie herabsenkte, ehe es kalt und dunkel wurde und der jahrzehntelange Tod erneut begann. Manchmal wirkten die Narkotika nicht rechtzeitig, und sie fühlte, wie die eiskalte Hiber-Flüssigkeit in den Zuleitungsrohren gurgelte, spürte, wie sie aus den Ventilen strömte und sie bedeckte, oder glaubte es zumindest. Zur Angst vor dem vermeintlichen Erstickungstod, dem instinktiven Glauben, lebendig begraben zu sein, kam das Gefühl des Erfrierens, des Ertrinkens.

»Wie lange noch«, fragte der schwarzhaarige Arzt.

»Fünf Jahre, vermute ich«, antwortete sie bitter, aus ihren düsteren Gedanken gerissen. »Dann sind wir entweder tot oder auf der Oberfläche irgendeines Planeten gelandet, um bald darauf von unserer Ablösung begraben zu werden.«

»Du weißt, daß ich etwas anderes meinte«, bemerkte Calins trocken.

»Selbstverständlich«, erwiderte sie. »Wir meinen immer etwas anderes.«

»Selbstverständlich«, bestätigte er ungerührt. »Und?«

»Vielleicht zehn Minuten noch. Fällt dir das Gehen jetzt leichter?«

»Leichter jedenfalls, als es mir fallen würde, wenn ich darüber nachdächte, wie viele Jahre ich noch im Schiff verbringen muß«, entgegnete er. Das harte, scheppernde Geräusch ihrer Sohlen auf dem Metallrost klang wie das Laufwerk einer mechanischen Uhr, überlegte er zerstreut.

»So?« Sie musterte ihn zynisch. »Dann denk doch an die Jahrhunderte, die hinter uns liegen, zur Aufmunterung.«

Er lachte gezwungen. »Lieber nicht. Dann würde ich wirklich verzweifeln, denn die nächsten fünf Jahre werden auch nicht besser als die letzten. Im Gegenteil.«

»Richtig«, stellte sie mit harter Stimme fest. »Und wenn wir das alles hinter uns gebracht haben, stehen wir bereits mit einem Bein im Grab, in jedem Falle.«

»Möglich«, meinte er, aber spürte deutlich, daß seine Gleichgültigkeit und Ruhe verschwand. Diese Überlegungen gehörten zu den Gedanken, die einem die Ruhe raubten, die man brauchte, um jeden einzelnen Tag zu überstehen, einen nach dem anderen, wochen-, monate-, jahrelang.

»Möglich«, wiederholte sie beißend und sah ihn mit einem sarkastischen Lächeln an. »Die Aufputschmittel kosten uns Jahre unseres Lebens – mit Sicherheit. Welche Auswirkungen mehrfaches Schockfrosten und Auftauen auf den Organismus hat, weiß kein Mensch, aber es sind bestimmt keine harmlosen. Wir können nicht mehr klar denken, weil wir mit Psycho-Drogen vollgepumpt worden sind, und wir ruinieren unser Gehirn mit REM-Traumstoppern. Wir werden nicht erst in fünf Jahren körperliche und geistige Wracks sein, wir sind es bereits seit einiger Zeit.«

Er widersprach ihr nicht und versuchte, die düsteren Gedanken zu verdrängen, die in ihm aufstiegen. Er wußte, daß das REFUGEE-Projekt Material und Menschen gleichermaßen verschlang, aber er wollte sich dieses Wissens nicht bewußt werden. Sie konnten sich nicht dagegen wehren, von versagendem Gerät umgebracht zu werden, einer nach dem anderen, jeder für sich allein, einen letzten Tod erleidend. Der gewaltige Schiffsleib trank mehr als Flüssiggas und Schmiermittel, dachte er. Das Schiff trank Blut. Mehr als die Hälfte der Besatzung war dem kalten Stahl bereits zum Opfer gefallen, aber sein Durst konnte nicht gestillt sein. Wie viele werden ihnen folgen, fragte er sich und dachte wieder an den Mann, den er unbeabsichtigt geopfert hatte.

»Harl, wie viele der Lebenserhaltungs-Systeme arbeiten einwandfrei?« fragte Morand nach einiger Zeit und brach sein beharrliches Schweigen.

»Das ist nicht mein Ressort«, erwiderte er schroff.

»Und eine begründete Vermutung?«

»Meinetwegen«, sagte er widerwillig. »Die Hälfte vielleicht?«

»Die Hälfte«, wiederholte sie und lachte spöttisch. »Nein, Harl.

Nicht einmal zwanzig Prozent aller BCS-Anlagen befinden sich in einem einwandfreien Zustand, und praktisch alle, die noch arbeiten, sind mindestens ein-, zweimal repariert worden.«

Er warf ihr einen skeptischen Blick zu und schüttelte den Kopf. »Das heißt, daß nicht ein einziges BCS-System durchgehalten hat.«

»Genau«, bestätigte sie. »Dabei haben wir solche Anlagen nur im Bereich der Bugsektion, bei der Kommandozentrale und den Mannschaftsräumen, und in den anderen Kontrollräumen.«

»Aber selbst einige Außensektionen werden auch mit Helox-Gemisch versorgt«, wandte Calins ein.

»Das sind nur Umwälz-Anlagen, die Gemisch in die Gänge und Kammern pumpen und es wieder absaugen, wenn eine bestimmte Kohlendioxid-Konzentration überschritten wird. Sauerstoffpatronen und CO_2-Filter müssen in regelmäßigen Abständen ausgewechselt werden.« Sie lachte zynisch. »Diese Umwälzer schaden ohnehin mehr, als sie nützen. Da nicht selten Jahrzehnte vergehen, bis wieder einmal jemand in diese Sektion gelangt, fördert der stehende Sauerstoff nur die Korrosionsvorgänge. Überall, wo wir Helox in die Sektionen gepumpt haben, dringt der Rost vor.«

»Rost?«

»Ja«, bestätigte sie. »Nicht einmal wenig, und es wird immer schlimmer.«

»Aber die Metalle sind beständige Speziallegierungen, und dazu kommen noch die Schutzlackierungen. Wie kann da etwas oxydieren?«

»Schutzlackierung«, sagte sie und lachte erneut. »Natürlich, die schließen die Metallflächen einige Jahrzehnte lang ab. Aber Jahrhunderte? Und die Temperaturen? Je weiter wir uns von der Längsachse entfernen, desto niedriger liegt die Temperatur. Aber weil wir die Abwärme der Reaktoren verteilen müssen, liegt sie in der Kernzelle fast überall über minus zehn Grad. Und die Metalle korrodieren bereits bei geringster Feuchtigkeit und *niedrigsten* Temperaturen. Und zahlreiche Kühlwasserlecks auf den Hiber-Decks haben ganze Sektionen verrotten lassen, ehe wir was gemerkt haben.«

»Und draußen? Der Außenpanzer?«

»Vakuum, Temperaturen nahe dem absoluten Nullpunkt, zeitweise ungeheure Temperaturschwankungen...« Sie dachte nach. »Die Temperatur hat sich während der meisten Zeit nicht geändert, solange wir weit von anderen Gestirnen entfernt blieben. Und in den Außenbereichen gibt es praktisch keine Feuchtigkeit, keinen freien Sauerstoff. Soweit ideale Bedingungen.«

»Aber?«

»Als sich die SETERRA von Sol entfernte, gab es die ersten größeren Schäden. Die Außenhülle hat die rapide Temperaturabnahme bis null Kelvin nicht besonders gut verkraftet. In jeder Metallstrebe, in jeder Stahlplatte sind damals unzählige feine Haarrisse aufgebrochen.« Sie schüttelte zweifelnd den Kopf. »Als wir die Sol-Ebene verließen, hat der Mikrometeoriten-Hagel den Außenpanzer bereits stark beschädigt, und anscheinend sind wir danach noch mehrmals in dichte Schwärme geraten. Seitdem ist es nicht besser geworden. Die Außenhülle, die äußeren Sektionen... die sind völlig zerschlagen. Teilweise haben wir Löcher mit mehreren Metern Durchmesser und Einschlaggänge von zwei Sektionen Tiefe in der Außenhülle, von den Außentanks ganz zu schweigen.«

»Außen Trümmer, innen Rost«, faßte er zusammen. »Das klingt nicht gut.«

»Ist es auch nicht«, meinte die Technikerin trocken. »Denn das Schlimmste liegt noch vor uns.«

»Was?«

»Zunächst die Passage in das Zielsystem. Wir befinden uns in der Ebene der Planetenbahnen, und in dieser Ebene befinden sich auch die Meteoritenschwärme und Kometenschleier.«

»Das hat die SETERRA beim Verlassen des Sonnensystems ausgehalten«, hielt er ohne wirkliche Überzeugung entgegen.

»In der Ekliptik-Ebene war es auch nicht ganz so gefährlich, wie es jetzt werden wird, und wir sind sehr früh aus der Ekliptik herausgegangen«, entgegnete Morand. »Aber Alys hat mit den Teleskopen Asteroiden ausgemacht... einen wirklich *großen* Gürtelbereich.«

»Eine Trümmerzone«, wiederholte Calins. »Verdammt.«

Die schlanke Technikerin nickte. »Wir müssen mit mindestens zweimal so dichten Schwärmen rechnen, wahrscheinlich sogar mehr. Der Gürtel liegt nahe der Bahn des Gasriesen, größtenteils innerhalb, und dessen Schwerefeld verursacht anscheinend merkliche Störungen im Gürtel. Die Syskliptik-Ebene ist praktisch vermint, sagt der Computer.«

»Verdammt«, wiederholte der Arzt.

»Das ist noch nicht alles. Wenn das Triebwerk planmäßig arbeitet, werden wir eine Swingby-Passage ausführen. Unsere Umlaufbahn wird uns parabelförmig sehr nah an den Zielstern heranführen. Trotz der Rotation, die das Schiff dann wieder ausführen wird, wird sich die Temperatur der Außenhülle stark erwärmen.« Sie warf ihm einen bedeutungsvollen Blick zu. »Und all die Risse in der Außenhülle werden aufbrechen.«

»Wird das Schiff diese Gefahren überstehen?« fragte er, während vor seinem inneren Auge grünlich schimmernde, feine Staubnebel auftauchten, das verhängnisvolle Bild auf den Radarschirmen, das den Eintritt in einen Trümmerschwarm anzeigte. Die Besatzung der SETERRA würde nicht viel mehr von den Meteoriten sehen als diese Radarbilder, aber die Schiffszelle würde wie eine angeschlagene Glocke dröhnen, wenn einer der größeren Irrläufer die Panzerung durchschlüge. Dann dachte er an den brennenden Gasball, die Sonne, aus der gigantische Fackeln aufloderten und nach dem Schiffswrack griffen.

»Das Schiff?« Sie nickte. »Ich glaube schon. Wir werden einige Container verlieren, vielleicht einen Hangar, und die großen Außentanks werden genug Löcher haben, daß man hindurchsehen kann. Wir werden ein paar Millionen Liter Stützmasse verlieren, ein paar tausend Kubikmeter Helox... nicht weiter schlimm. Die Überreste der Sonnenpaddel können wir ebenfalls abschreiben, aber das wäre auch schon alles. Die SETERRA hat trotz allem eine dicke Haut.« Sie zuckte mit den Schultern. »Da wir mit dem Triebwerk voran in das System eintreten werden, wird das Brennkammer-Gerüst völlig ruiniert werden, aber das ist ohnehin egal. Im Vergleich zu den Schäden, die das Schiff in den vergangenen Jahrhunderten erlitten hat, ist das alles praktisch nichts. Aber es wird ihm den Rest geben.«

»Ende der Fahrt«, meinte er nachdenklich.

»Für die SETERRA mit Sicherheit. Und damit auch für uns.« Sie blieb vor einem geschlossenen Schott stehen. Eine Warnfläche leuchtete rötlich, auf ihr standen die Buchstaben DEKOM-ALERT.

»Leckage«, stellte sie fest. »Muß von der Explosion damals verursacht worden sein, in der Nebensektion.«

»Und jetzt?« fragte Calins.

»Helm schließen«, wies sie ihn an und klappte ihr Visier herunter. Dann schaltete sie ihre Sauerstoffversorgung ein und legte den Kippschalter für den Helmfunk um. »Fertig?« fragte sie.

Calins nickte. »Ja«, bestätigte er. Seine Stimme klang brüchig, aber das mochte am Mikrofon liegen.

Sie zeigte auf einen der in die Wand eingelassenen Haltegriffe. »Halt dich fest«, warnte sie ihn.

Calins ergriff ihn mit einer Hand und sah zu, wie sie ein Kontrollterminal des Computers einschaltete und eine Anweisung eingab. Das Schott öffnete sich, und gleichzeitig drängte das Atemgemisch aus dem Schacht in die Gänge hinter dem Schott. Er fühlte, wie das Gas an ihm zerrte und ihn vorwärts drückte, und griff auch mit der zweiten Hand zu.

»Wir haben in den äußeren Hiber-Sektionen keine Schleusen mehr eingebaut«, erklärte Morand.

»Verlieren wir das ganze Gemisch?« fragte er verwirrt, während er das sich öffnende Schott mit den Augen verfolgte.

»Nein. Hier draußen befinden sich Doppelschotts, zwischen denen immerhin zehn Meter liegen. Ich habe den Computer angewiesen, erst dies hier zu öffnen, es wieder zu schließen und dann das andere hochzuziehen.« Das Schott glitt über Hüfthöhe, und der Gasstrom ließ nach. »Sie ist voll. Komm, Harl, beeilen wir uns«, drängte sie und bückte sich, um unter dem sich weiter bewegenden Schott hindurch in den dahinterliegenden Gang zu treten.

Er ließ den Haltegriff los und folgte ihr. Die Schottplatte hinter ihnen verschwand in der Metalldecke und kam sofort wieder daraus hervor. Als sie sich schloß, standen sie in einem dunklen Raum von zehn Metern Länge und zwei Metern Durchmesser. Sie schaltete ihren Helmscheinwerfer ein, und das Licht fiel auf die geplatzten Leuchtröhren. Dann bewegte sich die Metallplatte, vor der sie jetzt standen, und gab den Weg in die nächste Sektion frei. Das Gas in dem Zwischenraum entwich mit einem fauchenden Geräusch, das Calins anfangs auch in seinem Helm noch deutlich hören konnte. Die Technikerin ging unter dem sich hebenden Schott hindurch, und er folgte ihr.

»Es kann nicht mehr weit sein«, sagte sie und blickte mit gerunzelter Stirn den Gang entlang.

»Wann hat Al eigentlich den Defekt bemerkt?« fragte Calins, während er mit seiner Helmlampe die nächste Markierung anstrahlte.

»Während er ein Reparaturprogramm startete«, erwiderte sie. »Er umging einige defekte GF-Kabel in der Sektion, die ich vorhin erwähnte, indem er die Kontakte zu anderen Sektionen als Relais benutzte. Mittendrin sah er dann, daß die Kontrollampe auf dem Hiber-Schaltpult aufgeleuchtet war.« Sie blieb stehen und deutete auf eine

Markierung.

»Das müßte sie sein«, stellte sie fest und trat an die Luke heran. Das Metall war grau angelaufen, die Farbe der Ziffern blätterte ab.

»Ja«, bestätigte er und nickte in seinem Helm. »Die Kennziffer stimmt.«

Morand betrachtete nachdenklich die Kontrollampe, die erloschen blieb. »Defekt«, konstatierte sie, nahm die Leuchte aus dem Steckkontakt und ließ sie gleichgültig fallen. Dann öffnete sie die Brusttasche ihres Druckanzuges und nahm eine Ersatzlampe heraus, setzte sie ein und nickte befriedigt, als sie rot aufleuchtete.

»Alles in Ordnung«, stellte sie fest und nahm ihren Handcomputer aus dem Gürtelholster. Das flache Gerät, das einen Bildschirm und eine Programmier-Tastatur besaß, ersetzte ein Computerterminal. Mit Hilfe eines nicht einmal armlangen Kabels konnte man das Gerät an das Datennetz des Schiffes anschließen und von dort aus die Speicher und die Computeranlagen erreichen. Da es Tausende von Hiber-Kammern mit eigenen Kontrollgeräten gab, hatte man statt eines Terminals lediglich einen Kontakt für die Handcomputer geschaffen. Sie zog das Kabel aus ihrem Gerät heraus und drückte es in den Steckkontakt, der unterhalb der breiten Taste, welche die Luke öffnete, angebracht war. Anschließend tippte sie eine Datenabfrage ein. Der kleine Bildschirm flackerte, und einige Schriftzeilen entstanden.

STATUS: HIB-EX-RESCUE PAS
NOTERWECKUNG HIBER-KAMMER 07201
KRITISCHER DEFEKT AUFGETRETEN VOR 58 JAHREN 46 TA-
GEN 02 STUNDEN 43 MINUTEN SCHIFFSZEIT
NOTERWECKUNG EINGELEITET VOR 58 JAHREN 38 TAGEN 00
STUNDEN 56 MINUTEN SCHIFFSZEIT
NOTERWECKUNG ABGESCHLOSSEN VOR 58 JAHREN 37 TA-
GEN 14 STUNDEN 56 MINUTEN SCHIFFSZEIT
HIBERNATION SEIT 58 JAHREN 37 TAGEN 9 STUNDEN 56 MINU-
TEN ABGEBROCHEN

Sie löste den Blick von der Anzeige und sah Calins durch das getönte Helmvisier an. »Achtundfünfzig Jahre«, sagte sie heiser.

»Verdammt«, murmelte er und atmete tief ein. »Wieder dreißig mehr.«

»Dreißig Tote«, wiederholte sie. »Wie ist es diesmal passiert?«

»Ich weiß es nicht«, gab er rauh zu und versuchte, seine Fassung zurückzuerlangen, indem er sich auf diese Frage konzentrierte. »Normalerweise wird ein Defekt sofort dem Computer gemeldet, und spätestens drei Wochen später befassen wir uns mit dem Problem, selbst wenn wir eigens dafür erweckt werden müssen.«

Sie nickte und las noch einmal die Zeitangaben auf dem Bildschirm ab, dann wiederholte sie die Datenabfrage. »Das Signal muß irgendwo im Computer blockiert worden sein… achtundfünfzig Jahre lang«, überlegte sie und überprüfte die Angaben, die jetzt zu lesen waren. »Es stimmt.«

»Wenn das Signal überhaupt bis zum Computer gelangt ist«, wandte er ein. »Genausogut kann die Verbindung gerade zu dieser Sektion abgebrochen sein. Wir wußten ja nicht einmal, daß wir hier ein Leck haben.«

»Und während Al sein Umschaltungs-Programm ausführte, stellte er die Verbindung wieder her?«

»Ja, so etwa.«

»Klingt plausibel«, bestätigte sie nach einigem Überlegen. Sie bemerkte, daß weitere Angaben über den Bildschirm ihres Handcomputers liefen, las einige ab und zog dann das Kabel wieder aus dem Steckkontakt. Die Schriftzeilen leuchteten auf und erloschen. Sie schob den Handcomputer wieder in das Gürtelholster.

»Meinetwegen können wir wieder zurückgehen«, schlug sie gefaßt vor.

Er nickte nervös. »Ja, das dürfte das Beste sein.«

Sie wandten sich um und gingen den Verbindungsgang zurück zu den Schotts. Eine Zeitlang schwiegen sie.

»Sie müssen entsetzlich gelitten haben«, murmelte Morand schließlich.

Der Arzt nickte. »Ersticken ist kein angenehmer Tod«, stimmte er zu.

»Sie sind nicht erstickt«, stellte sie fest. »Die Helox-Reserven reichten noch für einige Zeit, auch wenn die Sauerstoff-Aufbereiter anscheinend beschädigt waren.«

»Wie sind sie dann gestorben?« fragte er und dachte an die verschlossene Luke der Hiber-Kammer. Ohne Druckanzüge hatten die Wiedererweckten den luftleeren Gang nicht betreten können, deshalb waren sie in der Kammer eingeschlossen gewesen.

»Es kommt ganz darauf an.«

»Worauf?«

»Was ihnen zuerst ausging. Der Sauerstoff ist es nicht gewesen. Also könnte es entweder die Nahrung oder die Flüssigkeit gewesen sein. Weder die Konzentratvorräte noch die Wasserreserven sind unbegrenzt. Aber normalerweise reichen sie aus, um die Erweckten monatelang zu versorgen. Und die Noterweckung überleben sowieso nicht alle, von den Komafällen ganz zu schweigen. Aber im Laufe der Jahrhunderte kann manches unbrauchbar oder ungenießbar geworden sein.«

»Verhungert oder verdurstet«, stellte er fest, aber etwas schien daran nicht zu stimmen.

»Ja. Es gibt zwar eine Wasseraufbereitungsanlage, wie es auch Kohlendioxid-Filter gibt, aber es sind mehr als zehntausend davon eingebaut worden, und allzu viele können nach dieser Zeit ohnehin nicht mehr einwandfrei arbeiten. Lecke Wassertanks, blockierte Ventile… Und abgesehen vom Geschmack der Konzentratnahrung hat sich nach einigen Jahrzehnten bereits herausgestellt, daß einige Teile der Trockennahrung alles andere als beständig waren.«

»Ich kann mich an die technische Ausstattung der Hiber-Kammern nicht mehr ganz erinnern«, erklärte er langsam. »Sind sie geheizt?«

»Es gibt selbstverständlich ein Aggregat, mit dem die Kammer nach der Erweckung erwärmt werden kann. Muß ja, weil die Umgebungstemperatur unter dem Gefrierpunkt liegt.«

»Kann das versagen?« fragte er. Irgendein Widerspruch lag in dem, was er wußte, aber er fand nicht heraus, was es war.

»Natürlich. Es wird ja nur von Brennstoffzellen betrieben, chemischen Wasserstoff-Batterien, und anfällig ist das Aggregat auch. Aber es ist normalerweise leicht zu reparieren und arbeitet im allgemeinen einige Monate lang recht gut.« Sie warf ihm einen flüchtigen Blick zu. »Erfrieren wird man allerdings auch dann kaum, wenn es versagen sollte. Dann müßten gleichzeitig die Temperaturkontrollen an den Sarkophagen ausfallen.«

»Erfroren sind sie also nicht«, murmelte er und nickte zerstreut. »Wasser, Sauerstoff, Konzentrat, Wärme.«

»Jedenfalls konnten sie nicht einmal aus der Kammer heraus, als es kritisch wurde«, stellte sie fest. »Das verdammte Leck, das die Explosion vor zweihundert Jahren verursacht hat, setzte die ganze Sektion unter ein Vakuum. Es bestand bereits lange vor dem Defekt, und ohne Anzüge war es für sie unmöglich, die luftleeren Gänge zu betreten.«

Er achtete bereits nicht mehr auf ihre Worte. Plötzlich blieb er stehen. »Chris, ich gehe noch einmal zu der Kammer zurück. Kannst du den Handcom eine Stunde lang entbehren?«

»Selbstverständlich«, antwortete sie nach kurzem Überlegen. »Weshalb willst du zurück?«

»Ich sehe mir die Kammer doch noch von innen an. Vielleicht bemerke ich etwas, was uns bei späteren Erweckungen nützen kann«, meinte er ablenkend.

Sie nickte, ohne überzeugt zu sein, und gab ihm das Gerät. »Soll ich mitkommen?«

Er schüttelte den Kopf. »Nicht nötig«, beschied er ihr. »Es geht ohnehin nur um medizinische Belange.« Calins grinste gezwungen. »Leichenschau, gewissermaßen.«

»Was für ein häßliches Wort«, versetzte sie trocken. »Sonst hieß das doch immer ›Pathologie‹, oder wie lautete der entsprechende Ausdruck aus dem Poetikon des Fachmanns?« Sie wandte sich achselzukkend ab. »Na, egal. Ich habe mit dem verdammten GTR-Umwandler auf dem F-Deck ohnehin genug zu tun.« Sie drehte sich noch einmal um. »Den Handcom brauche ich nicht, ich habe bei dem Umwälz-Aggregat noch einen liegen. Viel Vergnügen, Harl.«

»Okay«, sagte er geistesabwesend, ihre zynische Schlußbemerkung gar nicht mehr wahrnehmend, während er bereits in die andere Richtung ging. Seine Gedanken waren bei den Angaben des Computers über die Vorräte an Wasser, Konzentraten und Sauerstoff. Er hatte in dem Augenblick, in dem Morand das Kabel aus dem Steckkontakt gezogen hatte, einige Zahlen gelesen, und wußte jetzt, was nicht stimmte, aber den Grund kannte er nicht.

»Ersticken, erfrieren«, murmelte er, als er wieder vor der Luke stand, »verhungern, verdursten. Vier Möglichkeiten.« Er steckte das Kabel in den Stecker und gab die Status-Abfrage ein.

STATUS: HIB-EX-RESCUE PAS
NOTERWECKUNG HIBER-KAMMER 07201
KRITISCHER DEFEKT AUFGETRETEN VOR 58 JAHREN 46 TA-
GEN 02 STUNDEN 54 MINUTEN SCHIFFSZEIT
NOTERWECKUNG EINGELEITET VOR 58 JAHREN 38 TAGEN 01
STUNDEN 07 MINUTEN SCHIFFSZEIT
NOTERWECKUNG ABGESCHLOSSEN VOR 58 JAHREN 37 TA-
GEN 15 STUNDEN 07 MINUTEN SCHIFFSZEIT

HIBERNATION SEIT 58 JAHREN 37 TAGEN 10 STUNDEN 07 MI-
NUTEN ABGEBROCHEN
ABBRUCHSURSACHE: TOTALAUSFALL DER HIBERNAT-TEM-
PERATUR-KONTROLLE
GERAET: ZUSTANDS-UEBERBLICK
CYCLIC-SAUERSTOFFAUFBEREITER DEFEKT
CYCLIC-WASSERAUFBEREITER INTAKT FUER UNBEGRENZTE
ZEIT
HEIZAGGREGATE TEILWEISE DEFEKT UND NICHT AUSREI-
CHEND FUNKTIONSFAEHIG
CO_2-FILTER TEILWEISE INTAKT FUER WEITERE SIEBZEHN
TAGE

Calins nickte. »Heizaggregat und Temperaturkontrolle«, murmelte
er, dann las er weiter. »Doch erfroren?«

RESERVEN: ALLGEMEINE UEBERSICHT
TRINKWASSER-FESTRESERVEN 172 TAGESRATIONEN
TRINKWASSER-RECYCLING 19 TAGESRATIONEN
KONZENTRAT-RESERVEN 204 TAGESRATIONEN
HELOX-ATEMGAS 181 TAGESRATIONEN
FILTERZELLEN-RECYCLING 17 TAGE
ENERGIERESERVEN BATTERIE 41 TAGE
ENERGIERESERVEN BRENNSTOFFZELLE 0 TAGE
INSASSEN: ZUSTANDSBESCHREIBUNG ALLGEMEIN
KOMAFAELLE AUFGRUND VON HIBERSCHOCK/HIBER-
TRAUMA 3
TODESFAELLE WAEHREND DER NOTERWECKUNG 4
TODESFAELLE IN DER FOLGEZEIT 26
TODESFAELLE INSGESAMT 30
SITUATION: ALLGEMEINE UEBERSICHT
TEMPERATUR MINUS ZWANZIG GRAD CELSIUS
SAUERSTOFFKONZENTRATION NULL GEWICHTSPROZENT
HIBERNAT-SYSTEM DEFEKT
RECYCLING-SYSTEME TEILWEISE DEFEKT
LEBENSERHALTUNGSSYSTEME GROESSTENTEILS INTAKT
KONTROLLSYSTEM INTAKT

»Ich begreife es nicht«, murmelte er und legte den Handcomputer auf den Laufrost, ehe er mit der flachen Hand auf die Öffnungstaste schlug. Die Luke glitt langsam zur Seite, den Blick ins Innere der Schleusenkammer freigebend. Er trat ein und musterte die Anzeigetafeln am Kontrollpaneel, dann runzelte er die Stirn und tippte mit den Fingern leicht auf eine der Leuchtflächen, die anscheinend nicht mehr funktionierte.

»Auch defekt«, stellte er fest und fluchte. »Ist der Wurm drin...« Anscheinend hatte der Druckabfall im Gang auch die Geräte in der Schleusenkammer beschädigt, die nach außen hin wahrscheinlich nicht ausreichend abgedichtet gewesen war.

Er warf einen mißtrauischen Blick auf die Anzeigen, die innen an der Stirnseite seines Helmes angebracht waren, und registrierte zufrieden, daß die Schleusenkammer inzwischen mit Helox-Gemisch geflutet worden war, bevor er die Öffnungstaste für die Innenluke betätigte. Das Schott klappte auf und gab den Weg in die Hiber-Kammer frei, aber er blieb wie gelähmt stehen. Obwohl er bereits geahnt hatte, was ihn erwartete, kämpfte er mit einem Brechreiz, als er im fahlen Licht des Helmscheinwerfers erkennen konnte, wie die Männer und Frauen in der Hiber-Kammer gestorben waren.

ABCDEFGHIJKLMNOPQRSTUVWXYZ

CET 08.08.12.49

DATA REPLAY

CODE: HIBERNAT-RE II

KENNZIFFER: 07012

PROGRAMM: NOTERWECKUNG – HIBERNATIONSSYSTEME EXTERN

START WIEDERGABE

DEFINITION: NOTFALLPROGRAMM II – NOTERWECKUNG BEI HIBER-
KAMMER-DEFEKTEN

DESKRIPTION: ALLGEMEINER UEBERBLICK ZUR HANDHABUNG BEI
DEFEKTEN IM HIBERNAT-SYSTEM (KUEHLMECHANISMEN/
ENERGIERESERVEN/ENERGIEVERSORGUNG/AUTOMAT-
KONTROLLE/KUEHLAGGREGATE/KONTROLLKREISE) KANN
EINE TEMPERATURERHOEHUNG EINTRETEN. UEBERSCHREI-
TET DIESE DIE TOLERANZGRENZE VON ZWEI KELVIN UM EI-
NEN AUSREICHENDEN WERT, IST DER BIOLOGISCHE FORT-
BESTAND DER HIBERNIERTEN GEFAEHRDET. IN DIESEM
FALLE WIRD DAS ZEHN STUNDEN UMFASSENDE NOTERWEK-
KUNGSVERFAHREN EINGELEITET UND DIE HIBERNATION AB-
GEBROCHEN. UEBER DAS DATENNETZ KONTROLLIERT DER
HAUPTCOMPUTER DIE HIBER-KAMMER UND DIE NOTERWEK-
KUNG. BEI VERSAGEN DER KAMMER-KONTROLLEINHEIT
WIRD DIE UEBERWACHUNG VOM HAUPTCOMPUTER UEBER-
NOMMEN.
DA DIE NOTERWECKUNG VOLLAUTOMATISCH DURCHGE-
FUEHRT WIRD (IM GEGENSATZ ZUM ENDERWECKUNGSPRO-
GRAMM – CODE HIBERNAT-RE I – UND ZUM NOTFALLERWEK-
KUNGSPROGRAMM – HIBERNAT-RE III), WENN DIE KERNBE-
SATZUNG DIE MANUELLE KONTROLLE NICHT UEBERNEHMEN
KANN, IST DAS LETALITAETSRISIKO HOEHER. MIT EINER
GROSSEN ZAHL VON TODESFAELLEN UND KOMAFAELLEN IST
ZU RECHNEN, DA WEDER DIE DOSIERUNG DER PSYCHO- UND

METABOLIKA-DROGEN NOCH DER VERLAUF DES TAUVOR-
GANGES AUF DEN EINZELNEN ORGANISMUS ABGESTIMMT
SIND.

DA EINE UMFANGREICHE MEDIZINISCHE VERSORGUNG DER
NOTERWECKTEN SICHERGESTELLT WERDEN MUSS, WIRD
PARALLEL ZUR NOTERWECKUNG DER HIBERNIERTEN AUCH
DIE ERWECKUNG EINZELNER MITGLIEDER DER KERNBESAT-
ZUNG EINGELEITET. DIESE UEBERNIMMT AUCH DIE BESEITI-
GUNG DES DEFEKTES.

WEIL DIE BERGUNG DER UEBERLEBENDEN UND DIE IN-
STANDSETZUNG DER KAMMERAGGREGATE EINIGE ZEIT
DAUERN KANN ODER SICH DIE ERWECKUNG DER KERNBE-
SATZUNG MANCHMAL VERZOEGERT, IST JEDE HIBER-KAM-
MER EINERSEITS MIT EINEM GRUNDVORRAT AN TRINKWAS-
SER, NAHRUNGSKONZENTRATEN UND SAUERSTOFF UND
ANDERERSEITS MIT RECYCLING-WIEDERAUFBEREITERN
FUER WASSER UND SAUERSTOFF AUSGERUESTET. DIESE
WERDEN WIE AUCH DAS HEIZAGGREGAT AUS DEM SPL-
ENERGIENETZ DES SCHIFFES VERSORGT, BEI DESSEN AUS-
FALL DURCH CHEMISCHE BATTERIEN.

DIESE SYSTEME GARANTIEREN EINE VERSORGUNG MIT
WASSER UND SAUERSTOFF FUER UNBEGRENZTE ZEIT, MIT
KONZENTRATEN FÜR EINEN ZEITRAUM VON MINDESTENS
FUENFHUNDERT TAGEN FUER DREISSIG UEBERLEBENDE,
EINE DURCHSCHNITTSTEMPERATUR VON FUENFZEHN
GRAD. IST DIE KAMMER VOELLIG ABGESCHNITTEN, REICHEN
DIE ENERGIERESERVEN AUS, UM RECYCLING- UND THERMO-
ANLAGEN FUENFHUNDERT TAGE LANG ZU VERSORGEN. ME-
DIZINISCHE NOTAUSRUESTUNG, MEDIKAMENTE, RESERVEN
AN PSYCHOPHARMAKA, TRANQUILIZER UND ANDEREN NOT-
WENDIGEN DROGEN SIND EBENFALLS FUER CIRCA FUENF-
HUNDERT TAGE VORHANDEN.

ENDE WIEDERGABE

CET 08.07.55.17

Von den Sektionen der Kernzelle, in denen die Hiberkammern lagen und die den Zentralbereich schalenförmig umgaben, zogen sich drei große radiale Zugangsschächte zu den Achsschächten. Das Geflecht der weniger großen, radialen, axialen oder ringartigen Gänge erreichte von dort aus die einzelnen Decks der Hibersektionen, und die manchmal kilometerlangen Wege konnten meist nur zu Fuß, manchmal auch mit Ecar-Elektrofahrzeugen zurückgelegt werden.

Die Gelassenheit, mit der Calins die Zeit ertragen hatte, die vergangen war, bis er den Achsschacht erreicht hatte, begründete sich in einer Art geistiger Schockstarre. Seine Gedanken beschäftigten sich unablässig und fast mechanisch mit dem Vorgefallenen, ohne es wirklich zu berühren.

Angesichts der riesigen Zahl der Hiberkammern und der komplizierten Geräte, mit denen sie überwacht wurden, hatte man mit Schwierigkeiten rechnen müssen, und in den seit dem Start vergangenen Jahrhunderten Bordzeit waren in den Kühlmechanismen einiger Frosterkammern die erwarteten Defekte aufgetreten. Ein solcher Ausfall war auch einmal bei einer der zwölf großen, mehrfach abgesicherten Frosterhallen passiert, in denen in Genbanken Zellgewebe zahlreicher Tier- und Pflanzenarten gelagert waren, ergänzt durch Pilz- und Mikrobenstämme, manchmal auch lebend hibernierte Organismen, die als Grundlage für Versuche dienen sollten, gezüchtete Zellhybride an fremde Umweltbedingungen anzupassen. Diese Versuche sollten in den in denselben Sektionen befindlichen biologischen Labors durchgeführt werden.

Während aber der Gerätedefekt in dieser Frosterhalle hatte behoben werden können, waren sie bei anderen Ausfällen manchmal nicht rechtzeitig gekommen, um sofort einzuschreiten. Überschritt die Temperaturveränderung einen bestimmten Wert, so brach der kleine Kontrollcomputer in der Kammer die Hibernation ab und taute die Insassen auf, sofern dies nicht von der Kernbesatzung übernommen werden konnte, was meistens der Fall war. Diejenigen, die diesen Vorgang überlebten, konnten in den meisten Fällen auch lebend geborgen werden. Später wurde der Defekt beseitigt, und die Überlebenden wurden danach erneut eingefroren.

Immer wieder hatte es dabei große Schwierigkeiten gegeben, und die Todesrate lag extrem hoch. Aber keiner dieser Ausfälle hatte dem in Kammer 07201 annähernd geglichen. In jeder Kammer waren Menschen gestorben, manchmal auch alle, die sich in ihr befunden hatten, aber nie auf diese Art und Weise.

Seine Gedanken waren erneut an dieser Stelle angelangt, als er die Kontrollzentrale erreichte. Bran McLelan, der Kommandant, war allein und musterte den großen Projektionsschirm, auf dem Position und Bahn des Schiffes dargestellt waren.

ZEITPLAN-SOLL: 08 TAGE 01 STUNDEN 55 MINUTEN
ZEITPLAN-STATUS: 08 TAGE 03 STUNDEN 19 MINUTEN
REST-SICHERHEITSFRIST: 04 STUNDEN 36 MINUTEN
ZEITPLAN-ABWEICHUNG: 01 STUNDE 24 MINUTEN

Auf einen Bildschirm neben dem, der den Countdown zeigte, projizierte der Computer eine elektronische Skizze des Planetensystems, das ausführlicher als in der Flugbahn-Zeichnung dargestellt war. Ein großer, gelber Fleck stellte den sonnenähnlichen Zentralstern des Systems dar, ein weißer, nicht einmal halb so großer Fleck den Gasriesen, der, selbst fast ein kalter Stern, das G-Typ-Gestirn in großem Abstand umlief. Innerhalb der Umlaufbahn des Planeten befand sich der breite Streifen des Asteroidengürtels. Außerhalb waren entsprechend die Positionen von drei weiteren, innerhalb von zwei weiteren Planeten markiert. Einer von ihnen befand sich nahe der Sonne, der andere weiter entfernt, allesamt außerhalb der grünen Farbzone, innerhalb derer sich ein erdähnlicher Planet befinden mußte, sofern es ihn wirklich geben sollte. Ein weiterer Fleck, der näher an der Sonne stand, war ein wenig blasser gehalten, ein Zeichen dafür, daß die Auswertung durch den Computer noch nicht abgeschlossen war.

Calins betrat die Zentrale und ging den Ring der Kontrollpulte entlang zu McLelans Sessel.

Der Kommandant löste den Blick widerwillig vom Bildschirm und musterte ihn eingehend, als er neben ihm stand. »Harl?«

»Chris und ich haben eine defekte Hiber-Kammer inspiziert«, berichtete der schwarzhaarige Mediziner.

McLelan nickte und versuchte, mit dem Finger die tiefen Furchen zu glätten, die sich in seine Stirn eingegraben hatten. »Ist ein besonderes Problem aufgetaucht?« fragte er beunruhigt.

Calins nickte wortlos, während er sich in einen der Sessel fallen ließ.

144

»Ausfälle?« fragte McLelan drängend und verfluchte insgeheim erst das Versagen der Überwachungsanlagen im Hiber-Deck 07 und dann die Bedächtigkeit des Arztes.

»Dreißig«, meldete Calins.

»Alle? Wie das?« wollte McLelan genauer wissen, erschüttert nicht nur wegen des vielfachen Todes, sondern auch deswegen, weil er so unvermittelt gekommen war.

»Das ist es, was mir Sorgen macht«, meinte der Mediziner. »Irgend etwas ist in dieser Kammer geschehen, das dreißig Menschen getötet hat und auch uns bedrohen kann.«

»Woran sind sie gestorben?« fragte McLelan ungeduldig.

»Erstickt«, antwortete Calins mechanisch.

»Kein Sauerstoff mehr?« fragte der Kommandant erstaunt. »Weshalb? Leckage, Ventilschaden?«

»Die Noterweckung erfolgte bereits vor fast sechzig Jahren«, erklärte Calins müde. »Das Alarmzeichen erreichte den Computer wahrscheinlich nicht, und deshalb erfuhren wir nichts davon.«

»Wie das?«

»In der daneben befindlichen Sektion hat es eine Explosion gegeben, vor fast zweihundert Jahren, bei der auch zahlreiche GF-Kabel des Datennetzes beschädigt wurden. Sie erinnern sich? Vermutlich waren diese Schäden die Ursache für die Blockade, und Algerts Notprogramm hat diese Unterbrechungen umgangen und die Verbindung wiederhergestellt.«

Der Kommandant nickte zögernd und ärgerte sich über die Ungewißheit. »Klingt zumindest denkbar.«

»Ja. Jedenfalls haben dreiundzwanzig von ihnen die Noterweckung unbeschadet überstanden, und sie warteten mehrere Wochen lang vergeblich auf uns, während sie auf ihre Notvorräte zurückgriffen. Sie konnten die Kammer nicht verlassen.«

»Damit wäre ja alles geklärt«, stellte McLelan erleichtert fest und verzog dann angewidert das Gesicht.

»Eben nicht«, entgegnete der Arzt hilflos. »Sie haben ihre Vorräte nicht aufgebraucht.«

»Was?« fragte der Kommandant erschreckt.

»Sie hatten noch Sauerstoff, Nahrung und Wasser für ein paar Wochen, und auch die Energie reichte noch einige Zeit. Die Heizaggregate waren zwar nicht in Ordnung, aber der Computer der Kammer behauptet, daß sie die Temperatur auf annähernd acht Grad gehalten haben, manchmal mehr, manchmal weniger, auch wenn sie in den letzten zwanzig Jahren immer wieder sank, nachdem das Aggregat nach und nach völlig versagte. Aber zu diesem Zeitpunkt waren sie bereits tot.«

»Woran sind sie gestorben, verdammt?«

»Ich kann es nicht beweisen, aber…« Calins rang um Fassung. »Als ich in die Kammer trat, öffnete ich einen Augenblick lang mein Helmvisier, um die Kammerluft zu untersuchen. Ich mißtraute den Angaben des Computers.«

»Hatten Sie kein Analysegerät mitgebracht?« fragte McLelan scharf.

Calins schüttelte abwehrend den Kopf. »Selbstverständlich nicht. Ich weiß, daß es riskant war, aber nach den Angaben des Computers war das Gas nur deshalb gefährlich, weil es keinen Sauerstoff enthielt.«

»Und? Hatte er recht?«

»Es lag ein abscheulicher Geruch in dem abgestandenen, giftigen Gemisch, das aus mehr bestand als Helium und Kohlendioxid. Es roch nach Verwesung… so stark, daß ich mich fast übergeben mußte, obwohl ich den Helm wirklich nur für einen Moment geöffnet hatte. Aber das war nicht das Schlimmste.« Er sah McLelan an. »Sie lagen auf dem kalten Metallboden der Kammer, in den Ecken, bei den Nahrungsfächern, am Zugang zur Hiber-Kammer. Der Verfall war nicht sehr weit fortgeschritten, da die geringe Sauerstoffmenge in der Kammer dies nicht zuließ, außerdem betrug die Temperatur schon seit Jahren minus zwanzig Grad, nachdem die Brennstoffzellen, aus denen das Heizaggregat versorgt wurde, verbraucht waren. Die Haut hatte sich zersetzt, die Augen waren eingefallen, Haare und Fingernägel waren weitergewachsen, und die Kälte hatte ihre Gesichter mit einer Art Rauhreif überzogen. Exkremente, verdorbene Konzentratriegel und zerbrochene Ampullen lagen auf dem Gitterboden. Und sie hatten Verletzungen.«

»Verletzungen?« fragte McLelan irritiert.

»Ja… mit Zähnen und Fingern beigebracht.« Er warf dem Kommandanten einen gehetzten Blick zu. »Die meisten hatten sie sich selbst zugefügt… auf die Lippen gebissen, die Hände zu Fäusten geballt…« Er wischte sich den Schweiß von der Stirn. »Einer hat sich mit den Fingern die Augen ausgedrückt… herausgestoßen. Eine Frau lag neben ihm. Ihr Gesicht war grauenhaft entstellt… sie hat es sich mit ihren eigenen Händen zerfetzt und verblutete.« Calins würgte angesichts der Erinnerung.

Der Kommandant schüttelte fassungslos den Kopf. »Ich begreife gar nichts«, stellte er erschüttert fest.

»Der Geruch, die Leichen...« fuhr Calins fort, McLelans Bemerkung gar nicht wahrnehmend. »All das war nicht halb so schlimm wie der Ausdruck auf ihren Gesichtern...«

»Ihr Gesichtsausdruck?« fragte der Kommandant verständnislos.

»Ja.« Calins atmete tief. »Es waren Männer und Frauen, manche jung, die meisten mittleren Alters, aber allen, deren Gesichter einen erkennbaren Ausdruck zeigen konnten, war diese Grimasse von Schmerz, Angst und Grauen in ihre Züge gebrannt. Sie glichen sich auf eine entsetzliche Art.« Der Arzt sah McLelan an. »Einer lag einen Meter neben der Schleusenluke. Er hatte die Metallwand zerkratzt, mit tiefen Einkerbungen, die er mit seinen Fingernägeln, mit seinem blutigen Fleisch, am Ende sogar mit seinen Fingerknochen in den Stahl geritzt hatte.«

»Das muß die Hölle gewesen sein«, stieß der Kommandant hervor und verdammte das unzulängliche Kontrollnetz im stillen.

»Ja«, bestätigte Calins. »Aber nicht die Hölle, an die Sie denken, Sir.« Er sah dem Kommandanten ins Gesicht und versuchte, seine Beherrschung zurückzuerlangen. »Ich glaube, sie haben sich an die Träume erinnert.«

Ein flüchtiger Ausdruck der Furcht zog sich über McLelans Gesicht. »Soll das heißen, daß die Blocker versagt haben?«

»Ich weiß es nicht. Sie sind programmgemäß injiziert worden, und sie wirkten wahrscheinlich auch, anfangs zumindest. Daß mehr als zwanzig Menschen zufällig eine falsche Dosis erhalten haben sollen, erscheint mir unwahrscheinlich. Aber später hat offensichtlich ihre Wirkung aus irgendeinem Grund nachgelassen, und dann müssen die Erinnerungen wiedergekommen sein.«

»Und die Ursache?«

Calins lehnte sich zurück und versuchte, seine Gefühle unter Kontrolle zu bringen. »Die Sektion ist durch die Explosion damals nicht nur abgeschnitten, sondern auch leckgeschlagen worden. Der Gang, an dem die Hiber-Kammer lag, war damit von Anfang an luftleer. Sie waren eingesperrt, konnten die Kammer nicht verlassen. Vier von ihnen starben während der Noterweckung, drei waren Komafälle, die intravenös ernährt werden mußten. Schon das war den Eingeschlosse-

147

nen nicht möglich.«

»Auch bei anderen Vorfällen dieser Art waren die Erweckten eingeschlossen, bis wir zu ihnen kamen«, warf McLelan ein. »Hauptsächlich deswegen, weil die verdammten Schleusenschotts klemmten.«

Calins nickte. »Die anderen saßen in der Hiber-Kammer und warteten einige Zeit. Als die Komakranken in Gefahr gerieten, versuchten sie wahrscheinlich zum ersten Mal, die Kammer zu verlassen, sofern sie dazu körperlich in der Lage waren. Dann mußten sie feststellen, daß sie keine Verbindung zum Hauptcomputer herstellen konnten. Sie begriffen, daß sie abgeschnitten waren, und warteten weiter. Mehrere Tage vergingen, und die Komakranken starben, während sie ohnmächtig zusehen mußten. Sie schafften sie in die Schlaffächer und mußten feststellen, daß der Geruch zu ihnen durchdrang. Eine Woche, zwei Wochen, ein Monat wird vergangen sein, bis aus dem Verdacht, daß man von ihrer Situation nichts wußte, Gewißheit wurde. Sie begannen, ihre Vorräte zu überprüfen und sich auszurechnen, wie lange sie noch zu leben hätten, falls sie wirklich auf sich allein gestellt sein sollten. Sie rationierten die Nahrung, später auch die Medikamente. Die Beruhigungsmittel dürften zuerst verbraucht gewesen sein.«

»Weiter«, forderte McLelan unruhig und verdrängte den Schrecken gewaltsam aus seinen Gedanken.

»Später versagte der Sauerstoff-Aufbereiter, und die Zeit, die ihnen noch blieb, verringerte sich innerhalb weniger Augenblicke erheblich. Sie schalteten die Sauerstoffzufuhr auf Handbetrieb um und führten der Kammer erst dann wieder Gas zu, wenn die Konzentration an Kohlendioxid einen gefährlichen Wert erreicht hatte. Mit jedem Liter Sauerstoff stieg ihre Angst. Dann kam der Ausfall des Heizaggregates.«

»Und die Temperaturkontrolle?«

»Ihr Defekt war der Grund für die Noterweckung gewesen«, versetzte Calins bitter. »Die Temperatur sank von etwa siebzehn auf acht Grad, einige Zeit lang lag sie wahrscheinlich sogar unter dem Gefrierpunkt, bis sie das Aggregat teilweise wiederhergestellt hatten. Die Kälte drang nach und nach weiter vor.«

»Grauenhaft«, murmelte McLelan.

»Früher oder später brach ihre Angst offen heraus. Sie begannen, auf die Rationen zu achten, die die anderen nahmen, und bewachten einander immer mißtrauischer und feindseliger. Anfälle, Wahnvorstellungen häuften sich. Mehr als zwanzig Menschen in einem Raum, in dem vielleicht zwei eine Zeitlang leben können, eingeschlossen zusammen mit sieben Leichen. Man konnte sie und die Angst der anderen förmlich riechen. Die Medikamente gingen aus, der Drogenentzug kam, körperliche Zusammenbrüche, dann geistige.« Die Stimme des Mediziners hatte einen Tonfall frostiger Distanz angenommen, und er sah starr geradeaus. »Die Furcht, die Toten, die sie ständig vor Augen hatten, und dann die Kälte...« Er löste sich abrupt von den grausamen Bildern, die vor seinem inneren Auge erschienen. »Angst, Streß, Enge... all das hat vielleicht die Wirkung der Psycho-Blocker aufgehoben. Möglicherweise wirkte die eisige Kälte auch auf das Unterbewußtsein, rief die Zeit der Hibernationsträume wieder in die Erinnerung zurück. Und sobald einer die Beherrschung verlor, ließ auch die der anderen nach. Bis sie alle durchdrehten. Mit den Erinnerungen kam der Wahnsinn, und irgendwann hat dann auch der letzte, nach Tagen des Grauens, das Bewußtsein verloren und ist ins Koma versunken.«

»Und damit war alles vorbei.«

Calins nickte. »Die Sauerstoffzufuhr mußte immer noch von Hand geregelt werden. Der Schalter ist auf geschlossener Stellung verblieben. Sie sind erstickt, wenige Meter vor halbvollen Sauerstofftanks entfernt, Angesicht zu Angesicht mit Dutzenden von Konzentratpackungen und Literflaschen von Nährflüssigkeit und Wasser. Einer hat versucht, eine Metalldose aufzubeißen, als ihn hungerte, aber ehe seine Zähne ganz zerbrachen, war er bereits tot.« Der Arzt schlug mit der Faust auf die Metallfläche zwischen den Schaltpaneelen. »Die Verwesung verbrauchte die letzten Sauerstoffspuren, und Jahre später war auch die Energie der Brennstoffzellen zu Ende. Das Heizaggregat fiel endgültig aus, und der Frost stoppte den körperlichen Verfall.«

McLelan schwieg und dachte zornig an die zahlreichen Vermutungen, auf die sie angewiesen waren.

Der Arzt sah ihn an. »Ich fürchte, daß die Bedeutung dieses entsetzlichen Geschehens unabsehbar ist.«

»Weshalb?« fragte er ahnungsvoll.

»Wenn Streß, Angst und Kälte ausreichen, um die Psycho-Blocker wirkungslos zu machen, dann könnte auch schon etwas anderes genügen, um dieselbe Wirkung zu haben. Dann sind wir möglicherweise alle in Gefahr.«

»In der Kammer lagen außergewöhnliche Bedingungen vor«, erinnerte ihn der Kommandant unwillig. »Streß und Todesgefahr sind zwei verschiedene Dinge.«

»Wir befinden uns auch in Todesgefahr«, versetzte Calins hart. »Außerdem: Wer kann sicher sein, daß die Drogen ihre Wirkung wirklich nur unter diesen extremen Bedingungen verlieren?«

»Bis jetzt haben sie zumindest bei uns zuverlässig gewirkt«, verteidigte sich McLelan.

»Tatsächlich?« zweifelte Calins. »Haben wir wirklich alles vergessen, was wir in den Jahrzehnten des Hiber-Schlafs geträumt haben? Jede schreckliche Einzelheit, jede grauenhafte Sekunde?«

»Warum nicht?« entgegnete McLelan.

»Weil die Psycho-Blocker noch nie nach einem Hiber-Schlaf von mehr als zehn Jahren Länge getestet wurden. Vielleicht haben wir noch immer unsere Erinnerungen, tief in unserem Unterbewußtsein begraben, eingeätzt, eingebrannt, auch wenn die Alpträume uns nur im Schlaf erreichen, und wir merken es nicht einmal. Oder die Erinnerungen kehren erst jetzt zurück.«

»Die Psycho-Blocker zerstören die Erinnerungen an die Alpträume, oder?« fragte McLelan kalt, aber seine Stimme klang ein wenig unsicher.

»Vielleicht unterdrücken sie sie nur«, wandte Calins ein. »In der Kammer wurden die Drogen planmäßig injiziert, und wenn sie die Erinnerung wirklich zerstören würden, dann hätten sie ihre Wirkung später ruhig verlieren können. Aber die Erinnerungen an die Träume müssen die Gehirnwäsche zumindest teilweise überstanden haben, denn sie sind später wieder in das Bewußtsein zurückgekehrt.«

»Sicher?«

»Nichts anderes kann Menschen dazu bringen, sich in dieser Art selbst zu zerfleischen«, erklärte Calins. »Und das kann in jeder anderen Kammer früher oder später wieder geschehen. Auch mit uns.«

McLelan dachte nach. »Sie sagten, ihr Medikamentenvorrat sei verbraucht gewesen. Also auch die Blocker?«

»Nein. Sie hatten noch einige Ampullen übrig, obwohl sich ein paar wohl Überdosen gespritzt und so das Gehirn regelrecht ausgebrannt haben.« Calins schüttelte den Kopf. »Daß wir die Blocker immer wieder nehmen, mag uns schützen, aber wie lange? Und was ist mit den unzähligen Menschen, die in den Kammern liegen?«

Der Kommandant nickte widerwillig. »Und wenn die Kälte der auslösende Faktor gewesen ist?«

»Wir können nicht sicher sein«, entgegnete Calins. »Gewiß, wir haben es besser, aber…« Er bewegte die Schulter in seiner Jacke. »Wieviel Grad haben wir hier?«

»Siebzehn«, gab McLelan mechanisch Bescheid.

»Mich fröstelt«, gestand der Arzt. »Manchmal ist mir wirklich kalt, obwohl die Temperatur nicht gesunken ist.« Er sah McLelan an. »Ich glaube, der Körper erinnert sich an die Kälte. Ich friere von Zeit zu Zeit, und ich glaube, Sie auch. Wir alle. Wir werden bis an unser Lebensende frieren, und das gilt auch für die anderen in den Kammern.«

McLelan antwortete nicht, bis er schließlich sagte: »Okay, wir befinden uns also in derselben Gefahr – möglicherweise jedenfalls.« Er warf dem Arzt einen skeptischen Blick zu. »Aber wenn es so sein sollte, haben wir sowieso keine Chance mehr. Über diese Möglichkeit nachzudenken, ist sinnlos.«

Calins erwiderte den Blick mit einem Achselzucken. »Wir sollten es trotzdem tun, denn vielleicht gibt es einen Ausweg, wenn diese Gefahr tatsächlich bestehen sollte. Wir befinden uns in einer katastrophalen Situation, seit das Triebwerk ausgefallen ist, augenblicklich und mindestens noch für die kommenden Tage. Und wer weiß, was als nächstes geschieht. Jeder dieser Rückschläge könnte der auslösende Faktor sein.«

»Was sollen wir unternehmen?«

Der Arzt lehnte sich wieder im Sessel zurück und dachte einen Augenblick lang nach. »Ein Computerprogramm«, schlug er vor. »Ich werde alle Daten sammeln, die wichtig werden könnten, einige Simulationen und Modelle ausarbeiten und das alles in den Computer einspeichern.«

»Meinetwegen«, stimmte McLelan zu. »Zumindest kann es nicht schaden. Aber andere Probleme gehen vor, verstanden?«

»Okay«, nickte Calins. »Wir könnten das Programm dahingehend ergänzen, daß es im Notfall die Besatzung eine Zeitlang ersetzen kann und auf eine Situation vorbereitet ist, in der alle Erweckten aufgrund von Alpträumen komakrank werden und ausfallen. Oder Amok laufen.«

»Klingt nicht gerade einfach«, meinte McLelan zweifelnd. »Und umfangreich wird das Programm auch werden. Al wird einige Zeit damit beschäftigt sein.«

Calins schüttelte hastig den Kopf. »Al wird vorerst nichts damit zu tun haben. Die anderen dürfen auf keinen Fall etwas von unseren

Überlegungen erfahren. Oder von Kammer 07201.«

McLelan hob den Kopf. »Weshalb?«

»Erstens wissen wir nichts Genaues«, stellte Calins fest. »Letztendlich verfügen wir nur über Vermutungen. Und dreißig Leichen. Und zweitens würde die Andeutung, daß eine solche Gefahr tatsächlich vorhanden sein könnte, die gegenwärtigen Ängste verstärken und die Verhältnisse denen annähern, die in der Hiber-Kammer geherrscht haben.«

»Also gut«, stimmte McLelan nach einigem Überlegen zu. »Wer weiß bis jetzt von der Sache?«

»Wir. Sonst niemand.«

Der Kommandant runzelte die Stirn. »Und Chris?«

»Sie weiß nicht einmal, wie es in der Kammer aussieht, und was geschehen ist. Wir hatten bereits festgestellt, daß die Hibernierten tot sein mußten, als wir vor der geschlossenen Luke standen, und daraufhin sind wir wieder umgekehrt, ohne die Kammer zu betreten. Als mir auffiel, daß Nahrung, Wasser und Sauerstoff noch für einige Zeit vorhanden waren, kehrte ich unter einem Vorwand noch einmal um.«

»In Ordnung«, stellte McLelan fest. »Und was ist mit Derek?«

»Er könnte auch nicht mehr tun als ich, und so sehr ich seiner Verschwiegenheit vertraue, jeder, der etwas von dem Zwischenfall weiß, vergrößert die Gefahr, daß ein unbedachtes Wort eine Katastrophe auslöst.«

Der Kommandant musterte den Medic-Offizier und überlegte, ob der bereits ahnte, daß er den Computer angewiesen hatte, wesentlich häufiger zu erwecken, damit einer der beiden Ärzte geschont blieb, für den Fall katastrophaler Ereignisse, die überraschend eintreten mochten. Calins konnte einige der Jahre leben, die der andere Medic-Offizier während der Mission gealtert war, eine Art unbeabsichtetes, vampirisches Verhalten, wie sich McLelan fast erheitert gestand, begründet durch ein manipuliertes Opfer eines anderen.

»Meinetwegen«, entschied er. »Was das Programm angeht, damit werden wir uns nochmal auseinandersetzen müssen. Sonst noch etwas?«

»Ich werde auf jeden Fall ab jetzt ein Auge auf die anderen haben. Vor allem auf ihren Schlaf.«

»Und auf unseren eigenen«, meinte der Kommandant trocken.

»Ja«, nickte Calins. »Ich werde mich auch um die Daten kümmern, die wir bisher über das Hibernationsproblem gesammelt haben.« Er

sah McLelan warnend an. »Auf keinen Fall dürfen wir weitere Erwek-
kungen durchführen.«

»Normalerweise würde die Reservemannschaft sowieso erst in einem Jahr erweckt werden«, entgegnete der Kommandant. »Auch
wenn Lana mir bereits vor zwei Tagen vorgeschlagen hat, für den
schlimmsten Fall einen technischen Stab aufzutauen.«

»Genau. Das Notprogramm sieht auch vorgezogene Erweckungen
im Katastrophenfall vor«, erinnerte ihn Calins. »Wenn wir mit dem
Triebwerksschaden wirklich nicht fertig werden sollten, läge es nicht
einmal so fern, Mitglieder der Reservemannschaft einzusetzen. Aber
gerade dies sollten wir so lange hinauszögern, wie es irgend geht.«

»Eine derartige Erweckung wäre außerdem sinnlos«, erklärte
McLelan. »Die Erweckten wären mindestens zehn Tage lang unfähig
selbst zu leichten Arbeiten, und nicht wenige würden in Lebensgefahr
schweben, nehme ich an.« Calins nickte wortlos.

»Einverstanden«, äußerte der Kommandant schließlich. »Aber alles
in allem…« Er warf dem Bordarzt einen skeptischen Blick zu. »Sie
sind der Experte, aber ich teile Ihre Befürchtungen trotzdem nicht,
Harl. Wenn überhaupt, dann war das Geschehen in Kammer 07201
eine Folge der außergewöhnlichen Umstände.«

»Vielleicht«, gab Calins zu. »Wollen wir es hoffen.« Er stand auf.
»Ich werde mich mal in den Datenspeichern des Schiffes umsehen«,
sagte er abschließend.

McLelan nickte knapp und wandte sich wieder dem Bildschirm zu.
Als der Arzt den Raum verließ, dachte er über etwas nach, was er dem
Kommandanten nicht mehr erklärt hatte.

»So außergewöhnlich sind die Umstände vielleicht nicht gewesen«,
murmelte er gedankenverloren. »Die SETERRA ist nichts anderes als
eine Art gigantischer Hiberkammer. Mit fast einhundertzwanzigtausend Menschen darin. Die Maschinen versagen, die Vorräte gehen
dem Ende entgegen.« Er blieb stehen und musterte sein Gesicht, das
sich verzerrt im matten Metall der Gangwand widerspiegelte. »Und
vielleicht können wir auch nicht mehr heraus.«

CET 08.04.29.51

Die farblose, in der Dunkelheit schwarz wirkende, eigenartig zähe Flüssigkeit hing über ihm, bewegte sich unter seinen Füßen, umgab ihn von allen Seiten. Er fühlte, wie sein Druckanzug sich gedreht hatte, als er die Einstiegsschleuse passiert hatte, aber seine eigene Bewegung ging in der Flüssigkeit unter. Der Wasserstoff, auf eine Temperatur von weniger als zwei Kelvin gekühlt, haftete an den Metallwänden des Tanks, aber er kam niemals zur Ruhe. Obwohl der Tank nahe dem Außenpanzer der Hecksektion lag und alle Wärmeenergie, die er aufnahm, von den äußeren Kühlrippen aufgenommen und ins All abgestrahlt wurde, gab es doch zahlreiche Stellen an der Tankwand, die ein wenig wärmer waren, und sie bildeten die Zentren unzähliger Wirbel, zu denen der Wasserstoff strömte, Blasen bildete, sich in Tropfen ablöste und wieder zurück zur Flüssigkeitsmasse gelangte, mit der er wellenschlagend verschmolz. Manchmal verdampfte die Flüssigkeit sogar, bildete Wasserstoffgas in eiskalten Fontänen, die gleich darauf in sich zusammenfielen, wenn die warme Stelle der Tankwand wieder erkaltet war. Zahllose Flüssigkeitsblasen aller Größen drifteten durch den kathedralenhaften Tank, stießen zusammen, vereinigten sich zu amöboiden Gebilden, die nach einigen zitternden Bewegungen schließlich zu einem perfekten Tropfen wurden, einem kugelförmigen Glaskristall gleichend, dessen ebenmäßige, klare Oberfläche den feinen Nebel aus Myriaden von Tröpfchen fraß, bis er mit einer größeren Flüssigkeitsmasse zusammenstieß.

Der hagere Reaktortechniker hatte seinen Helmscheinwerfer abgeblendet, aber auch das gedämpfte, durch einen Blauband-Filter abgeschwächte Licht bewirkte gleißende Lichteffekte auf der Oberfläche der Flüssigkeit, zeichnete Schatten in die Tröpfchenschleier, brach sich in den glasklaren Gebilden, die durch den halbleeren Tank drifteten. Hellrote Blitze und unzählige aufflackernde Sterne tanzten über das Gewölbe aus Flüssigwasserstoff, wanden sich um die Gasgeysire, explodierten in fast blendenden Irrlichtern. Fasziniert sah er zu, wie ein faustgroßer Tropfen eine Armlänge von ihm entfernt in einen Schleier zerplatzte, nachdem der Lichtstrahl seines Scheinwerfers ihn blutrot hatte aufglühen lassen.

Etwas berührte ihn an der Schulter, und er erschrak. Mit einer hastigen Bewegung wandte er den Kopf im Helm herum und atmete erleichtert auf, als er das Gesicht der hellhaarigen Technikerin sah. Whelles musterte ihn ernst.

»Gib auf die Tropfen acht«, warnte sie ihn. »Sie sind um so gefährlicher, je größer sie sind.«

Er nickte. »Ich erinnere mich an Rahel«, sagte er leise.

»Sie mochte die Tanks«, erklärte sie mit leiser Stimme, während ihre Blicke durch das Flüssigkeitsgewölbe glitten.

»Wie hat sie sie genannt?« fragte Tharin nachdenklich. »Glaspaläste?«

»Ja«, bestätigte sie schlicht. »Kathedralen aus Kristall… sie war immer ein wenig poetisch.«

»Bis sie das umgebracht hat«, stellte er heftig fest.

Whelles nickte, während sie mit einer eleganten Bewegung einer fingerdicken Flüssigkeitsblase auswich. »Wer mit Supraflüssigkeiten arbeitet, muß immer an die Gefahren denken, nie an die Schönheit.«

Tharin dachte an die bedächtige, versonnene Technikerin, die vor Jahrhunderten Schiffszeit gestorben war. Sie hatte sich in einem der Außentanks befunden und eine Kontrolle der Ansaugringe durchgeführt, als ein nicht einmal faustgroßer Tropfen ihren Druckanzug berührt hatte, im Nacken, an der Ansatzstelle des Aggregates, das die Temperatur im Anzug überwachte. Außer den Sauerstoffflaschen und der Energiezelle war dieses Aggregat das einzige Außenteil des Anzugs, wie die anderen auch auf dem Rücken angebracht. Weil die Temperaturen in den Tanks zwei Kelvin nie überschritten, hatte das Thermogerät mit größter Leistung gearbeitet und sich selbst entsprechend erwärmt. Als die Flüssigwasserstoffblase an dem Metallmantel des Gerätes zerplatzt war, hatten die mehr als zweihundertsiebzig Grad Temperaturunterschied die Flüssiggastropfen mit mörderischer Gewalt explodieren lassen. Rahel Varney war bereits tot gewesen, als ihr Körper von der Detonation in die Flüssigkeitsmasse an den Tankwänden gestoßen worden war. Sie hatten nicht mehr von ihr übrigbehalten als einen zerfetzten, gefrorenen Leichnam.

Tatsächlich waren Supraflüssigkeiten gefährlicher als atomare Explosivstoffe, überlegte der Reaktortechniker schaudernd. Bei Temperatursprüngen zerfetzten Flüssigkeitsmassen von der Größe eines Regentropfens Metallflächen, berührten sie ungeschützte Haut, so zerriß die Eruption das Fleisch bis auf die Knochen, während die eisige Kälte es gleichzeitig steinhart werden und das gefrierende Zellwasser das Gewebe um die schockgefrosteten Fasern zerplatzen ließ. Innerhalb weniger Minuten wucherte der mörderische Frost durch den gesamten Körper.

Und nicht genug damit, dachte er verbittert. Jede Wärmequelle war in Gefahr, und bei Temperaturen von minus zweihundertsiebzig Grad bildete praktisch alles eine Wärmequelle. Und Supraflüssigkeiten bewegten sich mit gespenstischer Beharrlichkeit auf Wärmequellen zu, folgten ihnen. Dieser Effekt wurde in den Ansaugringen angewendet, durch die der Flüssigwasserstoff zum Triebwerk abgepumpt wurde, und auch zur Sicherung der Einstiegschleuse, die von einem Thermal-Sperring umgeben war, an dem das Flüssiggas verdampfte, ehe es die Luke erreichen konnte; aber er wurde bereits zu einer wirklichen Gefahr, sobald man einen Helmscheinwerfer einsetzte. Das grellweiße Licht eines aufgeblendeten Scheinwerfers enthielt genug Wärmeenergie, um kopfgroße Flüssigkeitsblasen zu zersprengen, und der feine Nebel kondensierenden Gases wurde von ihm angezogen. Einen Zweifach-Handblender einzusetzen, während man sich in einer Tankzelle befand, bedeutete letztendlich Selbstvernichtung.

Wie gefährlich Supraflüssigkeiten waren, hatte Whelles vor zwei Monaten erfahren müssen, als sie während der ersten Verzögerungsphase in die eiskalte Gasfontäne geriet, die von einem lecken Supraleiter in einen Schacht spritzte. Der Gewebefrost war nicht sehr weit fortgeschritten gewesen, aber die Kälteverbrennungen ihrer Haut hatten sie für mehrere Tage ins Schiffslazarett gebracht, und ihr linker Arm befand sich immer noch in einem Verband, um die Narben ausheilen zu lassen.

Sie bemerkte seinen Blick und lächelte ernst. »Ich befürchte, eines Tages wird mich dieses verdammte Zeug ins Jenseits sprengen, wie es Rahel passiert ist.«

»Ich würde den Teufel nicht an die Wand malen«, meinte er fahrig. »Sonst geschieht es tatsächlich.«

»Es wäre nicht zu ändern«, bemerkte sie trocken. »Aber wir sollten allmählich mit der Überprüfung des Thermalringes beginnen. Flüssiggastanks sind nicht für Gespräche gedacht.«

»Wachsamkeit«, bestätigte Tharin mit leisem Spott. »Aber verdammt, ich hatte keine Ahnung, daß es in den Tanks so aussehen könnte, auch wenn mir Rahel davon erzählt hat.«

»Wenn wir nicht so viele Ausfälle gehabt hätten, würdest du es auch nicht erfahren haben«, sagte sie bitter. »Dann wärest du nie in einen der Tanks gegangen.«

Er antwortete nicht, sondern ließ sich von seinem Handjet zu dem offenen Ansaugring tragen. Die sechs Thermal-Zellen, aus denen er bestand, umgaben den Beginn des Rohres, in dem die Supraflüssigkeit zum Triebwerk gepumpt wurde. Der Tank, in dem sie sich befanden, gehörte zum Ausgleichs-System, mit dem Unregelmäßigkeiten in der Stützmasse-Versorgung des Triebwerkes kompensiert wurden. Augenblicklich wurde der halbleere Tank nicht benötigt, da auch das Triebwerk nicht in Betrieb genommen werden konnte. Deshalb wurden die Thermal-Zellen auf eine Temperatur von mehr als siebzehn Kelvin erwärmt, damit der Flüssigsauerstoff, der den Ring erreichte, verdunstete. Sollte die Blockade aufgehoben werden, so wurde die Temperatur des Ringes soweit herabgesetzt, daß die Supraflüssigkeit zwar angezogen wurde, aber nicht mehr verdampfen konnte. Wurde sogar der Bereitschaftszustand beendet, blockierten mehrere Metallplatten die Rohrmündung, während der Thermalring ganz abgeschaltet wurde. Das einzige Problem war, daß bei abgeschalteten Tanksystemen ständig Flüssigwasserstoff durch die feinen Spalten zwischen dem Rand der Metallschotts und der Rohrwand drang, was auch durch thermische Abdichtungen nicht ganz verhindert werden konnte.

Whelles stoppte neben ihm, den Handjet in der Linken haltend. Das pistolenförmige Gerät mit dem großen Gastank war ein Spezialmodell, angefertigt nur für den Einsatz in den großen Suprafluid-Tanks. Es war ein handliches Rückstoßgerät, das verflüssigten Wasserstoff verdampfte und auf diese Weise den Tanks keine Fremdstoffe zuführte. In der rechten Hand hielt die Technikerin ein kameraähnliches Infrarot-Sichtgerät mit einem handflächengroßen Bildschirm, auf dem Wärmequellen gelb oder sogar rot aufleuchteten. Das half ihnen einerseits, Gefahren zu vermeiden, andererseits konnten sie mit diesem Sichtgerät die Thermalanlagen einfach und sicher überprüfen.

Ann Whelles visierte den Ansaugring an, der einen Durchmesser von einem Meter hatte, und nickte zufrieden. Eines der sechs großen Segmente hatte eine blaugrüne Färbung.

»Die D-Zelle ist defekt«, stellte sie fest. »Daher die ständigen Supraliquid-Verluste, die der Computer bemerkt hat.«

Tharin, der mit Supraflüssigkeit bisher ausschließlich im Zusammenhang mit SPL-Stromkabeln konfrontiert worden war, nickte. Auch aus der Entfernung einer Armlänge war die fingerdicke Flüssigkeitsschicht zu erkennen, die über die defekte Zelle in das Rohr kroch. Lediglich im Bereich der fünf intakten Thermal-Zellen glänzte blankes Metall. Würde der Außenring nicht den größten Teil der Flüssigkeitsmasse fernhalten, so wäre das Rohr bereits auf seiner ganzen Länge gefüllt, statt dessen war seine Wand mit einem zwei Zentimeter starken, weiter in der Röhre abnehmenden Überzug bedeckt.

»Was sollen wir machen?« fragte er und musterte fragend die Ersatzzelle in seiner Hand. »Komplett ersetzen?«

»Eine Reparatur wird länger dauern«, bestimmte sie. »Ersetzen wir die verdammte Zelle.«

Tharin nickte und löste den Scheinwerfer vom Gürtel. Er richtete die beiden Blender auf die defekte Thermal-Zelle und schaltete ihn ein. Der grelle Lichtblitz verdampfte die Flüssigkeitsschicht in einem heftigen Nebelausbruch. Whelles streckte beide Hände aus und griff links und rechts von der Zelle in eine Halterungsmulde. Dann löste sie die defekte Zelle heraus, während sich der Gasnebel um sie herum verdichtete. Tharin schaltete den Scheinwerfer ab und reichte ihr das Ersatzgerät. Sie paßte es ein, während die ersten Tropfen um ihre Hände schwebten.

»Ich kann mir nicht vorstellen, daß dies die richtige Methode ist«, meinte er unruhig, während sie sich wieder von dem Ansaugring löste und das Gebilde mit dem IR-Sichtgerät überprüfte. Die eingepaßte Zelle glomm hellrot.

»Okay«, murmelte sie und blickte zu ihm hinüber. »Nein, selbstverständlich nicht«, beantwortete sie seine Frage. »Eigentlich sind zwei Verfahren anwendbar. Entweder man pumpt den gesamten Tank leer, ehe man ihn betritt, oder man verwendet eine tragbare Therma-Kammer, die über der Stelle montiert wird, an der der Geräteteil ausgewechselt werden soll. Die Kammer schirmt diesen Bezirk dann ab.« Sie sah ihn grinsend an. »Beides dauert mindestens zweieinhalb Stunden. Und deshalb gibt es eine dritte Methode.«

»Verdammt riskant«, warnte Tharin mißmutig. »Kein Mensch weiß genau, wie eine Supraflüssigkeit auf Erwärmung reagiert. Ausgasung, Verdunstung, Explosion… alles ist möglich.«

Whelles nickte. »Aber wir haben keine Zeit«, sagte sie schlicht. »Sonst würde ich meine Hände auch nicht riskieren.«

Der Reaktortechniker bewegte den Kopf und betrachtete mit nervöser Wachsamkeit die unzähligen Tropfen, die durch den Tank trieben. »Und jetzt?«

Whelles folgte seinem Blick und nickte. »Jetzt nehmen wir die Beine in die Hand, ehe die Scheiße zu sieden beginnt.«

CET 08.03.31.10

DATA ENTRANCE

COMPUTERINTERFACE

GEGENSTAND: PROGRAMMAENDERUNG

CODE GRUNDPROGRAMM: SYSAN T IX
    KENNZIFFER: 02079
    PROGRAMM: SYSTEMANALYSE TRIEBWERKSELEKTRONIK
ABAENDERUNG: UMGEHUNG DER SENSOREINHEIT MAG-CT 207 UN-
    TER VERWENDUNG DER DATENTRANSFERWEGE DATA-MT 12
    UND DATA-MT 29 DES SEKUNDAER-DATENTRANSFERSY-
    STEMS
SYSTEMATICAL ERROR – SYSTEMATICAL ERROR – SYSTEMATICAL
    ERROR
    SEKUNDAERSYSTEM DATA-MT IST AKTIVIERT UND STEHT
    ALS REDUNDANZRESERVE NICHT MEHR BEREIT
    EINSATZ ALS UMGEHUNGSWEG FUER AUSSCHALTUNG DER
    DEFEKTEN SENSOREINHEIT MAG-CT 207 WIDERSPRICHT
    DEM GRUNDPROGRAMM 07189 CODE DATA-T
    EINGABE KANN NICHT VERARBEITET WERDEN
    EINGABEKORREKTUR EMPFEHLENSWERT

CET 08.03.31.36

Stenvars gemurmelter Fluch brach die Stille in der Subzentrale A, einem anderen Computerinterface-Kontrollraum. Die Logistik-Offizierin hob den Kopf und musterte den Programmierer, der sich in seinem Metallsessel zurücklehnte.

»Dieses Computergehirn macht mich fertig«, meinte Stenvar bitter.

Sie nickte. »Es liegt an der ungeheuer raschen Computerreaktion, die ebenso rasche Antworten erzwingt. Man gerät fast sofort in eine Streßsituation«, erklärte sie.

»Früher hat man das Datenmühle genannt«, stimmte Stenvar zu. »Der Computer zerlegt dich in Zehntausendstelsekunden, verwandelt dich in einen Code, ein Reaktionsmodell. Unser Geist wird linear verkrüppelt, ausgelaugt, und anschließend wissen wir nicht einmal mehr, was wir die ganze Zeit getan haben, weil lediglich unser Momentangedächtnis angesprochen und eingesetzt wird, bis es ausgebrannt ist.«

Valier nickte erneut, ihr Datensichtgerät fixierend. »Die Folgeschäden sind medizinisch ermittelbar«, sagte sie. »Vor allem die psychosomatischen Schäden.«

Dem Programmierer schienen ihre Worte nicht bewußt geworden zu sein. »Ich glaube, nichts ist demotivierender und erschöpfender als der fortdauernde Reflexabtausch mit dem Computerhirn, dieser drängende, mechanische Arbeitsrhythmus, die abgründig sture Dienstbereitschaft eines seelenlosen Gerätes. Und wenn dann mal der Computer abbricht und eine längere Wartephase anzeigen muß, werden wir aggressiv, gereizt, sind unfähig, uns von den belastenden Umständen freizumachen und diese Zeit einzusetzen, um uns zu regenerieren.«

»Was wir glauben, das der Computer von uns verlangt, das verlangen wir auch von ihm«, meinte Valier. »Aber meist empfinde ich mich dem Computer nicht als gleichgestellt. Der stetige Wechsel von Frage und Antwort ist wie ein Verhör. Auch äußerlich. Das Gerät riecht nach Ozon, der Mensch ist gestreßt, fast, als fürchte er sich zu versagen, und wenn er einen Fehler macht, flammt ein Warnlicht auf…«

Stenvar deutete auf die Schriftzeile, die auf seinem Sichtschirm immer wieder aufleuchtete. »So langsam verstehe ich das bei Fehlern erscheinende Rotlicht als strafend«, erklärte er. »Wenn man zwei Stunden lang fehlerfrei am Computer gearbeitet hat, wirkt es wie ein Schock, und zuerst reagiert man ablehnend, zweifelnd: man habe keinen Fehler gemacht, man arbeite zuverlässig, es erscheint einem ungerecht, unverständlich, weshalb der Computer sich weigert, die Daten anzunehmen.«

»Als wäre man ein Versuchsobjekt, überwacht, gemessen, geprüft. Verhaltenstest…«

»Vielleicht existiert ein solches psychologisches Testprogramm ja tatsächlich«, setzte der Programmierer fort und lächelte schwach. »Wer weiß, worauf der Rat den Computer angesetzt hat. Ich schließe jedenfalls nichts mehr aus.« Sie schwiegen einige Zeit, während Stenvar den Fehler korrigierte und einige andere Programme abrief.

»Anscheinend muß der Kontakt mit dem Computer Ängste fördern, begründete und unbegründete«, brach Valier schließlich die Stille. »Schon das System, welches das Gerät den Menschen aufzwingt, ist manchmal unerträglich. Man verliert den Kontakt mit der Wirklichkeit, mit den anderen, die man lediglich über den zwischengeschalteten Computer erreicht, der über das Unterbewußtsein selbst die Gespräche normiert, auf technische Ausdrücke begrenzt. Und dann die eingeschränkten Zugangsmöglichkeiten, die hierarchisch unterscheiden zwischen denen, die an bestimmte Daten herandürfen, und solchen, denen dies verwehrt ist, privilegiert, programmiert auf Vorrechte.« Sie warf Stenvar einen zustimmenden Blick zu. »Wußtest du, daß Alys sich davor fürchtet, irgendwann einmal feststellen zu müssen, daß alle die Daten, die sie in den vergangenen Jahren gesammelt hat, verlorengegangen sind? Eine Angst wie diese kann nicht entstehen, ohne daß die eigene Mentalität durch die Datengier des Computers verändert wurde.«

»Wir haben alle unsere Ängste«, antwortete der Programmierer zögernd. »Manchmal denke ich, fast zwanghaft, darüber nach, was geschehen würde, wenn der Computer mir erklärte, mich gäbe es gar nicht, weil mein Ident-Code nicht mehr in den Datenspeichern enthalten ist. Ich überlege mir, ob er mir nur die Nahrungsrationen sperren oder ob er mich als Saboteur einstufen und jagen würde.« Er brach ab und wandte sich wieder dem Sichtschirm zu. »Jedenfalls saugt uns der Computer aus, unbeabsichtigt, aber unaufhaltsam. Vor einigen Stunden ist sogar Lana vor der Compkonsole eingeschlafen, weil sie einfach zu übermüdet war.« Er runzelte die Stirn. »Vielleicht hatte ihr Zusammenbruch auch andere Gründe. Ich weiß es nicht, und es interessiert mich auch nicht… nicht mehr.«

164

CET 08.02.48.55

Es hatte von Anfang an festgestanden, daß dem Zeitraum, den ein Mensch hiberniert bleiben kann, durch die unvermeidlichen Einwirkungen des Frosterschlafs auf das menschliche Nervensystem eine Grenze gesetzt ist. Denn trotz der geringen Temperaturen bewegen sich Atome und weniger große Moleküle in geringem, aber ausreichendem Ausmaße. Auf Zeiträume von Jahrzehnten gesehen, schreiten bestimmte Stoffwechselabläufe, an denen weder die Chromosomen noch andere organische Riesenmoleküle beteiligt sind, in meßbarem Umfange fort. Veränderungen des Zellgewebes selbst waren nicht feststellbar, aber es war erkennbar, daß die chemischen und vor allem die chemoelektrischen Vorgänge im Nervensystem und im Gehirn zwar verlangsamt, aber im Grunde unbehindert abliefen.

Wie Versuche ergaben, waren wegen der fehlenden Sinnesreize die letzten bewußten Wahrnehmungen von großer Bedeutung, und wichtig war in diesem Zusammenhang, was im Kurzzeit-Gedächtnis gespeichert worden war. Aufgrund der Umstände waren diese letzten Wahrnehmungen für alle hibernierten Menschen eisige Kälte, ein Frostgefühl, kalte Flüssigkeiten, Finsternis, ein sargähnlicher, enger Metallbehälter. Versuche, diese meist auch unbewußt, noch im Cryogenkaltschlaf auftretenden Wahrnehmungen durch Betäubungsmittel zu blockieren, scheiterten aus nicht erkennbaren Gründen.

Mit der Furcht im Unterbewußtsein, sterben zu müssen, festgefügt durch die Schockgefrierung, werden Urängste freigesetzt. Das Gehirn kann im hibernierten Zustand nicht zur Außenwelt durchdringen und ist auf seine Erinnerungen angewiesen. In das regelrecht gefrorene Bewußtsein dringen Traumbilder, die bald auch blitzartige Schlaglichter auf vom Bewußtsein unterdrückte Angstvorstellungen und traumatische Erlebnisse anderer Art enthalten. Vermutlich ist dies auf eine besondere Stellung des Unterbewußtseins im hibernierten Gehirn zurückzuführen, die der des Kurzzeit-Gedächtnisses innerhalb des mnemoischen Systems vergleichbar ist.

Diese sogenannten Alpträume dauern im normalen Zeitablauf Monate, für das hibernierte Gehirn aber bestenfalls subjektive Minuten. Gewöhnlichen REM-Phasen sind die Frosterschlaf-Träume schon wegen ihrer ununterbrochenen Abfolge nicht vergleichbar, die nach einer gewissen Wartephase einsetzt. Die Unterschiede liegen wahrscheinlich darin begründet, daß in den REM-Phasen Erlebnisse der letzten Wachphase verarbeitet werden, während der Gegenstand der Frosterschlaf-Träume das Unterbewußtsein ist, der antreibende Faktor die Kälte, der der Organismus beim Gefrieren ausgesetzt ist.

Vermutlich wird man in den Alpträumen immer wieder seinen ureigensten Angstvorstellungen gegenübergestellt, in sich ähnelnden Traumsequenzen, die eindringlich immer wieder dasselbe Geschehen variieren, bis es sich in Jahrzehnten regelrecht in das Gedächtnis eingebrannt hat. Sie stehen schließlich an der Schwelle zum Wachbewußtsein, die sie überschreiten müssen, sobald der Frosterschlaf beendet wird. In dem Moment, in dem ein Mensch sich seiner Alpträume bewußt wird, nachdem sein Gehirn nicht mehr gefroren und betäubt und er erwacht ist, erleidet er einen psychischen Schock, der letal wirken kann, zumindest aber zu einem autistischen Reaktionen verwandtem Verhalten führt, dem Rückzug in die Ohnmacht, ins Hibernat-Koma. Und bisher ist keine Möglichkeit gefunden worden, diesen Zustand rückgängig zu machen, sobald er einmal eingetreten war und das sich verweigernde Bewußtsein alle Kontakte zur Außenwelt abgebrochen hatte.

Nach langjährigen Experimenten mit Säugetieren unterschiedlicher Entwicklungsstufe, auch mit Menschen, hatte sich ergeben, daß der einzige gangbare Weg, das Koma zu verhindern, über den Einsatz sogenannter amnesaler Drogen führt. Wie die später eingesetzten Psychoblocker zerstören sie anscheinend die Gebiete des Gedächtnisses, in denen die Erinnerungen an die Alpträume liegen. Die zahlreichen Nebenwirkungen wie Gedächtnisstörungen anderer Bereiche bis zur partiellen Amnesie, Beeinträchtigungen der Konzentrationsfähigkeit und Bewußtseinsstörungen sind nicht zu umgehen, da der gemeinsame Einsatz chemischer Blocker mit Beruhigungsmitteln und Metabolika dem Gehirn bereits ernsthaft schadet.

Alles das riefen die Zeilen auf dem Computerausdruck Calins ins Gedächtnis zurück, bis er ihn kopfschüttelnd aus der Hand legte. Seit der Entdeckung von Kammer 07201 hatte er grundlegende Zweifel an der Wirksamkeit der Psy-Blocker. Wenn sie unter extremen Bedingungen versagen konnten, versagten sie möglicherweise auch nach längerer Zeit unter fast normalen Umständen.

Die ersten Tests der Hibernat-Technik waren in den Jahren vor dem Zusammenbruch durchgeführt worden, und die Versuchspersonen, Besatzungen von Tiefraum-Expeditionsschiffen wie der LONG-

166

RANGE oder der YMIR, die das Sonnensystem verlassen hatten, konnten nur etwa zehn, zwölf Jahre lang beobachtet werden. Langzeitwirkungen oder Auswirkungen einer Hibernation, die nicht Jahre, sondern Jahrhunderte angedauert hatte, waren niemals untersucht worden. Die Vorgänge, die während der Hibernat-Zeit im Gehirn stattfinden, waren praktisch unerforscht, und Calins erkannte jetzt mit Schrecken das Ausmaß seines Wissensmangels.

Er saß vor der Tastatur seines Computer-Terminals, das ihn mit den Datenspeichern des Hauptcomputers verband, und starrte auf den dunklen Bildschirm, über dem das grüne Bereitschaftslicht blinkte. Nicht einmal die Computerbibliothek, die kein Vergessen kannte, vermochte ihm die Antworten zu geben, die ihm nicht, wie er geglaubt hatte, entfallen waren, sondern über die er, wie auch alle anderen, nie verfügt hatte.

Seine Gedanken kehrten immer wieder zu den Leichen in der Hiber-Kammer zurück, zu dem in geschlossener Stellung festgerosteten Sauerstoffventil, zu dem Gestank, der durch den fingerbreiten Spalt in seinen Helm gedrungen war, als er das Visier ein wenig gehoben hatte.

Mit äußerlich unbewegtem Gesicht richtete er sich auf und legte die Finger auf die Eingabetastatur.

DATA ENTRANCE

COMPUTERINTERFACE

GEGENSTAND: ZUSATZPROGRAMM
CODE: NACHTMAHR
KENNZIFFER: 07201
GRUNDSTATUS: BEGRENZTE ZUGAENGLICHKEIT
ZUGANGSERMAECHTIGTE: *BRAN MCLELAN* KOMMANDANT
                               HARL CALINS BORDARZT

Er musterte die Schriftzeilen und lächelte gezwungen, dann wurde er wieder ernst.

PROGRAMM: NOTFALLPROGRAMM FUER TEILWEISEN ODER TOTA-
                LEN AUSFALL ALLER ERWECKTEN BESATZUNGSMITGLIEDER
                DURCH KOMA/UNZURECHNUNGSFAEHIGKEIT AUFGRUND
                VON SPAETFOLGEN DER HIBERNATION

Calins überlegte eine Zeitlang und nickte schließlich. Zufrieden schrieb er weiter.

> BESTANDTEILE: UEBERSICHT
> DATENSAMMLUNG/INFORMATIONSPOOL
> ALLGEMEINE VERFAHRENSSAMMLUNG
> GEKOPPELTE STANDARDPROGRAMME

Seine Finger erstarrten. Ein wirkliches Notfall-Programm, mit dem der Hauptcomputer selbst weitere Erweckungen durchführen, sein eigenes Hauptprogramm der veränderten Situation anpassen und vielleicht sogar Komakranke behandeln konnte, zu erarbeiten, war er ohne die Unterstützung von Algert Stenvar, dem Programmierer, nicht in der Lage. Deshalb würde er sich vorerst auf diese Bestandteile beschränken müssen.

> *BESTANDTEIL I:* DATENSAMMLUNG/INFORMATIONSPOOL

Er stoppte die Eingabe und begann, ein Suchprogramm zusammenzustellen, mit dem er alle Daten über die Hibernation und verwandte Probleme anfordern konnte. Dabei verwendete er ein vorhandenes Rahmenprogramm, mit dem er Nachforschungen über beliebige Krankheiten anstellen konnte. Er entschloß sich, die vorhandenen wissenschaftlichen Daten und die bekannten Tatsachen als Grundgerüst zu verwenden und sich erst dann der Kammer 07201 zuzuwenden.

»Ich werde noch einmal hineingehen müssen«, murmelte er schaudernd. »Die Fotos und Gewebeproben werden mich um meinen Schlaf bringen.«

ABCDEFGHIJKLMNOPQRSTUVWXYZ

CET 07.17.23.45

DATA REPLAY

CODE: REPARA

KENNZIFFER: 03174

PROGRAMM: INSTANDSETZUNG – TRIEBWERKSYSTEME

START WIEDERGABE

BESEITIGTE DEFEKTE: UEBERSICHT
    GASLECKS/STRAHLENLECKS
    REAKTORDEFEKTE
    LASERDEFEKTE
    SPL-DEFEKTE
    GF-NETZ-DEFEKTE
    COMPUTER-DEFEKTE
INSTANDSETZUNGSSCHWERPUNKTE: UEBERSICHT
    MOMENTAN: INJEKTOR-MAGNETSYSTEM
                    INJEKTOR-ELEKTRONIK
    GEPLANT: BRENNKAMMER-MAGNETSYSTEM
                    BRENNKAMMER-GITTERSTRUKTUR
EINSTUFUNG: REPARIERTE SYSTEME EINSATZBEREIT/
    TRIEBWERKS-BASISSEGMENTE EINSATZBEREIT
STATUS: INSTANDSETZUNG LAEUFT
ZEITFAKTOR: ZEITPLAN-SOLL: 07 TAGE 11 STUNDEN 23 MINUTEN
    ZEITPLAN-STATUS: 07 TAGE 17 STUNDEN 54 MINUTEN
    ZEITPLAN-SICHERHEITSFRIST UEBERSCHRITTEN
    ZEITPLAN-ABWEICHUNG: 06 STUNDEN 31 MINUTEN
    ZEITPLAN EINSCHLIESSLICH ZEITPLAN-SICHERHEITS-
    FRIST NICHT EINGEHALTEN

ENDE WIEDERGABE

CET 07.17.11.21

Das Hangardeck wurde von einer Reihe starker, weißer Scheinwerfer ausgeleuchtet, die scharfe Umrisse auf die Flächen der Außenschotts warfen. Nahe den beiden zerstörten BULLOCK-Schleppfahrzeugen lagen die auseinandergerissenen Überreste zertrümmerter Laufroste, Abdeckungen und Röhren, die mit Hilfe von Schneidbrennern zertrennt und dann in den beiden ausgebrannten Dockbuchten untergebracht worden waren. Dutzende armdicker, schwerer Kabel zogen sich über die intakten Laufgänge, mit Hilfe magnetischer Klammern montiert, tragbare Energiespeicher, ein beweglicher Treibstofftank und andere Maschinen waren zwischen den hydraulischen, nachträglich eingebauten Trägersäulen und den beschädigten Kabelschächten aufgestellt worden. Die Gaslecks im Hangardeck hatte man nicht beseitigt, statt dessen war alles Helox-Gemisch aus der Halle abgepumpt worden. Überall hingen gelbrote Warnschilder an den Gerüsten, auf denen RADIOACTIVITY-WARNING, LIQUID OXYGEN, HIGH VOLTAGE und andere Aufschriften prangten. Fünfzehn Container mit Ersatzteilen standen bei der Dockbucht, die sich neben den beiden unbrauchbar gewordenen befand, Werkzeuge waren mit Magnetplättchen an die Metallwände geheftet worden, Speziallampen klemmten an Kabeln, Röhren und Trägerstangen. Die drei anderen Raumschlepper waren einsatzbereit, trotz der Flickstellen und Brandspuren auf ihrer Außenhülle, von einem instand gesetzten Betankungsterminal gingen sechs Schläuche aus, mit denen LOX und Flüssigwasserstoff in die Kugeltanks der BULLOCKS gepumpt wurde. Zwei Meter von der Zugangsschleuse entfernt, durch die der Reparaturtrupp vor fünf Tagen das Hangardeck betreten hatte, befand sich ein großer Computerterminal und ein Dutzend anderer Überwachungsgeräte, durch zahlreiche Kabelstränge mit dem Datennetz verbunden, daneben hatte man eine massive Panzerplatte aufgerichtet, welche die empfindliche Elektronik gegen die Strahlung schützen sollte, die vom zerstörten Reaktor des explodierten Schleppers ausging. Der Reaktor selbst war in eine strahlenhemmende Plastmasse eingegossen worden, aber da sich die Spaltstoffe im ganzen Hangar verteilt hatten, als er zerplatzte, war es unmöglich gewesen, alle radioaktiven Partikel mit dem Helox-Gemisch abzusaugen, so daß sie noch überall auf den Trümmern lagen.

Trotz der lediglich beiseite geschafften Trümmer waren die drei rechten Dockbuchten einsatzbereit, die Raumschlepper aufgetankt. Marge Northon und Elena Dabrin standen bei dem vierten Schlepper, der unter dem Brand stark gelitten hatte. Einer der drei Kugeltanks war erheblich beschädigt worden, und die Flickstellen schienen keineswegs ausreichend sicher zu sein. Die Magnetfeld-Technikerin musterte skeptisch den BULLOCK, während sie mit einem Gasdetektor die Metallflächen entlangstrich, um eventuelle Lecks aufzuspüren. Dabrin sah ihr schweigend zu, ein pistolenförmiges Werkzeug in der Hand, das mit einer schnell verhärtenden Masse kleinere Leckagen abdichten konnte.

»Es wird ziemlich riskant werden, mit dieser Rostleiche rauszugehen«, meinte Northon nach einiger Zeit und schaltete den Detektor ab. »Wenigstens scheint er jetzt dicht zu sein.«

»Wir werden wohl oder übel hinaus müssen«, erklärte die Triebwerksspezialistin. »Die Schäden an der Brennkammer sind zwar nicht so schlimm wie erwartet, aber wir werden das Gitter zumindest teilweise überprüfen müssen.« Sie deutete auf den BULLOCK. »Vielleicht werden wir VIER nicht brauchen, wenn die anderen drei durchhalten.«

Northon nickte. »Mir wäre es recht. Angenehm ist mir der Gedanke an die Außenarbeiten sowieso nicht.«

Dabrin warf ihr durch die verdreckte Helmsichtscheibe einen zustimmenden Blick zu. »Aber ehe der Injektor nicht überprüft worden ist, brauchen wir uns darüber keine Gedanken zu machen«, meinte sie und lehnte sich erschöpft gegen den Schlepper. Selbst durch das trübe Visierglas konnte man erkennen, daß unter ihren Augen dunkle Schatten lagen, und die blonden Haare waren schweißnaß und strähnig. Zweieinhalb Tage hatte sie ununterbrochen gearbeitet, erst an der Injektor-Elektronik, dann am Antrieb des Schlepperfahrzeuges. Die hochgewachsene, schmale Plasmaphysikerin hatte unter der Belastung bisher am meisten gelitten und befand sich am Rande des Zusammenbruchs.

»Aaram sagte, er würde noch zwanzig Stunden benötigen, dann hätte er die ganze Anlage durchgecheckt. Mit den Vergleichsdaten aus dem Hauptcomputer hat sich die Systemanalyse erheblich vereinfacht, aber wir haben den Rest unserer Sicherheitsfrist und eine zusätzliche halbe Stunde opfern müssen.«

»Die fünf Stunden, die wir alles in allem haben aufwenden müssen, um die Injektor-Kontrolleinheit mit dem Datennetz zu verbinden«, rechnete Northon erbittert nach und dachte an die Schwierigkeiten, das träge, steife GF-Kabel zum Montagesockel der Brennkammer zu schaffen.

»Genau diese fünf Stunden«, bestätigte Dabrin und runzelte besorgt die Stirn. »Es läßt mir keine Ruhe, daß wir jetzt nicht nur keine Sicherheitsfrist mehr haben, sondern auch noch hinter dem Zeitplan zurück sind. Wir müssen den Computern blind vertrauen, denn von Hand können wir den Injektor nicht in zehn Minuten überprüfen.«

»Und?« fragte die drahtige Technikerin gleichgültig. »Die Probleme, über die wir nicht nachzudenken brauchen, interessieren mich nicht. Wir beide werden mit dem verdammten Reparaturprogramm für den Injektor und der Überprüfung der äußeren Systeme alle Hände voll zu tun haben.« Sie sah Dabrin fragend an. »Aaram glaubt doch, mit Hilfe des Computers zumindest zwei, drei Stunden wieder aufholen zu können.«

»Wir werden sehen«, seufzte die ausgezehrt wirkende Plasmaphysikerin. »Wenn ich die nächsten sieben Tage überstehe, ohne zusammenzubrechen, bin ich schon zufrieden.«

»Nach der Zündung werden wir das Triebwerk ständig überwachen müssen«, gab Northon zu bedenken. »Zumindest einige Tage lang. Bei einem G stetiger Belastung, möglicherweise Vibrationen oder gar unregelmäßigen Schubstößen, und das alles in einer Richtung, in der wir keine ausgebauten Laufgänge, sondern bestenfalls ein Metallgitter unter unseren Stiefeln haben werden. McLelan könnte in sieben Tagen wieder in seinen Sarkophag steigen, auch wenn ich bezweifle, daß er das tun wird. Aber wir werden noch ein, zwei Wochen im Triebwerksbereich festsitzen...«

»Vielleicht auch für immer«, murmelte Dabrin, dann runzelte sie plötzlich die Stirn und fragte sich, weshalb sie sich gerade in diesem Moment an das erinnerte, was sie vor zwei Tagen geträumt hatte.

»...jedenfalls bis zur endgültigen Erschöpfung«, fuhr Northon fort, die ihre Bemerkung nicht gehört hatte.

»Erschöpft bin ich, seit wir den Schacht hinter uns gebracht haben«, meinte sie mit einem schwachen Lächeln auf ihrem hohlwangigen Gesicht. »Den Schacht«, echote sie dann gedankenverloren.

»Wir wissen noch gar nicht, was Erschöpfung ist«, erklärte Northon düster, ohne das geistesabwesende Gesicht der Plasmaphysikerin zu beachten, während sie sich auf einige Zuleitungen konzentrierte.

»Wir hätten Derek oder Harl mitnehmen müssen... früher oder später werden wir einen Arzt brauchen. Spätestens, wenn wir Blut speien.« Sie heftete den Gasdetektor an eine Metallplatte. »Gehen wir in die Zentrale zurück.«

Die Plasmaphysikerin nickte erschöpft. »Okay. Ich müßte ohnehin noch etwas am Computer überprüfen. Mir ist da gerade etwas eingefallen...« Sie endete abrupt, aber Northon reagierte nicht, und Dabrin verklemmte die Dichtungspistole wortlos im Gerüst und schob sich aus der Dockbucht. Ihr Gesicht war unbewegt, aber ihre Gedanken jagten einander, nachdem die Überlegungen, die gerade erst begonnen hatten, zu einem gleichermaßen überraschenden und bedrohlichen Ergebnis geführt hatten.

Über einen nachträglich eingeschweißten Laufrost erreichten sie die Druckschleuse, die den Weg zur Heckzentrale freigab. Während sie darauf warteten, daß sich das Schott öffnete, nahm Northon das Meßgerät am rechten Handgelenk vor die Sichtscheibe und betätigte eine Schalttaste, dann nickte sie mit starrem Gesicht.

»Was ist?« fragte die hochgewachsene Plasmaphysikerin.

»Ich habe bereits jetzt eine Strahlendosis abbekommen, die über dem zulässigen Wert liegt«, erklärte Northon erbittert. »In zwei Tagen.«

»Jede Dosis ist gefährlich«, sagte Dabrin nüchtern, »und sei sie noch so klein.«

»Ungeheuer tröstlich«, stellte die zierlicher Technikerin sarkastisch fest.

Dabrin warf ihr einen verletzten Blick zu und zuckte die Achseln. »Ich habe auch nicht weniger eingesteckt«, meinte sie nur und verzog das Gesicht. »Alles in allem dürften uns diese letzten Tage ein, zwei Jahre unseres Lebens gekostet haben.«

»Mindestens«, stimmte ihr Northon zu, während sie in die Schleusenkammer trat. Dabrin folgte ihr, und gleich darauf schloß sich das Schott wieder.

Dekontamierungs-Flüssigkeit wurde in die Kammer gepreßt, um die Spuren radioaktiver Spaltstoffe von ihren Anzügen zu entfernen. Sie verdampfte innerhalb weniger Sekunden, und zwei Minuten später endete die Entseuchung, als das Gas durch Helox-Atemgemisch ersetzt wurde. Da die leichten Druckanzüge über keine Kühlaggregate verfügten, waren die beiden Frauen naßgeschwitzt, als die letzten Spuren der heißen Dekonta-Flüssigkeit aufgesaugt waren.

Schweigend traten sie aus der Schleusenkammer in den Gang, der zur Heckzentrale führte. Nach einigen Metern fragte Dabrin nachdenklich: »Wie sind unsere Chancen, Marge?«

»Weiß nicht«, meinte Northon, erwiderte dann aber: »An sich ganz gut. Sieben Tage… vielleicht reichen die schon.« Sie lachte spöttisch. »Theoretisch haben wir ja noch zwanzig weitere.«

»Ich spreche von der Wahrscheinlichkeit, daß sich die ganzen Wagnisse gelohnt haben«, entgegnete die Plasmaphysikerin. »Daß es nicht vergebens war, der Erde den Rücken zu kehren und die Megalopolen ihrem Schicksal zu überlassen.«

»Dem sicheren Untergang«, korrigierte Northon schroff.

»Wahrscheinlich ist es so«, gab Dabrin zu und klappte das Helmvisier auf, damit die kalte Korridorluft ihr verschwitztes Gesicht erreichen konnte.

Northon tat es ihr nach. »Es ist so«, wiederholte die Technikerin kalt.

Die abgekämpfte Triebwerksspezialistin warf ihr einen zweifelnden Blick zu. »Ist ja egal«, sagte sie dann. »Aber wenn es vergebens gewesen sein sollte…«

»Wir müssen lediglich einen Planeten finden«, unterbrach sie Northon zynisch. »Er muß nicht einmal bewohnbar sein, solange er nur die richtige Umlaufbahn hat. Wir würden es wahrscheinlich nicht schaffen, aber mit Atemgeräten können wir vielleicht für ein, zwei Generationen überleben.«

»Ich fürchte, ohne eine Sauerstoffwelt werden wir keine wirkliche Überlebenschance haben«, meinte Dabrin.

»Glaube ich auch«, bestätigte die drahtige Magnetfeld-Expertin. »Aber zumindest uns wird der Gedanke an die Megalopolen nicht mehr den Schlaf rauben.« Sie stieß einen gotteslästerlichen Fluch aus. »Aber selbst wenn McLelan die Entdeckung eines toten Steinbrokkens meldet, werde ich die Nachricht erst glauben, wenn ich mit meinen eigenen Stiefeln darauf stehe.«

»Weshalb das?«

»Ich bin mißtrauisch«, erklärte sie, und in ihrer Stimme lag bitterer Ernst. »Ich kenne diese Offiziere aus meiner erzwungenen Militärzeit. Westpoint, wie früher. Die sind zu allem fähig, was ihnen nutzt.«

»Aus welchem Grund sollte McLelan uns hintergehen?«

»Zur Verbesserung der Moral«, sagte Northon zynisch. »Wir würden endlich ein verdammtes Ziel vor Augen haben, anstatt blind auf einen fernen Stern zuzutreiben. Das macht eine Menge aus, und das wissen alle diese psychologisch geschulten First-Class-Offiziere.«

»Ich habe bei McLelan eigentlich nie den Eindruck gehabt, daß er eine psychologische Ausbildung erhalten hat«, widersprach Dabrin. »Er wirkt viel zu ungeduldig und geradlinig… und zu linkisch.«

»Das ist möglicherweise auch nur eine Maske«, meinte Northon. »Ich glaube einfach nicht daran, daß der Militärrat einem Mann wie McLelan die Kernbesatzung und das Schiff übergeben würde, wenn er wirklich so sein sollte, wie er zu sein scheint. Ich habe keine Ahnung, nach welchen Gesichtspunkten er oder wir anderen ausgewählt wurden. Aber dieser verdammte Sicherheitsoffizier, der damals im A-Hangar krepiert ist, kann nicht die einzige Überwachung gewesen sein. Der Rat hat auf jeden Fall an die Möglichkeit denken müssen, daß sein Wachhund irgendwann draufgehen kann.«

»Auch wenn sie wohl eher daran gedacht haben, daß wir ihm irgendwann den Schädel einschlagen«, grinste Dabrin erschöpft.

»Meinetwegen«, sagte Northon und erwiderte das Grinsen. »Vielleicht war es tatsächlich so, wir wissen ja nicht genau, was im A-Hangar vorgefallen ist. Aber ein einziger zuverlässiger Sicherheitsbeauftragter des Militärrates gegen neunundvierzig potentielle Saboteure?«

»Wer weiß, wie viele verborgene Söldner unter denen waren, die gar nicht erst erwacht oder auch gestorben sind.«

»Möglich. Aber die interessieren mich nicht mehr. Der Rat muß doch sicher gewesen sein, sich auf McLelan verlassen zu können.«

»Vielleicht gibt es auch Söldner unter uns, manipulierte Wächter, die nicht einmal selbst davon wissen?« vermutete Dabrin zaghaft.

Die Technikerin schüttelte langsam den Kopf. »Wenn wir mit unseren Vermutungen so weit gehen, müssen wir uns selbst mißtrauen. Außerdem wäre der Rat trotzdem auf McLelan angewiesen.«

»Auch der Militärrat macht Fehler«, gab sie zu bedenken. »Sie haben beispielsweise nicht daran gedacht, daß unsere Ausfälle mehr als fünfundzwanzig Mann betragen würden. Mit halbierter Besatzung können wir die SETERRA kaum noch manövrieren.« Sie schaltete ihr Sprechgerät ab und nahm den Helm vom Kopf.

»Außerdem«, fuhr sie fort, als auch Northon ihren Helm unter dem Arm trug, »war es viel wichtiger, eine fähige Besatzung zusammenzustellen.«

»Militärs haben schon immer Sicherheitsbedürfnisse über Vernunft gestellt«, behauptete die Technikerin spöttisch.

»Wenn der Rat seine Position hätte nach allen Seiten absichern wollen, hätte er ausschließlich Militärtechniker und Offiziere eingesetzt, keine Zivilisten oder Zwangsrekrutierte. Aber wenn das Schiff sein Ziel erreicht, nützt ihnen die Sicherheit vor einer Revolte gar nichts. Also suchten sie sich die besten Techniker und Spezialisten aus den Überlebenden aus, und zu denen gehörte eben auch McLelan.«

»Sehr riskant für sie«, meinte Northon skeptisch. »Zu riskant.«

»Vielleicht ist es so«, gab Dabrin zu. »Aber was können wir schon unternehmen? In jeder Hiber-Kammer befinden sich auch Soldaten und Offiziere, und einzelne Erweckungen können wir nicht durchführen. Wir könnten das Schiff zerstören oder alle Kammern sprengen, aber was machen wir dreiundzwanzig Männer und Frauen mit einem Wrack und einem wilden, vielleicht lebensfeindlichen Planeten, über einhundertzehntausend Tote auf dem Gewissen.«

»Abzüglich der Komafälle.«

»Ändert das die Endbilanz?« fragte Dabrin zornig.

»Aber sicherlich«, entgegnete die Magnetfeld-Expertin. »Jeder zehnte in den Hiber-Kammern ist geistig sowieso schon tot.«

»Jedenfalls werden unsere Psycho-Profile dem Rat die Gewißheit gegeben haben, daß wir nicht fanatisch genug sind, um einen solchen Schritt zu wagen«, stellte sie entnervt fest.

»Unter normalen Umständen vielleicht«, warf Northon hartnäckig ein. »Aber diese Psychologen sind auch nur eine bessere Ausgabe von Scharlatanen. Und jetzt? Wer weiß, wie die Hibernation unsere Psyche verändert hat? Diese geistig blockierten Psycho-Offiziere vielleicht, die Wissenschaft nur gerüchteweise kennen? Möglicherweise sind wir alle pathologische Mörder geworden. Die entsprechenden Alpträume ein paar Jahrzehnte lang... das ist besser als eine Konditionierung durch eine Militärakademie.«

»Ach, zum Teufel«, meinte Dabrin resignierend. »Demnächst werden wir auch noch daran zweifeln, ob wir wirklich das Solsystem verlassen haben oder ob dies tatsächlich ein Raumschiff ist und nicht eine Bewahranstalt für Geisteskranke.«

»Letzteres auf eine Art mit Sicherheit«, murmelte Northon. »Aber auf alle Fälle ist es lebenswichtig für uns, alles anzuzweifeln: jede Maschine, jedes Programm, jede unserer Fähigkeiten, unserer Gedanken...«

»Abartig ist das«, stellte die Plasmaphysikerin angeekelt fest.

Northon schüttelte den Kopf. »Nein, das ist nicht krankhaft. Oder zumindest wird es uns nicht schaden. Im Gegenteil, daß wir mißtrauisch eingestellt sind, war zwangsläufig... oder besser unvermeidbar.«

»Was soll das heißen?«

»Intelligenz und Unfähigkeit zur Kritik vertragen sich nicht«, erklärte die Magnetfeld-Expertin. »Und nur intelligente Techniker sind hervorragende Techniker.«

»Intelligenz und Skrupellosigkeit vertragen sich da schon besser«, stellte Dabrin trocken fest.

»Egal«, sagte Northon ungeduldig. »Auf jeden Fall ist es kein Zufall, daß wir von Tag zu Tag mißtrauischer geworden sind. Das gilt für mich ebenso wie für Aaram, Alan oder sogar McLelan. Erstens sind wir nicht auf den Kopf gefallen, auch wenn es uns augenscheinlich etwas schwerfällt, ihn einzusetzen, und zweitens fordern die Umstände es geradezu heraus, Zweifel an allem und jedem zu haben.«

»Weshalb sollten wir uns alle gleich verhalten?« fragte die Plasmaphysikerin herausfordernd. »Wir sind doch keine maßgeschneiderten Schablonenmenschen.«

»Wer weiß?« antwortete Northon spöttisch. »Aber wir müssen nicht einmal aus der Retorte kommen, um unter gleichen Bedingungen gleiches Verhalten zu zeigen. Zum einen müssen zwei Dutzend Menschen, die mehr als zehn Jahre Echtzeit miteinander leben sollen, sich sehr gleichen oder zumindest ein gewisses Maß an Ähnlichkeiten aufweisen, damit sie sich nicht sofort gegenseitig an die Kehle gehen, und zum anderen stecken wir seit eben dieser Zeit im gleichen Fleischwolf, und in dem werden alle Ecken und Kanten, die anfangs noch vorhanden gewesen sein mögen, weggebrochen und abgeschliffen, ob wir dabei draufgehen oder nicht.«

»Die Gleichmacher-Maschine«, meinte Dabrin ironisch.

»Natürlich. Es ist wie mit den Mikroben auf dem vergifteten Nährboden. Wir sind alle durch das gleiche Sieb gegangen, als man uns zu einer Mannschaft zusammenstellte, und um die vergangenen Jahrhunderte zu überleben, durften wir uns nicht allzusehr voneinander unterscheiden. Allein die Alpträume haben alle, die von der geistigen Richtmarke abwichen, zerstört. Wer die Belastung nicht aushielt, blieb im Koma, und früher oder später wird es uns wahrscheinlich alle erwischt haben, wenn wir nicht vorher ein Ziel erreichen. Oder jämmerlich krepieren.«

»Ich weiß nicht recht. Angesichts der Träume würde ich vermuten, daß nicht die Aggressiven, Mißtrauischen, nicht die Amokläufer überleben, sondern die Ausgeglicheneren, Friedfertigen.«

»Eine Art zahmes Gemüse«, faßte Northon lächelnd zusammen. »So fühle ich mich allerdings nicht.« Sie sah die blonde Plasmaphysikerin achselzuckend an. »Keiner von uns weiß, wo die Richtmarke liegt. Geistige Normalität ist auch nur eine Art von Mittelmaß. Vielleicht überstehen nicht die Schafe, sondern die Wölfe die Träume am leichtesten. Selbstzerfleischler oder Söldnermentalitäten mit einem sadistischen Zug sind ziemlich beständige Charaktere, was die Hibernation angeht.«

»Mit einer gesunden Portion Krankhaftigkeit«, sagte Dabrin angewidert. »Das Paradies der Bestien.«

»Genau das«, bestätigte Northon. »Die Hibernation entblößt unser Unterbewußtsein, und das hat Zähne, aber keine Philosophie.« Sie sah Dabrin erneut ins Gesicht. »Wir haben relativ kurze Zeiträume in den Sarkophagen verbracht. Aber die anderen liegen seit Jahrhunderten oder noch längerer Zeit in ihren Kammern.« Sie deutete auf die Metallwand. »Wer weiß, was in den Hiber-Kammern geboren wurde. Wer weiß, was in ihnen auf seine Befreiung wartet.« Die Magnetfeld-Technikerin tippte sich mit den Fingern an die Schläfe. »Wer weiß, was in unseren Köpfen auf seine Befreiung wartet.«

CET 07.16.53.41

DATA REPLAY

GRUPPE: BEOBACHTUNGSPROGRAMME/STANDARDERFASSUNG

ZIFFER: 08

START WIEDERGABE

PROGRAMME: UEBERBLICK
08001 SENSE ALLGEMEINES EINSATZPROGRAMM DER BORD-BEOBACHTUNGSANLAGEN
08002 FLASHBACK BEOBACHTUNG SOLSYSTEM
08003 STARLIGHT FIRMAMENT-DURCHMUSTERUNG
08004 PASSAGE BEOBACHTUNG BEI SYSTEMPASSAGEN
08005 NEVERWHERE ALLGEMEINES EINSATZPROGRAMM FUER DEN ZEITRAUM NACH SYSTEMPASSAGEN
08006 HAWKEYE FERNERFASSUNG DES ZIELSYSTEMS
08007 DEEPWATCH RASTERDURCHMUSTERUNG DES ZIELSYSTEMS
08008 STEELFINGER AUSKOPPELUNG DER SONDEN-PROJEKTILE
08009 SWINGBY PASSAGEN-UNTERSUCHUNG EINZELNER ZIELOBJEKTE DURCH BORDSYSTEME
08010 TOUCHDOWN NAHDISTANZ-ORBITALERFASSUNG DES ZIELPLANETEN DURCH EXTERNE UND BORDSYSTEME SPEZIALPROGRAMME
STANDARDERFASSUNG DES ZIELSYSTEMS: UEBERBLICK
PHASE I: HAWKEYE – FERNERFASSUNG DURCH OPTISCHE TE-LESKOPE/RADIOTELESKOPE/ANDERE TELESKOPSYSTEME
PHASE II: DEEPWATCH – RASTERDURCHMUSTERUNG DES ZIELSEKTORS MIT FACETT-TELESKOPEN/GROSSREFRAKTO-REN/GROSSREFLEKTOREN
PHASE III: STEELFINGER – AUSKOPPELUNG DER SONDEN-PROJEKTILE UND EINSATZ NACH STANDARDSCHEMA/ZIEL-SYSTEMDATEN AUS PHASE I/II

PHASE IV: STEELFINGER – VERZOEGERUNG DER ROBOTSON-
DEN BEI ERREICHEN DER ZIELPLANETEN/EINTRITT IN INTER-
IMS-ORBIT/FRAGMENTIERUNG/ORBITAL-LANDESONDEN/DE-
TAIL-ERFASSUNG

ERFASSUNGSSYSTEME: UEBERSICHT
DETEKTORSYSTEME ALLER ART: 402
TELESKOPSYSTEME OPTISCH: 49
TELESKOPSYSTEME ALLER ART: 98
RADIOTELESKOP-GROSSANLAGEN: 5
RAKETENSONDEN-SATELLITEN: 100
ROBOTSONDEN-ORBITER/LANDETEIL: 25

AKTIVE PROGRAMME: UEBERSICHT
08007 DEEPWATCH
08008 STEELFINGER

STATUS: PHASE IV – STANDARDERFASSUNG LAEUFT

GRUNDSTATUS – ANMERKUNG: ALLE 08-PROGRAMME UNTERLIE-
GEN ZUGANGSBEGRENZUNGEN
ZUGANGSERMAECHTIGT SIND GEHEIMNISTRAEGER STUFE
ALPHA GELB

ENDE WIEDERGABE

CET 07.16.52.23

Von der Wissenschaftszentrale am Rande des großen Bugtrichters, in den die gewaltigen Magnetfelder zehntausend Kilometer entfernte Wasserstoffionen einsaugen konnten, zog sich ein Verbindungsgang zum Beobachtungskomplex, einem unübersichtlichen, großen Gebilde, das an einem mächtigen Trägerarm seitlich am Metallring des Fangtrichters vorbei hinausragte. Am Traggerüst waren die riesigen Antennenschüsseln der Radioteleskope und Telemetrieanlagen, die klobigen Behälter der Neutrino-Detektoren und anderer Taster-Geräte und die Montagegelenke für ein großes Spiegelteleskop befestigt, außerdem zwei große Schutzkuppeln, unter denen sich mächtige Radarantennen drehten, und ein dazwischenliegendes, zylindrisches Segment, in dem sich ein Datenspeicher, eine Computeranlage und andere Geräte befanden, mit denen man von der Beobachtungszentrale aus alle Ortungsanlagen und die Robotsonden kontrollieren konnte. Nicht weit entfernt hing die stählerne Kapsel eines Autark-Notstromreaktors, ein Geflecht zerbrechlich wirkender Richtantennen ragte in die Leere hinaus. Im Traggerüst selbst waren die rohrähnlichen Abschußbehälter für die Robotsonden montiert, die seit dem Ende der ersten Verzögerungsphase leer waren, und der ringförmige Inspektionsgang, der sich um den Bugtrichter zog.

Alys Marden hielt sich seit zwei Tagen in der Beobachtungszentrale auf. Sie arbeitete, aß, trank und schlief vor dem Computer-Terminal, wartete mit fieberhafter Ungeduld auf die Daten der Sonden, die immer weiter in das System vordrangen und sich dabei der Zone näherten, in der sich alle Planeten befinden mußten, die als Ziel geeignet waren.

Mit jeder Minute, die verstrich, ohne daß die zahlreichen Späher des Schiffes einen Planeten entdeckten, wurde ihre Unruhe größer. Es war keineswegs einfach, auf Millionen Kilometer Entfernung einen Planeten auszumachen, der nicht sehr viel Licht reflektieren würde, erst recht nicht, wenn er sich in dem Bereich zwischen Sondenfächer und der Umlaufbahn des Gasriesen befand, wo das Licht der Zentralsonne die gläsernen Augen der Metallsonden blendete. Aber jede der Minuten, in denen nichts geschah, bestätigte ihre Überzeugung, daß es kein Ziel für sie geben würde.

Seit einer Viertelstunde analysierte der Computer einen Lichtfleck, der sich, den bisherigen Parallaxen-Messungen nach, am Innenrand der Zone befinden mußte. Es war der elfte derartige Lichtfleck, aber die vorhergehenden hatten sich als eisbedeckte Asteroiden oder – in zwei Fällen – als Kometen entlarven lassen.

Sie starrte mit geröteten, tränenden Augen auf die Datensichtgeräte, auf denen der Computer die errechneten Bahnkorrekturen für zwei der Raketensonden projizierte. Seit vierzehn Stunden hatte sie ihren Sessel nicht mehr verlassen, und das flirrende, giftgrüne Licht der Sichtschirme reizte ihre Augen. Sie war seit langem auf Drogen angewiesen, um nicht vom Schlaf übermannt zu werden.

Auf dem Bildschirm direkt gegenüber dem Terminal-Pult war in einem Fadenkreuz ein blasser, nicht einmal faustgroßer Lichtfleck abgebildet, eine unscharfe Aufnahme. Er stand nahe der G-Typ-Sonne, und deshalb nahmen die Sondenteleskope eine Menge Hintergrundlicht auf. Das gefilterte, abgeblendete Bild ließ nicht mehr erkennen als die Tatsache, daß es in der Zone ein weiteres Objekt geben mußte, dessen Oberfläche einen Teil des einfallenden Lichtes reflektierte. Nicht einmal eine Unterscheidung zwischen dem reflektierenden Licht der Tag- und dem Streulicht der Nachtseite war bisher möglich gewesen, und Größe und Form des Objektes ließen sich daher auch nicht bestimmen.

Alle bisher ausgewerteten Daten deuteten auf einen Planeten von etwa Erdgröße hin, aber die endgültige Bestätigung war bisher ausgeblieben. Die Sonden befanden sich zu weit entfernt, um genaue Beobachtungen durchführen zu können, und das würde sich erst in zwei Tagen ändern.

Marden dachte an die endlose Zeit, die sie bisher in diesem Raum verbracht hatte, anfangs, als das Schiff das Sol-System verließ, dann wieder, als sie weit entfernt von allen Sternen gewesen waren, und schließlich während der letzten beiden Jahre, als sich das Schiff dem Zielsystem näherte und die erste Verzögerungsphase planmäßig durchgeführt worden war. Sie hatte das gesamte Firmament kartographiert und fotografiert, weit entfernt von jeder Sonne, die mit ihrem Licht die Aufnahmen behindern konnte, sie hatte unzählige Entfernungsmessungen vorgenommen, indem sie an viele Lichtjahre auseinanderliegenden Stellen die scheinbaren Positionen der Sterne vermaß und aus ihnen und der Bewegung des Schiffes ihre tatsächliche Entfernung errechnete. Zehntausende von Experimenten hatte sie durchgeführt und überprüft, bevor sie sie wieder dem Computer überließ. In

183

den Datenspeichern lagen die Ergebnisse von zahllosen Versuchsreihen, die teilweise über sechshundert Jahre gelaufen, von Messungen, die im Abstand von Minuten jahrzehntelang vorgenommen worden waren. Allein diese Sammlung von Freifall- und Interstellarplasma-Experimenten würde Generationen von Wissenschaftlern beschäftigen, bevor sie ausgewertet sein würde. Inzwischen war die Datenmenge groß genug, um innerhalb der Speicherbibliothek einen eigenen Datenspeicher einzunehmen.

Die Speicherbibliothek selbst war ein Überbleibsel des Computers, der in Selenaport gestanden hatte. Als die Mondbasis für Forschungszwecke errichtet wurde, hatte man sie mit einem einzigen, zentralen Datenspeicher ausgerüstet, in dem die wissenschaftlichen Erkenntnisse und unzählige Fakten aus mehreren Jahrhunderten Geschichte verwahrt wurden. Der Datenpool hatte die Vernichtung Selenaports überstanden und bildete jetzt das Kernstück der Speicherbibliothek, die dem Hauptcomputer als elektronisches Gedächtnis diente.

Biologisch gesehen hatte sie fast zehn Jahre ihres Lebens der gigantischen Datensammlung geopfert, den größten Anteil der Zeit, die sie außerhalb ihres Sarkophages, die sie lebend verbracht hatte. Aber innerlich war sie weit mehr gealtert. Sie fühlte sich, als hätte sie ihr gesamtes bisheriges Leben an der Eingabekonsole verbracht, an einem der unzähligen Computerterminals, die alles, was sie auf die Bildschirme schrieb, verschluckten, ohne sich zu verändern, unersättliche Faktensammler, die ohne Fragen und Regungen aufnahmen, verschlangen, absorbierten. Alles, was sie jemals errechnet, erarbeitet, gemessen hatte, schien ein letztesmal auf dem Bildschirm aufgeflackert und dann in irgendeinem MAG-Teil der Datenspeicher eingefroren worden zu sein, verdaut von einer der zahllosen Speicherplatten.

Von Zeit zu Zeit befiel sie die Vorstellung, alle diese Daten, alle diese Zeit ins Leere gegeben zu haben, geopfert für nichts, und das Wissen, daß sie keinesfalls lange genug leben würde, um auch nur ein einziges Mal überprüfen zu können, ob all das, was sie in die Datenbank eingegeben hatte, auch noch in ihr gespeichert war, ließ sie manchmal tagelang keinen Schlaf finden, ebenso wie die durchaus vorhandene Möglichkeit, daß durch einen technischen Defekt mit einem Schlag alle Daten gelöscht oder unbrauchbar gemacht worden sein könnten. Die Beeinflussung des Hauptcomputers und seines Kernprogramms, das vom Militärrat eingegeben und gesichert worden war, stellten ein gefährliches Unterfangen dar, gleichbedeutend mit einem

184

regelrechten Zweikampf mit einem elektronischen Ungeheuer, das auf jedes Vorhaben mit ganz und gar unerwarteten Schritten antworten konnte.

Auf einem der Sichtschirme erschien eine weitere Teleskopaufnahme des Objektes, stärker vergrößert und mit dem Computer untersucht und gefiltert. Aus dem bisher konturlosen Fleck war eine schärfere, sphärische Gestalt geworden, blaßgrau mit einigen dunkleren Flecken.

OPTISCHE ANALYSE

PROGRAMM: DEEPWATCH/STEELFINGER

START WIEDERGABE

SYSTEME: REFLEKTOR FR 3/FR 2
SONDE VI/V
OBJEKT: ZONE ELF
EINSTUFUNG: OBJEKT IST MIT AN SICHERHEIT GRENZENDER WAHRSCHEINLICHKEIT EIN GEBILDE PLANETARER GROESSE UND MASSE UND STABILER STRUKTUR UND KANN ALS PLANET ERDAEHNLICHER GESTALT BETRACHTET WERDEN
ENDE WIEDERGABE

»Ein Planet«, flüsterte sie und zog sich wieder in den Sessel zurück. »Ein Planet...« Sie schloß einen Moment lang die Augen und versuchte, sich zu konzentrieren. Die Erschöpfung erstickte alle Freude. Sie öffnete die Augen wieder und legte die Hand langsam auf die Vid-Com-Taste, die sie mit der Wissenschaftszentrale verband. Der Com-Bildschirm flackerte auf, und Lana Serans Gesicht erschien.

»Ja?« fragte sie, ohne aufzublicken, dann bewegte sie den Kopf. »Alys«, stellte sie müde fest. »Und?«

»Z 11«, antwortete die Astrophysikerin.

»Das Zonenobjekt?« Seran sah Marden achselzuckend an. »Ich nehme an, es ist wieder ein Asteroid, oder?«

Marden schüttelte wortlos den Kopf.

»Komet?«

»Nein«, antwortete die rothaarige Wissenschaftlerin und spürte

185

durch ihre Erschöpfung ein wenig Erleichterung. »Es ist ein gottverdammter Planet.«

»Ein Planet«, wiederholte Seran langsam. »Ein Planet in der Zone.« Sie sah stirnrunzelnd in die Kamera. »Wie groß?«

»Annähernd Erdgröße, wahrscheinlich etwas mehr.«

»Ich glaube, das ist wenigstens ein Anfang«, murmelte die Vize-Kommandantin. »Aber es bleiben eine Menge anderer Fragen.«

Die Astrophysikerin nickte. »Genau. Rotiert er, und wie ist der Tag-Nacht-Rhythmus? Hat er eine Atmosphäre? Ist es eine Sauerstoffwelt?« Sie lachte beinahe kalt. »Ist er bewohnbar?«

»Ich fürchte, die wichtigste Frage ist eine andere«, warf Seran düster ein. »Können wir ihn überhaupt erreichen?«

»Und diese Frage können wir spätestens in siebeneinhalb Tagen beantworten«, erklärte Marden trocken.

Die Vize-Kommandantin bewegte langsam den Kopf. »Vielleicht wird es einigen von uns dann nichts mehr bedeuten«, bemerkte sie geistesabwesend.

CET 07.16.38.16

DATA ENTRANCE

COMPUTERINTERFACE

GEGENSTAND: COMPUTERSIMULATION

GRUNDLAGE: SCHIFFSZUSTAND NACH COMPUTERDATEN

START WIEDERGABE

MODELLSITUATION: SITUATION NACH AKTIVIERUNG DES HAUPT-
TRIEBWERKES PHYSIKALISCH
VERFASSUNG DER REPARATURGRUPPE NACH AKTIVIERUNG
DES HAUPTTRIEBWERKES MEDIZINISCH-PHYSIOLOGISCH
COMPPROGNOSE FÜR EINEN ZEITRAUM VON ZEHN TAGEN
SIMULATIONSEINSTUFUNG: ZUVERLAESSIG
SIMULATIONSERGEBNIS: ZUSAMMENFASSUNG
AUFGRUND DER ANDRUCKVERHAELTNISSE VON MINDE-
STENS EINEM G UND DER PHYSISCHEN VERFASSUNG DER
MITGLIEDER DER REPARATURGRUPPE WIRD EIN VERSUCH,
BEI ARBEITENDEM TRIEBWERK DEN HECKBEREICH ZU VER-
LASSEN, MIT AN SICHERHEIT GRENZENDER WAHRSCHEIN-
LICHKEIT SCHEITERN
AUFGRUND DER STRAHLUNGSVERHAELTNISSE, DIE BEI AR-
BEITENDEM TRIEBWERK EIN GEFAEHRLICHES MASS ERREI-
CHEN WERDEN, WIRD EIN MEHR ALS ZEHN TAGE DAUERN-
DER AUFENTHALT IM HECKBEREICH MIT AN SICHERHEIT
GRENZENDER WAHRSCHEINLICHKEIT LETAL WIRKEN
AUFGRUND DER PSYCHOLOGISCHEN INSTABILITAET DER
MEHRZAHL DER MITGLIEDER DER REPARATURGRUPPE SIND
GEWALTSAME AUSEINANDERSETZUNGEN NICHT AUSZU-
SCHLIESSEN, SOBALD SICH DIESE DER SITUATION BEWUSST
WERDEN
EMPFEHLUNGEN: KEINE

ENDE WIEDERGABE

CET 07.16.37.01

McLelan befand sich in der Hauptzentrale, als vor ihm die laufende Wiedergabe unterbrochen und eine VidCom-Verbindung zum Heck hergestellt wurde. Er erkannte Elena Dabrin und runzelte die Stirn.

»Kommandant?« fragte die Plasmaphysikerin.

Er nickte.

»Sind Sie allein?«

McLelan nickte erneut, während sich in ihm der erste vage Verdacht formte. »Ja, weshalb?«

Dabrin deutete auf eine Computerkonsole hinter sich. »Mir ist vor ein, zwei Stunden ein Gedanke gekommen... ein ziemlich beunruhigender Gedanke.« Sie musterte ihn scharf, während sie sprach. »Und deshalb habe ich mich mit dem Computer noch einmal auseinandergesetzt.«

»Und?« fragte er gezwungen ruhig, während er einen flüchtigen Seitenblick auf den zweiten, noch abgeschalteten VidCom-Sichtschirm warf.

Sie schien die Augenbewegung bemerkt zu haben, denn sie lehnte sich zurück und sprach mit normaler Stimme weiter, der lauernde, angespannte Unterton war nicht mehr wahrnehmbar. »Mit Computern ist es so eine Sache«, fuhr sie schließlich fort. »Sie wissen alles, oder zumindest fast alles, aber niemand hat etwas davon, wenn er nicht die richtigen Fragen stellen kann.« Dabrin sah ihm ins Gesicht, und ihre Züge verhärteten sich. »Manchmal wird man von anderen daran gehindert, die richtigen Fragen zu stellen, nicht wahr?«

»Ich weiß nicht, was Sie meinen«, erwiderte er abwartend.

»Ich dachte an die Einsatzbesprechung nach dem Versagen des Antriebs, Kommandant, oder besser, an ihr abruptes Ende«, erklärte Dabrin scharf.

McLelan schüttelte den Kopf. »Elena, ich verstehe nicht, was Sie beabsichtigen, solange Sie sich nicht klar ausdrücken«, stellte er fest.

Sie nickte. »Okay. Es geht um den Weg, auf dem wir nach der Reparatur wieder ins sichere Bugsegment zurückkehren können«, sagte sie. »Oder vielmehr, nicht zurückkehren können.« Sie nahm einige Computerausdrucke auf. »Wenn das Triebwerk erst einmal gestartet ist, sitzen wir im Heck fest.«

McLelans Gesicht blieb unbewegt, während seine linke Hand außerhalb des Aufnahmebereichs der Kamera einige Tasten betätigte, welche die Verbindung zur Vize-Kommandantin herstellen würden. Serans Gesicht erschien auf dem VidCom-Schirm, aber da er die akustische Wiedergabe blockiert hatte, waren ihre Worte weder für ihn noch für die Plasmaphysikerin zu hören, obwohl Seran genau mithören konnte, was ab jetzt gesprochen wurde. Er achtete nicht auf ihr erstauntes Gesicht, sondern sah Dabrin an.

»Elena, soweit ich weiß, sind die Zentralschächte nicht ganz und gar blockiert, zumindest der nicht, durch den Sie und die anderen zum Triebwerk gelangt sind«, sagte er gleichzeitig und registrierte, wie der Gesichtsausdruck der Vize-Kommandantin statt Verständnislosigkeit jetzt Erschrecken zeigte.

»Nein, im Augenblick nicht.« Sie seufzte. »Gehen wir systematisch vor. Wenn der Antrieb läuft, wird es innerhalb weniger Tage lebensgefährlich sein, sich im Heck aufzuhalten, wegen der Strahlung, aber auch aufgrund der Vibrationen und eventuell auftretender Leckagen und Explosionen, richtig?«

»Nachdem der Antrieb gestartet wurde, ja«, stimmte er zu. Auf dem linken Sichtschirm verschwand Serans Gesicht, anscheinend befand sie sich auf dem Weg in die Hauptzentrale.

»Exakt. Wir müßten also den Heckbereich wenige Tage nach dem Start verlassen, aber auf jeden Fall so lange bleiben, bis das Triebwerk zuverlässig arbeitet, schon aus Zeitgründen.«

Er nickte wortlos.

»Und der einzige Weg zum Bugsegment ist der B-Schacht, sobald das Triebwerk gestartet wurde, denn während es arbeitet, wird allen Außensektionen die Energie entzogen, auch den Hangardecks, und wir wären auch unter anderen Umständen nicht in der Lage, außerhalb des Schiffes bis zu einer Außenschleuse vorzudringen, oder?«

»Ja«, gab er zu.

Dabrin nickte angedeutet. »Wenn aber das Triebwerk planmäßig arbeitet, bewirkt die Verzögerung einen Andruck, welcher der Erdschwerkraft vergleichbar ist.« Sie sah McLelan an. »Was bedeutet: Nach dem Start gleicht die SETERRA einem mehr als zwölf Kilometer hohen Stahldom, in den acht zerschlagene und erschöpfte Techniker *hinaufsteigen* müssen, in einem etwa zehn Kilometer *tiefen* Schacht, der in einhundert Meter *tiefe* Segmente unterteilt ist, an deren *Grund* massive Schleusenschotts stehen.« Sie atmete tief ein und versuchte, sich wieder zu beruhigen. »Die Laufroste sind an der Schachtwand montiert und damit unbrauchbar, und die Haltegriffe, sofern sie eine solche Belastung überhaupt aushalten würden, ebenfalls. Mit jedem Schritt befänden wir uns in Gefahr, viele Meter abzustürzen und beim Aufschlag zu sterben. Unser Skelett ist ebenso brüchig wie unsere Muskeln schwach sind. Wir würden einen Sturz von wenigen Metern keinesfalls überleben, und je weiter wir aufsteigen, desto erschöpfter werden wir sein.«

McLelan nickte müde. »Ich weiß«, gestand er und wich ihrem Blick aus. »Auch wenn die Gefahren nicht mehr so groß sind, sobald ihr im Containergerüst den Schacht verlassen könnt. Aber so oder so, es sind fast zehn Kilometer, die ihr gegen den Verzögerungsandruck zurücklegen müßt, durch ein Schiff, das nicht einmal in Schwerelosigkeit gefahrlos durchquert werden kann.«

»Der Weg durch die Randschächte wäre noch mühsamer, wenn auch sicherer«, sprach Dabrin verbittert weiter. »Aber die ersten Segmente des Schachtes müssen wir auf jeden Fall durchsteigen, und das schaffen wir nicht.« Sie lehnte sich müde zurück. »Ich jedenfalls nicht mehr. Wissen Sie, wie der Computer die Wahrscheinlichkeit einschätzt, daß wir diesen Weg schaffen?«

McLelan nickte schweigend, und sie lachte sarkastisch. »Und ich bin sicherlich in der schlechtesten Verfassung. Mich wird es als erste erwischen...«

Der Kommandant sagte nichts, und sie bewegte den Kopf und musterte ihn scharf. »Seit wann wußten Sie davon?«

»Ich ahnte es bereits, als wir den Einsatz besprachen«, antwortete er nach einiger Zeit. Aus den Augenwinkeln sah er, daß die Vize-Kommandantin die Hauptzentrale betreten und das Zugangsschott hinter sich verriegelt hatte.

»Weshalb haben Sie geschwiegen...« Sie lachte hart. »Ich bin ein wenig zu langsam, fürchte ich. Wer weiß denn außer Ihnen von dieser Gefahr... weiß Lana Bescheid?«

Ehe er etwas erwidern konnte, war die Vize-Kommandantin in den Aufnahmebereich der Kamera getreten. »Ja«, sagte sie. Ihre Stimme klang brüchig. »Seit fast zwei Tagen schon. Ich bin nicht einmal von selbst darauf gekommen.« Sie lächelte verbittert. »Er hat es mir mitgeteilt, und ich... ich habe geschwiegen.«

In Dabrins Gesicht bewegte sich etwas, als wiche ihr Zorn tiefer Gleichgültigkeit. Sie nickte langsam. »Ich bin wirklich zu langsam«, murmelte sie. »Oder ich hatte es bisher nicht verlernt, anderen zu vertrauen.« Sie sah von einem zum anderen. »Ihr wußtet also seit mehr als achtundvierzig Stunden, was geschehen würde. Und was habt ihr getan?«

McLelan vergrub sein Gesicht in seinen Händen. »Ich habe den Computer mehrere Modelle durchrechnen lassen, um einen Weg zu finden.«

»Mit welchem Ergebnis?« fragte Dabrin eisig.

»Es gibt keinen Weg«, stellte Seran einfach fest, ihre Stimme jetzt wieder beherrschend.

»Und?«

»Was weiter hätten wir machen können?« antwortete die Vize-Kommandantin mit einer Gegenfrage.

Die Technikerin sah sie an. »Vielleicht einmal mit uns reden«, nannte sie eine Möglichkeit. »Wir haben ein Recht, wenigstens zu wissen, weshalb wir sterben werden.«

»Und was wäre passiert, wenn ich nicht geschwiegen hätte«, wandte der Kommandant ein. »Elena, was wäre geschehen?«

»Einige wären durchgedreht«, stellte Seran leise fest. »Andere wären verzweifelt, hätten aufgegeben, und die Mission wäre gescheitert...«

»Die Mission...« Dabrin lachte zynisch. »Wir werden manipuliert von euch, und ihr vom Computer... für diese gottverdammte Mission. Und weil wir ihr alles opfern, arbeitet das System, zwar nicht fehlerfrei, aber bisher zuverlässig genug. Und wir bluten aus.«

»Was hätten wir denn machen sollen?« fragte McLelan.

Die Plasmaphysikerin reagierte nicht. »Viel wichtiger ist die Frage, was ihr jetzt machen werdet«, sagte sie schließlich. »Ihr seid nicht mehr allein mit eurem Wissen, und ihr beabsichtigt doch, seine Ausbreitung zu verhindern.«

Niemand antwortete ihr, und sie musterte sie verbittert. »Wenn ich bei euch wäre, wenige Schritte entfernt, euch gegenüberstehen würde, wäre alles viel einfacher, nicht? Ihr könntet mich einsperren, betäuben... mich umbringen.«

»Sei still«, flüsterte Seran heiser.

»Wenn ich euch gegenüberstehen würde, wäre es nicht weit zur nächsten Außenschleuse«, sprach Dabrin ungerührt weiter. »Was würdet ihr denn machen, Lana? Was würdet ihr machen, wenn ich nicht zehn Kilometer entfernt wäre oder wenn ein anderer entdeckt hätte, was ich entdeckt habe... Al vielleicht, oder Chris?«

»Sei still.«

»Vielleicht hat einer der beiden es bereits entdeckt, und er schweigt, weil er sich fürchtet... oder euch zustimmt. Manchmal denke ich, Al könnte sich so verhalten. Aber möglicherweise habe ich unrecht. Möglicherweise begriff er und wollte nicht schweigen, und ihr mußtet ihn zum Schweigen bringen... möglicherweise lebt er nicht mehr, oder?«

»Sei still, verdammt«, schrie Seran das Gesicht auf dem VidCom-Schirm an.

»Meinetwegen«, sagte sie kalt. »Und was jetzt? Ich bin still, im Augenblick. Aber werde ich sieben Tage lang schweigen?« Sie sah die beiden an. »Aus welchem Grund denn?«

Weder der Kommandant noch Seran antworteten ihr.

»Verflucht, nennt mir einen Grund, weshalb ich schweigen sollte«, explodierte sie. »Einen einzigen, elenden Grund. Aus welchen Gründen habt ihr geschwiegen?«

»Ach verdammt«, resignierte Seran müde. »Ich werde dir nichts erklären, was du selber weißt.«

Die Plasmaphysikerin reagierte nicht, und McLelan sah sie nachdenklich an. »Sie sind jetzt in derselben Situation wie wir, Elena«, erklärte er. »Sie können das machen, was wir Ihrer Meinung nach hätten machen sollen.«

Sie verzog gequält das Gesicht. »Sehr feines Verfahren«, antwortete sie. »Aber rechtfertigt es eure Entscheidung, über unser Leben zu beraten, ohne mit uns zu sprechen?«

McLelan schwieg, und sie lachte sarkastisch. »Sie vergessen, daß ich auch und zuerst über mein Leben entscheide, Kommandant. Wenn die anderen sterben, weil ich mich gegen sie entschieden habe, werde ich mit ihnen sterben, ich werde wahrscheinlich als erste im Schacht scheitern. Und deshalb werde ich versuchen, mich nicht selbst zu zerfleischen...«

»Auf welche Art?« fragte Seran.

Dabrin lachte erneut, rauh und lauernd. »Ich werde eure Befehle ausführen«, versicherte sie hart. »Ihr habt euch entschieden, als eine Entscheidung gefällt werden mußte. Also entscheidet auch jetzt.«

Der Kommandant sah ihr ins Gesicht, unbewegt. »Sie werden schweigen, bis die Reparaturarbeiten beendet sind?«

Sie nickte. »Wenn Sie es wollen.«

McLelan atmete tief ein. »Ich muß mich darauf verlassen«, stellte er fest. »Und damit zufrieden sein, daß Sie sich in meinem Sinne ent-schlossen haben, auch wenn Sie mich nicht verstehen.« Er drückte sich aus dem Metallsessel und wandte sich ab. Während er das Zugangs-schott entriegelte und auf den Gang trat, sah Dabrin der Vize-Kom-mandantin mit unergründlicher Miene ins Gesicht.

»Ich erinnere mich, daß früher einmal die Menschen für dich wich-tiger waren als die Mission, Lana«, sagte sie schließlich. »Wenigstens schien es so gewesen zu sein, und jetzt erkenne ich dich nicht wieder.«

Seran setzte zu einer Erwiderung an, schwieg dann aber. Ihr Gesicht verhärtete sich. »Wir haben uns alle verändert«, gab sie schließlich zu.

»Vielleicht«, murmelte Dabrin. »Ich behaupte nicht, es sei deine Schuld. Wir haben die Umstände nicht bewußt herbeigeführt. Wen in-teressiert es, wer schuld ist am Geschehen?« Sie musterte die Vize-Kommandantin mit einem gedankenverlorenen Gesichtsausdruck. »Aber es zerstört etwas, wenn man jemanden verliert, den man für ei-nen Freund gehalten hat.«

CET 07.16.39.45

DATA REPLAY

CODE: REPARA

KENNZIFFER: 03174

PROGRAMM: INSTANDSETZUNG – TRIEBWERKSYSTEME

START WIEDERGABE

BESEITIGTE DEFEKTE: UEBERSICHT
    GASLECKS/STRAHLENLECKS
    REAKTORDEFEKTE
    LASERDEFEKTE
    SPL-DEFEKTE
    GF-NETZ-DEFEKTE
    COMPUTER-DEFEKTE
    INJEKTOR-MAGNETSYSTEM
INSTANDSETZUNGSSCHWERPUNKTE: UEBERSICHT
    MOMENTAN: INJEKTOR-ELEKTRONIK
                BRENNKAMMER-MAGNETSYSTEM
                BRENNKAMMER-GITTERSTRUKTUR
EINSTUFUNG: REPARIERTE SYSTEME EINSATZBEREIT/
    TRIEBWERKSBASISSEGMENTE WAHRSCHEINLICH EINSATZ-
    BEREIT
STATUS: INSTANDSETZUNG LAEUFT
ZEITFAKTOR: ZEITPLAN-SOLL: 07 TAGE 10 STUNDEN 39 MINUTEN
    ZEITPLAN-STATUS: 07 TAGE 17 STUNDEN 01 MINUTEN
    ZEITPLAN-SICHERHEITSFRIST: UEBERSCHRITTEN
    ZEITPLAN-ABWEICHUNG: 06 STUNDEN 22 MINUTEN
    ZEITPLAN EINSCHLIESSLICH ZEITPLAN-SICHERHEITSFRIST
    UEBERSCHRITTEN

ENDE DER WIEDERGABE

CET 07.16.02.21

Der Greifarm erfaßte das armdicke SPL-Kabel der Energieversorgung und bewegte es auf die Koppelstelle zu. Die große Magnetzelle, mit weißem Metall verkleidet, mehrere tausend Kilogramm träger Masse, driftete mit einigen Millimetern pro Sekunde seitlich aus der Wabe im Brennkammergerüst, in die sie der Raumschlepper gerade hineinbugsiert hatte.

Das Triebwerk des Schiffes bestand aus einem riesigen, viele hundert Meter durchmessenden Gerüst aus Stahlwaben, stabil, aber keineswegs massiv. In dieses Stützgerüst waren die Zellen eingelassen, in denen sich die Magneten befanden, mit denen das ausgedehnte Feld aufgebaut wurde, das die Brennkammer und das Schiff vor dem glühenden Gas der Plasmareaktion schützte. Gleichzeitig war das magnetische Fesselfeld eine der beiden Möglichkeiten, dem Wasserstoffplasma Energie zuzuführen. Der zweite Weg, die Fusionsreaktion zu steuern, bestand in den zweiundsiebzig großen Carbox-Nitro-Gaslasern, deren Endstücke ebenfalls im Wabengitter montiert waren.

Die Magnetzellen enthielten elektromagnetische Blocks, die mit flüssigem Wasserstoff unter die Sprungtemperatur gekühlt wurden, unterhalb derer der Widerstand, den das Metall dem elektrischen Strom entgegensetzt, praktisch null wurde. Den Zellen wurde von außen, über die Verteilernetze des Gittergerüstes, sowohl Kühlmittel als auch Energie zugeführt, durch Supraleitkabel und Flüssigwasserstoff-Versorgerröhren.

Die Zellen, mit dem Traggerüst durch die Versorgungsleitungen und die Koppelstellen verbunden, mußten im ganzen ersetzt werden. Ein BULLOCK-Raumschlepper transportierte das Ersatzteil von der Verladestation beim Hangar zum Brennkammergitter, führte den Austausch durch und kehrte mit der beschädigten Magnetzelle wieder zurück. Der schwierigste Teil dieses EVA-Außenbordmanövers war das Auswechseln der Magnetzellen, denn die beiden Greifarm-Paare der BULLOCKS waren nicht in der Lage, mehr als eine Zelle zu bewegen, und auch die Piloten konnten nicht zwei der massiven Gebilde gleichzeitig kontrollieren. Die Ersatzzelle wurde mit dem Schlepper zum Wabengitter rangiert und freigegeben, und während der Pilot des Schleppers den beschädigten Block aus der Wabe löste, beobachtete er immer wieder die Bewegung des intakten Bauteils, das mit geringer

Relativgeschwindigkeit in der Nähe davondriftete. Die einzige Gefahr lag darin, daß eine Magnetzelle mit ihrer großen trägen Masse bereits bei geringen Geschwindigkeiten eine beträchtliche Bewegungsenergie besaß. Der Abstand zum Schiffsrumpf, zum Stützgerüst oder gar zum Raumschlepper betrug meist weniger als zwanzig Meter, und bei einer Kollision konnten die Magnetzellen durchaus einige Waben des Gittergerüstes verformen. Normalerweise sollten diese Manöver von zwei Fahrzeugen vorgenommen werden, aber unter Zeitdruck und ohne eine Flugleitstelle, die ihre Bewegungen überwachen konnte, nahm die Gefahr eines Zusammenstoßes mit jedem weiteren Flugobjekt, das sich im Heckbereich aufhielt, zu.

Der BULLOCK mit der FÜNF auf der Flanke hing vor dem Wabengerüst, gegenüber dem Schiff praktisch stillstehend. Mit einem der beiden kleineren Greifarme umfaßte er das SPL-Kabel, das an die Magnetzelle angekoppelt werden mußte, während das schwere Greifarm-Paar die Zelle in die Wabe bugsierte. Das Triebwerk und die Lagekontrolldüsen des Schleppers arbeiteten mit halber Auslastung.

Vierzehn Magnetzellen waren in den nicht einmal eineinhalb Sekunden, in denen das Triebwerk des Schiffes gearbeitet hatte, unbrauchbar geworden, fast zwanzig weitere mußten von Hand überprüft und möglicherweise ebenfalls ersetzt werden. Das Auswechseln einer einzigen Zelle dauerte alles in allem etwa zwei Stunden: zwei Stunden, in denen der Operator sich in einem Gebiet aufhielt, das strahlenverseucht war. Der gesamte Heckbereich war nach jahrelanger Triebwerksaktivität mit harter Gammastrahlung und Neutronenschauern zu Rest-Radioaktivität angeregt worden, die im Material selbst steckte, in den Panzerplatten und Strahlenschilden, in jedem einzelnen Atom. Viel gefährlicher aber war die starke Strahlung, die von den Schleppern selbst ausging. Die Reaktorlecks hatten das Hangardeck mit Spaltstoffen und Strahlung kontaminiert.

Sie rechneten mit insgesamt zweiundvierzig Arbeitsstunden in den Schleppern. Elena Dabrin, Ann Whelles und Marge Northon waren ausgebildet, die Reparaturen durchzuführen, und jede von ihnen würde damit weitaus mehr Zeit als die zulässigen zehn Stunden in der heißen Zone verbringen, in der die Strahlendosis so hoch war, daß sie bereits nach diesen zehn Stunden eine echte Gefahr darstellte. Die zusätzliche Zeit, die zur Überprüfung der Laser-Endröhren und des Injektor-Turms aufgewendet werden mußte, würde das Risiko weiter vergrößern.

Ann Whelles, die Expertin für Supraflüssigkeiten, musterte besorgt die klobige Magnetzelle, die ihr die Sicht in die Wabe versperrte. Drei der vier Scheinwerfer des BULLOCKS warfen grellweißes Licht in das Gerüst, aber es war aussichtslos, nach dem Augenschein zu manövrieren. Der Computer projizierte eine räumliche Darstellung der Wabe, der Magnetzelle und des Schleppers und arbeitete entsprechende Kurskorrekturen aus, und sie bewegte die Zelle nach ihren Instrumenten, immer wieder beunruhigt das vor ihr aufragende Gerüst betrachtend. Die Leuchtziffern des Bordchronometers zeigten ihr in einem stummen Countdown an, wieviel Zeit ihr der Instandsetzungs-Zeitplan ließ und wie lange sie sich in der heißen Zone aufhielt. Weil der Schlepper bei der Explosion im Hangardeck leckgeschlagen worden war, trug sie ihren Druckanzug, die beschlagene Sichtscheibe wenige Zentimeter von den Anzeigen der Kontrollkonsole entfernt. Das Cockpit des Schleppers war ein wenig zu eng für die mittelgroße Frau, weshalb sie leicht gekrümmt in dem Kontursessel hing, und ohne Heizaggregat kühlte der Druckanzug im Vakuum sehr rasch ab. Bereits nach einer halben Stunde hatte sie die Kälte gespürt, die von dem Metall des Schleppers ausging, und seit zwanzig Minuten fror sie. Die klobigen, schwerfälligen Handschuhe verhinderten, daß ihre Hände zitterten, aber trotzdem blieb es schwierig, die Eingabetastatur des Computers oder die Hebel der Greifarm-Kontrollen zu bedienen.

Im Laufe der Jahre hatte sich bei jedem, der immer wieder fremde Gänge im Labyrinth des Schiffsleibes beging, eine Abneigung gegen das Alleinsein im Schiff, weitab von den Zentralen und den Verbindungsschächten, den VidCom-Leitungen und Mannschaftsquartieren gebildet. Man wollte den anderen nicht unbedingt gegenübersitzen, aber sie sollten es hören, wenn man schrie. Man wußte niemals, was hinter der nächsten Biegung, dem nächsten Schott, der nächsten Druckschleuse warten konnte, kannte die Defekte nicht, die die dunklen Gänge zu tödlichen Fallen machen konnten, besaß keine Möglichkeit, das Atemgemisch auf giftige Bestandteile zu überprüfen, sobald die Konzentrationen zwar schon gefährlich, aber noch zu gering waren, um von den tragbaren Gasdetektoren wahrgenommen werden zu können. Das Gefühl, in einem schweißfeuchten, überhitzten Druckanzug mit abgestandener Atemluft durch kaum mannshohe Kontrollschächte gebückt vorwärts zu tappen, sich durch schmale Spalten zu zwängen, während das zerbrechliche Sichtvisier über rostigen Stahl schleifte, schaffte Sehnsucht nach freien Räumen, Ebenen ohne Dekkenbegrenzung, fernen Horizonten. Die Fallangst, die mit dem Anblick des Weltraums aufkam, wenn sie nach langer Zeit wieder einmal außerhalb des meterdicken Schiffspanzers im Vakuum arbeiteten, verstärkte dieses Gefühl, denn die Unendlichkeit ist ein abschreckenderes Gefängnis als ein Inspektionsschacht von einem halben Meter Durchmesser.

Im Cockpit eines Schleppers eingeschlossen, steigerte sich dieses Gefühl manchmal bis zu blanker Angst. Die BULLOCKs, auf Zweckmäßigkeit und Kompaktheit ausgelegt, waren alles andere als geräumig. Jeder Quadratzentimeter Fläche des Ein-Mann-Cockpits war mit Armaturen und Instrumenten bedeckt, und die Bewegungsfreiheit der Arme reichte gerade aus, um das Cockpit zu durchmessen. Daß es Glasfenster und Sichtscheiben besaß, die im Grund nicht gebraucht werden konnten, war ein Zugeständnis an die Operatoren gewesen, denn obwohl die Schlepper nach den Instrumenten gelenkt werden mußten, machten erst diese wenigen Glasöffnungen aus der Gruft mit den Datensichtschirmen und den Kontrollampen ein einigermaßen erträgliches Behältnis, mehr einem vergrößerten Schutzanzug als einem Raum gleichend.

Sie bemerkte ein Warnzeichen auf dem Bildschirm mit der räumlichen Skizze und schaltete die Korrekturdüsen ein. Es dauerte eineinhalb Sekunden, bis die kleinen LOX-Flüssigwasserstoff-Brenner die Bewegung des Schleppers und der Magnetzelle gestoppt hatten. Sie ließ sich die Zahlenwerte geben, welche die Verkantung der Magnetzelle in der Wabe beschrieben, und begann, das Gebilde vorsichtig mit den Greifarmen zu drehen, während sie mit den Korrekturdüsen gegensteuerte. Der Manövrierraum im Wabengerüst war gering, an den Koppelstellen gab es überhaupt keinen Sicherheitsabstand. Sie fühlte, wie ihr der kalte Schweiß über das Gesicht lief. Zwei der Korrekturdüsen waren defekt, und so waren die Computerangaben unzuverlässig. Sie mußte seinen Anweisungen mit Mißtrauen begegnen und sie nach Gefühl umsetzen, *mit den Fingernägeln und viel Gottvertrauen*, wie Marge Northon bitter bemerkt hatte, nachdem sie mit BULLOCK FÜNF eine ähnliche Mission ausgeführt hatte. Den Magnetzellen schadeten einige Stöße nicht, aber das angeschlagene Wabengerüst durfte nicht mehr belastet werden, als unumgänglich war, denn Freifall-Reparaturarbeiten am Gitterwerk selbst waren nicht mehr durchführbar.

Sie spürte, wie der Schlepper um sie herum vibrierte, während auf der einen Seite die Greifarm-Motoren, auf der anderen die Steuerdüsen an der Metallstruktur zerrten. Die überalterten Raumschlepper waren den Belastungen nicht mehr gewachsen, und nach den Schäden, die sie im Hangar davongetragen hatten, nahm die Gefahr, daß sie bei übergroßer Beanspruchung auseinanderbrachen, mit jedem Einsatz zu.

Die mehreren Jahrhunderte, die die Mission bereits dauerte, machten sich an jeder Stelle bemerkbar. Im Vakuum, bei Temperaturen nahe dem absoluten Nullpunkt, ohne jede Feuchtigkeit, ohne Licht, ohne Sauerstoffgas und andere aggressive Substanzen überstand Metall lange Zeiträume, ohne sich zu verändern. Aber diese Bedingungen existierten nicht überall an Bord, und der geringe Plasmawind im interstellaren Raum, der schwache, aber stetige Strom der Wasserstoffatome schädigte die Außenhülle, von den Mikrometeoriten-Schwärmen, die gelegentlich die Bahn des Schiffes passierten, ganz abgesehen. Der Stahl wurde mürbe und brüchig, alterte langsam, aber unaufhaltsam, und die Materialermüdung konnte das Schiff ebensogut vernichten wie die Kollision mit einem größeren Meteoriten.

Sie stoppte die Bewegung der Magnetzelle endgültig, einen Sekundenbruchteil zu spät, und so prallte das massige Gebilde mit geringer Geschwindigkeit auf die Koppelstelle. Das Wabengitter erbebte und gab ein wenig nach, bis die Bewegungsenergie der Magnetzelle aufgezehrt war. Das Gerüst hielt der Belastung stand. Sie atmete tief aus und lehnte sich ein wenig zurück, soweit es ging, ohne daß der Helm gegen die Deckenarmaturen stieß. Ihr Blick fiel auf eine Lampe am Funkgerät, die rot leuchtete. Sie runzelte die Stirn. In regelmäßigen Abständen meldete sich Cerner vom Hangardeck aus, um sicherzugehen, daß sie noch einsatzfähig war. Insgeheim fürchteten sie alle, in einem gefährlichen Augenblick bewußtlos zu werden. Aus demselben Grund wurden Missionen in Gebiete des Schiffes, in denen kein Kontakt möglich war, immer zu zweit durchgeführt.

Es existierte zwar ein telemetrisches Überwachungssystem, das ihre körperliche Verfassung immer und überall beobachten sollte, die Biokontrolle, aber das System war lückenhaft und unzuverlässig, nicht selten arbeitete es überhaupt nicht, und nach einigen Vorfällen verließ sich niemand an Bord des Schiffes mehr allein auf dieses Kontrollnetz, das ursprünglich auch eher den Sicherheitsinteressen des Militärrates hatte dienen sollen.

Die regelmäßigen Kontaktaufnahmen entsprachen einer ausdrücklichen Vereinbarung. Aber der nächste Kontakt war erst in etwa dreizehn Minuten fällig, stellte sie nach einem Blick auf das Chronometer fest.

Achselzuckend koppelte sie das Verbindungskabel, das von ihrem Helm ausgehend frei im Raum hing, wieder in die Konsole, bevor sie das Helmmikrofon einschaltete.

»Whelles, BULLOCK FÜNF. Was ist los?«

»Cerner hier. War die Verbindung unterbrochen, Ann?«

»Ich hatte mich abgenabelt, um die Greifarme besser kontrollieren zu können. Das Scheißkabel behinderte mich.«

»Okay«, sagte Cerner. »Wie weit ist die Zelle?«

»Wenn ihr mich arbeiten laßt, kann ich in einer Viertelstunde andocken«, erklärte sie erschöpft. »Weshalb meldet ihr euch jetzt schon wieder?«

»Stört es?« fragte Cerner gereizt. »Ruhe und Abgeschiedenheit gibt es auf diesem Rostkahn mehr als genug.«

»Interessiert mich nicht«, versetzte sie zornig. »Ich sitze mit dem Arsch in der heißen Zone und hantiere mit zwei Zellen gleichzeitig, und Konzentration ist in diesen Manövern zufälligerweise lebenswichtig für mich.«

»Ich habe verstanden«, meinte Cerner kalt. »Der Grund, weshalb ich mich verfrüht melde, ist, daß wir eine Nachricht von McLelan bekommen haben.«

Die Supratechnikerin fluchte in sich hinein. »Was will der denn schon wieder?«

»Alys glaubt, einen Planeten entdeckt zu haben.«

»Und?« Sie schüttelte ungehalten den Kopf, stoppte die Bewegung aber, als der Helm gegen die Armaturen stieß. »Das wäre dann der fünfte oder sechste, glaube ich. Was ist es denn diesmal? Magma? Methan? Eis?«

»Nein. Ein Planet von annähernd Erdgröße. Und er ist in der Zone. Am Innenrand zwar, aber noch in der Zone.«

»In der Zone?« Sie wollte sich aufrichten und verbiß sich einen weiteren Fluch, als ihr Visierrahmen gegen ein Kontrollgerät schlug. »Ist das sicher?« fragte sie drängend.

»Die Umlaufbahn-Daten sind sicher und die Größe auch. Er hat Erdabmessungen und könnte erdähnlich sein.«

»Vielleicht«, schränkte sie zweifelnd ein, aber auch wenn sie dem Geschehen zurückhaltend gegenüberstand, registrierte sie erleichtert, daß sich ihre Situation damit erheblich verbesserte, wenn diese Welt die richtige Größe und Umlaufbahn hatte.

»Wir haben ihn Eden genannt«, fuhr Cerner fort.

»Er hat einen Namen?« fragte die Supratechnikerin erstaunt.

»Ja. Harl hat ihn vorgeschlagen, und nachdem McLelan sich ihm anschloß, hat Lana den Namen in das Compregister eingetragen, wenn auch ein wenig widerwillig.«

»Weshalb?«

»Sie meinte, wir sollten uns über den Namen erst Gedanken machen, wenn feststeht, daß er wirklich geeignet ist.«

»Die ewig mißtrauische Vize-Kommandantin«, spottete Whelles. »Fast so schlimm wie Marge. Aber im Grunde hat sie recht.«

»Möglich«, gab Cerner widerstrebend zu. »Aber sollen wir immer von *dem Planeten* reden?«

»Wir haben es mehr als zehn Echtjahre lang ausgehalten, von *dem Planeten* zu reden, wir werden es auch ein weiteres Vierteljahr aushalten können«, erklärte sie trocken.

Cerner fluchte leise. »Das hat Marge auch gesagt. Ihr beide seid ein feines Team. Immer wenn es an Bord einen Grund zur Freude gibt, versucht ihr alles, um sie möglichst gering zu halten.«

»Wir haben eben Angst vor Enttäuschungen«, versetzte sie.

»Wir auch.«

»Mag sein«, bestätigte sie. »Aber auf eine völlig andere Art.«

»Nämlich?«

»Wir halten uns an die wenigen Tatsachen und erwarten das Schlimmste. Ihr verdrängt die Tatsachen und ersetzt sie durch eure Träume.«

Er antwortete nicht sofort. Als er es dann tat, klang seine Stimme tonlos.

»*Welche* Träume?« fragte er.

CET 07.03.08.56

DATA REPLAY

CODE: SITUARCH

KENNZIFFER: 02002

PROGRAMM: SITUATIONSANALYSE

START WIEDERGABE

SCHIFFSZUSTAND: ALLGEMEINE UEBERSICHT
    FUNKTIONSFAEHIGE PRIMAERSYSTEME UND HAUPT-
    SYSTEME 31 PROZENT
    FUNKTIONSFAEHIGE SEKUNDAERSYSTEME 69 PROZENT
    FUNKTIONSFAEHIGE RESERVESYSTEME 85 PROZENT
    SCHIFFSSYSTEME INSGESAMT:
    BELASTETE SYSTEME 72 PROZENT
    FUNKTIONSFAEHIGE SYSTEME 73 PROZENT
    TOTALAUSFAELLE IN 53 VON 420 AUSSENSEKTOREN
    TOTALAUSFAELLE IN 21 VON 420 KERNSEKTOREN
    TOTALAUSFAELLE IN 14 VON 13500 HIBER-KAMMERN
    REGISTRIERTE ORGANISCHE AUSFAELLE 332
    TREIBSTOFF- UND STUETZMASSERESERVEN AUSREICHEND
    TRIEBWERK WAHRSCHEINLICH NICHT FUNKTIONSFAEHIG
    ENERGIERESERVEN AUSREICHEND
    REAKTORSYSTEME IM ALLGEMEINEN FUNKTIONSFAEHIG
    COMPUTERSYSTEME IM ALLGEMEINEN FUNKTIONSFAEHIG
    KONTROLLSYSTEME IM ALLGEMEINEN FUNKTIONSFAEHIG
SCHIFFSZUSTAND: AUSREICHEND BIS GEFAEHRLICH SCHLECHT
BESATZUNGSZUSTAND: ALLGEMEINE UEBERSICHT
    REGISTRIERTE ORGANISCHE AUSFAELLE 27
    UEBERLEBENDE DER KERNBESATZUNG 23
    VOLL EINSATZFAEHIG 0
    BEDINGT EINSATZFAEHIG 23
BESATZUNGSZUSTAND: NICHT AUSREICHEND

ENDE WIEDERGABE

CET 06.21.18.45

Auf dem großen Bildschirm in der Kontrollzentrale flackerte das Abbild des Zielplaneten, ein fast exakt sphärischer, grauer Fleck. In der elektronischen Skizze des Planetensystems war die Position des Eden-Planeten durch einen weißen Lichtring markiert worden. Auf der anderen Seite des großen Projektionsschirms war der Countdown eingeblendet.

> ZEITPLAN-SOLL: 06 TAGE 15 STUNDEN 18 MINUTEN
> ZEITPLAN-STATUS: 06 TAGE 21 STUNDEN 29 MINUTEN
> ZEITPLAN-SICHERHEITSFRIST: UEBERSCHRITTEN
> ZEITPLAN-ABWEICHUNG: 06 STUNDEN 11 MINUTEN
> ZEITPLAN EINSCHLIESSLICH ZEITPLAN-SICHERHEITSFRIST:
> UEBERSCHRITTEN

McLelan musterte die Ziffern besorgt. Der Rückstand gegenüber dem Zeitplan hatte sich weiter verringert, aber sie hatten keinerlei Sicherheitsmarge mehr.

»Sie haben wieder ein wenig aufgeholt«, stellte Stenvar fest. Der Programmierer saß neben ihm und hatte seinen Blick bemerkt.

Der Kommandant nickte. »Eine halbe Stunde fast«, bestätigte er. »Aber nicht den gesamten Rückstand.«

»Theoretisch haben wir noch zwanzig weitere Tage«, sagte Stenvar nachdenklich. »Aber praktisch ist unsere Zukunft in zweieinhalb Tagen entschieden.« Er lehnte sich zurück und sah McLelan ins Gesicht. »Wenn wir es bis dahin nicht geschafft haben, schaffen wir es überhaupt nicht mehr.«

»Wir haben bereits darüber gesprochen«, bemerkte der Kommandant. »Wahrscheinlich ist es so.«

»Mit ziemlicher Sicherheit, soviel weiß ich jetzt«, entgegnete der Programmierer. »Ich habe den Computer noch einmal eine Simulation durchführen lassen. Danach wird die SETERRA bereits bei einer Verzögerungsbelastung von einskommaeins G gefährdet sein. Wir werden mit Explosionen rechnen müssen, selbst wenn wir rechtzeitig fertig werden sollten, das Triebwerk zu reparieren.«

»Sofern die eingegebenen Daten stimmen«, schränkte McLelan trocken ein.

»Sie stimmen natürlich nicht«, nickte Stenvar. »Aber ich habe Optimum-Angaben genommen, die wirklichen Zahlen sind unter Garantie schlechter.« Er erwiderte den Seitenblick mit ernster Miene. »Ich fürchte, selbst ein G wird die SETERRA ruinieren. Es sieht so aus, als hätten wir kaum noch eine Chance, lebend davonzukommen.«

McLelan nickte widerstrebend. »Ich dachte es mir bereits. Aber das Wichtigste ist, daß das Triebwerk lange genug arbeitet. Die Schiffszelle kann meinetwegen nach Brennschluß auseinanderbrechen, solange die Trümmer eine Umlaufbahn um den Zielstern beschreiben und nicht wieder im interstellaren Raum verschwinden.«

»Wir werden es erleben«, meinte Stenvar. »Auf jeden Fall habe ich den Computer auf ein Programm angesetzt, das für zwei, fünf und zehn Tage weiterer Verzögerungen ein Zündprogramm ausarbeitet. Notfallprogramme für diese Fälle sind nur in Grundzügen vorhanden, aber ich glaube, wenn es etwas auf diesem Schiff im Überfluß gibt, dann Programmrahmen und Rechenzeit.«

»Ich hoffe, daß wir sie nicht brauchen werden«, erklärte McLelan. »Noch einmal fünf oder zehn Tage halten Aaram und die anderen nicht durch.«

»Wir auch nicht«, sagte Stenvar. »Harl hat mir gestern gesagt, daß der Computer die ersten von uns in ein, zwei Tagen als *nicht einsatzfähig* einstufen wird.« Er lachte düster. »Das wird uns zwar nicht daran hindern können weiterzuarbeiten, aber wir stehen vor dem Zusammenbruch, soviel ist sicher.«

»Um das zu erkennen, brauche ich kein medizinisches Überwachungsprogramm mehr«, stellte McLelan bitter fest.

»Das braucht keiner von uns mehr«, versetzte Stenvar. »Wir fühlen die Anzeichen am eigenen Körper… ein Wiederaufleben der Allergien, welche Druckanzüge, Umwälzanlagen und Helox verursachen, die Verdauungsstörungen und Magenkrämpfe, die wir der Konzentratnahrung und diesem wiederaufbereiteten Schmierfett verdanken, das man uns als Verpflegung untergeschoben hat, Atembeschwerden wegen der geringen Luftfeuchtigkeit, Hautausschlag, niedriger Blutdruck, eine Art schleichende Strahlenpest…« Er hob die rechte Hand vor sein Gesicht und musterte die bläulichen Adern, die durch die blasse Haut zu erkennen waren. »Ich glaube, diese letzte Verzögerungsphase wird einige von uns mit Knochenbrüchen ins Lazarett bringen. Während der ersten Verzögerung waren wir die meiste Zeit in den Sarkophagen oder konnten das Triebwerk von hier aus überwachen, aber diesmal wird es härter.« Er nahm die Hand wieder herab. »Wir werden jedenfalls die letzten sein, welche die Planetenoberfläche betreten können, auch wenn wir sie als erste gesehen haben.« Er bemerkte McLelans verbitterten Gesichtsausdruck nicht. »Denn bis unsere Skelette wieder stark genug sind, Schwerkraft zu ertragen, sind die Dehibernationen bereits zu einem großen Teil ausgeführt.

Und zu allem Überfluß schlafe ich in letzter Zeit auch nicht mehr besonders gut.«

»Was?« fragte McLelan schärfer als beabsichtigt und hob hastig den Kopf.

Der Programmierer schien seine Reaktion nicht bemerkt zu haben. »Ich wache manchmal naßgeschwitzt und zitternd auf, und vor allem kann ich nicht einschlafen.« Er verzog das Gesicht. »Bis vor einigen Wochen schlief ich wie ein Soldat: nicht besonders tief, aber sofort. Seitdem ist es mehr und mehr, als wehre sich der Körper gegen Schlaf. Vielleicht eine Hiber-Nachwirkung... wir sind einige Monate ununterbrochen außerhalb der Sarkophage gewesen.«

McLelan atmete tief ein. »Haben andere ähnliche Schwierigkeiten?« fragte er gezwungen beiläufig.

»Ich weiß es nicht. Lana hat sich ein Schlafmittel besorgt, vor zwei Tagen, glaube ich. Aber bisher hat sich niemand bei mir darüber beklagt.« Stenvar sah den Kommandanten achselzuckend von der Seite an. »Aber für solche Beschwerden ist Harl zuständig, nehme ich an. Wenn die Belastung abnimmt, wird sich das sowieso wieder legen. Streßsymptome, davon bin ich überzeugt.«

»Ja, wahrscheinlich«, bestätigte McLelan zerstreut und ohne echte Überzeugung, während er an die Befürchtungen des Arztes dachte, die er in den letzten Tagen völlig vergessen hatte. Sie schwiegen einige Zeit.

Der Progammierer sah nachdenklich auf den großen Bildschirm. »Ich weiß nicht recht, was ich von diesem Lichtfleck halten soll«, meinte er schließlich.

»Weshalb?« fragte McLelan, ohne den Kopf zu heben.

»Weil wir im Grunde keine Ahnung haben, was sich dahinter verbirgt«, erklärte Stenvar nüchtern. »Es könnte alles mögliche sein... eine lebensfeindliche, sterile Welt, eisig und stürmisch, oder mit einer heißen, dichten, nicht atembaren Atmosphäre und einer toten Gesteinsoberfläche, auf der nicht einmal einfache Lebensformen existieren können.« Er warf McLelan einen versonnenen Blick zu. »Ich muß immer wieder an ein Leuchtfeuer denken, wenn ich diese beiden Lichtflecken sehe.«

»Leuchtfeuer?«

»Ja, Lichtzeichen. Wie ein Leuchtturm, der Schiffen auf See als Orientierungsmarke dient, um sie vor Untiefen oder Riffen zu warnen oder Fluchthäfen anzuzeigen.«

»Und?«

»Es gab auch andere Leuchtfeuer«, erklärte Stenvar nachdenklich. »In der Ära der großen Segelschiffe. An einem verlassenen Küstenstreifen wurde ein großes Feuer entfacht, und die ihm folgten, liefen auf Grund und versanken in der Brandung, während die Küstenbewohner das Strandgut aufsammelten.« Er deutete auf den Bildschirm. »Wer weiß, welche Gefahren sich hinter diesem Leuchtfeuer verbergen.«

»Wylam hat vor einer Zeit eine ähnliche Bemerkung gemacht«, erinnerte sich McLelan. »Aber er meinte nicht den Planeten... nicht Eden... sondern den Zielstern selbst.«

»Und was hat er gesagt?«

»Er äußerte, wir würden auf den Stern zufliegen wie *eine Motte auf eine Gasfackel.*«

»Und ebenso enden«, ergänzte Stenvar mit einem gezwungenen Lächeln. »Ein wenig morbide, diese Vorstellung.«

»Seine Gedanken scheinen schon immer ein wenig makaber gewesen zu sein«, meinte McLelan. »Manchmal frage ich mich, wie er mit seiner Fantasie die Alpträume überstanden hat. Er ist so ein unbeständiger Charakter... mal gleichgültig und eiskalt, dann wieder aggressiv und erregbar.«

»Ich habe Wyl noch niemals lachen sehen«, stellte der Programmierer nachdenklich fest. »Aber früher ist er nicht so gewesen... vor dem Zusammenbruch, meine ich.«

»Der Krieg hat uns alle verändert«, sagte der Kommandant. Er deutete auf den Sichtschirm. »Wie immer diese Welt letztendlich aussehen mag, eine zweite Erde wird sie nicht sein... schon deshalb nicht, weil *wir* nicht mehr dieselben Menschen sind.«

»Aber selbst dann, wenn sie tot und steril sein sollte, können wir sie wenigstens beleben«, hielt Stenvar dagegen. »Auf der Erde wären wir gestorben.«

McLelan sah den Programmierer zweifelnd an. »Manchmal, wenn *ich* nicht einschlafen kann, frage ich mich, ob es nicht möglich gewesen wäre, den Megalopolen beizustehen und sich mit dem Gürtel zu einigen«, erklärte er nachdenklich. Stenvar lachte bitter.

»Nachdem Ceres zerstört worden ist?« Er schüttelte den Kopf. »Meine Eltern stammten aus dem Gürtel. Ich habe sie nie ganz verstanden, aber eines weiß ich, nachdem eine der Asteroiden-Oasen vernichtet wurde, gab es keine Möglichkeit zu einer Einigung mehr. Der Gürtel war immer von den wenigen Basen abhängig, die sie unter großen Opfern geschaffen und erhalten hatten. Ceres zu sprengen, war… blasphemisch.«

McLelan nickte. »Wie alles, was getan worden ist in diesem Krieg. Erst die lautlosen, blutigen Schläge, die irgendwo im All ausgeteilt wurden, Schiffe vernichteten und Menschen in atomare Asche verwandelten, Gefechte, die keine Spuren und keine überlebenden Opfer hinterließen. Dann der erbitterte, schleichende Krieg in der Antarktis, bis sie taktische Atomwaffen einsetzten und schließlich die ganze riesige, gepanzerte Masse Antarktis-Eis auseinandersprengten. Millionen Tonnen Eis, Millionen Tonnen Wasser…«

»Ein erdgeschichtliches Ereignis«, meinte Stenvar ironisch. »Zwischeneiszeiten sollen von solchen Katastrophen eingeleitet worden sein.«

Der Kommandant nickte geistesabwesend. »Ich war im All, als sich die Megalopolen schließlich gegenseitig austilgten. Die meisten der Fernlenk-Gefechtsköpfe haben ihre Ziele nie erreicht, aber sie sind alle explodiert. Alle, und keiner weiß, wie viele es wirklich waren.«

»Auf der erdabgewandten Seite des Mondes hat man wenig davon gesehen«, sagte Stenvar.

»Es war ein schrecklicher Anblick… zwei brennende Kontinente, die nördliche Hemisphäre in Asche und Feuer verborgen. Eineinhalb Milliarden Soforttote, noch einmal so viele wenig später tot… verstrahlt, verhungert, verdurstet, erschossen. Globale Schäden, eine zerfetzte Ozonschicht, harte Strahlung, und dann der Winter und die Gletscher.« McLelan schwieg. »Angeblich konnten nicht einmal die Megalopolen, die nicht behelligt worden waren, abgeschirmt und gesichert werden.« Er lachte bitter. »Zumindest behaupteten dies die Militärexperten.«

Stenvar nickte zögernd. »Ich bin geneigt, ihnen zu glauben. Ihre Analysen waren folgerichtig, sie klangen überzeugend, und außerdem war es beruhigender, an sie zu glauben, wenigstens für alle, die auf dem Mond mit dem Material arbeiteten, das in den Megalopolen demontiert worden war. Sterile, ölige, tote Meere, kontaminiertes Gelände, verseuchter Wind, radioaktive Asche, die alles bedeckte, und dann das Erwachen der Gletscher, als mit den Eismassen der antarktischen Schelfplatte der Winter kam, der erste wirklich kalte Winter seit Jahrzehnten.« Der Programmierer sah den Kommandanten an. »Mit ihm kam das Ende aller Zweifel, noch ehe der Gürtel die Asteroiden gegen die Megalopolen einsetzte.«

»Eibermend hätte sonst ein Ende aller Zweifler daraus gemacht«, murmelte McLelan düster.

Stenvars Gesicht verriet nichts von seinen Gedanken. »Mißtrauen Sie den Analysen des Wissenschaftsstabes?«

»Es war immerhin ein Wissenschaftsstab der Armee«, erwiderte McLelan, »und er lieferte die angeforderten Ergebnisse.«

Stenvar nickte. »Okay, möglicherweise hätten einige der Megalopolen gegen das kontinentale Gletschereis und die harte Strahlung, die in die Atmosphäre ungehindert eindringen konnte, verteidigt werden können. Allein in Washton lebten noch fast fünfzig Millionen Menschen, nicht einhunderttausend gefrorene Leichen, wie wir sie an Bord haben. Vielleicht hätte man trotz Mangel an fossilen Energieträgern, trotz zerstörter Ökobiosphäre die Megalopolen vor ihrem Ende bewahren können.« Er blickte achselzuckend auf sein abgeschaltetes Datensichtgerät. »Aber der Gürtelkrieg hat alle diese Aussichten zunichte gemacht.«

McLelan nickte finster.

»Abgesehen davon«, ergänzte Stenvar, »welche Motive sollten den Militärrat bewegt haben, die Megalopolen aufzugeben, wenn sie überlebensfähig gewesen wären?«

»Die Megalopolen waren militärisch nicht kontrollierbar«, sagte der Kommandant einfach. »Ein Versuch, die Macht mit Waffengewalt an sich zu reißen, hätte den Militärrat in einen Bürgerkrieg gestürzt, bei dem die Megalopolen zwangsläufig zerstört oder zumindest so schwer beschädigt worden wären, daß sie innerhalb weniger Monate hätten verlassen werden müssen.«

»Das haben Sie gesagt«, stellte der Progammierer fest. »Für einen Offizier sind das fast ketzerische Ansichten.«

»Kilroy ist tot, und ich kenne die Überwachungs- und Abhörprogramme«, erklärte McLelan mit einem bedrückten Lächeln. »Außerdem kenne ich die Gedankengänge meiner vorgesetzten Offiziere.« Sein Gesicht verfinsterte sich. »Gerade deshalb werde ich das Gefühl nicht los, daß wir in dem Moment, in dem wir den Mondorbit verließen, bereits mehr als zweihundert überlebende Menschen dem sicheren Untergang ausgeliefert haben.«

»Etwas Derartiges glaube ich nicht einmal vom Militärrat.«

»Weshalb?« fragte McLelan. »Es steht fest, daß der Militärrat mitleidlos die letzten Sicherheitsreserven der Megalopolen ausgeraubt und sogar vor dem Einsatz von Waffen nicht zurückgeschreckt ist, um das REFUGEE-Projekt weiterzuführen. Mehr als achtzig Techniker sind während der Montage im freien Fall gestorben, aber gleichzeitig starben auf der Erde über siebzigtausend Menschen, als es in einer der Megalopolen zu einem Aufstand kam, nachdem große Teile der Lebenserhaltungssysteme demontiert worden waren. Ganze Stadtviertel haben wir mit schwerer Artillerie ausradiert, um die Wasseraufbereiter und Oxygen-Recycler zu beschaffen, die *uns* mit Atemluft und trinkbarem Wasser versorgen.«

»Aus welchem Grund sollte der Militärrat die Megalopolen im Stich gelassen haben, obwohl er die Macht besaß, sie zu zerstören?«

»Eibermend wollte herrschen, nicht vernichten. Aber der Militärrat, mit dem der amerikanisch-eurasische Megapolblock den Mond kontrolliert hatte, war nur einer von mehreren Machtfaktoren im Sol-System. Da war der Gürtel, da waren die Kampfschiffe der Afroasia-Flotte, die entkommen konnten, allesamt atomar bewaffnet, und da waren die übriggebliebenen Megalopolen, Washton allen voran. Die Erde konnte gegen Angriffe aus dem All genausowenig verteidigt werden wie der Mond. Sie hätten kämpfen müssen, jahrelang, vielleicht jahrzehntelang. Sie hätten sich anpassen müssen, Kompromisse schließen müssen. Sie hätten ihre Vorhaben nicht so verwirklichen können, wie sie es wollten. Sie konnten die Megalopolen vernichten, aber nicht die regulären Sektionsverwaltungen absetzen. Es gab eben nicht zu wenige, sondern noch zu viele Menschen, die man auch mit Atomwaffen nicht mehr kontrollieren konnte. Menschen, die alles hinter sich hatten.«

Er sah Stenvar an. »Außerdem haben die Asteroideneinschläge und die katastrophalen Erdbeben, die danach kamen, das Gesicht der Erde tiefer entstellt als alle Atomexplosionen. Manchmal denke ich, daß wir die Erde nicht wiedererkennen könnten, wenn wir sie noch einmal sehen würden... Millionen Tonnen von Gesteinsstaub in der Atmosphäre, die Umlaufbahnen mit den Metalltrümmern der FOB-Systeme und ABM-Stationen praktisch vermint und unpassierbar.«

McLelan lachte kalt. »Als wir den Mondorbit bereits verlassen hatten, meldete eine der Außenbasen, daß eine Seite einen Gaskometen oder eine riesige Lithium-Masse in die Sonnenphotosphäre gelenkt habe. Wahrscheinlich haben die Strahlungsausbrüche bis in den Asteroidengürtel alles sterilisiert. Ich weiß nicht, ob der Militärrat davon informiert war oder ob er es sogar selbst getan hat, aber im Sol-System konnten sie nicht bleiben.«

»Also deshalb hat sich der Militärrat für den langen Marsch entschieden.«

»Meiner Ansicht nach wenigstens«, schränkte McLelan ein.

»Es sieht nicht danach aus, als habe der Militärrat die SETERRA besser unter Kontrolle bringen können als die Erde«, meinte der Programmierer trocken.

»Das ist richtig«, gab der Kommandant zu und strich sich mit der linken Hand eine ergrauende Haarsträhne aus dem Gesicht. »Aber nachdem man mit dem Projekt erst einmal wieder angefangen hatte, entwickelte es ein Eigenleben, und man mußte es zu Ende führen. Das war schon durch die Eigenschaft bedingt, die obere Dienstgrade *militärische Zähigkeit* nennen.«

»Was etwa dem entspricht, das vom technischen Stab als *Materialstarre* bezeichnet wird«, erinnerte sich Stenvar ironisch.

McLelan nickte. »Wir befinden uns mit einhunderttausend möglichen Überlebenden auf dem Weg zu einer Welt, die vielleicht bewohnbar ist. Es wäre denkbar, daß dem Militärrat verläßliche Daten vorlagen, vielleicht auch nicht, jedenfalls haben sie alles riskiert. Auch uns.«

»Entweder eine zweite Erde oder das Ende.«

»Exakt. Wenn wir eine Erdenwelt finden, werden die Machtverhältnisse erhalten bleiben, und der Militärrat ist der Solhölle entronnen. Wenn nicht… na, wir sind so oder so diejenigen, die am wenigsten von alldem haben werden… abgesehen von denen, die auf der Erde krepiert sind, oder im Gürtel.«

»*Sie* aber nicht«, wandte Stenvar ein. »Der Militärrat wird Sie nicht vergessen.«

»Wenn man mich nicht als mögliches Sicherheitsrisiko beseitigen läßt, wird man mich früher oder später doch abschieben, obwohl ich mich *verdient* gemacht habe.« McLelan schüttelte den Kopf. »Und wenn nicht, dann sind trotzdem die Techniker, Wissenschaftler und sogar die Soldaten betrogen worden. Ich habe nicht alle Kritikfähigkeit verloren, als ich Offizier wurde, und die Absichten des Militärrates, soweit ich sie überhaupt erkennen kann, gefallen mir nicht, und daß ich viele ihrer Absichten nicht kenne, beunruhigt mich noch weit mehr. Vendelt, Cayne, Atherlee, Arden... sie planen etwas, das weit über alles hinausgeht, was wir uns vorstellen, was wir fürchten können. Sie planen in anderen Maßstäben als Sie oder ich, und es sind diese Maßstäbe, diese Absichten gewesen, die die Erde vernichtet haben. Am Ende wird es uns auf einer zweiten Erde vielleicht ebenso ergehen wie auf der ersten.«

»Es ist schon schlimm genug, daß wir Frachtraum freihalten mußten, um Atomwaffenträger und militärisches Gerät unterzubringen«, stimmte der Programmierer nachdenklich zu. »Frachtraum, in dem lebenswichtige Ersatzteile, Geräte oder Medikamente hätten mitgenommen werden sollen.«

McLelan nickte. »Wir haben auf der Erde vieles zu einem Ende gebracht«, sagte er verbittert.

»Aber den Krieg nicht?«

»Ja. Den verdammten Krieg haben wir nicht beendet.«

CET 05.11.24.59

Der Raumschlepper schwebte exakt im Zentrum der Brennkammerglocke, im Brennpunkt der zweiundsiebzig Laser. Das Licht der Scheinwerfer fiel auf die mörserähnliche Öffnung des Injektorturms und brach sich in den Glaslinsen, die in regelmäßigen Abständen zwischen den Magnetzellen glitzerten, einen Ring starrer Augen bildend. Das Gittergerüst und die Reflektorplatten, die es bedeckten, schirmten das Innere der Brennkammer völlig ab, und nur in Heckrichtung war der Blick auf die Sterne frei, und auf den Lichtfleck, als der Zielstern erschien.

Die Druckanzüge von Whelles und Northon leuchteten hellweiß im Lampenlicht. Die beiden Technikerinnen hingen neben der Injektormündung, beide statt mit EVA-Versorgungskabeln mit eigenen Atemtanks ausgerüstet. Die Helmscheinwerfer zeichneten unförmige Schatten in das Gittergerüst, das hinter drei seitwärts driftenden Stahlplatten der reflektierenden Verkleidung sichtbar wurde. Sie waren mit Magnetseilen an das Gerüst gekoppelt, damit sie nicht zu weit abdrifteten. Die Innenpanzerung der Brennkammerglocke, zum Schutz gegen Strahlung und hohe Temperaturen ausgelegt, war mit einer spiegelnden Schicht bedeckt, die während des jahrelangen Betriebs des Hauptantriebs Risse und Flecken bekommen hatte. In den Bereichen der Brennkammer, in die kein Licht gelangte, wirkten die Reflektorplatten schwarz, im Licht der Scheinwerferbatterie dagegen wurden sie zu blendenden Spiegelfacetten. Der grelle Widerschein behinderte die beiden Frauen, die deshalb die trüben Sichtfilter der Helme herabgezogen hatten. Whelles hantierte mit einem Spezialwerkzeug, einer Rotationsmaschine, die mit drei Magnetbeinen fest am Gerüst montiert werden mußte und dann mit Bohrköpfen, Schleifsätzen oder Schraubaufsätzen ausgerüstet wurde.

Hinter Northon, mit zwei Kabeln im Gerüst verankert, schwebte eine Magnetzelle besonderer Art, ein bogenförmiges Gebilde, das am Injektorausgang montiert werden mußte. Dieser Austrittsmagnet dirigierte mit fünf weiteren den Flüssigwasserstoff-Strahl in den Laserfokus, und der Ausfall dieses Zellenringes war wahrscheinlich eine der Ursachen für das Triebwerksversagen gewesen. Um langwierige Untersuchungen zu vermeiden, wurden intakte Magnetzellen eingesetzt und der gesamte Dirigierungsring komplett ersetzt. Die anderen fünf

Ringsegmente waren bereits ausgewechselt worden, an dem letzten arbeiteten Whelles und Northon bereits seit zwanzig Minuten.

Im Bereich der Brennkammer, besonders um den Injektorturm herum, war alles Material radioaktiv verseucht. Die energiereiche Neutronenstrahlung, die monatelang während der Fusionsprozesse freigesetzt worden war, hatte die Reflektorplatten, die Magnetzellen und das Gerüstgestänge selbst angeregt, und jetzt ging auch bei abgeschaltetem Antrieb eine gefährliche Radioaktivität von dem Material der Reaktionskammer aus. Im Bereich des Injektorblocks, der am nächsten zum Brennpunkt lag, am Ende eines turmförmigen Ausläufers, in dem die Flüssigwasserstoffröhre und die Versorgerkabel verliefen, war diese Sekundärstrahlung am größten.

Die beiden Technikerinnen wußten, daß sie mit jeder Minute weiter in die kritische Phase gerieten, in der ihr Körper die unmittelbaren Wirkungen der Strahlung nicht mehr niederzukämpfen vermochte. Bereits in den nächsten zwanzig Tagen würden die ersten Symptome einer Schädigung des Knochenmarks und der blutbildenden Organe auftreten. Mit jeder Minute, die sie bereits im Heckbereich verbracht hatten, war auch die Wahrscheinlichkeit, in späteren Jahren an Krebs zu erkranken, gestiegen. Northon hatte die Anzeigen der Strahlendetektoren mit der Bemerkung aufgenommen, sie würden sowieso nicht mehr alt genug werden, um noch die Gelegenheit zu haben, an Strahlenkrebs zu sterben, und ihre Kollegin reagierte, indem sie den Geigerzähler abschaltete, da das beharrliche Warngeräusch sie irritierte. Sie beide waren die einzigen überlebenden Spezialisten, welche die Außenarbeiten am Injektorturm durchzuführen imstande waren, und auch wenn die Folgeschäden für sie tödlich wären, würde das Triebwerk instand gesetzt werden.

Die Reparaturgruppe hatte den Zeitplan wieder eingeholt und eine Sicherheitsfrist von zweiundzwanzig Minuten erreicht. Tatsächlich mußten nur noch die Außenarbeiten am Injektorblock ausgeführt werden. Während die anderen sechs Mitglieder der Gruppe in der Heckzentrale und auf dem Hangardeck die letzten Vorbereitungen trafen, setzten sich die beiden Frauen verbissen und fluchend mit den Schwierigkeiten auseinander, die in letzter Minute aufgetaucht waren.

Bei den Erschütterungen, denen das Triebwerk ausgesetzt gewesen war, hatten sich auch Risse im Gerüst gezeigt, und eine der beschädigten Stellen lag direkt neben dem Injektor. Die Demontage der Reflektorplatten hatte sich als nicht durchführbar erwiesen, da die Verkleidung im Gerüst verkantet war, nachdem dieses sich verbogen und verformt hatte. Die Platten mußten in mühsamer Arbeit einzeln herausgeschweißt werden, ebenso einzelne Teile des Gerüstes. Die Abschirmung des Injektors sollte anschließend durch einen zähflüssigen Spezialstoff ersetzt werden, der innerhalb weniger Sekunden im Vakuum erstarrte. Der Tank mit dem geleeartigen Material schwebte neben Northon, die einen Handscheinwerfer auf die beschädigte Stelle des Gerüstes gerichtet hatte, damit Whelles, die zwischen der zerstörten Region und der Lampenbatterie des BULLOCKs stand, genug erkennen konnte. Jede Bewegung war gefährlich, denn aus dem verformten Gerüstgitter ragten zerschnittene, gekrümmte Streben heraus, deren scharfe Kanten ebenso wie die unregelmäßigen Schnittstellen der Panzerplatten in der Lage waren, den Anzugstoff der Druckanzüge aufzutrennen oder die Visierscheibe einzuschlagen. Die zahlreichen Werkzeugteile und Trümmerstücke, die zwischen den Technikerinnen und den abmontierten Teilen hingen, erleichterten die Arbeiten keineswegs.

Whelles stützte sich mit der linken Hand an der Verkleidungsfläche ab und drückte mit der anderen die defekte Magnetzelle zur Seite, die behäbig in Richtung auf den Raumschlepper trieb.

»Endlich«, stellte sie fest und starrte mißmutig in die dunkle Höhlung, die im Gerüst zurückgeblieben war. SPL- und Kühlmittelröhren ragten in den bogenförmigen Raum.

»Wenigstens sind die Anschlüsse intakt«, fügte sie hinzu und streckte vorsichtig den rechten Arm aus, um die Adapter des Stromkabels zu überprüfen.

»Um ehrlich zu sein, das hätte ich nicht mehr erwartet«, erklärte Northon bitter. »Bis jetzt hat uns das Schiff jeden Schritt so schwergemacht, wie es eben möglich war.«

»Jetzt hat es aufgegeben«, erklärte Whelles mit einem erleichterten Grinsen. »Noch eine Viertelstunde, und dann haben wir es geschafft.«

»Gerade das macht mich mißtrauisch. Überprüfen wir die Anschlüsse besser auch.«

»Meinetwegen«, gab die Triebwerkstechnikerin nach. »Schaden kann es nicht.« Ihre Stimme klang ein wenig rauh aus dem Helmlautsprecher, trotz des Helium-Sauerstoff-Gemisches, das die Stimmlagen höher erscheinen ließ. Sie nahm ein Meßgerät, das sie mit Magnetplatten an die Injektorverkleidung geheftet hatte, und setzte es vorsichtig auf das Koppelstück des SPL-Kabels. Eine grüne Lampe leuchtete auf, ebenso bei den anderen beiden Kabeln.

»Okay«, meinte Northon und nahm das Prüfgerät entgegen. »Was ist mit der Kühlung?« fragte sie dann, während Whelles einen Temperaturmesser nahm und an das Endventil der Kühlmittelröhre hielt.

»Positiv«, stellte sie fest und reichte der Magnetsystem-Spezialistin auch das zweite Prüfgerät. »Die Röhren sind kalt bis zwei Kelvin.«

»Setzen wir die Zelle ein«, entschied Northon. Sie wandte sich um und ergriff mit der linken Hand die bewegungslos neben ihr hängende Magnetzelle. Mit der rechten Hand am Gerüst bugsierte sie das bogenförmige Gebilde vor den Montageraum. Whelles legte die rechte Hand auf die andere Seite, hielt sich mit der linken an einer Strebe fest, und langsam drückten sie die Magnetzelle hinein, bis ein schwacher Ruck anzeigte, daß die Adapter der Kabel und Röhren in die Steckkontakte eingerastet waren.

»Stop«, kommandierte Whelles und nahm den Handschuh von der Verkleidung, legte ihn an die linke Seite ihres Helms und schaltete das weitreichende Funkgerät ein.

»Aaram?«

»In der Zentrale«, meldete sich der Ramjet-Techniker. »Fertig?« Da die Außenantenne an einer ungünstigen Stelle montiert worden war, klang seine Stimme sehr undeutlich.

»Noch lange nicht«, erwiderte Whelles trocken. »Wir haben gerade die letzte Zelle eingesetzt. Wie sind die Anzeigen?«

»Augenblick... grün. Alles intakt.«

»Koppelung hergestellt?«

»Sowohl Kühlung als auch Stromversorgung befinden sich in Bereitschaft, die Kontrollkabel sind eingeschaltet. Sobald ihr aus der Brennkammer heraus seid, starten wir den kalten Probelauf.«

»Wir werden noch einige Zeit brauchen«, entgegnete sie.

»Weshalb?«

»Wir müssen eine Abschirmung installieren. Die Verkleidungsplatten sind unbrauchbar, wie wir es uns bereits gedacht hatten.«

»Wie lange?«

»Fünfzehn Minuten wahrscheinlich. Wir melden uns, wenn wir aus dem Magnetfeldbereich heraus sind.«

»Verstanden.« Cerner fluchte. »Damit hätten wir unsere Sicherheitsfrist praktisch wieder eingebüßt. Ende.«

»Ende und aus«, sagte Whelles nüchtern und schaltete wieder ab.

»Was machen wir zuerst?« fragte Northon nachdenklich.

Die Triebwerkstechnikerin musterte die glatte Oberfläche der Magnetzelle. »Füll die Lücken mit Plaststoff aus«, entschied sie dann und leuchtete mit ihrer Helmlampe die oxydierten Ränder der angrenzenden Reflektorplatten an, aus denen sie Teile herausgeschnitten hatten, um an die verbogenen Streben heranzukommen. »Anschließend werde ich versuchen, ob wir die Deckplatte wieder einsetzen können.«

»Die Streben sind zu stark verformt«, meinte Northon zweifelnd.

»Die schlimmsten Stellen haben wir herausgeschweißt«, erwiderte Whelles. »Außerdem können wir die Platte ein wenig zurechtschneiden.«

»Mir soll es recht sein«, stimmte die Magnetsystemexpertin zu und bewegte sich zu der Schadstelle, mit den Magnetstiefeln an der intakten Verkleidung haftend. In der rechten Hand hielt sie die Mündungspistole des Schlauches, der mit dem Plaststofftank verbunden war. Der Handscheinwerfer driftete an einem armlangen Sicherungskabel neben ihr her. Sie betrachtete mißtrauisch die scharfkantigen Ränder der die Schadstelle einrahmenden Panzerplatten und beugte sich dann über sie. »Mal sehen, ob sich das Zeug noch so verhält, wie es sich verhalten soll«, murmelte sie und drückte auf den Freigabeknopf. Ein fingerdicker Strahl des zähen Plaststoffes wurde aus der Mündung gedrückt und stieß mit nicht einmal geringer Geschwindigkeit in die Freiräume um die Magnetzelle. Das Material verhärtete sich innerhalb weniger Sekunden, während das Treibgas und das in ihm enthaltene Lösungsmittel im Vakuum ausgaste. Sie bewegte die Spritzpistole ein wenig und begann, die Lücken systematisch zu füllen, bis das Plastmaterial auch den Rand der zerschnittenen Reflektorplatte bedeckte. Dann wandte sie sich der zweiten zu.

»Wir sollten diese Streben ebenfalls abschneiden«, meinte sie, während sie den Plaststoff um drei armlange, nach außen gebogenen Stahlstangen verteilte.

»Das dauert viel zu lange«, erklärte Whelles. »Gerade deshalb habe ich sie ja mitsamt der Panzerplatte herausgebogen.«

»Was ist mit den Unregelmäßigkeiten im Magnetfeld?« fragte Northon zweifelnd.

Die Triebwerksspezialistin musterte die Streben. »Vernachlässigbar«, stellte sie fest. »Geringe Masse, paramagnetisches Material, ausreichende Entfernung vom Reaktionspunkt... keinerlei meßbaren Einfluß.«

»Sicher?« fragte Northon zerstreut, während sie die Magnetsohlen abschaltete und sich an einer der Streben weiterzog.

»Bei der Stärke der Magnetfelder, die hier eingesetzt werden, auf jeden Fall«, erklärte Whelles sachlich. »Außerdem weißt du das selbst.«

Die Magnetfeldexpertin lachte. »Okay, ich gebe es zu. Aber nach diesen zehn Tagen möchte ich nichts mehr riskieren, und meinem Gedächtnis vertraue ich auch nicht mehr.« Sie setzte die Spritzpistole an und musterte kritisch den sich verfestigenden Plaststoff. »Besonders gleichmäßig sieht das ja nicht gerade aus.«

»Nebensache«, meinte Whelles trocken. »Setzen wir die verdammte Reflektorplatte wieder ein, und dann laß uns verschwinden, ehe Aaram vergißt, daß wir noch hier sind, und uns mit oszillierenden Feldern grillt. Oder Gathen wird ungeduldig und erprobt die Laser an unserem BULLOCK.«

»Auf so etwas warte ich schon die ganze Zeit«, sagte Northon grinsend.

Die Triebwerkstechnikerin antwortete nicht, sondern schob die leicht gekrümmte Reflektorplatte wieder über die Öffnung und paßte sie an den beiden Enden der Wabe, die praktisch unbeschädigt waren, wieder ein. Dann löste sie das Dreibein-Werkzeug mit dem Rotationsmotor von der Injektorhülle und heftete die drei magnetischen Beine wieder auf der Panzerung an. Ohne diese Befestigung würde die Drehbewegung, mit der das Werkzeug die Schrauben eindrehte, sich auf das Gerät übertragen und es vom Gerüst fortschleudern.

Sie setzte den Schraubenzieherkopf ein und drückte ihn auf die Kreuzschraube, dann schaltete sie ein. Geräuschlos versank die Schraube im tiefliegenden Gewinde, bis die rote Lampe anzeigte, daß die Drehbewegung gestoppt wurde. Sie schaltete ab und begann, das Werkzeug wieder zu lösen, um es an der anderen Ecke wieder anzusetzen.

»Ich frage mich, ob sich diese verzweifelte Anstrengung lohnen wird«, bemerkte Northon nachdenklich.

»Vielleicht«, erwiderte Whelles und drehte die zweite Schraube ein. »Wir haben viel Flickwerk einsetzen müssen, aber das war von Anfang an so.«

»Wir werden es bald wissen«, stellte die Magnetfeldtechnikerin fest.

»Genau«, stimmte Whelles zu und warf einen Blick auf ihr Anzugchronometer. »In ziemlich genau siebzehn Stunden.« Sie löste das Gerät wieder ab und koppelte es mit einem der drei Magnetbeine in die Mitte der Reflektorplatte, die jetzt den Blick auf die bogenförmige Magnetzelle verdeckte, dann ergriff sie das Mündungsstück des Schneidbrenners, dessen Doppeltank sie am Injektorturm verankert hatte, und musterte eine stark verformte Kante der sechseckigen Metallplatte.

»Und was machen wir, wenn es schiefgeht?«

Whelles schaltete den Schneidbrenner ein und betrachtete prüfend die bläulich-blasse Flamme, die selbst gegen den schwarzen Plastikstoff ihres Handschuhs nicht einfach zu erkennen war, und richtete die Mündung auf die Kante. Das Metall glühte auf und schmolz.

»Warten, nehme ich an«, meinte sie gleichmütig. »Vielleicht noch einmal von vorne anfangen.«

»Das halten wir nicht mehr durch«, entgegnete Northon. »In zwei, drei Tagen sind alle, die im Heck waren, *nicht einsatzfähig*, wie es der Computer nennt, in Behandlung wegen Strahlenkrankheit, Kreislaufkollaps und Erschöpfungszuständen.«

»Dann werden wir eben warten«, erwiderte die Triebwerkstechnikerin nüchtern. »Bis wir es leid sind und die Ventile öffnen.«

Northon lachte zynisch. »Ja, das wird es wahrscheinlich sein.« Sie sah ihr kopfschüttelnd zu, während die schmale Flamme die Metallplatte funkensprühend und mit quälender Langsamkeit auftrennte.

»Was bringt uns nur dazu, bis zum letzten Atemzug zu kämpfen?« fragte sie nach einiger Zeit.

»Selbsterhaltungstrieb«, antwortete Whelles zerstreut, den Blick auf die Flamme gerichtet.

»Und? Eine Bezeichnung, mehr nicht. Wir wissen, daß wir praktisch keine Chance mehr haben, und wir verbeißen uns in den geringen Rest, mit einer Zähigkeit, wie sie nicht einmal Tiere zeigen. Dabei sind wir in der Lage, die Aussichtslosigkeit unserer Lage zu erkennen. Tiere sind nicht einmal zu dieser Einsicht fähig.«

»Mir scheint, Marge Northon will aufgeben«, mutmaßte die Antriebsexpertin und warf ihr einen kurzen Blick zu, ehe sie wieder auf die Schweißstelle blickte.

»Verdammt, das ist es ja gerade«, fluchte Northon. »Ich glaube fest daran, daß wir in diesem elenden Riesensarg gefangen bleiben, bis wir Staub sind. Ich warte auf die Katastrophe, und jeder Augenblick, der vergeht, ohne daß etwas geschieht, verstärkt meine Zweifel nur.« Sie lachte bitter. »Und trotzdem arbeite ich bis zur Erschöpfung, als wäre

219

ich davon überzeugt, daß wir überleben könnten, wenn wir nur lange genug dafür kämpfen... lange genug leiden.«

»Du bist auch nur ein Mensch«, sagte Whelles einfach und trennte die letzte Stelle ab, die das verformte Stück mit dem Rest der Metallplatte verband. Die Brennerflamme erlosch, und sie sah abwartend zu, wie das Metall innerhalb weniger Sekunden abkühlte, als die Kälte des Raums wieder ungehindert einwirken konnte.

»Ich glaube, ich bin unfähig, nach meinem Wissen zu handeln«, seufzte Northon mit einer Stimme, in der ätzende Selbstverachtung lag.

»Das ist dasselbe«, stellte die Technikerin fest und brach den Plattenteil ab, der noch an einigen feinen Schmelzfäden hing. Dann hielt sie sich mit der einen Hand an der Strebe fest, während sie mit der anderen die Metallplatte herabdrückte, die ein wenig nachgab.

»In Ordnung. Marge, preß sie an die Strebe, während ich die dritte Schraube setze.«

»Okay«, bestätigte Northon und nahm ihre Stelle ein. Die Triebwerkstechnikerin löste das Mehrzweckwerkzeug wieder von der Reflektorplatte und arretierte es über der dritten Schraube. Dann begann sie, in vorsichtigen Drehungen, den Motor auf niedrigster Stufe belastend, die Platte auch an der dritten Ecke zu befestigen.

»Mit den anderen beiden Schrauben sollte es ausreichen«, äußerte sie überzeugt. »Die Lücke verschließen wir mit Plaststoff.«

Northon musterte den Einschnitt, den Whelles in die wabenförmige Panzerplatte hineingeschweißt hatte, und nickte. »Es müßte reichen«, stimmte sie zu. »Eine weitere Strebe darüberzuschweißen, würde zu lange dauern und nicht viel ändern.«

»Die Panzerung ist in jedem Fall von zweitrangiger Bedeutung«, setzte Whelles hinzu. »Reflexion der Hitzestrahlung, um die Magnetzellen zu schützen, das kann der Plaststoff ebensogut.«

Ihre drahtige Kollegin musterte die Stellen mit dem erstarrten Plastikmaterial skeptisch. »Ich werde auf jeden Fall eine spiegelnde Lackschicht aufsprühen«, entschied sie. »Zur Sicherheit.«

»Von mir aus«, sagte Whelles und stoppte den Motor des Werkzeugs, als die rote Lampe aufleuchtete. »Alles klar«, meinte sie dann und sah zu der nächsten Ecke der Wabenfläche, die immerhin anderthalb Meter Durchmesser hatte. »Zehn Minuten noch, dann sind wir fertig.«

Northon warf einen Blick auf ihre Sauerstoffuhr und nickte. »Wird auch langsam Zeit. Wir haben noch Gemisch für siebzehn Minuten EVA.«

»Damit wären wir auch wieder im Zeitplan«, stellte Whelles befriedigt fest und schaltete den Motor wieder ein. Die vorletzte Schraube drehte sich in die Röhrenöffnung, ein wenig unregelmäßig, weil die Plattendecke leicht verkrümmt war. Gleich darauf leuchtete die rote Lampe auf – zu früh. Whelles wollte den Motor abschalten, aber ehe sie den Schalter betätigen konnte, löste sich eines der drei Magnetbeine, mit dem sie das Werkzeug an der Wabenfläche befestigt hatte, und die Drehbewegung übertrug sich auf sie. Die Triebwerkstechnikerin ließ den Griff des Gerätes sofort los, aber die heftige Bewegung hatte sie mitgerissen und stieß sie jetzt seitwärts, gegen das Schweißgerät. Northon, die versuchte, sich abzufangen, griff ins Leere, und die Technikerin trieb auf das Injektorgerüst zu. Die längste der drei Streben, die aus der erstarrten Plastmasse ragten, strich über ihren linken Oberschenkel und zerriß das Stoffmaterial des Raumanzugs.

Das Helmmikrofon übertrug noch ein fauchendes Geräusch, dann herrschte Stille. Northon fing die Bewegung ab, die sie an der Technikerin vorbeigeführt hatte, und sah, wie Whelles versuchte, das Ventil ihres fast leeren Sauerstofftanks zu schließen, und sich hilflos drehte, ehe sie gegen das Gerüst prallte. Das zischende Geräusch des ausströmenden Atemgemischs verstummte, und sie hielt sich am Injektorturm fest. In Northons Gehirn fing eine mechanische Stimme an, einen stillen Countdown abzuzählen.

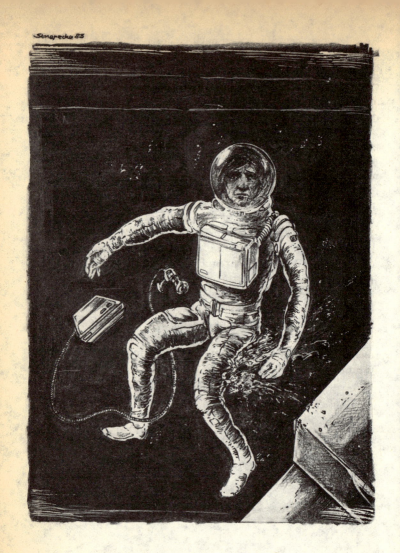

CET 05.10.41.04

DATA REPLAY

CODE: BIOCONTROLEX

KENNZIFFER: 02101

PROGRAMM: COMPUTERUEBERWACHUNG BESATZUNGS-
ZUSTAND
EXTERNES SYSTEM

START WIEDERGABE

DEATH WARNING
BIOKONTROLLE EXTERNES UEBERWACHUNGSNETZ MELDET
BEUNRUHIGENDE DATEN FÜR: ANN WHELLES
VERMUTLICHER AUFENTHALT: REAKTIONSKAMMERBEREICH
ANTRIEB
COMP-PROGNOSE: AUSFALL MOEGLICH
DEATH WARNING

ENDE WIEDERGABE

CET 05.10.40.35

Wenige Minuten waren vergangen, seit Cerner dem gerade erst zurückgekehrten Gathen das ExCom-Kontrollpult übergeben hatte, von dem aus alle EVA-Missionen überwacht werden sollten, als auf dem Sichtschirm die Warnung der Biokontrolle aufleuchtete. Da der akustische Alarm ausgeschaltet war, bemerkte der Telemetrie-Experte, der sich auf das Computerterminal auf der anderen Seite konzentrierte, die Schriftzeichen nicht. Alan Tharin sah die flackernde Computerwarnung aus den Augenwinkeln und sah auf. »Verdammt«, rief er beunruhigt. Gathen bewegte den Kopf.

»Wyl, sieh dir den Überwachungsschirm an«, fluchte Tharin. »Etwas ist schiefgegangen.«

»Möglich«, antwortete der Telemetriker zweifelnd. »Es wird wieder ein Fehlalarm sein, wie bisher.«

»Aber das externe Überwachungsnetz war bislang zuverlässig«, wandte Tharin ein und stand auf.

»Zuverlässiger als das ganz und gar verrottete Bordnetz«, erklärte Gathen gleichgültig. »Und wenn wirklich etwas geschehen ist, könnten wir ihnen nicht helfen.«

»Weshalb?« fragte Tharin scharf, während er näher kam.

»Wenn jemand so schwer verletzt ist, daß sogar die fast defekte Biokontrolle reagiert, kann er im Vakuum keine zehn Minuten überleben«, meinte der andere kalt. »In dieser Zeit kommt einer unserer Raumschlepper gerade aus dem Hangardeck. Und sollte der Raumanzug leckgerissen und das Atemgemisch verloren sein, wäre sowieso alles vergebens.«

»Sie haben Reservetanks im BULLOCK«, wandte Tharin ein und drückte sich in den Metallsessel neben Gathen.

»Wenn sie an den herankommen könnten, wäre der Alarm bereits wieder beendet, wenn er überhaupt aktiviert worden wäre«, erwiderte der Telemetrie-Experte und wies auf das Chronometer.

»Und was sollen wir machen?« fragte Tharin drängend.

»Warten«, antwortete Gathen.

»Warten, während da draußen jemand sterben wird?« fragte der Reaktortechniker heiser, aber er widersprach nicht, sondern lehnte sich verzweifelt zurück und starrte auf den Sichtschirm, auf dem unverändert die Schriftzeichen des Alarms glommen.

CET 05.10.38.11

Ihre Lippen bewegten sich, als sie versuchte, sich zu beruhigen, während die grausam geringe Zeit verstrich, die sie hatte, um Whelles zu helfen. Ein trainierter Mensch konnte im Vakuum, ohne Sauerstoff, vielleicht vier, fünf Minuten am Leben und bei Bewußtsein bleiben. Whelles' rechte Hand lag auf dem Riß im Anzug, aber wenn noch Atemluft in ihrem Anzug sein sollte, würde sie zwischen den Fingern des klobigen Handschuhs hindurchdringen. Northon sah sich hastig um, während in ihrem Kopf der Countdown unbarmherzig weiterlief. Ihr Blick fiel auf den Plaststofftank, der neben ihr hing. Sie ergriff die Spritzpistole und wandte sich wieder Whelles zu. Die Entfernung zu ihr betrug mehr als sieben Meter, und ihre Jetpacks waren ebenso weit entfernt, aber in einer anderen Richtung. In der Schwerelosigkeit, mit abgeschalteten Magnetstiefeln, war diese Distanz riesig, und selbst wenn Zeit geblieben wäre, die Magnetsohlen einzuschalten, wäre sie zu spät gekommen. Sie richtete die Spritzpistole auf die Brennkammerwand und drückte ab. Der Plaststoff schoß unter hohem Druck aus der Mündung, und der heftige Rückstoß trieb Northon vorwärts, quälend langsam, aber mit steter Beschleunigung. Angstvoll beobachtete sie den sich spannenden Schlauch. Sollte das elastische Material reißen, war Whelles tot. Das farblose Plastik streckte sich, und einen Augenblick lang zehrte die träge Masse des halbvollen Plaststofftanks ihre Bewegungsenergie auf. Dann setzte sich das massige Gebilde in Bewegung, und der Schlauch entspannte sich für einen Moment wieder. Sie wandte den Kopf und warf Whelles einen besorgten Blick zu. Die Technikerin hing bewegungslos, die linke Hand um eine Strebe des Gerüstes verkrampft. Das Licht der Scheinwerferbatterie spiegelte sich auf dem Sichtvisier, das sie Northon zugewandt hatte. Sie warf einen letzten Blick auf den Plaststoffstrahl, löste die Finger vom Druckknopf und nahm die Hände vor den Körper, um den Aufprall abzufangen. Ihr Helm schlug heftig gegen das Gerüst, aber sie beachtete das dumpfe Geräusch nicht, sondern sah sich um. Die Spritzpistole, vom sich zusammenziehenden Schlauch ein wenig zur Seite gezerrt, driftete an ihr vorbei. Sie streckte die rechte Hand aus und erfaßte sie gerade noch mit den Fingerspitzen, dann griff sie mit der linken nach. Das Gerät unter den Arm klemmend, wandte sie sich Whelles zu. Die Technikerin hatte den Sichtfilter hochgeschoben und musterte Nor-

225

thon durch das klare Glasvisier des Helms, mit einem Blick, in dem keine Furcht, sondern nur noch Gleichgültigkeit und Neugier lagen. Das rote Warnlicht innen an der Stirnseite zeigte ihr, daß im Anzug tödlicher Unterdruck herrschte. Aus Whelles' Nase und Mund drang Blut, siedete und gerann sofort, nachdem es herausgetreten war, und auch einige feine Adern der Haut und der Augen waren geplatzt. Sie hatte die rechte Hand vom Riß gelöst und machte eine fragende Gebärde. Northon signalisierte ihr durch eine Handbewegung, das Ventil des Sauerstofftanks zu schließen, aber Whelles schüttelte den Kopf und zeigte ihr die Handfläche.

»Leer«, fluchte Northon verzweifelt und starrte auf den Riß. Sie hatte damit gerechnet, aber es nicht akzeptieren wollen, ohne es zu überprüfen. Es war zu spät, den Anzug mit einem Flickstreifen abzudichten. Ehe sie weiter überlegen konnte, machte Whelles ein hastiges Warnzeichen und wies hinter sie. Sie drehte sich halb herum und sah den Plaststofftank herandriften. Wortlos hielt sie sich mit beiden Händen im Gerüst fest und brachte die Beine zwischen sich und den Tank. Als er einen Meter entfernt war, fing sie die Bewegung ab und drückte ihn zur Seite. Ihre Muskeln schmerzten, und der Aufprall schlug ihr den Atem aus der Lunge. Dann kam ihr eine verschwommene Idee, und sie musterte die Anzeige auf der Spritzpistole, die grün leuchtete, und warf Whelles einen Blick zu, die sie bewegungslos anstarrte. Der Sauerstoffmangel zeigte bereits erste Wirkungen. Northon koppelte ihre Sauerstoffflasche ab und zog sie zwischen sich. Anschließend öffnete sie das Ventil bis zum Anschlag und preßte mit einem Druckstoß noch einmal Atemgas in ihren Helm, ehe sie das Ventil schloß und den Schlauch abnahm. Sie reichte ihn Whelles, aber die Technikerin musterte sie und schüttelte schwach den Kopf. Northon drückte ihr das Schlauchende in die Hand und ergriff mit der Linken die Spritzpistole. Mit der rechten Hand das Bein mit dem Riß zu sich heranziehend, richtete sie die Mündung auf das Anzugleck und drückte ab.

Der Plaststoff traf auf den Anzug und drang hinein. Innerhalb weniger Augenblicke erstarrte das Material. Whelles riß den Mund auf und verzog das Gesicht zu einer Schmerzgrimasse, aber sie spritzte eine weitere Schicht über den Anzug. Northon nahm sich nicht die Zeit, die Abdichtung zu überprüfen, sondern ließ die Spritzpistole los und riß den Schlauch, der von Whelles' Helm zu ihrem leeren Atemtank führte, aus dem Einlaßventil, nahm der bewußtlos gewordenen Technikerin den eigenen Atemschlauch aus der Hand und setzte ihn ein. Anschließend öffnete sie das Ventil. Das rote Warnlicht in Whelles' Helm erlosch.

Sie atmete tief ein und registrierte, daß das Gemisch in ihrem eigenen Helm bereits stickig geworden war. Ein zweiter Countdown lief an. Gehetzt blickte sie sich um und sah den Raumschlepper, der hundertzwanzig Meter entfernt bewegungslos im Brennpunkt des Triebwerkes hing. Sie legte den linken Arm um die bewußtlose Whelles und versuchte einen Augenblick lang, ihre Gedanken unter Kontrolle zu bringen. Das aufleuchtende rote Warnlicht vor ihren Augen mißachtend, peilte sie ruhig den BULLOCK an und ging langsam in die Knie, die Stiefel gegen die Panzerplatte am Fuße des Gerüstes gedrückt. Dann streckte sie sich, aus dem Rücken, aus dem ganzen Körper heraus. Ohne abzuwarten, ob die Richtung stimmte, atmete sie noch einmal ein und öffnete ihr eigenes Helmventil. Das verbrauchte Atemgemisch entwich fauchend, und ihre Nase begann zu bluten. Sie löste den Schlauch von Whelles' Helm, atmete aus und koppelte ihn sich selbst wieder ein, ohne das Ventil des zwischen ihnen eingeklemmten Gastanks zu sperren. Zwei Sekunden vergingen, dann konnte sie nicht mehr warten und atmete tief ein. Das Warnlicht im Helm der bewußtlosen Technikerin im Auge behaltend, zählte sie drei weitere Atemzüge ab, löste den Schlauch erneut und setzte ihn wieder an Whelles' Helm an, während ihr Blick den Raumschlepper suchte.

Die Geschwindigkeit, mit der sie auf das Fahrzeug zudrifteten, lag bei etwa einem Meter pro Sekunde. Ungefähr vierzig Meter hatten sie bereits zurückgelegt. Sie runzelte die Stirn und versuchte, trotz ihrer tränenden Augen zu erkennen, wie weit sie das Fahrzeug verfehlen würden. Wenn es ihnen nicht gelang, an Bord des BULLOCKs zu gelangen, würden sie die Brennkammer verlassen, ohne eine Möglichkeit zu finden, ihre Bewegung zu stoppen, und unaufhaltsam auf den Zielstern zufallen.

Sie zählte die Sekunden, die Meter. Als sie mehr als siebzig Meter zurückgelegt hatten, fühlte sie, wie das giftige Gasgemisch in ihrem Helm sie zu betäuben und ersticken drohte, und ließ es hastig entweichen. Mit unsicher werdenden Bewegungen setzte sie den Schlauch wieder ein und atmete mehrmals flach und unregelmäßig ein, bis sie wieder klar sehen konnte. Während sie die Flasche bei Whelles ankoppelte, stellte sie fest, daß sie mehr als zweieinhalb Meter am Schlepper vorbeitreiben würden.

CET 05.10.35.09

DATA REPLAY

CODE: BIOCONTROLEX

KENNZIFFER: 02101

PROGRAMM: COMPUTERUEBERWACHUNG BESATZUNGS-
ZUSTAND
EXTERNES SYSTEM

START WIEDERGABE

DEATH WARNING
    BIOKONTROLLE EXTERNES UEBERWACHUNGSNETZ MELDET
    GEFAEHRLICHE DATEN FUER: ANN WHELLES
    VERMUTLICHER AUFENTHALT: REAKTIONSKAMMERBEREICH
    ANTRIEB
    COMP-PROGNOSE: AUSFALL WAHRSCHEINLICH
DEATH WARNING

ENDE WIEDERGABE

CET 05.10.34.59

»Es ist kein Fehlalarm«, fluchte Tharin und deutete auf den Sichtschirm. »Der Computer bekommt keine Funkverbindung mit ihnen, und die Biokontrolle scheint intakt zu sein.« Er nahm die Hände von den Eingabetasten, die er gerade betätigt hatte.

»Und?« fragte Gathen zynisch. »Und was soll jetzt passieren?«

Der Reaktortechniker gab einen anderen Code ein. »Ich werde Greg fragen, ob er die Richtantennen am Hangardeck überprüfen kann. Vielleicht ist das ExCom-Netz doch ausgefallen.«

»Vor zwanzig Minuten arbeitete es zuverlässig, und bisher gab es geringe Schäden. Außerdem ist ein gleichzeitiger Defekt in Biokontrolle und Comnetz unwahrscheinlich.«

»Egal«, sagte Tharin zornig und sah wartend den VidCom-Schirm an, auf dem das Wartezeichen blinkte.

»Und wenn es nicht defekt ist, was dann?«

»Wissen wir wenigstens, daß wirklich etwas geschehen ist«, erwiderte Tharin scharf und sah den Telemetrie-Experten angewidert an.

»Was niemandem helfen wird«, folgerte Gathen kopfschüttelnd und wandte sich wieder seinem Compterminal zu.

Tharin wollte ihm ins Gesicht schreien, was er für ein grauenhafter Mensch sei, als das Wartezeichen erlosch und der Lasertechniker erschien. »Greg, wir haben keinen Kontakt zu Ann und Marge mehr, und die Biokontrolle zeigt an, daß Ann in Gefahr ist. Sind die Richtantennen defekt?«

Vylis betätigte einige Schalter und schüttelte dann den Kopf. »Anscheinend nicht. Auch die anderen Com-Anlagen nicht.«

»Verdammt, dann scheint wirklich etwas vorgefallen zu sein.« Tharin überlegte fieberhaft. »Ich werde versuchen, Calins oder McCray zu erreichen. Ich schalte das ExCom auf deine Computerconsole um. Entferne dich nicht weit von ihr und warte, bis sie sich gemeldet haben.« Er bemerkte, wie Vylis nickte, und musterte Gathen zornig. »Wenn sie sich melden.«

CET 05.10.33.03

Zweieinhalb Meter. Northon fühlte, wie sich ihre Muskeln ver-
krampften. Die scheinbar einzige Möglichkeit, die ihr damit blieb,
war, sich von Whelles abzustoßen, wenn sie nahe am Schlepper waren,
und durch den Rückstoß das Fahrzeug zu erreichen, während die
Technikerin, die ohne Bewußtsein und nicht in der Lage war, zur eigenen Rettung etwas zu unternehmen, sterben mußte.

Ihre Gedanken jagten einander, während der BULLOCK auf
zwanzig Meter heranrückte. Dann fiel ihr Blick auf den Sauerstoff-
tank. Ohne weiter zu überlegen, drehte sie das Tankventil weit auf
und preßte unverbrauchtes Gemisch in Whelles Helm, während das
erstickende Kohlendioxid über das Überdruckventil herausströmte.
Anschließend riß sie den Schlauch wieder los und setzte ihn rasch bei
sich an. Während die letzten Reste Sauerstoff in ihren Anzug drangen,
versuchte sie, mit vorsichtigen Bewegungen die Masse des leeren
Tanks abzuschätzen. Als sie ungefähr fünfzehn Meter entfernt waren,
stieß sie den Atemtank zur anderen Seite fort, in Richtung Brennkammerwand. Der Countdown in ihrem Kopf endete bei Null. Sie zählte
die Meter ab, versuchte, ihre Bahn zu bewerten. Der Schlepper rückte
quälend langsam näher, während das grelle Licht der Scheinwerfer sie
blendete, und sie fühlte, wie sie das Bewußtsein zu verlieren drohte.
Ohne wirklich etwas sehen zu können, griff sie nach der dunklen Sil-
houette und erfaßte mit dem ausgestreckten rechten Arm eine Strebe
des Außengerüstes, in dem die drei Treibstofftanks hingen. Sie zog
sich an das Fahrzeug heran, Whelles mit dem linken Arm umklam-
mernd, und hakte das armlange Sicherungsseil der Technikerin im Gerüst ein. Ohne auf das rote Warnlicht in ihrem Helm zu achten, zog sie
sich zur offenstehenden Luke hinüber. Im Licht ihres Helmscheinwerfers gähnten die Ersatzflaschen. Sie riß den Schlauch der nächstge-
legenen aus der Halterung und koppelte ihn ein.

Schwer atmend versuchte sie, sich wieder zu konzentrieren. Nach
einigen Sekunden löste sie den Adapter eines EVA-Versorgungska-
bels aus den Halteklammern über sich und hangelte mit einer Hand,
den Schlauch hinter sich herzerrend, wieder zu Whelles zurück. Mit
einem erleichterten Seufzer setzte sie den Sauerstoffschlauch am Helm
der Bewußtlosen an und öffnete das Ventil. Das rote Warnlicht erlosch.

Die nächsten zwei Minuten hing sie bewegungslos neben der Technikerin und starrte auf den Injektorturm, der im Licht der Scheinwerferbatterie glitzerte, auf die umherdriftenden Werkzeuge und Geräte. Schließlich zwang sie die Erstarrung nieder und wandte sich Whelles' Bein zu.

Der verfestigte Plaststoff hatte das Leck abgedichtet und das Bein eingeschlossen, aber sie erinnerte sich an die breite Schnittwunde in ihrem Oberschenkel, die möglicherweise trotz des eingedrungenen Plastikmaterials weiterblutete. An der Innenseite der Helmscheibe klebten frische Blutspritzer, die aber auch aus Mund und Nase stammen konnten. Sie löste das Sicherungsseil vom Gerüst und zog sich dann an der Unterseite des Schleppers entlang zu den Greifarmen, die Technikerin hinter sich herziehend. Beim linken der beiden leichten Greifarme stoppte sie die Bewegung und musterte den Werkzeugkranz. Jeder Präzisions-Greifarm war mit drei Werkzeuggruppen ausgestattet, von denen er jeweils eine an die Spitze drehen konnte. Einer der Aufsätze war eine zangenförmige Greifhand mit flacher Innenseite, mit der Rohre beliebiger Größe gehalten werden konnten, da in die beiden bogenförmigen Zangenteile Gelenke eingebaut waren, die sich beliebigen Durchmessern anpassen konnten. Die flache Innenkante war etwa zwei Zentimeter breit.

Northon zog die Bewußtlose heran und schob ihr verletztes Bein durch die weit geöffnete Zange, bis die Oberschenkelschlagader, welche die Plastmasse nicht bedeckt hatte, zwischen den beiden Greifteilen lag. Sie wandte sich um und schaltete die Handsteuerung ein, eine kleine Schalterreihe am Gelenk des Greifarms, mit der die Werkzeuge bei Präzisionsarbeiten auch von außen manuell gelenkt werden konnten. Anschließend betätigte sie den Schließschalter, und die beiden Sichelzangen schlossen sich langsam. Sie ließ sie etwa zwei Zentimeter tief zufassen, dann arretierte sie die Zange. Nach einer letzten Überprüfung von Sauerstoffschlauch und Bein wandte sie sich ab und hangelte sich zur Einstiegsluke zurück.

Noch während sie sich durch die intakte Röhre in das Cockpit zog, löste sie das Kontaktkabel. Die Beine noch im Schacht, schloß sie ihr Anzugmikrofon an das Funkgerät an und schaltete ein.

»BULLOCK FÜNF meldet Notfall«, sprach sie mit deutlicher Stimme und schob sich ganz in das Cockpit hinein. »Mayday für BULLOCK FÜNF. Verstanden, Hangar?«

»Hangar«, meldete sich jemand. »Vylis. Was ist?«

»Notfall«, wiederholte Northon. »Explosive Dekompression, Schnittwunde, vielleicht Verletzung einer Beinschlagader. Ann ist bewußtlos.«

»Bestätigt«, sagte Vylis nur. »Dekom, mögliche Arterienverletzung. Seid ihr noch in der Brennkammer?«

»Positiv. Ich starte jetzt.«

»Alles okay?«

»Mit mir? Ja, ich glaube. Ich werde Terminal C anfliegen. Ann ins Lazarett.«

»Ich melde es der Bugzentrale«, antwortete Vylis. »Wir werden bereitstehen.«

»Verstanden, Ende.«

»Ende und aus«, murmelte der Lasertechniker.

Sie schaltete nicht ab, sondern ließ die Verbindung offen. Während sie sich in den Sessel drückte, schaltete sie mit der linken Hand die Triebwerkskontrollen ein. Die Lichter flammten grün. Als sie die Bugscheinwerfer abblenden wollte, merkte sie, daß ihre Hände in den schweren Handschuhen zitterten, und ihr wurde bewußt, daß sich auf ihrer Haut Blut und Schweiß zu einem kalten Film vermischten.

CET 05.10.11.45

Terminal C lag am hinteren Ende der Bugsektion, ein langgestreckter, hallenähnlicher Komplex auf dem Außenpanzer des Schiffes, verbunden mit den Ansatzstellen für das Gerüst des Mittelteils. Er hatte zwei direkte Verbindungen zum C-Hauptschacht, über einen Verbindungsring auch zu den anderen beiden, dem blockierten B- und dem A-Schacht, durch den der Reparaturtrupp ins Heck vorgedrungen war. Im Kernbereich lag auch die Kontrollzentrale des C-Terminals, ein Flugleitraum für eine Mannschaft bis zu zweiundvierzig Controllern, die anfliegende und startende Fahrzeuge überwachen und einweisen sollten. Die Zentrale verfügte über einen eigenen, getrennten Computer, der Bahnberechnungen durchführen konnte. In den Außensektionen des C-Abschnittes waren Treibstofftanks, Ersatzteillager, zwei Dockbuchten für Generalüberholungen und zwei Seitenterminals mit Koppelschleusen untergebracht.

Der Hangar selbst, einer der drei größten Hangars der SETERRA, war in verschiedene Decks unterteilt. Am unteren Ende des Großhangars befanden sich die drei voneinander abgetrennten Landedecks für drei der insgesamt zehn Großshuttles, die CAPRICORN, die CERBERUS und die CENTAURUS, mit denen die hundertzwanzig Meter langen Frachtcontainer auf die Oberfläche des Zielplaneten geschafft werden sollten. Die sechs A- und B-Shuttles waren in den anderen beiden Hangars untergebracht, das einzige D-Shuttle, die DRAGOON, befand sich in einem kleineren Hangar am Bugtrichter, neben dem Erkundungskomplex.

Auf einem vierten Deck standen zwei der riesigen ATLAS-Bugsierschlepper, Zwei-Mann-Fahrzeuge, die zum Manövrieren und Verladen der großen Container in die Frachtshuttles gebaut worden waren. Das fünfte und sechste Deck schließlich waren in einzelne Startbuchten unterteilt worden, auf dem einen waren drei Zehn-Mann-Landegeräte, auf dem anderen drei Fünf-Mann-Landegeräte abgestellt, zweistufige Fahrzeuge, die zur Enderforschung der Planeten benutzt werden sollten.

Links und rechts vom langgestreckten Hangarkomplex waren zwei weitere Hallen montiert, in denen sich jeweils ein Raketenbooster befand, mit dem die Landegeräte zum Zielplaneten und zurück transportiert werden konnten.

Das vierte Deck, mit zwei Doppelschott-Toren ausgerüstet, von denen jedes eine Öffnung von hundertvierzig Metern freigab, trug außer den beiden schweren ATLAS auch vier kleinere BULLOCK-Montagefahrzeuge, wie sie auch im Heckhangar untergebracht gewesen waren. Dazu kamen zahlreiche Deckfahrzeuge mit Magneträdern, Tankfahrzeuge, Wartungs- und Schleppmaschinen, auch einige klobige Roboter auf Ketten und Rädern, die bei gefährlicher Strahlung oder Feuerbränden eingesetzt werden konnten.

Die beiden riesigen ATLAS lagen nebeneinander, vor den großen Auslaßtoren, in ihren Dockbuchten verankert. Während der Rotationsphase der SETERRA, welche die gesamten Freifall-Jahrhunderte gedauert hatte, waren die Hangars wegen der Zentrifugalkraft nicht zu benutzen gewesen. Nachdem die Längsachsendrehung der SETERRA vor der ersten Verzögerungsphase gestoppt worden war, herrschte auch wieder in den Hangardecks Schwerelosigkeit.

Deckschleusen, die an zahlreichen Terminals des Hangars angebracht waren, Kontrollkanzeln, das Funkfeuer am Rande des linken Tores, das jetzt weit geöffnet war, und zahlreiche Betankungstürme, Scheinwerferbatterien, Laufgänge und Reparaturfahrzeuge machten den Hintergrund des Hangars zu einem unübersichtlichen Areal, in dem in regelmäßigen Abständen die Parkhallen der Fahrzeuge gähnten.

Seran, die Vize-Kommandantin, die beiden Ärzte McCray und Calins und Algert Stenvar, der zwar keine medizinischen Kenntnisse besaß, aber für die Versorgung derjenigen, die einem Raumunfall zum Opfer fielen, geschult war, warteten am Rande einer freien Fläche neben der linken Dockbucht, während Morand von einer Leitstelle außerhalb des Hangars aus Northons BULLOCK einwies.

Die Frau und ihre drei Begleiter trugen einfache Druckanzüge, ohne Strahlenschutz und Blendvisiere, sie standen neben einem sechsrädrigen Lastfahrzeug, einem leichten, schnellen Gerät mit Magnetring-Radkränzen, auf dessen Ladefläche, die mit tausendzweihundert Kilogramm belastet werden konnte, eine Tragbahre befestigt war, eine Metalliege mit eingebauten Sauerstoff- und Helox-Tanks, Kühl- und Heizaggregaten und einer Infusions-Transfusions-Anlage. Medizinische Ausrüstung lag bereit, gleichfalls ein Laserschneidgerät.

In einer Glaskanzel oberhalb der Hangartore dirigierte Morand an einem Schaltpult eine Scheinwerferbatterie auf die Stelle, an der sich der BULLOCK befinden mußte, und schaltete sie abgeblendet ein.

234

Der Umriß des Fahrzeugs erschien und driftete auf das weit geöffnete Tor zu.

Morand nickte zufrieden und griff nach dem Mikrofon. »Marge, ihr müßtet jetzt auf dem Leitstrahl liegen. Die optische Befeuerung steht, das Deck ist frei und ausgeleuchtet.«

»Okay«, bestätigte die Technikerin mit heiserer Stimme.

Morand betrachtete den ein wenig schlingernden BULLOCK stirnrunzelnd und schaltete dann ihr Mikrofon auf Deckfunk um. »Lana, hier ist Chris.«

»Was ist los?« fragte die Vize-Kommandantin. »Geht es daneben?«

»Noch nicht«, erklärte die Technikerin trocken. »Aber achtet auf Marge, wenn der BULLOCK eingedockt worden ist. Ihrer Stimme nach zu urteilen, geht es ihr ziemlich dreckig.«

»Bestätigt. Wird beim Eindocken nichts schiefgehen?«

»Solange sie auf Kurs bleibt, nein. Der Comppilot übernimmt das ohnehin. In dreißig Sekunden kommt sie herein.«

»In Ordnung. Ende.«

»Ende und aus.«

Seran wandte den Kopf und sah die drei Männer durch die klare Helmscheibe an. »Ihr habt es gehört. Wir müßten sie gleich sehen können.«

»Da ist sie«, stellte Calins erleichtert fest und deutete auf den BULLOCK, der im Licht der Scheinwerferreihe glänzte, während er in das geöffnete Tor driftete. Seine Geschwindigkeit war gering, aber nicht ungefährlich, die Kammeröffnungen der Verzögerungsdüsen glühten schwach. Er glitt einige Meter weit über das freie Deck, bis er von einem einen halben Meter aus dem Metallboden ragenden Haken erfaßt wurde, der an dem Koppelgestänge in einem schienenartigen Rahmengerüst befestigt war. Der teleskopartig aufgebaute Arm zog sich auseinander und bremste dabei die Bewegung des Schleppers durch eine hydraulische Gegenkraft und zwang das Fahrzeug gleichzeitig auf das Landedeck herab. Geräuschlos setzte der BULLOCK mit seinen drei armlangen Metallbeinen auf und stand still, während das Deck unter dem Aufprall der drei blockartigen Fesselmagneten ein wenig vibrierte.

Seran musterte mit Schrecken die reglose Gestalt der Triebwerkstechnikerin, die im Griff des leichten Manipulatorarms hing. »Also los«, rief sie und schüttelte das beklemmende Gefühl ab, das sie ergriffen hatte.

Der Programmierer nahm die Handsteuerung von der Lastfläche des sechsrädrigen Fahrzeugs, startete es, während er einen Schritt zur Seite trat, und lenkte es dann auf den BULLOCK zu, hinter den drei anderen her, die bereits auf das Montagefahrzeug zuliefen, dann ging er ihnen nach, mühsam mit dem Elektrogefährt Schritt haltend.

Seran hockte sich neben dem Raumschlepper hin und schob sich dann unter das Fahrzeug, das auf seinen Magnetbeinen nicht einmal anderthalb Meter über der Deckfläche stand. Ohne weiter auf die drei Männer zu achten, zog sie sich den Einstiegsschacht hinauf und zwängte sich in das enge Cockpit. Northon hing in den geschlossenen Gurten, die Hände noch auf den Kontrollen für die Korrekturdüsen. Die Vice-Kommandantin legte den Zeigefinger auf den Schalter an Northons Helm und schaltete das Mikrofon um, das die Technikerin an die Konsole gekoppelt hatte.

»Marge?«

Northon schüttelte den Kopf und versuchte, etwas zu erkennen. Sie blutete aus der Nase, ihre Augen tränten, und in ihrem Helm brannte ein gelbes Warnlicht.

»Alles okay, Marge?« fragte Seran, während sie die Gurte öffnete. Das gelbe Licht deutete darauf hin, daß die Filter des Atemsystems nicht mehr frei waren und innerhalb kurzer Zeit ganz verstopft sein konnten, und die Technikerin hatte einwandfrei eine Dekompression hinter sich. Sollte sie sich in ihren Helm erbrechen, war sie so gut wie tot, denn dann wären Filter und Lunge gleichermaßen gefährdet. Sie wartete nicht mehr auf eine Antwort, sondern zog sie aus dem Sessel und schob ihre Beine in den Schacht. Dann stieß sie die Technikerin, die sich schwach bewegte, zur Luke hinunter.

»Ich habe sie«, rief Stenvar von unten. »Alles in Ordnung.«

»Behalte sie im Auge«, wies Seran ihn an und setzte warnend hinzu: »Die Filter sind jetzt schon unbrauchbar, und wer weiß, wie hart ihr Magen ist.«

»Verstanden.« Stenvar zog sie aus Serans Blickfeld, das durch die Lukenränder begrenzt wurde.

Sie stieg in den Sessel und koppelte sich an die Konsole an. »Harl, Derek, ich bin fertig«, meldete sie sich über die Außenantenne.

Die beiden Ärzte bestätigten die Übermittlung. Sie standen unter dem Greifarm, in dessen Rohrträger-Zange Whelles' Bein hing, während die Technikerin im Freifall schwebte.

»Okay«, meinte Calins. »Ihre Sauerstoffversorgung über das EVA-

236

Kabel ist intakt, aber die Filter sehen nicht sehr zuverlässig aus. Lenk den Arm langsam runter, so weit, wie es geht.«

»Aber gleichmäßig«, setzte McCray hinzu.

Sie antwortete nicht, sondern legte die Finger auf die Greifarm-Kontrollen und schob einen Hebel leicht nach vorne. Der Arm knickte im ersten Gelenk ein und senkte sich.

»Das reicht«, erklärte Calins, als die Technikerin einen halben Meter über dem Metallboden hing. »Derek?«

Der ältere Mediziner legte ein Plastikband um den Oberschenkel, neben dem Zangengriff, und zog ihn zusammen. Dann nickte er wortlos.

»Öffnen«, wies Calins an. Sie drückte eine Taste, und die Zangenbögen klappten bedächtig auseinander. Die beiden Ärzte umfaßten Whelles' Arme, zogen die bewußtlose Technikerin zu dem Sechsradfahrzeug und schnallten sie mit zwei Gurten fest.

»Reiner Sauerstoff?« fragte Calins nach einem Blick auf das Gesicht der Technikerin. Sein Kollege nickte, und er schloß das Helmventil, nahm den EVA-Schlauch ab und koppelte einen armlangen Plastikschlauch ein, der aus der Tragbahre kam. Als er das Ventil wieder öffnete, sah Seran den Programmierer mit Northon in der dreißig Meter entfernten Druckschleuse stehen und atmete auf.

»Chris«, sagte sie dann in das Mikrofon. »Wir sind fertig. Schließ die Tore.«

»Bin dabei«, antwortete Morand. »Soll ich das Deck mit Helox fluten?«

»Nicht mehr nötig«, erwiderte Seran. »Ich schalte den BULLOCK ab. Laß ihn arretieren und pump den Treibstoff in die Reservoirtanks zurück. Das wäre alles. Ende.«

»Ende und…«

Seran hatte bereits das Kabel aus der Konsole gezogen, während sie mit der anderen Hand eine Reihe Kontrolltasten betätigte. Die Lichter der Cockpitarmaturen und Leuchtanzeigen erloschen. Ohne sich noch einmal umzudrehen, stieß sie sich in den Schacht und wand sich aus der Luke heraus. Das rote Licht an der großen Druckschleuse zeigte ihr, daß die anderen bereits in der Evakuierungskammer waren, nachdem sie das sechsrädrige Transportfahrzeug abgestellt hatten, und sie wandte sich in die andere Richtung, zu einer der zahlreichen Mannschaftsschleusen.

Noch bevor sich das Innenschott der Druckschleuse geöffnet hatte, nahm Stenvar Northon den Helm ab und schob gleichzeitig sein eigenes Visier nach oben. Die beiden Ärzte taten es ihm nach.

»Fangen wir sofort an«, meinte Calins besorgt und löste auch Whelles' Helm vom Koppelring.

»Die üblichen Dekom-Schäden«, stellte McCray fest und warf Stenvar einen fragenden Blick zu. »Was ist mit Marge?«

»Nichts Schwerwiegendes«, meinte der Progammierer.

»Was ist mit Anns Bein?« erkundigte sich Calins. »Sie erwähnte in ihrer Meldung etwas von einer Verletzung.«

»Sie hat das Bein abgebunden«, bemerkte McCray. »Eine stark blutende Schnittverletzung, hat Greg gesagt. Wahrscheinlich die Arterie.« Sein Blick fiel auf die graue Plastmaterialschicht, eine starre, formlose Masse, die sich um das Bein wand. »Was zum Teufel ist denn das?«

»Keine Ahnung«, antwortete Calins und warf einen Blick auf das inzwischen ganz geöffnete Schott. »Schaffen wir die beiden ins Hangar-Lazarett und versuchen wir, Marge wieder auf die Beine zu bringen.« Er deutete auf das Plastmaterial. »Solange ich nicht weiß, was passiert ist, gehe ich an das Zeug lieber nicht ran.«

»Wir müssen uns beeilen«, warnte Stenvar. »Kälte, Caisson, Blutverluste… wenn wir zu lange warten, muß das Bein vielleicht abgenommen werden.« Er wandte sich um und trat in den Korridor, Northon neben sich herziehend. Calins nickte und legte die Hand an den Griff auf der linken Seite der Tragbahre, während der andere Arzt den seinen während der ganzen Zeit nicht losgelassen hatte. Schweigend zerrten sie die Tragbahre in den Korridor.

Das Hangar-Lazarett, eine von zahlreichen Notstationen, verfügte über zehn Liegen und einen Operationstisch, Diagnose-Computer, Medikamentenvorräte und die meisten wichtigen Instrumente.

Stenvar nahm die Injektionspistole von Northons Hals und trat einen Schritt zurück. Er hatte die Technikerin mit einem Gurt auf einer der Liegen gesichert und ihr eine kreislaufstützende Droge gespritzt.

Die beiden Ärzte trugen die bewußtlose Whelles an ihm vorbei in den Operationsraum und schnallten sie auf den Untersuchungstisch, nachdem sie die Überreste des Druckanzugs zerschnitten und entfernt hatten. Während McCray die Anästhesie und die Instrumente vorbereitete, kehrte Calins zurück und stellte sich neben Marge.

»Das Mittel wird gleich wirken«, meinte der Programmierer.

»Was hat sie bekommen?«

Er zeigte ihm die Ampulle.

Der Arzt nickte. »Gut. Mir scheint, sie regt sich bereits.«

Northon schlug die Augen auf und bewegte schwach den Kopf. Stenvar nahm ein feuchtes Tuch aus einem Wandfach und wischte ihr das Gemisch aus Blut und Schweiß vom Gesicht. Sie kniff die Augen zusammen und versuchte, ihn zu erkennen.

»Wer…« flüsterte sie mit ziemlich deutlicher, wenn auch leiser Stimme.

»Al. Fühlst du dich einigermaßen?«

»Erträglich«, antwortete sie heiser und runzelte die Stirn. Ihr Blick wurde wieder klar. »Was ist mit Ann?«

»Sie liegt drüben«, informierte sie Calins und wies mit einer Kopfbewegung auf die geöffnete Durchgangstür zum Operationsraum.

»Lebt sie?« fragte Northon ängstlich.

»Bis jetzt ja«, erwiderte der Arzt ruhig. »Marge, wir müssen wissen, was passiert ist. Was für eine Verletzung hat sie?«

Die Technikerin schloß einen Moment die Augen und starrte dann eine Leuchtröhre an der Decke an. »Eine Schnittwunde. Vielleicht fünfzehn Zentimeter lang, ziemlich tief. Blutete stark. Ich glaube, die Strebe hat ihr die Schlagader aufgeschnitten.« Ihr Blick kehrte zu Calins zurück. »Und selbstverständlich Druckverlust-Verletzungen: geplatzte Äderchen und so weiter.«

»Wissen wir. Wann ist das Bein abgebunden worden?«

Sie hob den linken Arm und sah auf das Chronometer. »Vor achtundzwanzig Minuten«, antwortete sie. Ihre Stimme klang kräftiger.

»In Ordnung. Wo war das Anzugleck? Am Oberschenkel?«

»Natürlich. Direkt über der Schnittwunde.«

Der Arzt nickte besorgt. »Was ist das für ein Zeug über dem Leck und um das Bein?«

»Verdammt«, sagte Northon heiser. »Plaststoff.«

»Plast… zum Teufel.« Calins sah sie entsetzt an.

»Es war die einzige Möglichkeit, das Leck rasch zu verstopfen, und mit offenem Anzug hätten wir den Schlepper sowieso nie schnell genug erreicht«, verteidigte sich Northon hilflos. »Der Tank mit dem Plaststoff war ihre letzte Chance.«

»Ich verstehe nicht«, meldete sich der Programmierer verständnislos zu Wort. »Was zum Satan ist denn Plaststoff überhaupt?«

»Ein Flickmaterial«, erklärte sie verzweifelt. »Man verspritzt es, und es verhärtet sich innerhalb weniger Sekunden.« Sie sah ihn achselzuckend an. »Ich habe nicht weiter überlegt, als ich das Leck in Anns Anzug sah.«

»Und was ist so schlimm an dem Zeug?« fragte Stenvar, nicht Gutes ahnend.

»Es wird hart«, wiederholte Northon. »Es wird verflucht hart... wie Stahl.«

»Mist«, stieß er entgeistert hervor und hob den Kopf. »Ist es giftig?«

»Keine Ahnung«, gab Northon müde zu. »Aber es ist in Blut und Wunde gelangt. Und es ist widerstandsfähiger als Anns Skelett.«

»Das heißt Amputation«, folgerte Stenvar verzweifelt. »Dann wird sie ihr Bein verlieren.« Er sah Calins an.

»Wenn wir die Masse nicht abbekommen, ohne es ohnehin zu ruinieren, ja.«

Der Programmierer schüttelte fassungslos den Kopf, dann sah er die Technikerin fragend an.

»Verspritzen...?« murmelte er. »Wie in aller Welt kann man das Zeug verspritzen?«

»Es ist flüssig«, erklärte sie. »Im Tank, solange es Treibgas und eine Katalyt-Beimischung enthält.«

»Ein Katalyt?«

»Eine Art organisches Lösungsmittel, molekular. Es verflüchtigt sich praktisch sofort im Vakuum, genauso wie das Treibgas.«

»Ein Katalyt«, wiederholte er nachdenklich. »Ist der Prozeß umkehrbar? Eine reversible Reaktion?«

»Keine Ahnung«, sagte Northon. »Aber es wäre eine Möglichkeit.«

Calins beugte sich bereits über den Sichtschirm eines Computerterminals und gab die ersten Buchstaben ein. »Wie heißt das Zeug?« fragte er.

»Plaststoff«, beschied ihm Stenvar.

Calins nickte ungeduldig. »Okay, aber welche Sorte? Die Kennziffer, Marge«, forderte er die Technikerin drängend auf.

»Plastan F. Der zäheste Sproß der Familie... Strahlenschutz, Hitzedämmung, Reflexionseigenschaften. Besser als manche Chromvanadiumlegierung.«

Der Arzt gab die Daten ein und schickte eine Abfrage hinterher. »Wir haben das Katalyt auf Lager«, stellte er dann fest. »Literweise sogar, in einem chemischen Magazin der Bugsektion.«

Stenvar trat neben ihn und las die Antwortzeile ab. »Okay«, sagte er. »Das finde ich schon. Ich werde Chris holen.«

»Wir bereiten alles vor«, erklärte Calins. »Wir werden das Plastmaterial zwar nicht ganz abkriegen, aber es wird zumindest weich genug werden, daß wir es herunterschneiden können.«

Stenvar schien dies plausibel, und er trat durch das geöffnete Schott auf den Gang hinaus.

Calins wandte sich wieder der Technikerin zu. »Marge, wie lange war ihr Bein dem Vakuum ausgesetzt?« fragte er.

»Zwei, drei Minuten, vielleicht mehr.«

Er nickte. »Derek hat trotz des Plastmantels versucht, den Oberschenkel wieder zu erwärmen, aber das reicht wahrscheinlich nicht aus, um den Frost aufzuhalten.«

»Plastan F ist ein Wärmeisolator...« meinte Northon erschöpft. »Ihr müßtet schon einen Schneidbrenner einsetzen.«

Calins verzog das Gesicht. »Das nach außen eruptierende Atemgemisch hat sich innerhalb von Sekundenbruchteilen extrem abgekühlt, wenn das Leck so groß war, wie es scheint... Entspannungskälte, wie wir sie auch in unseren Verflüssigungsmaschinen ausnutzen. Eine Region ihres Fleisches ist regelrecht schockgefroren worden, fürchte ich, zum größten Teil bereits tot, weil das kristallisierende Wasser die Zellen zerstörte. Rund um diesen Bereich hat Ann mit Sicherheit Erfrierungen dritten, zweiten und ersten Grades davongetragen. Die Kälte hat verdammt genug Zeit gehabt, sich auszubreiten, denn die Anzugheizung, wenn sie die Dekompression überhaupt unbeschädigt überstanden hat, ist für derartige Belastungen nicht ausgelegt. Der Frost wuchert in ihrem Gewebe, und je später wir ihn herausschneiden, desto schlimmer wird es werden.« Er seufzte. »Ich glaube, wir werden ihr Bein nicht mehr retten können.«

Northon schwieg einige Zeit. »Es gab einfach keine andere Möglichkeit«, sagte sie schließlich.

Calins wollte etwas erwidern, als Seran in den Raum trat, den Helm noch unter dem Arm.

»Was ist..., Marge?« Sie blieb stehen und sah die Technikerin besorgt an. »Alles okay?«

Northon nickte. »Mit mir ja.« Sie runzelte die Stirn, dann fuhr sie fort. »Lana, ich muß noch einmal raus. Der ganze Schrott hängt in der Glocke, von den Werkzeugen ganz zu schweigen. Außer zwei Schrauben und ein wenig Plast sind die EVA-Arbeiten abgeschlossen.«

»Du bleibst hier«, bestimmte Seran entschieden. »Aaram und Elena werden das übernehmen.«

»Aber…«

»Sie sind bereits im Hangar, und sie werden in der Glocke sein, ehe dein BULLOCK wieder startklar ist. Das ist keine Spezialistenarbeit für dich mehr, Marge.« Sie warf der Technikerin einen Blick zu, der jeden Widerspruch ausschloß. »Außerdem habt ihr ohnehin genug Strahlung eingesteckt.«

»Wie weit sind wir hinter dem Zeitplan zurück?«

»Fast eine halbe Stunde, nicht mehr. Ich habe Aaram sofort auf das Hangardeck kommandiert, damit sie euch vielleicht helfen konnten, falls etwas auf dem Wege zum C-Terminal schiefgehen sollte. Nachdem ihr sicher angekommen seid, schickte ich sie in die Brennkammer, deshalb werden wir nicht allzuviel Zeit verloren haben. Der Alarm der Biokontrolle hat uns gerade rechtzeitig gewarnt.«

»Eine halbe Stunde«, fluchte Northon.

»Die Reparaturen, die noch zu erledigen sind, werden an Bord durchgeführt, ohne Raumanzüge, und für die haben wir mehr Zeit eingeplant, als wahrscheinlich nötig ist.«

»Auch eine halbe Stunde?« fragte Northon zweifelnd.

»Nein, aber den Rest holen wir durch einen Parallelablauf der letzten Arbeiten und der Anfangsphase des Countdowns auf.« Sie nickte ihr langsam zu. »Ich glaube, wir schaffen es noch«, setzte sie hinzu und sah dann Calins an. »Was ist mit Ann?«

»Sie lebt noch, schwebt aber in Lebensgefahr. Möglicherweise müssen wir ihr Bein amputieren.« Er zuckte hilflos mit den Schultern. »Dekom, Caisson, Schlagaderverletzung, Fleischwunde, Raumfrost, vielleicht noch eine Vergiftung durch das Plaststoff-Material… eine lange Auflistung. Außer den Verletzungen am Bein kann sie Lungen- und Hirnschäden davongetragen haben, sie hat einen Schock, starke Blutverluste, Durchblutungsstörungen und jede Menge geplatzte kapillare Adern.«

»Das klingt gar nicht gut«, meinte Seran erschüttert. »Wo ist Al?«

»Mit Chris unterwegs zu einem Magazin, um ein Lösungsmittel zu besorgen, mit dem wir diesen verdammten Plastikmantel herunterkriegen.« Er sah von einer zur anderen. »Ich hoffe nur, daß er rechtzeitig wieder zurück ist. Das Bein ist jetzt…«, er sah auf seine Armbanduhr, »…seit sechsunddreißig Minuten abgebunden, und der Frost wuchert genauso lange.«

CET 05.09.54.33

BULLOCK SECHS verzögerte. Aus den sechs ringförmigen, um das Cockpit angeordneten Korrekturdüsen stießen sekundenlang grelle Stichflammen, dann stand das Montagefahrzeug relativ zum Schiff still, nahe dem Fokenring in der Brennkammer. Cerner blendete die Scheinwerfer auf, dann schaltete er die Kontrollen auf Bereitschaft um, wand sich aus dem Sessel und schob sich durch den Schacht hinaus.

Außen neben der Luke wartete die hagere Fusionstechnikerin, die beiden Jetpacks in den Händen haltend. Er nahm eines der flachen Rückstoßgeräte entgegen, die kaltes Gas ausstießen, und musterte den Bereich, den die Scheinwerfer ausleuchteten. Die spiegelnden Oberflächen der sechseckigen Reflektorplatten blendeten ihn, und er mußte das Schutzvisier herabziehen, ehe er Einzelheiten erkennen konnte: die schwarzen Umrisse der Geräte und die leuchtenden Signalfarben, welche die Werkzeuge markierten.

»Wie ich es befürchtet hatte«, stellte er fest. »Die einzelnen Gegenstände sind so weit auseinandergedriftet, daß wir sie Stück für Stück zum Schlepper bringen müssen.«

»Fangen wir mit denen an, die sich zum Rand bewegen«, schlug Dabrin vor.

Cerner nickte. »O. K. Ich nehme mir die rechte Seite vor.« Er stieß sich vom BULLOCK ab und manövrierte sich dann mit dem Jetpack auf die Wand der Brennkammerglocke zu, bis er eine träge driftende Platte erreichte. Er heftete einen Magneten an und ließ einige Meter Seil ab, ehe er begann, die Metallplatte zum Montagefahrzeug zu ziehen.

Sie arbeiteten schweigend eine Viertelstunde lang, während sich die Greifarme des BULLOCKs in die Plattenteile und Streben verbissen, die sie heranbrachten. Schließlich erreichte er den Plaststofftank, der neben dem Injektorgerüst schwebte. Er ergriff den Metallbügel am Tank und zog ihn zu der Flickstelle hinüber, an der die drei Streben aus dem verhärteten Plastmaterial ragten. Dabrin hing einige Meter entfernt auf einer Panzerwabe und löste die beiden Jetpacks ab, die Northon und Whelles dort angeheftet hatten. Cerner knickte in der Hüfte ab und schaltete seinen rechten Magnetstiefel ein, ehe er aufsetzte, dann stoppte er den Tank und fing den Schlauch auf.

»Ann muß wohl in die Streben geraten sein«, vermutete die blonde Technikerin, als sie neben ihm hing.

Cerner nickte in seinem Helm und musterte schaudernd die gezackten Kanten.

Die hochgewachsene Technikerin griff nach dem träge um die eigene Achse rotierenden Mehrzweck-Werkzeug, das mehr als zwei Meter entfernt von den Streben weg langsam in Richtung Gerüst driftete. Sie betrachtete das halb aus dem Gelenk gedrehte Magnetbein und die beiden anderen, die ebenfalls verbogen waren, und schaltete das Gerät dann ab. Die rote Kontrollampe, die anzeigte, daß die Batterie leer war, erlosch. Sie warf Cerner einen vielsagenden Blick zu.

»Diese verdammten Rotationsmaschinen«, fluchte er. »Früher oder später mußte das ja passieren.« Er musterte die halb angeschraubte Wabenplatte. Zwei Schrauben ragten noch aus den Senkröhrchen heraus, die anderen drei schienen bereits eingedreht worden zu sein, das letzte Gewinde war mit einem Eckteil der Abdeckplatte herausgeschnitten worden. Wortlos ließ er die Spritzpistole los und nahm einen elektrischen Schraubenzieher vom Gürtel. Er setzte den Magnetring, der mit sechs starren Beinen an dem walzenförmigen Gerät befestigt war, um die erste Schraube und drückte den Schraubstab herunter. Mit langsamen, bedächtigen Bewegungen drehte er die Schraube in das Gewinde. Als er auch die zweite eingedreht hatte, heftete sich Dabrin mit ihren Magnetsohlen an die Metallplatten an und fing die Spritzpistole ein.

»Vielleicht reicht die verbliebene Masse«, hoffte sie.

Cerner nickte in seinem Helm. »O.K.«, sagte er. »Fang an. Die breiten Lücken zuerst.« Er beobachtete schweigend, wie die zähflüssige Masse gegen die Streben und die Kante der unter der Abdeckplatte liegenden Magnetzelle prallte und bereits verhärtete, während sie gegen das Metall gepreßt wurde. Nicht einmal eine Minute später war der Tank leer. Sie schaltete die Spritzpistole ab und musterte müde die Flickstellen.

»Das genügt«, meinte Cerner. »Wenn nicht, dann können wir es nicht mehr ändern.« Er warf einen Blick auf das Chronometer an seinem Handschuh-Koppelring.

»Zweiundzwanzig Minuten hinter dem Zeitplan zurück.«

»Aber die Reparatur ist abgeschlossen«, antwortete sie erschöpft.

»Fangen wir den Rest ein, und dann laß uns aus der heißen Zone verschwinden, ehe die Tests gestartet werden.«

Er nickte. Während er das Werkzeug wieder am Gürtel befestigte, wanderte sein Blick wieder zu den scharfkantigen Streben.

Sie folgte seinen Augen. »Verdammtes Vakuum«, fluchte sie verbittert.

Cerner schüttelte verneinend den Kopf. »Der Weltraum ist nicht gefährlich«, erwiderte er. »Die Gefahren bringen wir hinein... explosive Gase, Hochdruckbehälter, Metallkanten, Laser und Starkstromleitungen. Der Weltraum vergrößert nur die Folgen, die ein Versagen nach sich zieht.« Er bemerkte ihren aufbegehrenden Blick. »Nicht das Vakuum bringt uns um, sondern ein defektes Atemgerät, ein leckgerissener Anzug. Der Weltraum ist auch nicht anders als die Sandwüste, das Meer, als Eis und Sturm. Eine lebensfeindliche Umgebung, in der man keine Fehler machen darf, mehr nicht.«

»Nein«, meinte Dabrin und ergriff den entleerten Plast-Tank. »Der Weltraum ist anders.«

»Weshalb?«

»Weil er alles zerstört, ohne Ausnahme. Das Meer stellt für Fische keine Gefahr dar, die Sanddünen können die Wüstenmaus nicht bedrohen.« Sie drückte die Spritzpistole in eine Halteklammer an der Seite des Tanks. »Aber das Vakuum, die Raumkälte, die Strahlung, die Mikrometeoriten vernichten alles, früher oder später. In den Eiswüsten kann das Leben bestehen, Schritt für Schritt weiter vordringen. Im Weltraum...« Sie schaltete ihre Magnetsohle wieder ab. »Bei jedem Schritt kommt man nur einen Schritt näher an das Ende heran«, sagte sie und drehte sich um, damit sie den BULLOCK anpeilen konnte. Ehe er etwas entgegnen konnte, hatte sie bereits ihr Jetpack eingeschaltet und driftete auf das Montagefahrzeug zu.

Er sah ihr mit Falten auf der Stirn nach, dann bückte er sich schwerfällig, um den Magneten in seinem rechten Stiefel abzuschalten, und betrachtete skeptisch die bogenförmige Magnetzelle, welche die beiden Technikerinnen ausgewechselt hatten. Achselzuckend richtete er sich wieder auf, ergriff den Haltebügel seines Jetpacks, das er auf die Metallverkleidung der defekten Zelle geheftet hatte, und löste den Antrieb aus. Das mit hoher Geschwindigkeit ausgestoßene Helium-Gas drückte das träge Bauteil und ihn selbst von der Brennkammerwand weg in Richtung auf den BULLOCK.

Zwanzig Minuten später hatten sie alle Bauteile und Werkzeuge, die im Bereich der Scheinwerfer gehangen hatten, an den Greifhänden des Schleppers befestigt. Cerner hing über der Lehne des Konturensessels im Cockpit des Montagefahrzeuges und ließ die Scheinwerferbatterie unter dem Bug ein wenig hin und her schwenken, um andere Regionen der Brennkammer auszuleuchten.

»Nichts zu sehen«, meldete sich nach einiger Zeit Dabrin, die die Bahnen der Suchlichter verfolgt hatte.

Er ließ die Hebel los und schaltete das Funkgerät ein. »BULLOCK SECHS ruft Hangardeck.«

»Hangar, Tharin hier. Aaram?«

»Ja. Alan, ist Marge wieder bei Bewußtsein?«

»Ihr geht es sogar recht gut, behauptet sie jedenfalls«, teilte ihm der Reaktortechniker mit und lachte gezwungen.

»Schafft ihr eine Verbindung zum C-Hangar, als Relais? Sie ist doch wohl noch dort, oder?«

»Soweit ich es weiß, ja. Ann befindet sich im C-Hangar-Lazarett.« Tharin fluchte verbittert in sich hinein. »Ihr ist es schlechter gegangen. Vor drei Tagen hat sie noch gesagt, die Kälte würde sie irgendwann einmal umbringen.« Er unterbrach sich. »Warte einen Moment, ich versuche, eine Com-Verbindung herzustellen.«

Cerner zwängte sich an dem Sessel vorbei und drückte sich dann hinein. »Hoffentlich klappt es«, murmelte er. »Auf der Inventarliste nachzusehen, ob etwas fehlt, würde...«

»Aaram?« meldete sich die Technikerin. Ihre Stimme klang rauh.

»Marge? Paß auf, wir haben die Reparaturarbeiten beendet und sind jetzt dabei, alles einzusammeln, was sich noch an Fremdkörpern in der Glocke befindet.« Er zählte ihr auf, was sie bereits gefunden hatten. »Ist das alles?« fragte er dann.

»Augenblick«, bat Northon. »Zunächst einmal... meinen Atemtank habt ihr nicht.«

»Deinen Atemtank«, wiederholte er ungläubig.

»Ja«, bestätigte sie erschöpft. »Ich habe ihn als Rückstoßmasse benutzt. Er ist... ungefähr vom Brennpunkt aus... in der Horizontalebene des Schiffes zur Steuerbordseite der Brennkammer gestoßen worden. Mit ziemlich hoher Geschwindigkeit.« Sie schwieg einen Moment lang. »Wahrscheinlich ist er längst wieder abgeprallt. Aber er ist nicht so wichtig.«

»Weshalb?«

»Er ist leer. Und außerdem aus antimagnetischem Plastimetall. Viel wichtiger ist das Schweißgerät.«

»Ein Schweißgerät?« fragte Cerner besorgt.

»Ja. Ein LOX-Liqhyd, die schwere Ausführung. Praktisch noch halbvoll.«

»Oh, Scheiße.«

»Aaram, das Mistding war in der Nähe des Injektorturmes. Ann muß es gestreift haben, als das Rotationswerkzeug sich löste. Ich habe keine Ahnung, in welche Richtung es gedriftet ist, aber es kann nicht sehr schnell geworden sein. Und wahrscheinlich ist es flach über die Brennkammerwand getrieben.« Cerner nickte. »O. K., wir werden es suchen. Halbvoll, hast du gesagt?«

»Ja.« Sie fluchte leise. »Genug Flüssiggas, um ein Loch in das Wabengitter zu sprengen, so groß wie ein Schleusentor. Und wenn das Triebwerk läuft, wird das verdammte Mistding platzen, das ist so sicher wie unser Alwaid-Kurs.«

»O. K.«, wiederholte er. »Sonst noch etwas?«

»Ansonsten habt ihr wohl alles gefunden«, fuhr sie fort. »Ein paar Metallsplitter vielleicht noch, aber die sind unwichtig.«

»Verstanden.« Er seufzte. »Das wäre dann vorerst alles. Wir melden uns, sobald wir das Schweißgerät haben. Achtet darauf, keine Probeläufe mit den Magnetfeldern zu machen, solange wir in der Glocke sind. Ende.«

»Ich werde es Alan ausrichten«, sagte Northon ernst. »Ende und aus... und findet das Mistding.«

Er schaltete das Funkgerät auf Bereitschaft und zog das Kabel aus der Konsole. »Alles mitbekommen, Elena?« fragte er.

»Ja«, antwortete die Technikerin. »Verdammter Mist.«

Er wand sich in den Schacht hinein. »Fangen wir mit der Suche an. Die Scheinwerfer nützen uns nichts. Wir sollten uns Handlichter auf die Jetpacks heften.«

»Ja«, stimmte die Technikerin müde zu. »Hoffen wir, daß wir es rechtzeitig finden. Der Zeitplan läßt uns wenig Zeit.«

CET 05.09.21.53

DATA REPLAY

CODE: SITUARCH
KENNZIFFER: 02002
PROGRAMM: SITUATIONSANALYSE – UEBERBLICK

START WIEDERGABE

SCHIFFSZUSTAND: ALLGEMEINE UEBERSICHT
    FUNKTIONSFAEHIGE PRIMAERSYSTEME UND HAUPT-
    SYSTEME 31 PROZENT
    FUNKTIONSFAEHIGE SEKUNDAERSYSTEME 68 PROZENT
    FUNKTIONSFAEHIGE RESERVESYSTEME 87 PROZENT
    SCHIFFSSYSTEME INSGESAMT:
    BELASTETE SYSTEME 74 PROZENT
    FUNKTIONSFAEHIGE SYSTEME 74 PROZENT
    TOTALAUSFAELLE IN 54 VON 420 AUSSENSEKTOREN
    TOTALAUSFAELLE IN 21 VON 420 KERNSEKTOREN
    TOTALAUSFAELLE IN 14 VON 3900 HIBER-KAMMERN
    REGISTRIERTE ORGANISCHE AUSFAELLE 332
    TREIBSTOFF- UND STUETZMASSERESERVEN AUSREICHEND
    TRIEBWERK WAHRSCHEINLICH FUNKTIONSFAEHIG
    ENERGIERESERVEN AUSREICHEND
    REAKTORSYSTEME IM ALLGEMEINEN FUNKTIONSFAEHIG
    COMPUTERSYSTEME IM ALLGEMEINEN FUNKTIONSFAEHIG
    KONTROLLSYSTEME IM ALLGEMEINEN FUNKTIONSFAEHIG
SCHIFFSZUSTAND: WAHRSCHEINLICH AUSREICHEND
BESATZUNGSZUSTAND: ALLGEMEINE UEBERSICHT
    REGISTRIERTE ORGANISCHE AUSFAELLE 27
    UEBERLEBENDE DER KERNBESATZUNG 23
    VOLL EINSATZFAEHIG 0
    BEDINGT EINSATZFAEHIG 21
    NICHT EINSATZFAEHIG 2
BESATZUNGSZUSTAND: NICHT AUSREICHEND

ENDE WIEDERGABE

CET 05.08.51.03

Auf dem rechten Bildschirm in der Kontrollzentrale flackerten die Zeilen, in denen alle Mühen, Ängste und Entbehrungen der letzten zehn Tage zusammengefaßt waren:

ZEITPLAN-SOLL: 05 TAGE 02 STUNDEN 51 MINUTEN
ZEITPLAN-STATUS: 05 TAGE 09 STUNDEN 15 MINUTEN
ZEITPLAN-SICHERHEITSFRIST: UEBERSCHRITTEN
ZEITPLAN-ABWEICHUNG: 06 STUNDEN 24 MINUTEN
ZEITPLAN EINSCHLIESSLICH ZEITPLAN-SICHERHEITSFRIST:
UEBERSCHRITTEN

Die sechs Männer und Frauen in den Metallsesseln blickten schweigend auf den Bildschirm, bis McLelan schließlich den Arzt ansah, der zwei Sessel rechts von ihm saß. »Wie geht es Ann?« fragte er.

Calins löste die Augen vom Bildschirm und wandte den Kopf. »Den Umständen entsprechend«, entgegnete er langsam. »Sie ist jetzt in der medizinischen Zentrale, an einer Kreislauf-Maschine, für den Fall, daß Herz und Lunge versagen sollten.«

»Besteht noch Lebensgefahr?«

Calins schüttelte den Kopf. »Nein. Aber es ist immer noch möglich, daß wir ihr Bein nicht vor der Amputation bewahren können. Wir haben viel totes Gewebe herausschneiden müssen, nachdem wir das verfluchte Plastzeug endlich herunterhatten, und trotzdem können wir nicht alles erwischt haben.« Er verzog das Gesicht. »Außerdem ist das Bein ziemlich lange abgebunden gewesen, und so ist nicht nur wegen der Kälte Zellgewebe abgestorben. Wir haben eine Blutreinigung durchführen müssen, ehe wir es riskieren konnten, die unterbrochene Blutzufuhr wiederherzustellen. Und die Geschwüre und Blasen, welche die Erfrierungen zweiten Grades begleiten, haben sich bis zur Hüfte ausgebreitet.« Er blickte zu Northon hinüber. »Glücklicherweise war das Plastan nicht giftig, ebensowenig der Katalyt, und anscheinend hat es Ann auch gegen die Kälte ein wenig geschützt. Andererseits hat es auch verhindert, daß wir den Gewebefrost frühzeitig durch Wärmezufuhr von außen stoppen konnten. Sie befindet sich augenblicklich in einem Organplasma-Tank, und die Behandlung scheint erfolgreich zu sein.«

»Wie stehen die Chancen?« fragte der Kommandant ruhig.

»Eins zu eins, würde ich sagen«, antwortete der Arzt. »Das Schlimmste ist, daß die Strahlung, die sie abbekommen hat in den letzten Tagen, ihre Regenerationsfähigkeit schwächt. Ihr Körper ist nicht stark genug, um sich selbst schnell genug heilen zu können, und in zwei, drei Wochen werden zudem die Symptome der Strahlenkrankheit voll zum Ausbruch kommen.«

»Was genau?« fragte Valier, die neben ihm saß.

»Sie hat rund hundertzwanzig Rad abbekommen, vielleicht mehr.« Er deutete mit einer Kopfbewegung auf Northon, die links von McLelan saß. »Margie übrigens auch, und Aaram und die anderen dürften nicht mehr viel niedriger liegen.«

»Und wie wird sich das äußern?« erkundigte sich McLelan ungeduldig.

»Es wird eine Schädigung des Blutbildes auftreten, aber auch der blutbildenden Organe, des Knochenmarks vor allem. Schüttelfrost, Fieber und Kopfschmerzen sind typische Begleiterscheinungen, dazu Ermüdungszustände, bis zur völligen Erschöpfung.« Er sah mit einem hilflosen Schulterzucken von einem zum anderen. »Normalerweise sind derartige Strahlendosen nicht tödlich, aber Ann hat ohnehin sehr viel Blut verloren, und das Bein belastet ihren angeschlagenen Kreislauf extrem. Dazu kommen die Nachwirkungen des Caisson-Schocks, den der explosive Druckverlust bewirkt hat: Gelenkschmerzen, Lähmungen, Durchblutungsstörungen.«

»Was ist mit den anderen?« wollte Seran wissen. »Sie haben die gleiche Dosis eingesteckt.«

»Marge wird mit Sicherheit die nächsten beiden Monate nicht mehr einsatzfähig sein«, stellte Calins fest und sah die Technikerin an. »Es ist erstaunlich, daß du dich noch auf den Beinen halten kannst. Die anderen werden zumindest für zwei, drei Wochen ausfallen, in Einzelfällen weitaus länger.«

»Damit haben wir in zwanzig Tagen keinen technischen Stab mehr«, meinte Stenvar.

»Das ist dann ohnehin egal«, entgegnete Seran schroff. »Ich hoffe, daß es nicht vergebens gewesen sein wird, daß wir Ann und die anderen so gequält haben.«

McLelan sah auf den Bildschirm, auf dem der Zeitplan-Countdown jetzt ebenfalls acht Stunden anzeigte. »Kommen wir zur abschließenden Lagebesprechung«, unterbrach er sie.

»Wir sind jetzt genau zwanzig Minuten hinter dem Zeitplan zurück.«

Stenvar nickte. »Ja, aber der Zeitplan ist nicht das letzte Wort. Die Außenarbeiten sind abgeschlossen, und wenn alles klappt, werden wir bei Null startklar sein. Wir haben ja in der letzten Viertelstunde wieder einige Minuten aufgeholt.«

»Aber wir verfügen über keinerlei Sicherheitsmarge mehr«, stellte Seran fest. »Einen zweiten Versuch wird es nicht geben.«

Stenvar nickte. »Leider.«

Die Technikerin warf ihm einen Blick zu, der verzweifelt und amüsiert zugleich war. »Das ist noch nicht alles«, sagte sie. »Aaram und Elena sind noch in der Glocke.«

»Weshalb?« fragte McLelan besorgt.

»Ein Schweißgerät ist verlorengegangen. Mit genug Flüssiggas, um das Wabengitter ernsthaft zu beschädigen.« Sie sah ihn mit eisiger Ruhe an. »Wenn wir das Triebwerk zünden, wird der Druckbehälter früher oder später explodieren, und in der Nähe der Brennkammerwand würde das eine Katastrophe bedeuten.«

»Elender Mist«, fluchte McLelan ungehalten.

Die Technikerin erwiderte seinen Blick ungerührt. »Selbst wenn sie das Gerät vor Null finden sollten«, fuhr sie sachlich fort, »müssen die Brennkammer-Testläufe ausfallen. Wenn das Magnetfeld in der Brennkammer aufgebaut wird, während sie sich in ihr befinden, sind sie praktisch schon tot. Die Raumanzüge sind gegen Wirbelströme und andere Einflüsse nicht genügend abgeschirmt, und die Stärke des elektromagnetischen Feldes, das während einiger Testphasen mit hoher Frequenz oszilliert, würde das Metall ihrer Anzüge in Sekunden erhitzen und teilweise sogar schmelzen lassen.« Sie senkte den Kopf. »Ganz zu schweigen von dem BULLOCK, der genau im Fokus steht. Wenn seine drei Treibstofftanks explodieren, wird ein Schauer sehr schneller Trümmerstücke die Brennkammerwand zerschlagen. Und das Schweißgerät würde selbstverständlich auch detonieren, sobald eine bestimmte Feldstärkenveränderung erreicht wird.«

McLelan schwieg und starrte regungslos den Bildschirm an, der unbarmherzig die Zeit abzählte, die ihnen verblieben war. »Also gut«, sagte er schließlich. »Sich darüber den Kopf zu zerbrechen, wäre fruchtlos. Wie sieht es mit der Instandsetzung sonst aus, von dem verdammten Schweißgerät einmal abgesehen?«

»Bis auf Kleinigkeiten praktisch abgeschlossen«, erklärte Stenvar.

Northon nickte. »Das Triebwerk ist wieder intakt«, bestätigte sie, »soweit wir das ohne Testläufe feststellen können. Alle notwendigen Bauteile wurden überprüft und ausgewechselt, manche auch zähneknirschend repariert, wenn kein Ersatz möglich war. An sich müßte der elende Feuerofen wieder funktionieren.«

»Habt ihr die Defekte und Schwachstellen gefunden?«

»Wir haben mehr Defekte gefunden, als uns lieb gewesen ist«, stellte sie fest. »Ich glaube, wir müßten alles erfaßt haben.«

»In Ordnung. Was ist mit dem Zündprogramm, Al?«

»Läuft im Augenblick planmäßig weiter«, meldete der Programmierer und zog einen Computerausdruck aus seiner fleckigen Jacke. »Ich werde es allerdings teilweise außer Tätigkeit setzen müssen, wenn Aaram und Elena nicht rechtzeitig aus der Brennkammer herauskönnen.«

»Notfalls müssen wir den Startversuch auch mit ungenügend oder gar nicht getestetem Triebwerk wagen«, erklärte McLelan kategorisch. »Hauptsache ist, das Schweißgerät wird überhaupt gefunden. Das Ganze ist in jedem Falle ein Ritt auf einem Irrläufer.« Er blickte erneut auf den Countdown. »In vierzig Stunden werden wir noch einmal ausführlich den weiteren Verlauf des Programms und die einzelnen Umbauten und Veränderungen durchgehen«, bestimmte er dann. »Bis dahin sollten wir versuchen, uns ein wenig auszuruhen. Im Gegensatz zu den anderen haben wir die Gelegenheit, uns etwas zu erholen, ehe die Folter beginnt. Das Schlimmste steht uns allen ja noch bevor.«

Während die anderen aufstanden und wortlos die Zentrale verließen, blieb Calins sitzen. Der Arzt sah hinter ihnen her, bis sich das Schott wieder geschlossen hatte. McLelan blickte ihn fragend an.

»Bran, ich habe noch nicht alle Einzelheiten dargelegt, was Anns Zustand angeht«, sagte der Arzt und beugte sich zu ihm hinüber. »Ich glaube, sie träumt.«

McLelan schloß die Augen und versuchte, das in ihm aufsteigende hysterische Gelächter zu unterdrücken. Mit jeder weiteren Minute näherten sie sich einem gewaltigen Zusammenbruch, so schien es, der die Mission in einem vielgestaltigen Schlag beenden mußte. Er atmete tief ein und öffnete die Augen wieder.

»Sicher?« fragte er ruhiger, als er sich fühlte.

»Ich weiß es nicht«, gab Calins zu. »Sie schläft auf alle Fälle sehr schlecht, auch wenn sie nicht mehr bewußtlos ist, und ihr ständiges

Erwachen, ihre Schwierigkeiten einzuschlafen, behindern die Heilung stark. Sie hat Schweißausbrüche und zittert, aber sie schreit nicht.«

»Sie schreit nicht?«

»Wenn man normale Alpträume hat, schreit man früher oder später, wenn es zu schlimm wird. Vielleicht hat sich dieser Reflex im Unterbewußtsein nicht mehr festsetzen können, nachdem wir in den Jahrhunderten im Frosterschlaf nicht schreien. Es könnten trotzdem die üblichen Träume sein. Sie steht noch unter Schockwirkung, und sie war nur wenige Stunden bei Bewußtsein, dann habe ich sie mit Betäubungsmitteln für den Organoplasma-Tank vorbereitet. Aber es können ebensogut die ersten Anfänge sein, die wiederkehrenden Erinnerungen an die Hiber-Träume.«

»Weshalb sollten sie wiederkehren?« fragte McLelan zweifelnd.

»Keine Ahnung. Ihr Schwächezustand vielleicht, das Nachlassen ihrer inneren Reserven, die Belastung.« Er sah den Kommandanten ernst an. »Aber ich glaube eher, daß es die Kälte war.«

»Der Raumfrost?«

»Die Erfrierungen, natürlich. Das allein muß ihr Unterbewußtsein an den Frosterschlaf erinnert haben. Hinzu kommt die Zeit ohne Sauerstoff, die Erstickungsängste. Und sie war im Schockzustand, als sie ins Lazarett kam... völlig ausgekühlt, auch ohne den Frost. All das könnte der auslösende Faktor gewesen sein.«

»Und jetzt?« fragte McLelan mit brüchiger Stimme.

»Ich gebe ihr Tranquilizer und Psycho-Blocker. Das ist zwar nicht gesund, aber wenn sie nicht schläft, stirbt sie.«

»Und wenn sie schläft, wird sie wahnsinnig«, meinte der Kommandant verzweifelt.

»Möglich«, stimmte der Arzt zu, aber seine Stimme sagte etwas anderes. »Wenn die Blocker versagen... schon versagt haben.«

McLelan nickte. »Was ist mit Derek?«

»Er hat bisher nichts gemerkt. Ich habe mit ihm vereinbart, daß er sich um den Rest der Besatzung kümmert und später die Behandlung des Reparaturtrupps übernimmt.« Er zuckte die Achseln. »Und wenn er es erfährt, ist es nicht zu ändern. Außerdem ist er zuverlässig.«

»Das glaube ich auch«, erklärte der Kommandant. »Vielleicht sollten wir ihn jetzt schon in die Sachlage einweihen.«

»Wir können das immer noch tun«, meinte Calins ablehnend. »Im Augenblick kann er auch nicht mehr vollbringen als wir, und sicher ist sicher. Unsere Konzentrationsfähigkeit ist angeschlagen, und wer weiß, ob wir uns immer ausreichend unter Kontrolle haben.« Er löste die Gurte und stand auf. »Jedenfalls habe ich den Computer angewiesen, alle Daten über ihr Befinden zusätzlich in mein Nachtmahrprogramm einzugeben, und alle Daten, die ihre Träume betreffen, in den frei zugänglichen Speichern zu verweigern. Außerdem werde ich eine EEG-Untersuchung durchführen, um ihre Hirntätigkeit auf Theta-Phasen, also Traumzeiten ohne REM-Bewegung, zu untersuchen.«

»Einverstanden«, sagte McLelan. Er sah dem Arzt nach, der über den Laufrost zum Schott stakste, die Magnetsohlen mit einem eigenartigen, regelmäßigen, harten Geräusch aufsetzend, das im Korridor hallte, den linken Stiefel immer einen Augenblick nach dem rechten herabdrückend. Er fragte sich im stillen, wann er zum ersten Mal trotz der Schlaftabletten schlecht einschlafen würde.

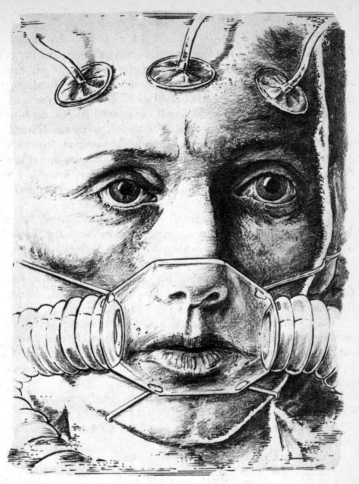

CET 05.08.48.22

Das grelle Licht der aufgeblendeten Scheinwerferbatterie des BUL-LOCKs wurde von den Verkleidungsplatten widergespiegelt und zurückgeworfen, und drei schwere Lichtbogen-Metallion-Leuchtgeräte, die neben dem Montagefahrzeug schwebten, am Gerüst befestigt, leuchteten andere Regionen der Brennkammer aus. Cerner hing an einer Stelle der Glockenwand, in der Nähe des Laserzellen-Gürtels, und sah sich nach der Technikerin um, die auf der anderen Seite nach dem Schweißgerät suchte. Der Lichtkegel ihres Handscheinwerfers, den sie auf das Jetpack geheftet hatte, und ihre winzige silberne Gestalt hoben sich vom schwarzen Hintergrund der nicht angeleuchteten Platten ab.

Er warf einen Blick auf seinen Handgelenk-Chronometer. Nach dem Zeitplan sollten in dreiundzwanzig Minuten die ersten Probeläufe der Wabengitter-Magneten stattfinden, bald darauf der Test des Lasersystems, der die Kammerglocke in einen grellen Lichtblitz senken würde. Der Rückstand gegenüber dem Zeitplan mußte inzwischen aufgeholt worden sein. Ihnen blieb nicht mehr allzuviel Zeit, das Gerät rechtzeitig zu finden.

Cerner wandte den Kopf wieder der Metallplatte zu, die seine Aufmerksamkeit auf sich gezogen hatte. Sie war leicht verbogen und warf das Licht nicht mehr gleichmäßig zurück, und auf ihr befanden sich einige schwarze Flecken, der größte etwa handtellergroß. Feiner Metallstaub hing vor seiner Helmscheibe.

Er drehte den Kopf und blickte zum Injektorturm hinüber, schätzte den Winkel ab und versuchte dann, die Gerade weiter zu verlängern, auf den Hals der Brennkammerglocke zu. Schließlich schaltete er sein Funkgerät ein. »Elena.«

»Was ist?« erklang die Stimme der Technikerin, überlagert von Störungen. Das Metall des Wabengerüstes und die Strahlung im Heck erleichterten den Empfang nicht besonders.

»Wieviel wiegt ein halbleerer Schneidbrenner, die schwere Ausgabe?«

»Die träge Masse müßte etwa dreißig, zweiunddreißig Kilogramm betragen«, antwortete sie nach einiger Überlegung.

»Ann wiegt sechzig Kilogramm?«

»Bei Erdschwere? Ja, ungefähr, vielleicht drei Kilogramm mehr oder weniger.« Er dachte an das Rotationswerkzeug und versuchte abzuschätzen, mit welcher Geschwindigkeit die Technikerin gegen das Schweißgerät geprallt sein konnte.

Sie hatte wahrscheinlich versucht, die Rota-Maschine abzuschalten, nachdem sich das Magnetbein gelöst hatte, aber durch die heftige Bewegung statt dessen versehentlich auf maximale Drehzahl eingestellt. Anschließend mußte der Rotamat sie fortgeschleudert haben.

»Nicht einmal ein halber Meter pro Sekunde«, murmelte er schließlich.

»Was ist denn los?« fragte Dabrin ungehalten. Der Lichtfleck auf der anderen Seite der Brennkammer blieb stehen, und die silberne Gestalt bewegte sich.

»Das Gerät kann nicht schneller als einen halben Meter pro Sekunde geworden sein, wahrscheinlich nicht einmal die Hälfte dieser Geschwindigkeit.« Er sah zum Injektorgerüst hinüber und versuchte, die Entfernung einzuschätzen. Dann nickte er. »Die Zeit hat gereicht.«

»Wofür hat die Zeit gereicht, verdammt noch mal?«

»Die Zeit zwischen dem Unfall und unserem Eintreffen war groß genug, daß das Gerät diese Stelle erreichen und wieder abprallen konnte«, meinte er. »Es kommt ungefähr hin.«

»Weshalb gerade die Stelle, an der du dich befindest?«

»Weil es hier eine Platte demoliert hat, als es aufschlug.«

Dabrin schwieg und blendete ihren Scheinwerfer auf, der in Richtung Brennkammeröffnung zeigte.

»Wenn er vom Injektor her wirklich direkt hierher gedriftet ist«, fuhr Cerner fort, »dann treibt er jetzt auf den Glockenhals zu, auf eine Stelle an deiner Seite, und bewegt sich aus dem Triebwerk heraus.«

Er schaltete sein Jetpack wieder an. »Such den Glockenhals ab, Elena, ich werde der Bahn folgen, die er wahrscheinlich beschreibt.«

»Ist es sicher, daß der Schaden wirklich vom Schneidbrenner verursacht wurde, und nicht von einem Meteoriten oder einem Trümmerstück.«

»Ersterer hätte eine ziemlich eigenwillige Bahn beschrieben haben müssen, und für einen Metallsplitter ist der Schaden zu groß«, antwortete Cerner überzeugt. »Nein, was immer die Platte beschädigt hat, kam aus der Brennkammer und war ziemlich massiv.«

»Vielleicht ist er auch bei der Montage angerichtet worden«, wandte sie zweifelnd ein.

»Möglich, aber ich halte es für unwahrscheinlich. Die Spuren auf dem Metallbelag sind frisch.«

»Das werden sie in hundert Jahren auch noch sein«, stellte Dabrin fest.

»Aber wenn das Triebwerk arbeitet, versengt es die Stellen, an denen die Reflexionsschicht beschädigt ist. Das ist nicht der Fall.«

»Meinetwegen«, gab Dabrin erschöpft zu. »Was machen wir, wenn wir das Gerät nicht finden?«

»Dann vergessen wir es«, fluchte Cerner ungeduldig. »Wenn es nicht mehr auf dem Weg zum Glockenhals ist, ist es schneller gewesen, als ich gedacht habe, und dann hat es das Triebwerk bereits verlassen.«

»Möglich. Aber nicht sicher genug«, meinte die Technikerin ruhig.

»Und wenn ... wir haben keine Chance mehr, wenn wir das Triebwerk diesmal nicht rechtzeitig zünden können.«

»Nach dem Programm haben wir eigentlich noch zwanzig weitere Tage«, bemerkte Dabrin bitter.

»Und in Wirklichkeit stehen wir vor dem endgültigen Zusammenbruch«, konterte er und legte den Schalter um, der den Antrieb seines Jetpacks auf Maximalleistung brachte. Das flüssige Helium wurde in die faustgroße Brennkammer gepreßt und begann im Vakuum sofort zu sieden. Aus den beiden Entspanndüsen rechts und links gestoßen, trieb es das Jetpack, das im Grunde nur aus der Brennkammer und dem Heliumtank bestand, vorwärts. Er starrte mißmutig die ferne Stelle am Glockenhals an, an der er mit Dabrin zusammentreffen würde, wenn sie das Gerät nicht fanden. Der stechende Schmerz in seiner Seite, den er bereits seit zwei Tagen spürte, war wieder stärker geworden.

CET 05.08.31.09

In der Heckzentrale liefen Zahlenkolonnen über die Datensichtgeräte, vor denen niemand saß. Aus den Laserprint-Druckern kamen Endlosstreifen, auf denen Zeile nach Zeile folgte, die Projektionsschirme zeigten Ausschnitte aus Schaltplänen und Mikroprozessor-Schemata.

Lars Severn beugte sich über eine Faltfolie, auf der die Schaltkreise der Elektronik dargestellt waren, mit der der Injektorblock überwacht und gesteuert wurde. Neben ihm stand der mürrische Gathen, der Telemetrie-Experte, und verglich die Schaltungen mit einer Auflistung, die er auf die Rückseite eines ähnlichen Planes geschrieben hatte. Er befand sich seit Stunden in einer wechselhaften Stimmung, verursacht durch eine Sonderdosis von kreislaufstützenden Medikamenten, die ihm Cerner widerwillig zugestanden hatte, nachdem er plötzliche Schweißausbrüche erlitt.

Cerner hatte, durch den Medic-Computer gewarnt, in der Furcht vor den Stimmungswechseln Gathens, den Telemetriker von da an mit Severn zusammenarbeiten lassen, dem unzugänglichen, eher bedächtigen Systemanalytiker.

Dieser hatte die vielen hundert elektronischen Netzbestandteile, die ausgefallen waren, während der letzten Tage hellrot markiert und mit einem grünen Stift mögliche Umgehungen eingezeichnet, zusätzlich die nötigen Abänderungen im Computerprogramm. Während die Minuten vergingen, überprüften er und Gathen die Korrekturen zur Sicherheit noch einmal, ehe sie kurz vor den ersten Testläufen das Änderungsprogramm freigaben. Ernsthaften Belastungen würde das Antriebssystem zwar erst drei Tage vor dem Ablauf des Countdowns ausgesetzt, aber sie hatten alle überflüssigen Gefahren vermeiden wollen.

Auf einem der Bildschirme hinter ihnen flackerten die Ziffern des Countdowns, von dem alles abhing: das Ende der Mission, des Schiffes, der Besatzung. Die Zeilen zwangen ihnen mehr und mehr ihren eigenen Willen auf.

ZEITPLAN-SOLL: 05 TAGE 02 STUNDEN 31 MINUTEN
ZEITPLAN-STATUS: 05 TAGE 08 STUNDEN 29 MINUTEN
REST-SICHERHEITSFRIST: 02 MINUTEN
ZEITPLAN-ABWEICHUNG: 5 STUNDEN 58 MINUTEN

Gathen folgte mit dem Stift einer Schaltbahn, umging zwei rot markierte Bauteile und kehrte wieder auf die alte Bahn zurück. Plötzlich stutzte er.

»DH 174«, murmelte er nachdenklich.

Severn warf ihm einen Seitenblick zu und tippte dann die Codierung in das Datensichtgerät. »Sekundärkontrollkreis Kühlmittelsystem C, Magnetzelle IB 2, Strahlensteuerung-Mündungsteil, Injektor-Ausgangssegment«, sagte er. »Überwacht die Einhaltung der Magnetfeld-Sollstärke und ist mit der optischen Anlage gekoppelt, welche die Ausrichtung des Deuteriumstrahls kontrolliert.«

»Wir haben es in eine Überbrückung eingebaut«, meinte Gathen mißmutig. »Aber für welche Funktion?«

»Was für eine Codierung hat die Schaltbahn«, fragte Severn nüchtern.

Gathen suchte mit dem Stift den geraden Strich ab und fand eine Markierung. »HDS 78. In Rot.«

»Rote Farbe?« wiederholte Severn beunruhigt. »Das müßte doch das hydraulische System... von was eigentlich?«

Gathen deutete ungeduldig auf das Terminal.

Der System-Analytiker tippte wortlos die Codierung ein. »Hydraulische Kontrolle, HDS-Pumpe 78-3, äußeres Schott Injektormündung«, las er ab. »Das heißt, wir steuern ein Verschlußstück und einen Magneten des Injektors über dieselbe Schaltung.«

»Verdammter Mist.«

»Rein theoretisch...«

»Scheißtheorie«, fluchte Gathen. »Die einzige Frage, die mich interessiert, ist: Geht das wirklich gut?«

Severn runzelte die Stirn. »Der Computer hat es abgesegnet. Aber...«

»Richtig«, unterbrach ihn Gathen schroff. »Aber.«

»Das verflixte Siliziumgehirn hat schon ganz andere Sachen gutgeheißen.« Severn grinste breit. »Ich erinnere mich noch an eine Überbrückung, die gleichzeitig die Fäkalpumpen einer Sanitäranlage und die Beleuchtung des Raumes gegenläufig verband.« Er sah Gathen bedeutungsvoll an. »Sobald einer das Licht angemacht hätte, würde er ziemlich in der Scheiße gesteckt haben... buchstäblich.«

»Ich weiß. Und der Große Bruder hat es nicht gemerkt«, ergänzte Gathen gelangweilt und schüttelte verstimmt den Kopf, während er mit der Hand auf eine abgeschaltete Tastatur schlug. »Wie sind denn die verdammten Toleranzen des hydraulischen Bauteiles?«

»Zwei Prozent, glaube ich«, erwiderte Severn ruhig und sah auf den Bildschirm. »Ja, zwei Hundertstel. Ziemlich enge Grenzen.«

»Der Magnet wird feinjustiert«, setzte Gathen hinzu. »Bis auf eine Genauigkeit von einem Millionstel einer Einheit. Und in welchem Bereich lagen die tatsächlichen Korrekturen?«

Severn gab die Frage ein, und auf dem Bildschirm rasten Zahlenkolonnen von unten nach oben. »Plus-minus zweitausend Millionstel Skalenteile, bei einer Strahlabweichung von immerhin zehn Millimeter. Da muß eine Relaiskoppelung im Magneten sein.«

»Faktor zehn«, faßte Gathen mürrisch zusammen. »Nicht gerade viel.«

»Es könnte reichen«, erklärte Severn. »Der Strahl darf nicht viel mehr als diese zehn Millimeter von der Ideallinie abweichen, sonst bricht das System zusammen. Aber bei kleineren Abweichungen ist die Abstimmung der Hydraulik viel zu träge, um auf die Veränderungen zu reagieren, mit denen der Magnet gesteuert wird.«

»Sollen wir das riskieren?« fragte Gathen beunruhigt.

Severn wies auf den Bildschirm hinter seinem Rücken. »Wir sind jetzt wieder einigermaßen im Zeitplan«, meinte er. »Bei T minus acht Stunden muß das verdammte Programm anlaufen, denn wir stecken in einer kritischen Phase. Im Augenblick haben wir ein Gleichgewicht zwischen ausfallenden und Ersatzkreisen.« Er sah Gathen an, ohne sich zum Bildschirm umzudrehen. »Wieviel Zeit haben wir, um eine Änderung auszuarbeiten, Wyl?«

»Zweieinhalb Minuten«, antwortete der Telemetrie-Spezialist unwillig nach einem Blick auf den Countdown.

»Also gar keine.« Severn seufzte. »Eine Änderung des Programmes und der Schaltung würde eine halbe Stunde dauern, die Überprüfung würde ebensoviel Zeit in Anspruch nehmen. Bis dahin haben sich so viele Faktoren geändert... Stützmassenverbrauch pro Sekunde, G-Belastung, Energieumsatz, Systemzustand et cetera et cetera... daß wir das ganze Programm wegwerfen und komplett ersetzen müßten.« Er hob die Schultern und senkte sie in einer gleichgültigen Bewegung wieder. »Werfen wir unserem Gebetbuch noch einen demütigen Blick zu und lassen wir das Programm ablaufen... mit HD 74 als Überbrückung.«

»Wahrscheinlich wird es gutgehen«, erklärte Gathen ohne echte Überzeugung. »Wenn nicht, werden wir zumindest erleben, wie ein

Injektor reagiert, wenn sich plötzlich eines der Stahlblätter seiner Außenblende in den Flüssiggasstrahl schiebt.«

Severn nickte wortlos und legte die Hand auf eine rote Taste, während er mit der anderen eine Anweisung eingab.

> START PROGRAMM ZUENDUNG
> CODE: INITIAL
> KENNZIFFER: 00402
> STATUS: VERZOEGERUNG PHASE II
> SUBPROGRAMM MODIFIKATIONEN INJEKTORELEKTRONIK/
> KONTROLLSYSTEME
> ANWEISUNG: FREIGABE FUER T MINUS 05 TAGE 08 STUNDEN

Er sah Gathen einen Augenblick lang an und schlug dann mit der Faust auf die Taste.

PROGRAMM LAEUFT

»Programm läuft«, wiederholte er laut. »Bis zum elenden Schlußpunkt.«

CET 05.08.08.47

DATA REPLAY

CODE: TEST-T DELTA II

KENNZIFFER: 04402

PROGRAMM: SYSAN-TESTLAUF TRIEBWERKSSEKTION STUFE II

START WIEDERGABE

VORHANDENE DATEN REICHEN FUER ZUVERLAESSIGE COMPPRO-
GNOSE NICHT AUS
TESTVERLAUF MIT AN SICHERHEIT GRENZENDER WAHRSCHEIN-
LICHKEIT NEGATIV
DEFEKTE UND SCHAEDEN GERINGEREN AUSMASSES SIND ZU ER-
WARTEN
DEFEKTE UND SCHAEDEN MITTLEREN AUSMASSES SIND MOEG-
LICH
DEFEKTE UND SCHAEDEN GROSSEN AUSMASSES SIND UNWAHR-
SCHEINLICH
SYSTEM BEFINDET SICH IN AUSREICHENDEM ZUSTAND FUER ER-
STEN TESTLAUF AUF STUFE II
TESTPROGRAMM WIRD BEI T MINUS 05 TAGEN 08 STUNDEN PLAN-
MAESSIG GESTARTET

WARNING
DER GEFAHRENBEREICH HAUPTANTRIEB IST VOR PROGRAMM-
START ZU RAEUMEN
ENERGIEFREISETZUNG GEFAEHRLICHEN AUSMASSES
WARNING

ENDE WIEDERGABE

CET 05.08.07.51

Die Technikerin hing bewegungslos vor den gewölbten Metallplatten des Glockenhalses, die Scheinwerfer auf eine Stelle gerichtet, die Sichtscheibe ihm zugewandt, während er sich langsam näherte. Verzweiflung und Enttäuschung mischten sich mit ohnmächtigem Zorn in seinen Gedanken, als er einen Schalter betätigte und das Jetpack in seiner Bewegung abbremste. »Nichts«, stellte er verbittert fest. »Verdammt, nicht ein Stäubchen.« Er sah auf sein Chronometer. »Und wir haben nicht mal mehr sieben Minuten Zeit.«

Dabrin schwieg. Sie bewegte ihr Jetpack ein wenig und richtete das Handlicht auf eine Metallplatte, die bereits hinter dem Glockenhals lag. »Es muß nicht stimmen«, meinte sie ruhig. »Aber es ist möglich, daß das Gerät von dieser Stelle dort vorn wieder abgeprallt ist. Sie trägt einige Spuren.« Dabrin wandte achselzuckend den Kopf zurück. »Sie könnten auch von Meteoriten stammen.«

Cerner sah zu der Reflektorplatte mit den Flecken hinüber und blickte sich dann um. »Die Bahn könnte stimmen«, erklärte er. »Aber wenn es so gewesen sein sollte, dann hat das Schweißgerät die Brennkammer wahrscheinlich schon verlassen.«

»Es wäre möglich«, meinte Dabrin.

Cerner richtete sein Jetpack auf die spiegelnde Fläche. Die Spuren waren gering, fast nicht zu erkennen, und sie konnten viele Ursachen haben. Auch andere Metallplatten hatten eine verunreinigte, gesprenkelte Oberfläche, wahrscheinlich die Folge des Kontaktes mit den sonnenheißen Gasmassen, die hier die Brennkammer verließen und dabei gelegentlich die magnetischen Richtfelder durchschlugen. Er wollte seinen Antrieb einschalten, als ein gelbes Licht in seinem Helm aufleuchtete. Mit einem leisen Fluch schaltete er sein Funkgerät auf das Relais im BULLOCK um.

»Cerner hier. Was ist los?«

»Hier spricht Alan. Aaram, in fünf Minuten wird der erste Probelauf stattfinden. Sollen wir das Programm abbrechen?«

Er überlegte, setzte zu einer Antwort an und schwieg dann, als sein Blick auf die beschädigte Metallfläche fiel. Ehe er zu einem Entschluß kommen konnte, schaltete sich die blonde Technikerin ein.

»Nicht mehr nötig«, antwortete sie ruhig, mit vor Erschöpfung heiserer Stimme.

264

»Okay. Habt ihr das Mistding?«

Sie warf ihm einen fragenden Blick zu, und er nickte schweigend.

»Es ist alles in Ordnung«, gab sie durch. »Fangt planmäßig an, wir verlassen die Brennkammer.«

»Beeilt euch«, erwiderte Tharin nur. »Ihr habt nicht viel mehr als vier Minuten, um euren BULLOCK aus der Glocke herauszubringen. Ende.«

»Ende und aus«, sagte sie und schaltete ab. Wortlos zog sie ihr Jetpack herum und richtete es auf den Raumschlepper.

Er folgte ihr, während seine Gedanken bei dem Schweißgerät blieben. Jetzt abzubrechen, würde in diesem Stadium nicht Minuten, sondern Stunden, wahrscheinlich sogar Tage Verzögerung bedeuten. Das Gerät mußte aus der Brennkammer herausgedriftet sein, aber es stand nicht mit Sicherheit fest. Die Ungewißheit blieb.

Sie erreichten das Montagefahrzeug, als ihnen noch etwas mehr als drei Minuten blieben. Er gab sein Jetpack an sie weiter und zwängte sich sofort in das Cockpit. Ohne weiter auf die Ziffern des Countdowns zu achten, schaltete er die Konsolen ein und begann, den BULLOCK zu wenden, während er das Triebwerk anlaufen ließ. Die Kontrollampen blinkten grün, einige wegen des abrupten Starts auch gelb. Während er sich über den Kontursessel hinwegzog, beendete er das Wendemanöver, warf einen flüchtigen Blick durch das Fadenkreuz in der Cockpitverglasung der Frontscheibe und schob den Leistungsregler des Triebwerkes bis zum Anschlag nach vorn. Der Alarmstart ließ das Gerüst, in dem die Triebwerkzelle hing, erzittern, und mit einem harten Stoß wurde der BULLOCK vorwärtsgetrieben.

»Alles okay, Elena?« fragte er und umklammerte die Kopfstütze mit dem linken Arm, um gegen den Beschleunigungsdruck anzukommen.

»Ich bin noch da, wenn du das meinst«, meldete sich die Technikerin trocken.

»Aber das Triebwerk ist halb hinüber.«

Er schwieg und kontrollierte die Chronometer-Anzeige. Sie hatten noch hundertvierundzwanzig Sekunden Zeit, die Brennkammerglocke zu verlassen. Er korrigierte die Bahn des Schleppfahrzeuges, während der BULLOCK mit zunehmender Geschwindigkeit am Glockenhals vorbeischoß.

»Wie steht der Countdown?« fragte die Technikerin heiser.

»Minus einundachtzig. Was ist der erste Außentest?«

»Magnetsystem im Entspannraum«, antwortete sie nach kurzem Überlegen. »Also um uns herum.«

Er warf einen beunruhigten Blick auf die spiegelnden Panzerwaben, die den Entspannraum der Brennkammer bogenförmig einfaßten. »Minus zweiundfünfzig«, las er ab.

»Vierzig Sekunden brauchen wir mindestens noch«, schätzte sie die Entfernung ab.

»Einunddreißig«, rief er laut, während er seinen Blick auf den näherkommenden Rand der Brennkammer richtete.

»Fünfzehn.« Der Rand kam dicht heran, als sie schräg darauf zuliefen.

»Zehn.«

Die Metallfacetten bogen sich wieder zurück.

»Neun. Acht, sieben, sechs…«

»Wir sind durch«, rief die Technikerin erleichtert.

»Null«, sagte er ruhig. Im gleichen Augenblick begann die Digitalanzeige des Magnetometers zu flackern und verlöschte dann.

DEFEKT

»Gerade noch rechtzeitig«, erklärte er, während er die Konsole betrachtete, auf der zahlreiche rote Lichter funkelten. »Wir haben doch noch einiges abgekriegt.«

In diesem Moment stockte das Triebwerk, zündete wieder, bäumte sich auf und erlosch endgültig.

»Versager«, murmelte er beunruhigt. »Ist es noch dran?«

»Ja«, erwiderte Dabrin nur.

Er warf einen Blick auf die Anzeigen der Kontrollinstrumente. »Die Ausläufer der äußeren Magnetfelder müssen die Instrumente gestört haben, die den Antrieb überwachen«, vermutete er und schaltete das Triebwerk ab. Dann atmete er tief ein und legte den Schalter wieder zurück. Die Anzeigen wurden grün. »O.K.«, sagte er. »Ich lasse es langsam wieder anlaufen.«

»Wende lieber erst mal«, empfahl die Technikerin spöttisch. »Wir entfernen uns ziemlich schnell vom Schiff.«

Er betrachtete die Anzeigen für die Steuerdüsen. Die Bordelektronik mußte die Magnetfelder nicht ganz so gut verkraftet haben wie das Triebwerk.

»Das wird schwierig«, meinte er.

»Schaffen wir es noch bis zum Hangar?«

»Ja«, antwortete er. »Ich glaube, dafür reicht es gerade noch.«

CET 05.08.00.02

DATA REPLAY

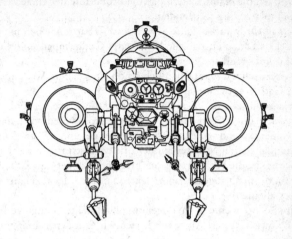

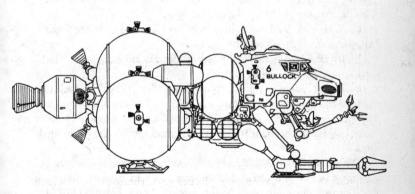

PLOT: BULLOCK-SCHLEPPER/FRONTAL/SEITLICH

CET 05.07.51.21

Gathen und Severn warfen sich erleichterte Blicke zu. Auf den Monitoren zeigten die ersten Daten, daß die Probeläufe der einzelnen Magnetringe planmäßig stattfanden.

»Alles in Ordnung«, stellte Severn fest. »Tharin hat sich nicht gemeldet. Das bedeutet, daß die beiden das Gerät haben und aus der Glocke heraus sind.«

»Sonst hätten wir wahrscheinlich schon ein Loch im Wabengitter«, meinte Gathen unwillig.

Severn schüttelte den Kopf. »Dafür sind die Testfelder wohl noch nicht stark genug. Wenn das Schweißgerät explodieren wird, dann in dem Moment, wenn wir das Magnetfeld der gesamten Brennkammer auf Maximalleistung schalten, in der dritten Teststufe, in zwei Tagen also. Vorher ist die Veränderung der Feldstärke zu gering.« Er seufzte. »Aber für die nicht abgeschirmte Elektronik eines Montagefahrzeuges reicht es allemal.«

»Wir sind noch einmal davongekommen«, stellte Gathen verbissen fest. »Beim geringsten Aufschub hätten wir Stunden gebraucht, um das Zündprogramm den veränderten Anforderungen anzupassen, allen Ersatzprogrammen zum Trotz.«

Severn musterte sein Datensichtgerät. »Bisher keine weiteren Ausfälle«, konstatiert er befriedigt. »Das System hält.«

»Die Leerlauf-Auslastung liegt bei einem Zehntel«, meinte Gathen kalt. »Das ist nicht allzuviel.«

»Es ist eine ausreichende Belastung für das angeschlagene Triebwerk«, entgegnete Severn ruhig.

»Vielleicht hätten wir die Tests sperren sollen«, überlegte sich Gathen. »Aus dem Programm entfernen. Wir spielen Vabanque, und jede Minute, die das Triebwerk unbelastet läuft, arbeitet es nachher unter Belastung vielleicht nicht mehr. Und es muß vierzig Tage durchhalten.«

»Das ist möglich«, gab Severn zu. »Aber andererseits könnten bei den Tests Fehler und Defekte im System entdeckt werden, die wir in der Zeit, die uns dann noch bleibt, umgehen oder beheben können. Mit dem ungetesteten Antrieb zünden, würde uns jeder Möglichkeit berauben, unsere Arbeiten zu überprüfen.«

»Es ist sowieso zu spät, sich darüber den Kopf zu zerbrechen«, sagte Gathen schließlich mürrisch. »Die Tests laufen, und um diesen Bestandteil des Testprogramms zu blockieren, bräuchten wir mindestens eine Viertelstunde.«

»Wann wird der Injektor gecheckt?« fragte Severn und sah auf den Zeitplan, den der Computer ausgedruckt hatte.

»In einer Stunde etwa«, antwortete Gathen. »Aber ohne Liqhyd-Stützmasse.«

»Ein reiner Leerlauf-Test«, überlegte der Systemanalytiker. »Vielleicht sollten wir einen Ergänzungstest vorbereiten, zusätzlich und unabhängig vom Programm… mit einem Stützmassestoß von ein, zwei Sekunden.«

»Um die DH-174-Überbrückung zu testen?«

Severn nickte. »Wir könnten den Liqhyd-Strahl um einige Millimeter bewegen und beobachten, wie das System darauf reagiert. Eine optische Simulation wäre auch möglich. Vielleicht könnten wir die Grundausrichtung überprüfen und neu justieren, während wir die Stromzufuhr zum Außenschott unterbrechen. Dann können wir am Magnetring arbeiten, ohne die Toleranzen beachten zu müssen.«

»Oder wir unterbrechen die Stromzufuhr zum Verschlußteil ganz, nachdem es einmal geöffnet hat. Das wäre ein idealer Weg, ohne Zusatztest und so weiter.«

»Nein, das geht leider nicht«, wandte Severn ein. »Ich hatte auch schon daran gedacht. Wir müßten an den Verteiler von SPL-INJEC 16 heran, und das können wir nicht. Wenn wir aber vor diesem Verteiler unterbrechen, sind alle Ventilanlagen des Injektors blockiert.«

»Und damit ist der Zusatztest ebenfalls zu riskant«, seufzte Gathen mißmutig. »Mit anderen Worten, ob die Überbrückung arbeitet, wird sich erst erweisen, wenn das Triebwerk gestartet wird.« Er lehnte sich zurück. »Die Feinjustierung erübrigt sich. Das Gerät ist immer noch auf den Brennpunkt ausgerichtet, und die bisherigen Abweichungen waren minimal.«

»Und was machen wir statt dessen?« fragte Severn schlicht.

Gathen blickte seinen Kollegen von der Seite an und grinste ein wenig bösartig. »Ich vermute, ab jetzt werden wir warten.«

»Bis wir Null erreichen«, nickte Severn mit einem Blick auf den Countdown.

Der andere schüttelte den Kopf. »Oder bis etwas schiefgeht. Denn dann werden wir vielleicht mehr zu tun haben, als wir bewältigen können. Wer weiß, wieviel Fehler bereits die ersten Testläufe aufzeigen.«

CET 05.07.41.17

Vibrationen liefen durch das Schiff, während die mächtigen Aggregate der Lasersysteme getestet wurden. Greg Vylis lehnte vor den beiden Sichtschirmen eines Comp-Terminals und beobachtete die Daten, die bisher ermittelt worden waren, als das Bereitschaftszeichen vom Vid-Com-Schirm links neben seinem Ellenbogen erlosch und McLelans Gesicht erschien.

Der Kommandant musterte den Lasertechniker fragend. »Ich hatte jemand anderen erwartet«, stellte er fest.

Vylis nickte. »Ich habe außerplanmäßig mit Wylam gewechselt«, antwortete er langsam.

»Weshalb?«

»Fehlstelle im Defektkontrollnetz«, begründete Vylis wortkarg. »Und Alan wollte sich ein Gerät besorgen.«

McLelan lehnte sich zurück. »Okay... sind Aaram und Elena zurück?«

Er schüttelte wortlos den Kopf.

»Aber wo befinden sie sich denn?« fragte McLelan besorgt.

»Etwa am Montagesockel.«

»Ich dachte, sie wären bereits im Hangardeck, verdammt. Ist eine Verbindung mit ihnen möglich?«

»Jetzt ja«, erklärte er.

Der Kommandant schüttelte den Kopf. »Soll das heißen, daß der Funkkontakt zeitweilig unterbrochen war? Seit wann steht die Verbindung wieder?«

»Zehn Minuten...«

»Was ist da vorgefallen?« fragte McLelan scharf. »Sind sie etwa in die Felder geraten?«

»Ja, doch es ist nichts Ernsthaftes passiert«, erklärte der Lasertechniker. »Aber der Schlepper macht Schwierigkeiten.«

McLelan nickte. »Meldet euch sofort, sobald sie den Hangar erreicht haben. Verstanden?«

»Ja, positiv«, antwortete Vylis. »Ende.«

»Ende und aus.« Der Sichtschirm erlosch wieder, und Vylis wandte sich dem Comterminal zu. Zwei Minuten vergingen, bis sich das Metallschott zur Heckzentrale geräuschlos öffnete und Tharin, der Reaktortechniker, hereinkam, ein klobiges Strahlenmeßgerät in der Hand.

Der Laserexperte hob den Kopf.

»Was ist mit dem Schleppfahrzeug?« fragte Tharin, während er über den Laufrost an dem Lasertechniker vorbeiging, die aufflackernden Kontrollichter musternd, die den Ablauf des Testprogramms begleiteten. Vylis runzelte die Stirn. »Zehn Minuten noch«, antwortete er schließlich.

»Wer sagt das?« fragte Tharin geistesabwesend, während er sich vor ein Kontrollpult setzte.

»Aaram«, gab der Lasertechniker zurück.

»Zehn Minuten also noch.« Tharin heftete das Meßgerät auf die Metallfläche der Konsole und warf einen Blick auf die Countdown-Anzeige. »Neun Stunden sechsunddreißig Minuten bis zum Ende der Testphase. Viel länger hätten sie nicht brauchen dürfen. In nicht viel mehr als zwanzig Minuten wird die Energiezufuhr zu den Außensektionen zeitweise unterbrochen, und damit auch zum Hangar, um...« Er stutzte. »Verdammt, weshalb eigentlich?« murmelte er verblüfft. »Für die Laser, oder?«

»Ja«, bestätigte Vylis. »LAS-Energiespeicher.«

Tharin schüttelte fassungslos den Kopf. »Als nächstes werde ich wohl vergessen, wie man ein Sauerstoffventil schließt, oder nicht mehr sicher sein, wie ich heiße.« Er gab eine Anweisung in den Computer ein und nahm gleichzeitig eine zusammengefaltete Checkliste aus der Brusttasche seines Overalls. Ohne sich im Sessel anzuschnallen, begann er, die Ziffern zu vergleichen. Nach zwei Minuten fluchte er verhalten in sich hinein. Dann nahm er das Meßgerät in die Hand und schaltete es ein.

»Verflixt«, sagte er. »Greg, wie, glaubst du, hat sich die Strahlendosis im Heckbereich in den letzten fünf Tagen verändert?«

Vylis hob die Schultern, ohne den Kopf zu bewegen. »Mehr als vorher«, erwiderte er nur.

»Ja, genau«, nickte Tharin. »Mehr als vorher. Und zwar verdammt mehr als vorher.« Er warf einen Blick auf die Tabellen. »Seit die Reaktoren mit Vollast arbeiten, hat sich die Strahlung vervierfacht... stellenweise mehr als verzehnfacht.«

Vylis warf ihm einen überraschten Blick zu. »Hier?«

»Ungefähr das Doppelte«, sagte Tharin, nachdem er die Anzeige des Meßgerätes überprüft hatte. »Aber das ist nicht das Schlimmste.«

»Sondern?«

»Daß die Strahlung ansteigen würde, war zu erwarten, wenn auch nicht abzusehen war, daß sie so stark ansteigen würde. Die Strahlen-abschirmung und Absorber-Panzerungen sind einfach verrottet – schlimmer, als ich gedacht habe.« Er sah den Lasertechniker bedeu-tungsvoll an. »Aber wenn das für die Core-Abschirmungen der Fis-sionsreaktoren gilt, gilt es auch für die Strahlenschutzwände des Fu-sionskraftwerkes, und das wird in wenigen Minuten wieder gestartet werden.« Er zeigte mit dem Finger auf die gegenüberliegende Wand. »Ganz zu schweigen von dem großen Schutzschild im Heck, am Mon-tagesockel. Wenn das Feuerwerk in der Brennkammer anfängt, sitzen wir in einem Partikelgewitter, ob das Mistding nun explodiert oder programmgemäß arbeitet.«

Vylis runzelte die Stirn. »Wie lange?« fragte er.

»Wie lange wir bleiben können?« Tharin überlegte einen Augen-blick. »Hängt ganz davon ab, wieviel wir schon eingesteckt haben. Auf keinen Fall länger als bis T plus zehn Stunden. Bis dahin wird diese Zentrale hier«, er machte eine Handbewegung, »heiß sein wie ein Mikrowellenherd. Aber wenn das Triebwerk zehn Stunden läuft, wird es auch wohl vierzig Tage durchhalten. Die kritische Phase ist der Aufbau der Felder und die Stabilisierung der Fusionsprozesse.«

Vylis nickte nur.

»Ich glaube, wir sollten McLelan auf jeden Fall schon mal darauf aufmerksam machen, daß wir spätestens zehn Stunden nach Verzöge-rungsbeginn den Heckbereich verlassen müssen.«

»Warte«, bat Vylis und deutete auf die rote Lampe, die an der Kon-sole neben ihm leuchtete, neben den Kontrollampen für die Intercom-Verbindungen, in der Leiste der Anzeigen für die externen Funkver-bindungen.

»Das ist der BULLOCK«, sagte Tharin erleichtert.

Vylis beugte sich zu dem Pult hinüber und schaltete das Mikrofon ein. »Zentrale Heck, Vylis«, meldete er sich.

»Hier BULLOCK SECHS«, drang Cerners Stimme verzerrt aus dem schmalen Wiedergabegitter. »Wir hängen vor dem Hangardeck und warten darauf, daß uns jemand den Weg freimacht. Die Antennen für die Außensteuerung scheinen schon wieder defekt zu sein, denn das verdammte Schott öffnet sich nicht.«

Tharin warf einen Blick auf den Countdown. »Vierzehn Minuten bis zum Abschalten«, stellte er nervös fest. »Ich werde mich darum kümmern.« Er stand seufzend auf und stülpte seinen Helm über, wäh-rend er zum Schott eilte.

Vylis sah ihm nach. »Mitbekommen?« fragte er dann.

»Verstanden«, bestätigte Cerner. »Ich hoffe, er beeilt sich. Wie sieht es bei euch aus?«

»Wir leben«, antwortete Vylis trocken.

»Das ist auch so ziemlich alles, was wir noch verlangen können, scheint mir«, meinte Cerner. »Ich werde den BULLOCK jetzt direkt vor das Schott manövrieren. Ende.«

»Ende und aus«, sagte Vylis und schaltete auf Intercom um, um McLelan zu informieren, daß die beiden Techniker es rechtzeitig schaffen würden, wieder an Bord zu kommen.

CET 04.23.45.03

DATA REPLAY

CODE: STEELFINGER

KENNZIFFER: 08008

GRUNDSTATUS: EINGESCHRAENKTE DATENFREIGABE

PROGRAMM: AUSKOPPELUNG DER SONDEN-PROJEKTILE

START WIEDERGABE

STATUS: ENDPHASE
OBJEKT: ROBOTSONDE IV
ZIELOBJEKT: PLANET ›EDEN‹
      VORLAEUFIGE KENNZEICHNUNG SYSOBPLAN ZWEI
PROGRAMMRAHMEN: UEBERSICHT
      OPTISCHE ERFASSUNG DURCH ZWEI REFRAKTOR- UND DREI
      REFLEKTOREINHEITEN
      INFRAROT-ERFASSUNG DURCH EIN SUPRATEMP-TELESKOP
      RADARERFASSUNG DURCH FERNDISTANZ-RASTERRADAR
      KARTOGRAPHISCHE RAHMENERFASSUNG PHOTOGRA-
      PHISCH/RADAR
      SPEKTROSKOPISCHE FERNDISTANZ-ATMOSPHAERENANA-
      LYSE
      SPEKTRALERFASSUNG PLANET
      RADIO-ABTASTUNG DURCH ZWEI NIEDERFREQUENZ- UND EI-
      NEN KILOHERTZ-DETEKTOR
      RADIOTELESKOPISCHE ERFASSUNG IM GESAMTEN FRE-
      QUENZ-BAND
      SIGNALERFASSUNG IM KILO- UND MEGAHERTZBAND
      RADIOAKTIVITAETSABTASTUNG DURCH VIER DETEKTOR-SY-
      STEME
      ROENTGENANALYSE DURCH EIN R-TELESKOP
      GAMMAANALYSE DURCH EIN G-DETEKTORTELESKOP

STRAHLUNGSGUERTEL-ANALYSE DURCH SIEBEN DETEK-
TOR-SYSTEME
CHEMISCHE ANALYSE DES IONENMANTELS UND DER GAS-
SCHLEIER AUSSERHALB DER ATMOSPHAERE
ULTRAVIOLETT-ABTASTUNG DURCH EIN UV-TELESKOP
ORBITAL-RADARDURCHMUSTERUNG FUER BEGLEITER-ER-
FASSUNG

ENDE WIEDERGABE

CET 04.21.22.34

Seit dem Ende der ersten, zehnstündigen Testphase lag eine beunruhigende Stille über dem Schiff. Die gerade erst begonnene Analyse hatte bisher keine ernsthaften Fehlerstellen aufdecken können.

Auch in den anderen Schiffssektionen blieb es gespenstisch ruhig. Seit einer halben Stunde versuchten Marden und Seran, mit Unterstützung durch den Computer einen Lichtreflex zu analysieren, der den bisher ermittelten Daten nach mitten in der Zone liegen mußte, in der es bewohnbare Welten geben konnte. Die bisherigen Ergebnisse waren negativ gewesen, bis sie ihre Untersuchung abgebrochen hatten.

Wenn die Computerdaten noch zuverlässig waren, mußte sich die Robotsonde mit der Ziffer IV auf einer parabolischen Flugbahn dem Planeten nähern, der nach Einschätzung etwa der zweite Begleiter des Zielsterns sein würde und *Eden* genannt worden war. Nach einer Bremsphase, bei der die Sonde von ihrer großen Geschwindigkeit auf einen Wert verzögert hatte, der es ihr nicht mehr gestatten würde, das Schwerefeld des Zielplaneten zu verlassen, trieb das metallene, zerbrechlich wirkende Gebilde jetzt in gleichmäßiger Fallbewegung auf ihn zu und würde mit einigen Schubstößen in einen halbstabilen Orbit übergehen können. Die optische Erfassung durch die Teleskope und Strahlungsdetektoren hatte bereits vor einiger Zeit begonnen, erst nach dem Übergang in die elliptische Umlaufbahn konnte die Landekapsel abgekoppelt werden, welche Erd- und Gasproben entnehmen, seismologische, geologische und erste biologische Untersuchungen durchführen würde. Gleichzeitig sollten die Radaranlagen des Orbiterteils mit einer Reliefkartographierung der Oberfläche beginnen, während die Sondencomputer die eingehenden Daten auswerten und übermitteln würden.

Auf den Sichtschirmen der Wissenschaftszentrale flackerten die ersten nicht ganz und gar unscharfen Aufnahmen, die bereits einige Minuten alt waren. Die Funkdaten, durch die sie wenig später ersetzt werden würden, befanden sich auf ihrem lichtschnellen Weg im Weltraum zwischen dem Schiff und der Sonde. In weniger als zwei Minuten würden die ersten starkauflösenden Teleskopbilder eintreffen und die Antennenanlagen erreichen.

Seran und Marden saßen nebeneinander und versuchten, einen Überblick über die Bilder und Daten zu bekommen, welche die ande-

276

ren Sonden übertrugen, während sie sich im gesamten, dem Raumschiff zugewandten Bereich des Zielsystems verteilt hatten. Zwei waren bereits in eine feste Umlaufbahn um äußere Planeten eingeschwenkt, zwei weitere beschrieben eine unregelmäßige Bahn um einen der größeren Planeten und um den Gasriesen, um auch das ausgedehnte Trabanten-Gefüge der großen Himmelskörper erfassen zu können, und eine Anzahl kleinerer Sonden befand sich im Asteroidengürtel.

Die nächsten Bilder würden zeigen, ob Eden eine bewohnbare Welt oder ein toter Planet war. Immer wieder sahen die beiden Frauen mit Unruhe auf die Chronometer-Ziffern, die das Näherrücken des Zeitpunktes auswiesen, an dem die Bilder ihre Projektionsschirme erreichen würden.

Nach einigen weiteren Minuten gab es Seran auf, in das Datensichtgerät zu blicken, und schaltete die Wiedergabe ab. Die Astrophysikerin hob den Kopf und folgte ihrem Blick. Mit einem schwachen Lächeln schaltete auch sie ihr Terminal aus.

»Es kommt doch nichts dabei heraus«, stellte sie resignierend fest. Ihre Stimme klang schwerfällig, nach Übermüdung, Angst und Aufgabe.

Die Vize-Kommandantin nickte und wollte etwas erwidern, als das Bild auf dem großen Projektionsschirm wechselte. Die ersten scharfen Bilder erschienen. Sie zeigten eine bräunliche, relativ kleine Fläche mit genau erkennbaren Rändern.

»Die Sonde wird sich auf einer Swingby-Passage dem Planeten nähern und dabei sogar die obersten Atmosphärenschichten berühren«, stellte Marden fest. »Anschließend wird sie ein letztesmal verzögern und während des Swingbys in eine weite, elliptische Bahn einschwenken… Perigäum etwa zweihundertsiebzig Kilometer, Apogäum das Zehnfache.«

»Der Farbtransfer scheint nicht intakt zu sein«, vermutete Seran beunruhigt. »Zu viele Braun- und Grautöne… eine außergewöhnliche Färbung.«

»Die Anzeigen sind grün«, meinte die Astrophysikerin skeptisch. »Wyl könnte es dir genau sagen. Aber bisher hatte ich keinen Ärger mit den Kameras und den Transmitter-Einheiten.« Sie hob die Schultern und senkte sie wieder. »Ich ahnte schon, daß es kein Erdplanet werden würde, auch wenn die Bedingungen dafür wie geschaffen schienen.«

277

Sie musterten schweigend die übertragenen Aufnahmen, während sich die Sonde dem Planeten weiter näherte und die Teleskopausrichtung korrigiert wurde.

»Eigentlich müßten die elektronischen Kameras jetzt Oberflächendetails sichtbar machen«, erklärte Marden. »Auf den beiden linken Nebenschirmen kommen jetzt gleich Vergrößerungen.«

Der linke Bildschirm zeigte die gleiche graubraune, trübe Farbe, ohne echte Substrukturen, in langsamen Bewegungen. Auf dem anderen Bildschirm sah man feine Schleier über dem Planetenrand hängen.

»Oberfläche?« fragte Seran sarkastisch. »Ich fürchte, das ist die Atmosphäre *Edens*.«

Marden überprüfte einige Daten. »Ziemlich niedrig«, murmelte sie. »Aber keinesfalls die Oberfläche, das stimmt.«

Eine steile Falte entstand zwischen ihren Augenbrauen, als sie wieder auf den Bildschirm blickte. »Es muß sich um eine Art Wolkendecke handeln, von enormer Dichte wahrscheinlich, möglicherweise Staubstrukturen.«

»Ein Verenatyp-Planet«, meinte Seran enttäuscht.

Die Astrophysikerin nickte zögernd. »Ja, in etwa schon.« Mit der linken Hand betätigte sie einige Tasten. Auf dem rechten Nebenschirm erschien eine Infrarot-Aufnahme Edens.

»Anscheinend nicht ganz so heiß… dreihundertachtzig Grad durchschnittliche Oberflächentemperatur, variiert nur geringfügig. Stürmische Atmosphäre, viel Schwefeldioxid, auch Carbondioxide.«

»Seltsam«, sagte Seran.

Marden nickte. »Eine finstere Gegend. Und die spektroskopischen Fernuntersuchungen weisen auf sehr geringe Sauerstoffanteile in der Atmosphäre hin.«

»Also alles andere als ein Erdplanet.«

»Wir haben keine Ansprüche mehr auf eine zweite Erde«, stellte Marden bitter fest und wandte sich wieder der Konsole zu. »Die weitere Annäherung wird einige Stunden dauern. Wesentliche Erkenntnisse sind erst wieder in mehr als zwanzig Stunden zu erwarten… nicht mehr allzu lange vor der Zündung.«

»Dem Zündungsversuch«, verbesserte die Vize-Kommandantin nüchtern, während sie mit versteinertem Gesicht die sich träge bewegenden Schleier in der Atmosphäre betrachtete. »Ich wüßte gerne, wo Kilroy jetzt ist«, murmelte sie versonnen.

»Was?« fragte Marden geistesabwesend, ihre Worte kaum wahr-

278

nehmend. »Seine Überreste, meine ich. Das Vakuum kann von seinem verdammten Kadaver nicht viel übriggelassen haben.«

»Was?« fragte Marden noch einmal, diesmal entgeistert aufblikkend.

Die Vize-Kommandantin bewegte den Kopf und sah sie mit einem unsteten Blick an. »Ich war so erleichtert, nach der Explosion im Hangar, daß ich tagelang an nichts anderes denken konnte als an die Tatsache, daß er irgendwo dort draußen war und nicht mehr zurückkehren würde.«

»Daß wir eine Menge Ärger mit ihm gehabt haben, bedeutet nicht…« begann die Astrophysikerin, aber Seran unterbrach sie.

»Eigentlich müßte er Eden schon lange vor uns erreicht haben«, sagte sie nachdenklich. »Er hat seine Geschwindigkeit beibehalten, während die SETERRA verzögerte, und sehr weit abgetrieben haben kann ihn die Explosion nicht.«

»Möglich«, murmelte die Astrophysikerin, Seran mit einem eisigen Blick musternd, in dem Mißtrauen und sogar Furcht lagen. »Aber er hat lange Zeit gehabt, um abzudriften, und wir haben ihn damals schon nicht bergen können.«

»Nicht bergen wollen«, stellte die Vize-Kommandantin mit einem leisen Lächeln richtig.

»Meinetwegen. Jedenfalls dürfte er den Zielstern und Eden weit verfehlt haben, auch wenn er innerhalb des Systems die Sonne passiert hat.« Sie deutete angeekelt auf einen Bildschirm, auf dem die G-Typ-Sonne mit einer Korona-Projektion abgedeckt und das Firmament hinter ihr zu erkennen war. »Er ist jetzt wieder aus dem System heraus, lange schon, und bewegt sich weiter aus diesem Sektor, irgendwann einmal vielleicht sogar aus der Galaxis-Ebene.« Ihre Augen wandten sich wieder Seran zu. »Zufrieden?« fragte sie scharf.

»Das war ich bereits in dem Augenblick, in dem er starb«, entgegnete sie mit ruhiger Stimme, in der kalter Haß lag.

Marden biß sich auf die Lippen und erwiderte nichts mehr.

Sie schwiegen einige Zeit, bis Seran schließlich die Gedanken verjagte, die sie befallen hatten, die Gurte löste und aufstand. »Ich lege mich schlafen, bis die nächsten Ergebnisse eintreffen«, sagte sie zerstreut.

»Wach rechtzeitig wieder auf«, riet ihr die Astrophysikerin beißend, ohne den irritierten Blick zu beachten, den Seran ihr zuwarf.

CET 04.11.31.51

Die medizinische Zentrale des Schiffes war ein flacher Ring um die Längsachse, direkt verbunden mit den drei Hauptschächten, sie reichte, die Lager für Medikamente, Geräte und Chemikalien, die Forschungslabors und andere Einrichtungen eingerechnet, bis an den Rand der Kernzelle. In der medizinischen Sektion gab es zwölf komplett eingerichtete Operationssäle, Diagnose-Computer, zweihundert Krankenräume, Intensiv- und Quarantänestationen für jeweils vierzig Menschen, Organbänke, Blutkonserven, es gab Präparierräume und Biolabors, sogar eine moderne Entbindungsstation mit Brutkammern, umfangreiche Entseuchungsanlagen für Strahlungsunfälle. Insgesamt konnten fast tausend Menschen gleichzeitig versorgt werden, solange sie nicht alle schwere und schwerste Verletzungen hatten. Für die Verstorbenen war die pathologische Abteilung zuständig, mit einer Leichenhalle, in der bisher elf Männer und Frauen eingefroren worden waren, und eine große Sektion befaßte sich mit den Komafällen. Die Komakranken der Kernbesatzung würden ebenfalls hier untergebracht werden, an speziellen Kreislaufmaschinen, die alle Körperfunktionen der klinisch toten Patienten überwachten. Die medizinische Zentrale, von allen Lazaretten und Krankenstationen an Bord mit Abstand die größte, war vor allem dafür eingerichtet, bis zu zweihundertzehn aus den Hibernat-Kammern Erweckte gleichzeitig zu versorgen.

Auf einer Intensivstation nahe der Achse war die schwerverletzte Technikerin untergebracht worden, nachdem man sie aus dem Hangar-Lazarett hertransportiert hatte. Sie war an eine Kreislaufmaschine angeschlossen, die gleichzeitig ihr Blut reinigte, mit Sauerstoff und stetigen, geringen Mengen Medikamenten versetzte, während sie durch feine Elektroden Herz- und Lungenmuskel, Nervensystem und Gehirn überwachte. Außer kreislaufstützenden Medikamenten wurden ihrem Körper Blocker-Drogen, Antiseren und Tranquilizer zugeführt, die ihre Erinnerung zerstörten und es ihr vielleicht ermöglichten, Schlaf zu finden, während gleichzeitig die abgestorbenen Zellen in ihrem Gewebe zersetzt wurden. Sie befand sich bis zur Brust in einer Regenerationskammer, die durch fein abgestimmte Temperatur- und Gasdruckbedingungen, elektrische Reize und mit besonderen Chemikalien versetzte Flüssigkeit den Heilungsprozeß beschleunigen sollte.

Der Computer analysierte fortwährend ihren Zustand und verglich die laufend eingehenden Daten mit denen der vorhergehenden Stunden. Das Ergebnis wies auf eine quälend langsam voranschreitende Besserung ihres Zustandes hin, die Langzeit-Prognose warnte allerdings vor einer vorübergehenden kritischen Verschlechterung, die eintreten würde, wenn die Strahlenkrankheit zum Ausbruch kam, nachdem die Latenzzeit beendet sein würde.

Calins saß neben Valier vor dem Sichtschirm, auf dem eine Aufnahme des linken Oberschenkels dargestellt war. Die Logistik-Offizierin war während des Krieges ergänzend als medizinische Assistentin ausgebildet worden und unterstützte seit einiger Zeit den dezimierten Ärztestab bei dringenden Arbeiten. Während sich McCray auf die Versorgung derjenigen vorbereitete, die aus dem Heck zurückkehrten, hatte sie gemeinsam mit Calins eine Compdiagnose ausgeführt, in welche die Untersuchungsdaten aus dem Röntgen-Scanner, dem Kernspin-Tomographen und dem PositrEmis-Gerät eingefügt worden waren.

Der Computer hatte das räumliche Abbild durch die Ergebnisse von Ultraschall-Sondierungen und Kontrast-Ablichtungen ergänzt, dazu war die Wärmeverteilung an der Hautoberfläche projiziert worden, wie sie die Infrarot-Sensoren ermittelt hatten.

Während das holographische, vom Computer vereinfachte Anatomiebild von Valier durch Tastendruck gedreht und bewegt wurde, schaltete Calins immer andere Vergrößerungen ein und nahm Einzelteile der Compdarstellung heraus, um die Auswertung zu erleichtern.

Die Gefahrenherde waren jene Gewebeteile, die erfroren sein mußten und in der gestiegenen Temperatur jetzt zerfielen, sie setzten Kadavergifte frei, die über die Adern auch in die Zellen gelangten, die noch durchblutet wurden. Falls nichts unternommen wurde, würde sich Whelles' Körper auf diese Art selbst vergiften und letztendlich vernichten.

Die winzigen Flecken toten Gewebes herauszuschneiden, die der Kernspin-Tomograph anhand der Verteilung des gefrorenen Zellwassers ermittelt hatte, war nicht möglich gewesen, wegen der Größe und weil sie sich tief im Fleisch befanden. Die Operation hätte die geschwächte Technikerin wahrscheinlich sofort umgebracht. Aus diesem Grunde mußte ihr Blut wieder und wieder gereinigt und mit Konservenblut versetzt werden, bevor es erneut in die Vene des Beines eingebracht werden konnte.

Valier hielt das Bild an und wandte sich einer zweiten Tastatur zu. Auf dem Bildschirm daneben erschien eine ältere Aufnahme. Sie betätigte einen Schalter, und die kleinen Gewebestellen leuchteten auf dem rechten Schirm gelb auf, gleich darauf auch auf dem linken. Sie nickte zufrieden und gab dem Computer eine weitere Anweisung ein. Einige der Stellen auf dem linken Bildschirm leuchteten rot auf.

»Was ist das?« fragte Calins. »Ein Transfer-Programm?«

Valier nickte. »Ich habe alle die Regionen, die der Computer für abgestorben hält, mit denen vergleichen lassen, die er bei der ersten Tomographie für tot gehalten hat. Bei Übereinstimmung werden sie rot markiert. Regionen, die bei der ersten Diagnose fehlten, sind schwarz eingetragen, aber ich kann keine entdecken.« Sie sah auf eine Tabelle, die der Computer in das Datensichtgerät projiziert hatte. »Insgesamt hat sich die Situation verbessert. Ein Zehntel aller vermutlich geschädigten Gewebeteile hat sich im Laufe der letzten zwei Stunden als regenerationsfähig erwiesen.«

»Oder unser Datenstand ist nach den Kontraströntgungen besser geworden«, meinte Calins vorsichtig.

Valier schüttelte den Kopf. »Der Computer bestreitet einen solchen Zusammenhang. Die einzige Fehlerquelle bei den Untersuchungen war die Einstufung *abgestorbenes oder gefährdetes Gewebe*. Diese Einstufungen hat er präzisieren können. Die Situation hat sich ansonsten verbessert, denn ein Teil des vorher markierten Gewebes ist in der jetzigen Projektion gar nicht mehr vermerkt, also nicht einmal mehr gefährdet.«

Calins nickte widerwillig. »Es wäre zumindest ein Fortschritt. Endgültige Sicherheit könnte ein Test mit markierten Stoffwechselträgern geben.«

»Radioaktive Moleküle in ihre Blutbahn einbringen?« Valier schüttelte energisch den Kopf. »Die Röntgenaufnahme und die PositrEmis-Basisstrahler waren bereits Belastung genug. Wir dürfen nichts mehr riskieren, nicht einmal markierten Sauerstoff oder Ribose.« Sie warf Calins einen warnenden Blick zu. »Selbst wenn wir dann genau wissen sollten, welche Regionen Stoffwechselaktivität zeigen, und in welchen Gewebeteilen verstärkt Lymphozyten und Antikörper auftreten, operieren könnten wir doch nicht.«

Calins nickte. »Ich weiß. Und selbst wenn wir es könnten…«

»Dann…?«

»Wird es sie doch nicht retten«, meinte der Arzt resignierend.

»Weshalb?« fragte Valier erstaunt. »Ihr Zustand hat sich gebessert.«

»Im Freifall, ja«, entgegnete Calins müde und schaltete die Bildschirme ab. »Aber wir haben etwas vergessen... bisher jedenfalls.«

»Was haben wir übersehen?« fragte sie drängend.

»Wenn wir Eden erreichen wollen, wird in nicht viel mehr als vier Tagen das Triebwerk der SETERRA gestartet.« Er sah Valier erschöpft an. »Wir werden mit einem G verzögern, und wir müssen schon froh sein, wenn wir selbst diese Andruckbelastung heil überstehen.« Er wies mit einer Kopfbewegung auf die Technikerin, die regungslos hinter einer Glaswand, in einem anderen, halb abgedunkelten Raum lag, lediglich den Kopf außerhalb der Regenerationskammer. »Auf jeden Fall hat sie dann keine Überlebenschance mehr.«

Valier schwieg, während ihre Gedanken einander jagten. »Die G-Belastung«, murmelte sie erschüttert.

»Der Andruck wird ihrem Körper den Rest geben.«

Die Logistik-Offizierin hob den Kopf. »Sie könnte es trotzdem schaffen.«

»Sehr unwahrscheinlich«, erklärte Calins leise.

»Und wenn wir eine Lungenmaschine benutzen? Ihr die Atemluft in die Lunge drücken und wieder abziehen, den ganzen Körper in einen Schutzmantel aus zäher Flüssigkeit legen?«

»Sie befände sich in einem Sarg aus Apparaten«, meinte Calins. »Ist es das wert? Ist es einen im Grunde aussichtslosen Versuch wert?«

»Sie ist sowieso nicht bei Bewußtsein«, konterte Valier. »Wenn jemand das entscheiden darf, dann sie selbst. Bis dahin müssen wir versuchen, sie zu retten.« Sie seufzte. »Die einzige andere Möglichkeit wäre, sie in den Hibernat-Sarkophag zu schaffen, während das Schiff verzögert. Aber die Schockfrostung überlebt sie nicht.«

Calins nickte, er dachte an die Alpträume. »Vielleicht sollten wir sie nicht länger betäuben und sie aus der Regenra-Kammer holen. Damit sie nicht stirbt, wie sie gelebt hat... im Griff der Maschine.«

»Aber in Frieden«, spottete Valier.

Der Arzt seufzte. »Also doch... auf Biegen und Brechen?«

»Wir müssen den Versuch unternehmen«, forderte sie. »Ich glaube nicht, daß wir sie aus der Bewußtlosigkeit reißen können. Wir müssen es wagen. Sterben lassen können wir sie immer noch, wenn sie es will.«

»Als ob sie darüber entscheiden könnte. Vielleicht stirbt sie trotz der Geräte, ohne wieder zu Bewußtsein zu kommen.«

»Ich glaube, sie wird es können. Sobald wir die Drogen absetzen,

283

wird sie wieder bei Bewußtsein sein, und einen Gehirnschaden hat sie dank Marge nicht davongetragen.«

»Meinetwegen«, entschied sich Calins, die Gedanken, die ihm kamen, verdrängend. »Versuchen wir es.« Er lächelte schwach. »Ich glaube, wir hätten es ohnehin getan. Es sind einfach zu viele von uns in den vergangenen Jahren gestorben, als daß wir einen weiteren aufgeben könnten, ohne bis zum letzten um ihn zu kämpfen.« Er blickte die erschöpft wirkende Frau traurig an. »Ich fürchte, wir sind einsam geworden, Yreen.«

»Das liegt nicht am Tod«, meinte sie nachdenklich.

»Nein«, sagte Calins zustimmend. »Ich glaube, es liegt wirklich nicht am Tod.«

CET 04.08.11.19

Aufgrund eines Kameradefektes erreichte nur ein gestörtes VidCom-Bild die Kommandozentrale. Aber auch durch die zahlreichen Flekken konnte McLelan erkennen, wie angespannt und bleich das Gesicht des Lasertechnikers war.

»Laser okay, bis auf C 17, der vielleicht ausfallen wird«, beendete Vylis seinen Testbericht. »Turbinenschaden.«

»Wenn er ausfällt, was dann?«

»Schaltet sich der Gegenpart ebenfalls ab, damit der Laserdruck nicht asymmetrisch wird«, erklärte Vylis langsam und setzte bedächtig fort: »Unregelmäßige Aufhitzung des Liqhyd-Strahls führt zu nichtaxialer Wasserstoffusion, und dann wandert die Stützmasse aus dem Fokenring.«

»Und wie verändert sich die Schubleistung bei zwei abgeschalteten Lasersystemen?«

»Zwei Leistungsprozente etwa. Können wir über die Felder ausgleichen.«

»Über die Magnetfelder… ist das riskant?«

»Angesichts all des Flickwerks?« fragte Vylis zurück.

»Okay, okay, Greg.« McLelan lehnte sich zurück. »Andere Schäden sind nicht gefunden worden?«

Vylis schüttelte den Kopf.

McLelan dachte einen Moment lang nach. »Wenn der zweite Testlauf keine weiteren Schäden im LAS-System aufzeigt, können wir es freigeben, glaube ich. Sie melden sich, wenn sich etwas anderes ergeben sollte.«

»Verstanden«, meinte Vylis. »Ende.«

»Ende und aus«, brummte McLelan und schaltete ab, den wortkargen Techniker im stillen verfluchend. Als er sich dem Comperminal zuwenden wollte, bemerkte er, daß Northon neben ihm stand.

»Er kann einem den letzten Nerv rauben«, meinte die Technikerin grinsend und zeigte auf den erloschenen Sichtschirm. »Und dabei war er gerade hemmungslos gesprächig.«

»Ernsthaft?«

Northon nickte. »Manchmal sagte er stundenlang gar nichts, nickt hin und wieder, wenn man ihm das Richtige in den Mund gelegt hat, mehr nicht.« Sie zuckte die Achseln. »Er muß anscheinend jedes Wort einige Male überdenken, ehe er es ausspricht, und das dauert meistens so lange, daß er zu spät kommen würde, und deshalb beschließt er, lieber zu schweigen.«

McLelan nickte nachdenklich. »Ich glaube mich erinnern zu können, daß er nicht immer so verschlossen gewesen ist.«

»Greg war schon immer sehr zurückhaltend, aber wie ein zweibeiniger Stein verhält er sich erst seit einigen Subjektivjahren. Manchmal denke ich, wer so beharrlich schweigt, muß etwas gewaltsam in sich verschlossen halten wollen.« Sie starrte mit gerunzelter Stirn auf den toten Sichtschirm. »Vielleicht hängt es mit dem anderen Lasertechniker zusammen, der damals zusammen mit ihm erweckt worden war, um einen Schaden in der Aufbereitungs-Sektion zu beheben. Sein Leichnam liegt noch in einem der drei Lagertanks für Deuterium, die bis zum Stellareaktor reichen, wir haben ihn nicht bergen können.«

»War er mit ihm befreundet?«

»Ich weiß es nicht«, meinte Northon. »Es wäre ihm nicht besser ergangen, wenn er nicht verunglückt wäre. Wie sich später erwies, war sein Sarkophag defekt... er wäre im hibernierten Zustand getötet worden.«

Der Kommandant musterte versonnen die beiden Gestalten, die sich im Glas des Sichtschirms widerspiegelten. »Wenn ich es mir richtig überlege, weiß ich eigentlich recht wenig von ihm, nach immerhin fast zehn Jahren.«

»Alles ist relativ«, entgegnete Northon trocken. »Im Vergleich zu dem, was Sie von Aaram wissen, mag es wenig sein, aber dafür, daß wir seit fast einem Jahrzehnt zusammenarbeiten, wissen wir allesamt im Grunde nichts voneinander.«

»Und weshalb?« fragte er zweifelnd.

»Gedächtnisstörungen«, erwiderte die Technikerin bissig, »oder gefrorene Gedanken.« Sie bemerkte seinen Seitenblick und grinste. »Wechseln wir das Thema. Wie sieht es nach den Tests aus?«

»Es scheint, als hätten wir eine Überlebenschance«, gab McLelan schließlich seiner Hoffnung Ausdruck. »Nicht so groß, daß ich darauf auch nur ein Glas Wasser setzen würde, aber immerhin: eine Chance.«

»Wir werden es bald genau wissen«, meinte sie und sah auf den Bildschirm der Kommandozentrale. »Sechseinhalb Stunden noch.«

»Zeit genug, um sich noch einmal auszuruhen«, stellte er fest.

Sie fluchte leise. »Leider kann ich im Augenblick nicht schlafen«, bemerkte sie.

»Weshalb?« fragte er zerstreut, während er die Gurte löste und sich aus dem Sessel drückte.

»Ich habe keine Ahnung. Ich bin so erschöpft, daß ich eigentlich schlafen müßte wie ein Stein, aber jedesmal, wenn ich einschlafe, wache ich nach einigen Minuten wieder auf, manchmal schweißgebadet.«

McLelan blieb stehen und warf ihr einen besorgten Seitenblick zu. »Fragen Sie doch mal Harl, ob er Ihnen nicht eine Tablette geben kann«, riet er ihr gedehnt.«

»Wäre vielleicht das beste«, stimmte sie zu. »Anscheinend können wir ohne Drogen und Psychopharmaka nicht mehr leben«, setzte sie spöttisch hinzu, als sie sich zum Gehen wandte.

»Anscheinend«, wiederholte er nachdenklich und sah ihr nach.

CET 04.01.38.19

»Die Energiereserven der KHL-Sektion liegen bei siebzig Prozent des Sollwertes.« Morand hob den Kopf und sah über den Rand des Datensichtgerätes den Programmierer an, der ihr gegenüber eine Checkliste abzeichnete.

»Siebzig Prozent?« Stenvar runzelte die Stirn. »Das ist verdammt wenig. Abzüglich der Sicherheitsmarge...«

»Es reicht nicht«, unterbrach ihn Morand trocken. »Wenn wir die Energiezufuhr zu der Sektion sechs Stunden lang unterbrechen, wie es das Programm vorsieht, wird die Temperatur in den Hiber-Kammern in der letzten Stunde gefährlich ansteigen, weil die Kühlaggregate nicht mehr arbeiten.«

»Dann bleibt uns nur die Möglichkeit, die Sektion nach fünf Stunden spätestens wieder mit Energie zu versorgen, die wir von anderer Stelle beschaffen müssen. Welche Reserven haben wir?«

»Keine«, antwortete die Technikerin nüchtern.

Sie befanden sich im ComputerInterface-Raum, einer Computerzentrale, von der aus man direkte Verbindung zum Hauptcomputer und seinen Datenspeichern hatte. Vom CI-Raum aus konnte man unmittelbar in die Programme des Computers eingreifen, von einigen Basisprogrammen, die mit Sperrcodierungen versehen waren, und den blockierten Festprogrammen des Militärrates einmal abgesehen.

»Gar keine?« fragte Stenvar ungläubig.

»Die Fehlgröße liegt im Megawattsekunden-Bereich. Warte mal«, überlegte sie und tippte eine Anweisung ein. »Wir haben natürlich die Möglichkeit, die Hecksektions- oder die Beobachtungskomplex-Zentrale und die angeschlossenen Geräte abzuschalten, aber da werden wir wenig Energie abziehen können, und die Heckzentrale werden wir vielleicht brauchen. Bliebe eigentlich nur...« Sie fluchte. »Die Lebenserhaltungssysteme der Kernsektion verbrauchen ziemlich genau die Energie, die wir benötigen.«

»Die Luftumwälzer abschalten?« fragte Stenvar skeptisch. »Für wie lange? Eine Stunde, zwei? Reicht der vorhandene Sauerstoff?«

»An sich ja, aber er ist weit verteilt, und die Schotts werden vor der Zündung sowieso geschlossen... bei T minus vier Stunden.«

»Dann müßten wir in die Anzüge steigen.«

»Vielleicht«, meinte Morand. »Ich rechne das noch einmal durch.

Aber die Atemgeräte aus dem Lazarett würden vielleicht auch schon reichen.«

»Die Sauerstoffmasken«, wiederholte Stenvar nachdenklich. »Ja, das könnte gehen. Außerdem könnte es in jedem Falle sicherer sein, bereits in Druckanzügen zu sitzen.« Er nickte. »Okay, wir ziehen die Energie aus den Reserven des Lebenserhaltungssystem ab.«

»Ich werde das Programm für die KHL-Sektion entsprechend abändern«, erklärte Morand und tippte die Anweisung in den Computer ein, die Hibernat-Programme aufzulisten. »In welchem sind die Rahmendaten codiert?«

»Im HIB-EX-AUTARC-Programm«, antwortete der Programmierer, ohne den Kopf zu heben.

Sie nickte und überflog die Auflistung. »HIBERNAT, HIB-EX-I, -II, -III, HIB-EX-DEHIB, HIB-EX-RE I, HIB-EX-SAR PASSIV«, murmelte sie. »HIB-EX-SAR AKTIV, HIB-EX-TEST…« Sie stutzte und brach ab. »Das hier kenne ich ja gar nicht«, stellte sie fest. »Al?«

»Was ist?« fragte der Programmierer, der sich gerade etwas notierte.

»Was zum Teufel ist das für ein Programm… HIB-EX-DATA II. Position 47?«

»HIB-EX-DATA II?« Stenvar hob den Kopf und sah sie erstaunt an. »Das gibt es gar nicht.«

»Ich leide nicht an Sinnestäuschungen«, versetzte Morand schroff. »Auch wenn ich unter Drogen stehe. Der Computer führt ein Programm HIB-EX-DATA II auf, unter Position 47… präzise 47B. Mit einer roten Markierung, um genau zu sein.«

»Rot heißt *vorläufige Spezifikation*… 47B?« Stenvar legte die Hand auf die Tastatur und gab eine Anweisung ein. »Was ist 47A?«

»HIB-EX-DATA. Ein Datensammlungsprogramm… der Datenpool für das gesamte Hiber-Datennetz.«

»Das ist doch nicht möglich«, meinte Stenvar fassungslos und starrte auf seinen Monitor, auf dem die gleiche Auflistung erschienen war. »Es stimmt.« Er gab eine weitere Order ein. »Als ich vor zwei Wochen die Hiber-Programme kontrollierte, gab es die Position 47 B überhaupt nicht. Nur Position 47.«

»Und das war?«

»HIB-EX-DATA. Code 07047.« Er las die zweite Auflistung ab. »Ja, hier ist es: das Verzeichnis, wie es vor zwei Wochen war.«

»Und?«

»Position 47: HIB-EX-DATA. Code: 07047.«

Morand schüttelte irritiert den Kopf. »So ein Programm kann doch nicht aus dem Nichts entstanden sein«, erklärte sie.

»Vielleicht doch«, scherzte Stenvar. »Als ich an BRAINIAC II arbeitete, erzählten wir Projektangehörige den unerfahrenen Programmierern und Operatoren, die neu zu uns stießen, etwas von einem *parthenogenetischen Effekt* und redeten von *Kristallisations-Bits*.«

»Und was soll das bedeuten?«

Stenvar lehnte sich zurück. »Ach, dahinter stand die Theorie eines Kybernetikers, daß von einem bestimmten Freiheitsgrad und einer großen Komplexität an aus einem Computersystem Daten abgerufen werden können, die gar nicht eingegeben worden waren… Jungfernzeugung gewissermaßen.« Er deutete auf das Sichtgerät. »Vielleicht ist sowas hier passiert.«

»Ernsthaft?«

»Nein«, meinte er und wurde wieder ernst. »Wir haben weiß Gott genug in den Datenspeichern herumgepfuscht, und die Strahlung hat sicherlich einiges durcheinandergebracht, aber so etwas ist einfach unmöglich.«

»Und woher kommt dann 47 B?«

Stenvar zuckte mit den Achseln. »Vielleicht ist durch einen Übertragungsfehler ein vorhandenes Programm so verändert worden, daß der Computer es neu einstufte. Das würde auch die rote Markierung erklären, denn die Einstufung als HIB-EX-DATA II und die Auflistung unter 47 B wurde vom Computer vorgenommen.« Er beugte sich über das Sichtgerät. »Aber davon hätte ich erfahren müssen, verdammt.«

»Rufen wir das Programm doch einfach ab«, schlug Morand vor. »Wie ist denn die Kennnummer?«

»Versuch es mit 07047«, riet Stenvar.

Sie gab die Kennziffer und den Computercode ein. »HIB-EX-DATA II wird unter 07047 nicht aufgeführt«, stellte sie grimmig fest. »Aber HIB-EX-DATA.«

Der Programmierer fluchte leise. »Dann 07047 B«, murmelte er und betätigte seinerseits die Tastatur. »Existiert überhaupt nicht«, bemerkte er dann. »Wie zum Teufel ist die Kennziffer?«

»Fragen wir den Computer selbst«, schlug die Technikerin vor.

Er tippte eine Anfrage ein. Der Computer reagiert nicht, der Monitor blieb leer.

»Das verflixte Metallhirn sperrt«, erkannte Morand erstaunt.

»Nicht mehr lange«, erklärte Stenvar leicht grinsend und tippte eine andere Anweisung ein, die wesentlich umfangreicher war. »Ein paar schmutzige Tricks kenne ich auch.« Er nickte befriedigt. »07201«, sagte er.

»Das gibt es doch auch schon«, stellte Morand fest und tippte mit den Fingern auf die Leuchtfläche ihres Sichtgerätes. »HIB-INTERN-SAR PASSIV... Code 07201.«

»Gib mal den vollständigen Code ein.«

Sie beugte sich über die Tastatur und begann, die Ziffern und die Spezifikation einzugeben.

IDENTIFIKATION

»Ein personengebundenes Programm«, stellte der Programmierer ergrimmt fest. »Das wird ja immer besser.« Er tippte seinen Namen ein und steckte seinen ID-Chip in den Kontrollschlitz. Das Licht leuchtete rot.

ABRUF WIRD NICHT AUTORISIERTEN PERSONEN VERWEIGERT

»O Scheiße«, fluchte er. »Wer ist denn autorisiert?« Morand betätigte einige Tasten.

INFORMATION GESPERRT

»Das muß ein militärisches Programm sein«, meinte Stenvar. »Ist denn das verdammte Codewort irgendwo verzeichnet?« Er rief das Programmverzeichnis ab, in dem alle im Computer gespeicherten Festprogramme mit Kennziffer, Codewort, eventuell vorläufiger Einstufung und den berechtigten Personen vermerkt waren, soweit diese Daten nicht blockiert waren.

»Ja, hier ist es: 07201 HIB-EX-DATA II, Codewort...« Er verstummte. »Codewort NACHTMAHR?«

»Eigenartig«, wunderte sich Morand. »Das muß etwas mit den Alpträumen zu tun haben.« Sie legte die Stirn in Falten. »Die Ziffernfolge kommt mir bekannt vor«, murmelte sie versonnen.

»Jedenfalls kommen wir da nicht ran«, war sich Stenvar resignierend im klaren. »Nicht einmal die, welche zugangsberechtigt wären, sind aufgeführt. Und es scheint kein Übertragungsfehler zugrunde zu liegen.«

»Weiß der Satan, was der Militärrat da wieder ausgeheckt hat«, nörgelte Morand. »CRYPTA ist ja schon schlimm genug. Und jetzt ein Ergänzungsprogramm unter dem Codenamen NACHTMAHR.« Sie sah Stenvar an. »Ich habe zum ersten Mal richtig Angst vor dem Tag, an dem die Hiber-Kammern geöffnet werden.«

»Was mich viel mehr beunruhigt, ist die Tatsache, daß das Programm erst jetzt im Verzeichnis erscheint.« Der Programmierer schaltete das Sichtgerät wieder ab. »Wir haben schon immer ein paar blinde Flecken im Computer gehabt... Programme, die nicht verzeichnet sind, wie beispielsweise das Selbstzerstörungsprogramm FIRE-WALL, auf das ich mal zufällig gestoßen bin, oder COMAFOG.«

»COMAFOG?«

»Ein Programm, durch das der Militärrat Nervengas in hoher Konzentration durch das Luftumwälz-System im gesamten Schiff verteilen kann, während gleichzeitig alle Schleusenschotts geschlossen und blockiert werden, um uns von den Druckanzügen und Sauerstoffgeräten abzutrennen.«

»Mein Gott.«

»Ja. Aber das ist allesamt militärisches Geheimmaterial. Weshalb jetzt eines ohne sichtbaren Grund unvermittelt im allgemeinen Verzeichnis aufgeführt wird...?« Er schüttelte ratlos den Kopf.

»Sogar das geheime Codewort ist verzeichnet«, ergänzte Morand. »Das gibt es doch eigentlich gar nicht.«

»Muß ein Fehler bei der Eingabe gewesen sein«, vermutete der Programmierer. »Das Codewort ist nicht mit einer Sperrcodierung versehen worden, und als der Computer das NACHTMAHR-Programm in das Verzeichnis übertrug, übernahm er auch das Codewort. Das gleiche gilt wahrscheinlich für die Kennziffer.«

Morand fluchte erbittert in sich hinein. »Irgendwo in diesem Ungeheuer von einem Computer steckt der Wurm. Programme, die erscheinen und verlorengehen, gehören zu den Vorkommnissen, die bei mir Schweißausbrüche hervorrufen.«

»Möglicherweise hat es etwas mit den Reparaturen zu tun, die ich in den letzten Tagen vorgenommen habe, oder den Programmänderungen«, dachte Stenvar laut. »Auch wenn ich da keine Verbindung sehen kann.«

»Das wäre eine plausible Erklärung«, antwortete Morand. »Aber derlei Überlegungen sind fruchtlos. Sehen wir lieber zu, daß wir die Sache mit der KHL-Sektion berichtigen.« Sie warf einen letzten Blick auf den Monitor und löschte die Auflistung mit einer entschlossenen Bewegung.

CET 03.13.43.09

Nach und nach verstrich die Zeit, mit quälender, zäher Langsamkeit. Es erschien ihnen fast so, als veränderte sich die Welt ausschließlich im Verborgenen, den Augen entzogen in den Schaltzellen des Computers. Abgeschnitten von den Menschen und Geräten, die über das zukünftige Schicksal des gesamten Schiffes entschieden, mit ihnen nur durch kilometerlange Glasfasern und Compkabel verbunden, waren die elf Männer und Frauen im Bugsegment zum Abwarten verurteilt, nachdem sie alles ihnen Mögliche getan hatten. Während einige die Situation nicht wahrnahmen, wie die noch immer bewußtlose Whelles oder die vorzeitig erweckte Wissenschaftsoffizierin, die sich ebenfalls unter medizinischer Überwachung befand, versuchten die anderen, durch im Grunde überflüssige Überprüfungen und Vorarbeiten die geringe Selbstdisziplin aufrechtzuerhalten, die ihnen geblieben war.

Während Calins den Weg von der Medic-Station zur Kommandozentrale zurücklegte, dachte er mit gerunzelter Stirn über die möglichen Absichten des Kommandanten nach, die diesen veranlaßt haben mochten, ihn zu sich zu rufen. Sie waren es in den letzten Jahren mehr und mehr gewöhnt gewesen, einander lediglich über Sichtschirme und VidCom-Anlagen zu begegnen, daß einem unmittelbaren Zusammentreffen, einem Gespräch ohne zwischengeschaltete elektronische Geräte immer eine Atmosphäre anhaftete, die ihn unwillkürlich an verschwörerische, untergründige Vorgänge denken ließ. Er registrierte verbittert, wie sehr sie sich in eine Situation des Mißtrauens bewegt hatten, dann schreckte er aus seinen düsteren Gedanken auf und stellte fest, daß er bereits vor dem Zugangsschott zur Zentrale stand.

McLelan war nicht allein, bemerkte er, als er zwischen den zurückweichenden Schotthälften hindurchtrat und auf die Kontrollpulte zuging, die die Computersäule im Zentrum des Raumes ringförmig umgaben. Neben dem Kommandanten stand Lana Seran, deren Gesicht im weißen Licht der Leuchtröhren bleich, angespannt und gealtert wirkte.

Er blieb neben einem der leeren Metallsessel stehen und drückte sich hinein. »Sie wollten mich sprechen, Kommandant?« fragte er gleichzeitig.

McLelan nickte. »Wie geht es Ann?« fragte er.

Calins Gesicht erstarrte. »Ihr Zustand verbessert sich langsam, aber stetig«, erklärte er vorsichtig. »Weshalb?«

»Derek hat mir mitgeteilt, daß er allein die Versorgung von Aaram und den anderen nicht schaffen kann«, meinte der Kommandant. »Die Compdaten, welche die Biokontrolle übermittelt hat, ehe sie wieder ausgefallen ist, deuteten darauf hin, daß die Situation bereits jetzt kritisch ist.«

»Ich helfe ihm, soweit ich kann«, erwiderte Calins fest.

»Ich weiß. Derek bedeutete mir, er wolle versuchen, so viel wie möglich zu machen, einen anderen Weg gäbe es nicht.« McLelan seufzte. »Angesichts der Verfassung, in der sich Aaram und die anderen befinden, fürchte ich, daß es einen anderen Weg geben muß.«

»Und welchen?« fragte der Arzt, auch wenn er die Antwort bereits ahnte.

»Wird Ann die Verzögerungsphase überleben können?«

Er schüttelte langsam den Kopf. »Ich sehe kaum eine Überlebenschance für sie«, antwortete er. »Wir haben sie in eine Lungenmaschine eingeschleust und ihr Nervensystem mit einem elektronischen Überwachungsnetz verbunden, aber das verbessert ihre Situation wenig.«

»Sie wird nicht überleben?«

»Es ist unwahrscheinlich«, präzisierte Calins. »Aber keinesfalls nicht möglich.«

McLelan lehnte sich in seinem Metallsessel zurück, während der Arzt verunsichert die Vize-Kommandantin anblickte. Seran starrte auf den Laufrost herab, als bemerke sie nicht, was gesprochen wurde.

»Harl, Sie und Yreen sind die einzigen, die Derek unterstützen und entlasten könnten. Mindestens einer von euch müßte aber ständig Anns Zustand überwachen, solange sie sich in Lebensgefahr befindet, trotz aller Computer. Und…«

»Soll der andere Weg, von dem Sie sprachen, über Anns Leiche führen?« fragte Calins scharf.

Der Kommandant nickte langsam. »Ja, so könnte man es sehen. Wenn sie nicht überleben wird, wäre es dann nicht besser, sie aufzugeben?«

»Sie für die Mission zu opfern«, verbesserte ihn der Arzt und sah erneut zu Seran, die noch immer schwieg.

»Wir haben nicht einmal erörtert, ob wir die Verzögerungsphase verschieben sollten, um ihre Überlebensaussichten zu verbessern«, stellte McLelan nachdrücklich fest. »Und so sollten wir ehrlich genug sein, darüber zu reden, ob es nicht besser wäre, sie sterben zu lassen.«

295

»Kommandant, es ist nicht sicher, daß sie sterben muß«, meinte Calins verzweifelt. »Wir würden sie nicht einfach sterben lassen...«

McLelan musterte den Arzt mit verschlossenem Gesicht. »Harl, wenn wir sie retten könnten, würde ich meine Zustimmung niemals verweigern. Aber wir können ihr nicht helfen...«

»Weshalb? Wir...«

»Wir können ihr nicht helfen, verdammt«, fluchte der Kommandant. »Vergessen Sie Ihre Gefühle, und gebrauchen Sie endlich Ihren Verstand. Wenn Sie sich entscheiden, Ihre Zeit dafür aufzuwenden, um ihre doch geringen Überlebensaussichten aufrechtzuerhalten, entscheiden Sie sich gegen Aaram, Elena und die anderen, die auch für uns ihr Leben riskieren.«

»Genau das hat Ann getan«, explodierte Calins.

»Aber sie ist eine, während es sechs weitere Männer und Frauen gibt, die sicherlich überleben können, wenn wir ihnen so helfen, wie wir dazu in der Lage wären. Wenn Sie sich für Ann entscheiden, gefährden Sie leichtfertig das Leben mehrerer anderer Menschen.«

»Sie bedroht die Mission, weil sie überlebt hat, meinen Sie das?«

Der Kommandant atmete tief ein. »Ich betone noch einmal. Ihre Entscheidung bedroht anderer Menschen Leben.« Er sah Calins ins Gesicht. »Aber bisher nicht Ihr eigenes.«

Der Arzt richtete sich mühsam beherrscht auf. »Sagen Sie, was Sie wollen. Ich habe anfangs überlegt, ob es nicht menschlicher wäre, Ann in Frieden sterben zu lassen, aber ich habe mich anders entschieden. Sie befehligen dieses Schiff, McLelan, aber...« Er sah ihm fest ins Gesicht. »Aber umbringen werde ich sie nicht.«

Der Kommandant erwiderte zornig den Blick, bis er schließlich nickte. »Ich werde Ihren Entschluß und meine Vorbehalte vermerken. Sie, nicht ich, müssen sie mit Ihrem Gewissen vereinbaren.« Er wandte sich ab und stand auf. Während er mit schweren Schritten über den Laufrost auf das Zugangsschott zuging und auf den Gang trat, starrte der Arzt die Vize-Kommandantin an. Seran bemerkte seinen Blick und bewegte den Kopf.

»Was hat dich so verändert?« fragte er verbittert. »Vor einigen Monaten noch hättest du nicht geschwiegen, wenn jemand derartige Gedanken vorgebracht hätte, Lana.«

»Ich habe mich geändert?« fragte sie.

Er erwiderte ihren Blick und schüttelte langsam den Kopf. »Ich weiß es nicht«, gab er zur Antwort. »Vielleicht sehe ich jetzt auch nur dein wahres Gesicht. Aber ich kann nicht daran glauben.«

Ihre Gesichtszüge waren maskenhaft starr, während sie an ihm vorbeiging. »Sagen wir, ich habe mich entscheiden müssen«, bemerkte sie rauh, während sie vor dem Zugangsschott stehenblieb. »Manche Entscheidungen erzwingen etwas von uns, was wir ungerne geben möchten.«

Er erwiderte nichts, während sie auf den Gang trat. Sie sah ihm ins Gesicht.

»Meine Entscheidung war schwerwiegender, als deine es sein wird«, erklärte sie dann leise und wandte sich ab.

Er sah ihr nach. »*Ich* habe mich *einmal* entschieden«, flüsterte er nach einiger Zeit.

CET 03.05.45.12

Stundenlange Computeranalysen, von Alys Marden vorgenommen, hatten am Ende das erste Ergebnis bestätigt, das die Untersuchung des Eden-Planeten durch die Robotsonde ergeben hatte. Eden war ein nicht einmal erdgroßer Gesteinsplanet mit einem erkalteten Eisen-Nickel-Kern, tektonisch und seismologisch nicht mehr aktiv, seine Atmosphäre dicht und mörderisch heiß, seine Oberfläche steril.

Seitdem versuchte sie, einen weiteren Planeten in der Zone zu finden. Aber abgesehen von dem Lichtfleck, der auf der anderen Seite der G-Typ-Sonne stand, hatten die Glasaugen und Metallohren des Schiffes bisher keine weiteren Objekte aufgespürt. Das Gebilde, das sich hinter dem Lichtfleck verbarg, hatte bisher aufgrund der riesigen Entfernung und des Sonnenlichtes nicht identifiziert werden können, aber die bekannten Daten waren negativ.

Auf einem der Sichtschirme erschien eine weitere Aufnahme, die der Computer mit den Bordteleskopen gemacht und durch elektronische Zusatzfilter verbessert hatte. Sie musterte den undeutlichen Fleck erschöpft und runzelte dann die Stirn. Der bisher ziemlich gleichmäßig beschaffene Lichtreflex wirkte jetzt eiförmig, da an der linken Seite ein dunklerer Ausläufer sichtbar geworden war. Sie starrte das Gebilde eine Zeitlang enttäuscht an, bis sie schließlich die Tasten betätigte, die ihr die Computerauswertung auf den Sichtschirm projizierten.

OPTISCHE ANALYSE
PROGRAMM: DEEPWATCH
START WIEDERGABE
SYSTEME: REFLEKTOR FR / TC 1
OBJEKT: ZONE 12
EINSTUFUNG: OBJEKT IST WAHRSCHEINLICH KEIN ROTATIONSELLIPSOID PLANETARER BESCHAFFENHEIT, SONDERN MOEGLICHERWEISE EIN ASYMMETRISCH GEFORMTER KOMETENKERN ODER EIN UNREGELMAESSIG AUFGEBAUTER ASTEROID AUSSERGEWOEHNLICHER GROESSE

ENDE WIEDERGABE

Sie nickte. Der Computer bestätigte ihre schlimmsten Befürchtungen. Marden spürte die Müdigkeit und entschloß sich, in den nächsten Stunden die weiteren Beobachtungen dem Computer zu überlassen. Als sie sich aufrichtete, erschien eine weitere Compskizze auf dem Projektionsschirm.

Der eiförmige Fleck hatte sich in einen großen und einen weniger große Lichtreflex aufgespalten, letzterer befand sich links und war ein wenig dunkler. Sie sah wie gebannt auf den Sichtschirm. Einige Sekunden später erlosch die Aufnahme, um durch eine weitere ersetzt zu werden, auf der die Abtrennung der beiden Lichtflecken deutlich erkennbar war. Sie atmete tief ein und betätigte erneut die Auswertungstaste.

OPTISCHE ANALYSE
PROGRAMM: DEEPWATCH
START WIEDERGABE
SYSTEME: REFLEKTOR FR 2 / TC 1 / TC 4
OBJEKTE: ZONE 12/ZONE 13
EINSTUFUNG: OBJEKTE SIND MIT AN SICHERHEIT GRENZENDER
WAHRSCHEINLICHKEIT BESTANDTEILE EINES BINAER-
SYSTEMS PLANET–TRABANT, IN DEM DER PLANETENRADIUS
CIRCA VIERMAL SO GROSS IST WIE DER TRABANTENRADIUS

ENDE WIEDERGABE

Marden fühlte, wie ihre Augen feucht wurden, während sie die Compskizze beobachtete, die aus den Daten gebildet wurde. Gleichzeitig las sie die laufende Auswertung ab, bis sie schließlich erleichtert nickte und sich aufseufzend zurücklehnte. Sie wartete noch einen Augenblick, dann schaltete sie ihr VidCom-Gerät ein.

Serans Gesicht erschien. »Ja?« fragte sie schroff.

Marden bemerkte es nicht durch das alles beherrschende Gefühl der Erleichterung hindurch. »Ich habe einen zweiten Planeten in der Zone entdeckt«, berichtete sie schlicht. »Annähernd Erdgröße, wie Eden.«

»Und sonst?« fragte die Vize-Kommandantin mit wenig begeisterter Stimme.

»Er steht zwar auf der anderen Seite der Sonne, aber es könnte eine Erdwelt sein. Er hat einen Mond. Einen großen Mond.«

Seran lehnte sich zurück und sah sie mit steinerner Miene an.

»Ist das sicher, Alys?«

»Der Computer behauptet es«, antwortete sie.

Seran lächelte ein wenig bitter. »Das ist nicht viel, aber es bedeutet auch nicht wenig«, flüsterte sie heiser. »Wie groß ist der Mond?«

»Der Faktor der Radien liegt etwas unter vier, hat die bisherige Auswertung ergeben.«

Seran nickte. Ein großer Mond konnte die grundlegende Voraussetzung für die Entstehung von Leben sein, das sich wahrscheinlich am leichtesten in einer Gezeitenzone entwickelte. Die Erde gehörte zu einem Zweiersystem, dem Terra-Selene-Paar, sie war eine Welt mit einem fast planetaren Begleiter. Wenn diese Welt eine Zonen-Umlaufbahn hatte und außerdem einen so großen Mond besaß, waren zwei entscheidende Vorbedingungen für eine Sauerstoffwelt erfüllt.

»Wir wollten den nächsten Planeten Seterra nennen«, erklärte sie, »wie das Schiff. Gilt das noch?«

Marden nickte fest. »In der spektroskopischen Analyse ist bisher keine Methanlinie entdeckt worden, aber der Computer glaubt, Sauerstoff nachgewiesen zu haben.« Sie blickte auf den Sichtschirm. »Und Ozon. Ich glaube, dies ist wirklich die zweite Erde, die wir suchen.«

»Vielleicht«, äußerte sich die Vize-Kommandantin zurückhaltend. »Wir kennen nicht alle Angaben. Aber er *muß* es sein, fürchte ich.«

»Außerdem ist die erste Frage eine andere«, wandte Marden ein. »Können wir ihn überhaupt erreichen?«

Seran nickte. »Und diese Frage wird bald beantwortet werden.« Sie warf einen Seitenblick auf einen Chronometer. »Spätestens in siebenundsiebzig Stunden.«

CET 02.17.23.51

Der zweite, verschärfte Test hatte weitere Schäden erkennen lassen, und seit sieben Stunden arbeiteten die sechs Männer und Frauen, die sich noch im Heck befanden, einzeln oder in Zweiergruppen fieberhaft daran, die entscheidenden Systemfehler zu beseitigen.

Elena Dabrin wischte sich erschöpft den Schweiß von der Stirn, während sie sich die Haltegriffe entlang auf ein Zugangsschott hinzog. Sie hatte mehr als vierzig Minuten damit zugebracht, ein ungenügend gekühltes Aggregat des Magnetsystems zu überprüfen, und die Temperatur war während der Reparatur bis auf vierzig Grad gestiegen, bis es ihr endlich gelungen war, die Reservegeräte einzuschalten.

Den Computer verfluchend, drückte sie ihre Magnetstiefel auf den vom Schott in den Raum ragende Laufrost und schaltete sie ein. Während sich die Metallplatte hinter ihr wieder zurückschob, stapfte sie über das halb gelockerte Gitter durch einen niedrigen Inspektionsgang, bis sie nach dreißig Metern in einen der regulären Verbindungsgänge eintrat und schließlich wieder vor einem Schott stoppen mußte.

Sie folgte der Stahlkante des nach links rückenden Zugangsschotts mit den Augen und bemerkte so erst im letzten Moment, daß sich ein dunkler Schatten auf sie zubewegte. In einem Abwehrreflex konnte sie gerade noch die Arme bewegen, dann schlug ein massiger Metallkanister mit träger Aufprallwucht gegen ihre Magengegend und riß sie mit sich, geringfügig abgebremst, während sich ihre Magnetstiefel mit einem metallischen Geräusch vom Laufrost lösten. Gleich darauf spürte sie einen Stahlträger im Rücken, und dann glaubte sie, zwischen den beiden Gegenständen zerquetscht zu werden.

Der stechende Schmerz ließ ihr schwarz vor Augen werden, während sie reflexhaft den Metallkanister wieder von sich schob. Als sie durch den Schleier vor ihren Augen wieder etwas erkennen konnte, sah sie zwei undeutliche Gestalten, die miteinander rangen.

Sie drückte den halbvollen Gastank beiseite und stieß sich von dem Stahlträger ab. Als sie sich durch das Sicherheitsschott zog, erkannte sie Gathen und Tharin, die durch den Gang trieben und aufeinander einschlugen. Der Reaktortechniker schien dabei zu verlieren, er blutete aus mehreren Verletzungen, und feine, rötliche Tröpfchen drifteten nach allen Seiten davon. Gathens Gesicht war haßverzerrt, aber seine Schläge kamen so unbeherrscht, daß er immer wieder sein

Gleichgewicht verlor und sich unkontrolliert um sich selber drehte.

Während sie sich nach einer Möglichkeit umsah, die Auseinandersetzung zu beenden, erreichte Tharins rechte Hand ein Computerterminal. Er hielt sich an der Verkleidung fest und zog sich von Gathen fort, während er ihm mit dem linken Fuß ansatzlos vor die Rippen trat. Der Telemetriker schrie auf und klammerte sich an dem Fußgelenk fest. Dabrins Versuch, ihre Aufmerksamkeit auf sich zu ziehen, ging im Lärm unter. Während die beiden Männer wieder in den Raum drifteten, schlug sie mit der Hand auf die Alarmtaste und riß dann ein Feuerlöschgerät von der Wand. Sie überzeugte sich mit einem flüchtigen Blick davon, daß es kein Schaumlöscher war, und richtete ihn dann auf die Techniker.

Als sie abdrückte, schlug der eiskalte Kohlendioxidstrahl zwischen sie, und innerhalb weniger Sekunden zogen sich weißliche Schleier durch den Gang. Das Flüssiggas wurde zwar bereits in der Austrittsdüse verdampft, aber es blieb kalt genug, und manchmal wurde ein Feuer durch die bloße Wucht des Strahls gelöscht. Da ihre Stiefel nicht an dem Laufrost hafteten, wurde sie gegen die Wand gepreßt. Sie hielt sich an einem Stahlträger fest und senkte den Gaslöscher. Die beiden Männer trieben auseinander und starrten sie erschreckt an, ihr Schweiß war zu einer feinen, reifartigen Schicht gefroren.

»Ihr bescheuerten...«, setzte sie zornig an und unterbrach sich, als Aaram Cerner neben ihr durch das Schott trat.

»Wer hat den Alarm ausgelöst?« fragte er, während er sich entgeistert umsah. Anscheinend hatte ihn der Weg von der Heckzentrale erschöpft, er atmete schwer und preßte sich eine Hand auf die linke Seite.

»Ich«, meldete sich Dabrin und schob ihre Stiefel wieder auf das Laufrost. »Weil sich diese psychopathischen Selbstmörder gerade gegenseitig den Schädel einschlagen wollten.« Sie rieb sich mit der Hand über die schmerzende Magengegend. »Mir haben sie fast die Rippen gebrochen.«

Der Triebwerkstechniker sah die beiden Männer an, die sich inzwischen an den Gangwänden festhielten. »Alan, ich weiß, daß ihr beide euch nicht gerade mögt, aber...«

Tharin bewegte fahrig die Hand. »Ich habe nicht angefangen. Ich habe ganz normal mit ihm geredet, als er plötzlich durchdrehte.«

»Ganz normal geredet«, fluchte der Telemetriker und machte Anstalten, sich wieder von der Wand abzustoßen. Die Plasmaphysikerin hob warnend den Feuerlöscher.

»Wenn er dich beleidigt hat«, begann Cerner, aber der Reaktortechniker unterbrach ihn.

»Ich habe ihn nicht beleidigt, im Gegenteil...«

»Sondern?« fragte Cerner entnervt.

Gathen schob sich auf den Laufrost. »Er hat behauptet, wir würden hier hinten festsitzen«, brüllte er haßerfüllt. »Wir würden hier sterben, sobald das Triebwerk gestartet ist.«

Cerner runzelte die Stirn, bemerkte aber nicht, wie die Frau neben ihm zusammenzuckte. »Stimmt das, Alan?« fragte er mit angespannter Stimme.

Tharin nickte.

»Aber weshalb?«

Der Reaktortechniker lachte bitter und wischte sich mit der noch immer zitternden Hand das Blut von der Stirn. »Es ist so einleuchtend, daß wir alle es übersehen haben«, erklärte er dann. »Wie sollen wir den Schacht hinaufkommen, wenn die Andruckbelastung von einem G auf uns liegt, Aaram?«

Sie behielt den Telemetriker im Auge, der mühsam beherrscht den noch immer freischwebenden Tharin anstarrte, während gleichzeitig ihre Gedanken rasten.

Cerner sah von einem zum anderen, dachte nach. »Aber...« setzte er dann an und verstummte wieder. Er warf der Plasmaphysikerin einen hilflosen Blick zu. »Ist das richtig, was er sagt?« fragte er brüchig.

Sie verzog das Gesicht und strich sich mit der freien Hand ihre verschwitzten Haare aus dem Gesicht.

Dann nickte sie wortlos.

CET 02.17.01.31

In der Kommandozentrale waren außer McLelan und Seran auch der Programmierer und der jüngere der beiden Ärzte anwesend gewesen, als der Computer die Verbindung mit der Heckzentrale hergestellt hatte. Auf dem Sichtschirm konnte man Tharin, Cerner und den Telemetriker erkennen, hinter ihnen stand die Plasmaphysikerin.

Der Kommandant warf Seran einen warnenden Blick zu und sah dann wieder die Gruppe an.

»Ja, Aaram?« fragte er ruhig.

Ehe der Triebwerkstechniker etwas sagen konnte, hatte Gathen bereits das Wort ergriffen. »Wir wissen, daß wir beim Triebwerk festsitzen, McLelan«, erklärte er scharf. »Und wir wissen, daß dies Ihnen bekannt war, von Anfang an.«

McLelan sah Dabrin an, die verhalten den Kopf schüttelte. »Ich habe ihnen nichts gesagt«, erklärte sie fest, dann deutete sie auf den Reaktortechniker. »Alan ist darauf gekommen.«

Der Kommandant musterte die Gruppe erneut. »Was ist mit Greg und Lars?« fragte er, um Zeit zu gewinnen.

Cerner deutete auf die rotflammende Alarmtaste vor sich. »Sie sind unterwegs, von einem der Laser... einige Minuten vielleicht noch.«

»Und jetzt?« fragte McLelan schließlich, während er die verständnislosen Blicke von Calins und Stenvar erwiderte. Seran war aus ihrer Erstarrung erwacht und erklärte den beiden Männern flüsternd, vor welcher Situation sie standen.

»Ich schwöre Ihnen«, drohte Gathen heiser, »wenn Sie nicht zehn Kilometer weit weg wären, würde ich Sie erwürgen.«

»Aber ich bin zehn Kilometer weit weg«, antwortete er kalt.

Tharin nickte. »Für uns hat das auch Vorteile«, fuhr er aggressiv fort. »So können Sie uns wenigstens nicht zwingen, Sie und Ihr verdammter Computer.«

Zwei Meter entfernt erhob sich der Programmierer und ging um einen Metallsessel herum. Er setzte sich neben McLclan und sah auf den VidCom-Schirm. Sein Gesicht war starr. »Uns gegenseitig zu beschuldigen, ändert den Sachverhalt nicht«, stellte er mit rauher Stimme fest. »Vielleicht...«

»Al, halt dein Maul«, unterbrach ihn Gathen haßerfüllt. »Sollte mich nicht erstaunen, wenn dir die ganze Sache so lange bekannt war wie McLelan.«

»Er wußte von nichts«, bestätigte Dabrin ruhig.

Der Kommandant nickte, und Gathen drehte sich um und sah sie zornig an. »Ganz im Gegensatz zu dir, was?« schrie er sie an.

»Vielleicht«, begann Stenvar erneut, »führt es uns weiter, wenn wir uns die Situation genau ansehen.«

Tharin musterte ihn kalt, dann streifte er den neben ihm sitzenden Telemetriker mit einem angewiderten Blick und nickte. »Weiter jedenfalls als dieses ständige Gebrüll«, meinte er und rieb sich mit den Fingern geistesabwesend über einen Bluterguß am Kinn.

Gathen wollte auffahren, aber McLelan sprach bereits wieder. »Ich habe den Computer die ganzen Schwierigkeiten mehrmals überprüfen lassen«, erklärte er sachlich und mißachtete Gathens bitteres Kopfnicken. »Fest steht, daß ihr vom Triebwerk innerhalb von nicht mehr als sieben Tagen wegkommen müßt, nachdem es gestartet wurde, daß der einzige Weg, zumindest am Anfang, durch den Achsschacht B führt und ihr es kaum schaffen könnt, da heraufzukommen, während der Antrieb arbeitet.«

»Genau das ist es«, stimmte Tharin nervös zu und bewegte unruhig die Hand. »Und deshalb werden wir uns absetzen müssen, ehe der Antrieb gestartet wird.«

»Das würde die gesamte Mission gefährden«, wandte McLelan mit einer heftigen Kopfbewegung ein. »Der Antrieb muß überwacht werden, zumindest in den ersten…«

»Aus diesem Grunde haben Sie uns in Unkenntnis gelassen«, begriff Tharin, und der Telemetriker nickte.

»Ihre Scheißmission«, begann er, aber Seran, die bisher geschwiegen hatte, beugte sich über McLelans Schulter, der Kamera entgegen.

»Wyl, es geht doch nicht um unser oder euer Leben.«

»Es geht sehr wohl um unser Leben«, entgegnete er zornig.

»Es geht um das Leben von fast einhundertzwanzigtausend anderen Menschen, die endgültig sterben werden, wenn der Antrieb versagt. Daß wir dann ebenfalls nicht überleben werden, bedeutet dagegen nichts, begreift das doch.«

»*Mir* bedeutet es etwas«, versetzte Gathen kalt. »Mir bedeutet es sogar sehr viel.«

»Auch für dein eigenes verdammtes Leben müßt ihr diesen Antrieb reparieren, starten und in Gang halten«, konstatierte McLelan. Er sah, wie der Lasertechniker und der Systemanalytiker in den Aufnahmebe-

305

reich der Kamera traten und mit Elena Dabrin sprachen. Severn und Vylis schienen nicht zu wissen, was passiert war.

Tharin fuhr sich mit dem Handrücken über die Stirn und verzog verzweifelt das Gesicht. »Eine perfekte Falle, in die Sie uns haben tappen lassen«, schrie er heiser.

Stenvar schüttelte den Kopf. »Es ist eine Falle der physikalischen Gesetze, und wenn ihr euch der Gefahr bewußt gewesen wäret, würde es für euch lediglich schwerer geworden sein, entronnen wäret ihr dem, zu dem euch das System zwingt, trotzdem nicht.«

»Sollen wir uns auch noch dafür bedanken, daß ihr uns manipuliert habt?« fragte Gathen bissig.

»Nein«, rief Seran verzweifelt, »aber begreifen, daß wir uns genausowenig für etwas entscheiden konnten wie ihr, weil es keinen anderen, gangbaren Weg gegeben hat.«

»So«, meinte Tharin ablehnend.

McLelan sah ihn herausfordernd an. »Zeigt mir einen anderen«, sagte er.

Tharin verbarg in ohnmächtigem Zorn sein Gesicht in seinen Händen. »Wenn ich nicht so verflucht fertig und erschöpft wäre, hätte ich die Kamera zerschlagen und würde bereits fort sein, anstatt dieses Gerede zu ertragen«, stieß er hervor.

»Ihr würdet mitten im Schacht stecken, wenn der nächste Testlauf kommt, und dann würdet ihr ohne Ausweg festsitzen, bis euch der Sauerstoff ausgeht, weil die gesamte Energie abgezogen wird«, warnte McLelan. Gathen starrte den Kommandanten rebellisch an. »Und wenn wir das Testprogramm stoppen?«

»Ihr könnt es nicht«, antwortete McLelan nüchtern. »Nicht vom Heck aus, und erst recht nicht, wenn wir den Zugang blockieren.«

»So ist das also«, brüllte Gathen wutentbrannt. »Mit der eisernen Faust, hart auf hart, was? Und wenn wir uns in die Schlepper setzen und eines der Hangardecks anfliegen, wie wollen Sie uns daran hindern?«

»Die Hangars sind für die nächsten Stunden blockiert, während der gesamten Testphase auf Stufe III«, erinnerte ihn Stenvar müde.

»Aber nicht die gesamte Zeit bis zur Zündung«, wandte Gathen lauernd ein. »Wir könnten vor der Zündung starten.«

»Aber kaum rechtzeitig eines der Hangardecks erreichen, ehe diese endgültig evakuiert und verschlossen werden«, bemerkte McLelan sachlich.

»Sie könnten über die manuelle Kontrolle eine Terminalstation aktiv halten, bis wir sie erreicht haben«, schlug Cerner vor, der bisher geschwiegen hatte. Sein Gesicht war aschfahl.

Der Kommandant sah Seran und Stenvar fragend an.

Der Programmierer nickte unmerklich. »Es wäre möglich«, erklärte er. »Auch wenn unsere Energiereserven sowieso schon überlastet sind.«

»Aber der Antrieb muß überwacht werden, bis er ruhig läuft«, hielt McLelan kopfschüttelnd dagegen.

Der Reaktortechniker sah ihn flehend an. »Weshalb denn, verdammt? Die ersten beiden Testläufe sind komplett abgeschlossen, ein dritter wird gerade durchgeführt, und wir haben alle bisher entdeckten Schäden beseitigt, soweit überhaupt möglich.«

»Aber der letzte Test ist der entscheidende«, meinte der Kommandant unnachgiebig. »In allen Testläufen sind weitere Defekte gefunden worden, und wer weiß, wie das Triebwerk auf diese erste ernsthafte Belastung vor dem Start reagiert, geschweige denn auf den Start selbst.«

»Und auf diese Art werden wir immer weiter testen, bis in alle Ewigkeit, weil die morschen Aggregate nach jeder Beanspruchung wieder beschädigt sein werden.« Tharin senkte den Kopf. »Vielleicht ist es weniger riskant, auf die weiteren Tests zu verzichten, denn der Gerätezustand verschlechtert sich jetzt eher, als daß er sich verbessert.«

»Der Computer sieht das anders«, erklärte McLelan beinahe bedauernd. »Und außerdem könnte es unerwartete Großschäden geben, die nicht auf die Testläufe zurückzuführen sind.«

Tharin sah den Kommandanten fast entgeistert an. »Sie würden es wirklich machen.« Er schüttelte fassungslos den Kopf. »Sie würden uns vor den verschlossenen Hangartoren krepieren lassen… für die Mission.«

»Für die Mission«, nickte McLelan langsam. »Ich kann auf euch keine Rücksicht nehmen, so gerne ich es möchte.«

»Sie sind sehr freigiebig mit anderer Menschen Leben«, warf ihm Severn ruhig vor. Der Systemanalytiker war hinter die drei Männer getreten, die vor der VidCom-Kamera saßen, nachdem die Plasmaphysikerin ihm erklärt hatte, was vorgefallen war.

»Ich wäre ebenfalls ins Heck gegangen, wenn das etwas geändert hätte«, entgegnete der Kommandant.

307

Tharin schüttelte den Kopf. »Es hätte etwas geändert, auch wenn Sie uns nicht hätten entlasten können«, murmelte er.

McLelan verzog das Gesicht. »Ein Opfergang jenseits aller Vernunft, mehr wäre es nicht gewesen, eine leere Geste. Wir alle haben dieser Mission unser Leben geopfert, auf die eine oder andere Art.«

Cerner hob den Kopf. »Bran, das ist einfach zynisch, wenigstens empfinde ich es so.«

Das Gesicht des Kommandanten schien zu versteinern. »Wie ihr meint.«

»So müssen wir es empfinden«, versuchte Cerner zu erklären. »Überlegt euch, was ihr mit uns gemacht habt.«

»Und was hätten wir anderes tun sollen?«

Gathen stieß einen beleidigenden Fluch hervor. »Es reicht«, rief er dann. »Ich werde Ihnen sagen, was *wir* machen werden, McLelan.«

Der Kommandant sah ihn abwartend an. »Und?« fragte er mit angespannt klingender Stimme.

»Auf keinen Fall warten, bis es zu spät ist«, erklärte er lauernd. »Sobald es möglich ist, werden wir dieses Segment verlassen und uns aus der verstrahlten Zone herausbringen. Sie können uns nicht daran...« Abrupt verschwand sein Gesicht vom VidCom-Schirm, und eine Schriftzeile zeigte an, daß die Verbindungen unterbrochen worden waren.

Stenvar warf McLelan einen mißtrauischen Blick zu. »Es ist kein Defekt, oder?«

Der Kommandant nickte und deutete auf einige Tasten, die er vorher betätigt hatte. »Eine Sicherheitsschaltung, die eine zufällige Unterbrechung simuliert.«

»Sie werden Verdacht schöpfen«, warnte Seran.

Er nickte der Vize-Kommandantin zu. »Selbstverständlich, aber wir haben einige Minuten Zeit, ehe sie sich für etwas entschieden haben werden, und vielleicht werden sie sich inzwischen ein wenig beruhigen.«

»Oder zerstreiten, erwarten Sie das?« fragte Calins scharf, während er näherkam.

McLelan reagierte nicht. »Al, ich muß genau wissen, welche Möglichkeiten wir haben, Aaram und die anderen daran zu hindern, den Triebwerksbereich zu verlassen.«

Der Programmierer schwieg einen Moment, in seinem Gesicht bewegte sich nichts. »Sie verlangen viel von mir«, meinte er leise.

Die Vize-Kommandantin nickte ungeduldig. »Ja, das mag stimmen. Aber es war und ist unsere Entscheidung«, sagte sie und fügte leise hinzu. »Leider.«

Stenvar seufzte. »Meinetwegen«, erklärte er sich dann bereit. »Was wollen Sie wissen?«

»Können wir die Zugangsschotts durch den Computer blockieren lassen?«

Der Programmierer schüttelte langsam den Kopf. »An sich ja, aber es dauert einige Zeit, und außerdem wird diese Geräteblockierung nicht alle Zugangsschotts erfassen.«

»Weshalb?«

»Einige Schleusenschotts haben autarke Energieversorgung, und sehr viele sind vom Computer ganz und gar unabhängig, nicht einmal an sein Defektkontrollnetz angeschlossen.« Er atmete tief ein. »Außerdem würden sie vielleicht auch mit verriegelten Zugangsschotts fertigwerden.«

»Gewaltsam?« fragte McLelan.

Stenvar bejahte. »In den Heckdepots muß es Sprengstoffe geben, und außerdem beherbergt dieses Schiff mehr Explosivstoffe als alles andere... LOX, Flüssigwasserstoff und anderes.« Er lachte gezwungen. »Das Masseverhältnis von Schiffsmaterial zu Stützmasse liegt weit über eins zu zehn, wenigstens im Moment, und flüssiger Wasserstoff ist immer explosionsfähig. Vom spaltbaren Material in den unzähligen Fissionsreaktoren ganz zu schweigen.«

»Also würden wir sie bestenfalls einige Zeit aufhalten.«

»Je nachdem, wie weit sie gehen würden«, stimmte Stenvar zu. »Ich kenne zwar nicht alle Geheimprogramme, aber es sieht nicht so aus, als gäbe es eine andere Möglichkeit.«

»Immerhin, wenn wir sie aufhalten, bis das Startprogramm sowieso alle Hangardecks und Schottanlagen endgültig blockiert...«

»Sie vergessen, daß Aaram, Alan und die anderen Ihnen gegenüber in einer besseren Position sind«, erklärte Stenvar warnend. »Sie können Ihnen damit drohen, den Antrieb nicht weiter zu überwachen oder fällige Reparaturen nicht durchzuführen, mehr noch: Wenn es nicht reicht, daß sie sich weigern, könnten sie unentbehrliche Aggregate abschalten oder irreparabel beschädigen.«

»Sie meinen, sie würden die Mission sabotieren?« fragte McLelan beinahe erschreckt.

»Möglich«, antwortete Stenvar. Er wollte noch etwas sagen, aber der Arzt, der inzwischen zu ihnen getreten war, kam ihm zuvor.

»Langsam ist es genug«, explodierte er. »Es reicht Ihnen anscheinend nicht, daß Sie kaltblütig andere Menschen opfern wollten, McLelan, nein, Sie müssen auch noch überlegen, auf welche Art Sie sichergehen können, daß keiner seinem Schicksal entrinnt. Was beabsichtigen Sie eigentlich?«

Das Gesicht des Kommandanten war aschfahl geworden. »Ich würde mich nicht freiwillig so verhalten«, verteidigte er sich mit brüchiger Stimme. »Für wie schlecht halten Sie mich, Harl?«

»Ich weiß es nicht mehr«, antwortete Calins schroff. »Und seit Lana so beharrlich schweigt, egal, was geschieht, beginne ich mich vor jedem zu fürchten.« Er erwiderte den verständnislosen Seitenblick der Vize-Kommandantin, ehe er sich wieder McLelan zuwandte.

»Kommandant, begreifen Sie endlich, daß Sie Elena und die anderen nicht mehr zwingen können, Ihren Befehlen zu folgen. Und wenn es das allererstemal wäre, daß sie sich selbst entscheiden können, Sie können trotzdem nichts daran ändern. Und wer außer ihnen wäre berechtigt, darüber zu beschließen, ob sie ihr Leben opfern oder nicht, oder auf welche Art?« Calins atmete tief ein, versuchte, sich zu beherrschen. »Sind Sie so verdammt unempfindlich gegen das Schicksal anderer Menschen, weil Sie selbst nicht mehr lange zu leben haben?«

McLelans Gesicht blieb unverändert. »Ich hatte Sie gebeten zu schweigen«, sagte er in die Stille. Die Vize-Kommandantin und der Programmierer wechselten einen fragenden Blick und sahen dann die beiden Männer an.

»Ich glaube, Sie befahlen es«, murmelte Calins verbittert. »Und dieses Wissen war das einzige, was mich Sie ein wenig begreifen läßt, was Sie menschlich macht, auch wenn Sie sich verhalten, als wären Sie ein entseelter Computer.«

McLelan antwortete nicht, sondern sah Stenvar an. »Al, könnte ich sie zwingen?«

Stenvar schüttelte langsam den Kopf. »Ich glaube nicht.« Er warf dem Kommandanten einen müden Blick zu. »Weshalb auch? Ich nehme an, daß sie früher oder später einsehen, daß es keinen anderen gangbaren Weg gibt... vielleicht Wylam nicht.« Er seufzte. »Aber Elena war bereits überzeugt, und Aaram schien nicht mehr zu verlangen als eine Überlebenschance, sei sie auch noch so gering.«

»Der Computer meint, einige von ihnen könnten es schaffen«, ergänzte Seran, die ihr bisheriges Schweigen brach.

McLelan nickte nachdenklich.

»Greg und Lars werden sich der Wahrheit wahrscheinlich nicht widersetzen«, erklärte der Programmierer weiter, »und Alan schon deshalb nicht, weil er Wyl verachtet.«

Calins drückte sich in einen der Metallsessel und sah McLelan erschöpft an. »Auch das ist etwas, was ich an Ihnen immer geachtet habe, Bran, daß Sie es nie verstanden haben, die Feindschaften und Gefühle anderer Menschen zu manipulieren, und es ist mir egal, ob Sie dazu nicht fähig waren oder bewußt darauf verzichteten.«

Der Kommandant erwiderte nichts, sondern sah Stenvar an. »Wir können sie nicht zwingen?« fragte er erneut.

Der Programmierer nickte, erst zögernd, dann entschieden.

McLelan bewegte die Schultern in einem angedeuteten Achselzukken wieder dem VidCom-Schirm zu, während seine Finger die Tastatur betätigten.

CET 01.15.22.54

Die verbleibenden Stunden waren mit quälender Zähigkeit vergangen. Nach dem Ende des vorletzten Belastungstests hatten sie eine Anzahl von Nachkorrekturen durchführen müssen, die ihnen wenig Gelegenheit gelassen hatten, zu verzweifeln oder zu resignieren. In zweieinhalb Stunden würde die Testphase unterbrochen werden und gleichzeitig die letzte Möglichkeit beginnen, das Hecksegment zu verlassen und sich aus der Gefahrenzone zu bringen. Die ersten Testläufe hatten bereits beunruhigende Daten für die Strahlungszunahme ergeben, auch wenn der Antrieb selbst noch gar nicht gestartet worden war.

Seit dem Zusammenstoß mit dem Kommandanten hatte es keinen Kontakt zwischen den beiden Gruppen mehr gegeben, auch wenn sie sich sicher waren, daß ihre Schritte auf die eine oder andere Art überwacht werden würden. Von Wylam Gathen abgesehen, hatten sie sich mehr oder weniger widerwillig überzeugen lassen, und da bisher kein Weg sichtbar gewesen war, sich frühzeitig abzusetzen, hatten sie auch die weiteren Reparaturarbeiten ausgeführt.

Alan Tharin und der Telemetriker überprüften eine zentrale Energieader, die unter anderem das Magnetsystem des Injektorblocks versorgte. Energieadern bestanden aus einer gebündelten Gruppe von Supraleitsträngen, mit Flüssigwasserstoff und Flüssigsauerstoff auf mehr als minus zweihundertfünfundsechzig Grad Celsius gekühlt, an die in regelmäßigen Abständen Verteilerstationen gekoppelt waren, von denen wieder Normtemp-Stromkabel ausgingen, teilweise wassergekühlt und meist mit Carboplastmänteln umgeben.

Wie alle SPL-Anlagen waren gerade diese Energieadern störanfällig, sobald die Temperaturkontrolle nicht mehr zuverlässig arbeitete. Während des abgeschlossenen Testlaufs waren unregelmäßige Stromveränderungen gemessen worden, deshalb überprüften die beiden Techniker einen Anschnitt der Energieader, in dem der Computer den Defekt vermutete.

Normalerweise wurde bei Reparaturarbeiten an SPL-Kabeln und Verteilerstationen die gesamte Energieader stillgelegt, da ein Ausfall aller Kühlanlagen die Explosionsgefahr erheblich vergrößerte. Außerdem waren die gewaltigen Ströme bereits bei geringen Lecks lebensgefährlich, wenn man mit den Versorgungsleitungen in Berührung kam.

Aber um eine Energieader abzuschalten, war eine zusätzliche Viertelstunde erforderlich, und wenn es sich vermeiden ließ, versuchten die Techniker, die Reparatur auch an aktiven Stromkabeln durchzuführen. All dies ging Tharin durch den Kopf, als er sich zurücklehnte, den Schweiß von der Stirn wischte und bemerkte, daß seine Hände zitterten. »Lange halte ich nicht mehr durch«, stellte er beinahe unbeteiligt fest, während sein Gesicht auf eine selbstzerstörerische Art befriedigt wirkte.

Gathen, der wenige Schritte entfernt vor einem tragbaren Sichtmonitor stand und die Überprüfungsdaten auswertete, nickte. »Es ist deine eigene Schuld«, erklärte er mit Verachtung. »Weshalb habt ihr euch auch von McLelan wieder einspannen lassen?«

»Im Augenblick kommen wir aus dieser Falle sowieso nicht raus«, antwortete Tharin müde. »Außerdem habe ich einfach nicht den Überlebenswillen, mich gegen McLelan zu stellen und gegen ihn anzukämpfen, erst recht nicht, wenn Lana ihn unterstützt.« Er deutete auf die Stromkabel vor sich, zwischen denen der Metallmantel der SPL-Ader durchschimmerte, und schob die Zugangsplatte noch ein wenig seitwärts. »Und ich will einfach nicht riskieren, daß alles, was ich diesem Scheißkahn bisher an Zeit und Mühe geopfert habe, vergebens gewesen sein soll, weil am Ende mein Leben unmittelbar bedroht war und ich im letzten Moment versagt habe.«

»Es scheint wirklich so, als fehlte dir jeder Überlebenswille«, bemerkte Gathen kalt.

»Wyl, betrüge dich nicht selbst. Unser Leben ist von Anfang an gefährdet gewesen.« Er schüttelte den Kopf, während er die Temperatur einiger Stellen mit einer Meßsonde überprüfte. »Als mache es einen Unterschied, ob man über Jahre mit geringen Strahlungsdosen verseucht wird oder wenige Minuten mit einer lebensgefährlichen Radioaktivitätsmenge. Jede Strahlungsdosis ist eine Überdosis, und am Ende stirbt man in beiden Fällen.« Er sah den Telemetriker an. »Wir haben uns die ganze Zeit derartigen Gefahren ausgesetzt, uns selbst so mißhandelt und gefoltert, daß es auf einige Stunden mehr oder weniger nicht mehr ankommt. Wenn wir es nicht überleben, hätten wir den letzten Schritt in keinem Fall mehr überstanden. Im Grunde sind wir seit Jahren schon tot, wir wollen es nur nicht zugeben oder haben es noch nicht begriffen.«

»Ich werde nicht aufgeben«, erklärte Gathen.

»Und auf welchem Weg willst du flüchten?« fragte Tharin erschöpft. »Und wo dich verbergen?«

»In nicht viel mehr als zwei Stunden ist das Hangardeck wieder frei«, bemerkte der Telemetriker, nachdem er überlegt hatte.

»Elena und Aaram werden eine letzte EVA-Mission durchführen, um die Außenanlagen noch einmal zu überprüfen«, wandte der Reaktortechniker und SPL-Experte ein.

»Ja, aber wenn sie wieder zurück sind, wird das Hangardeck für etwa eine Stunde verlassen sein, und diese Zeit wird ausreichen, einen Schlepper von der Computerkontrolle abzukoppeln und zu starten.«

»Sie werden dich trotzdem entdecken, ehe der BULLOCK einen der anderen Hangars erreicht«, stellte Tharin fest. »Und selbst, wenn sie dich nicht aufspüren, die Terminals werden bereits wieder abgeschaltet sein.«

»Vielleicht«, gab Gathen zu. »Aber notfalls sprenge ich mir einen Weg frei.«

»Die großen Hangarschotts sprengen? Mit welchem Sprengmaterial?«

»Aus den Lagerhallen…«

»Wenn du da welches finden und stehlen kannst.«

»Oder einfach mit LOX und Flüssigwasserstoff. Es wird einige Zeit dauern, aber wenn ich zwei Gastanks verbinde und elektrisch zünde…«

Der Reaktortechniker schüttelte erschrocken den Kopf. »Verdammt, dann wirst du den halben Hangar beschädigen, ehe der Weg frei ist. Außerdem kann man eine solche Explosion nicht präzise eingrenzen, und den geringsten Fehler überlebst du nicht.«

»Wir sollten es riskieren.«

»Wir? Glaubst du etwa, ich würde dich bei einem solchen Vorhaben unterstützen?« Tharin lachte müde und beugte sich wieder über die Stromkabel.

Der Telemetriker kam zwei Schritte heran. »Ich meine es ernst«, sagte er lauernd.

»Ich auch«, erklärte Tharin, ohne den Kopf zu bewegen. »Ich glaube, du bist auf dem besten Wege, durchzudrehen.«

Gathen nahm ein Rotationswerkzeug auf und wog es in der Hand. »Wenn ich richtig verstanden habe, willst du mir nicht helfen?« fragte er langsam.

»Selbstverständlich nicht«, gab ihm der Reaktortechniker zu verstehen und sah auf. »Im Gegenteil, ich werde Aaram…« Er verstummte und beobachtete entgeistert, wie der andere mit dem schweren Metall-gegenstand zuschlagen wollte.

Tharin stieß sich von der Schachtverkleidung ab und streckte sich, trotzdem streifte ihn der Rotamat an der Schläfe. Gathen, unfähig, die Schlagbewegung abzubrechen, wurde mitgerissen, bis das Gerät zwischen die Stromkabel drang.

Er ließ es los und wandte sich um, die heftige Bewegung ließ ihn wieder von der Schachtwand abdriften. Tharin trieb, halb bewußtlos durch den Schlag, der ihm den Schädel hatte zerschlagen sollen, auf die andere Schachtwand zu.

Gathen bemerkte, wie neben ihm aus dem Geflecht der Stromkabel Wassertropfen drangen, als er absprang.

Tharin sah ihn und machte eine schwache, abwehrende Bewegung, konnte aber nicht verhindern, daß er gegen die Schachtwand gedrückt wurde. Er legte beide Hände um den Hals des Reaktortechnikers und drückte zu. Durch die heftige Bewegung trieben sie wieder in den Gang und drehten sich gleichzeitig umeinander. Tharin versuchte, die Finger des anderen zu fassen und ihren eisernen Griff aufzubrechen, und trat mit den Stiefeln nach seinem Gegner. Sie streiften den Laufrost, und Gathen schlug mehrmals brutal den Kopf des Reaktortechnikers gegen das Stahlgitter.

Tharin konnte sich am Laufrost festhalten, und mit einer letzten Anstrengung krümmte er sich zusammen, zog die Beine an und rammte Gathen beide Stiefel in den Unterleib. Der Telemetriker wurde fortkatapultiert und prallte mit einem häßlichen Geräusch gegen die Metallkante, welche die Zugangsluke zur Energieader einrahmte. Er schrie auf und machte eine hastige Bewegung, um sich festhalten zu können. Während seine rechte Hand nach einem Stahlrohr griff, stützte er sich mit der anderen in dem Geflecht der Stromkabel ab und berührte dabei einen blanken Metallring.

Tharin, dessen Blick sich klärte, sah den grellen Funken, der zwischen dem zerschlagenen Rotamaten und dem Arm des anderen übersprang. Gleich darauf stank es nach Ozon, während feine Wassertröpfchen nach allen Seiten spritzten. Der Telemetriker wand sich schreiend, unfähig, die Finger von dem freigelegten Stromkabel zu lösen, während aus einem Mantelleck trübes Wasser quoll. Ein rotes Warnlicht flammte auf, dann blitzten weitere Entladungen, und Gathen verstummte.

Der Reaktortechniker zog sich vom Laufrost, der aus Metall bestand, fort und drückte sich vorsichtig auf ein Intercom-Terminal zu, das wenige Meter entfernt stand. Immer wieder drohte ihm schwarz vor Augen zu werden, aber das auslaufende Wasser und das elektrische Feuer an der beschädigten Energieader trieben ihn vorwärts. Es konnte nicht mehr lange dauern, bis Flüssiggas entwich, und wenig später drohte die gesamte Ader zu explodieren.

Die fauchenden und knisternden Geräusche verklangen, aber der Geruch nach Ozon blieb, während er sich an das Terminal heranzog. Er hielt sich mit der linken Hand fest, während er mit der rechten nach der Alarmtaste schlug, sie verfehlte und beim zweiten Versuch berührte. Als das grellrote Licht aufleuchtete, verlor er das Bewußtsein.

CET 01.14.34.21

Als von der Energieader keine Gefahr mehr drohte und die Schäden behoben waren, schafften sie den Leichnam in eine Kühlkammer und versiegelten den halb ausgebrannten Schacht. Es hatte fast eine halbe Stunde gedauert, bis sie trotz der nicht mehr zu behebenden Schäden einen Weg gefunden hatten, die Stromversorgung des Injektorblocks zu sichern.

Sie waren ziemlich schweigsam gewesen, als sie in die Heckzentrale zurückkehrten. Der Lasertechniker war mit dem noch immer angeschlagenen Tharin in das nahegelegene Lazarett gegangen, um ihm ein Medikament gegen die Gehirnerschütterung zu geben, die er vermutlich davongetragen hatte.

Cerner drückte sich erschöpft in einen der leeren Metallsessel, dann sah er sich um. »Es ist nicht mehr so eng wie anfangs«, meinte er fast sarkastisch. Elena Dabrin, die neben ihm stand, nickte, während sie ihn musterte und dachte, daß die Falten, die sich tief in sein Gesicht eingegraben hatten, und die eingefallenen Wangen die Gestalt seines Schädels durch sein blasses Fleisch dringen ließen, als wäre er bereits gezeichnet von seinem absehbaren Ende.

Sie setzte sich schweigend und versuchte, ihre düsteren Gedanken zu verscheuchen, während sich Cerner vorbeugte und den Computer eine Verbindung zur Kommandozentrale herstellen ließ. Der Vid-Com-Schirm leuchtete auf.

»Aaram«, meldete sich Cerner, nachdem er das Gesicht des Arztes erkannt hatte.

Calins wirkte erleichtert. »Ich habe nach dem Alarm mehrmals versucht, euch zu erreichen. Was war los?«

»Wyl ist tot«, antwortete der Triebwerkstechniker müde.

Der Medic-Offizier erstarrte. »Wie ist das passiert?« fragte er entgeistert. Sein schwaches Lächeln war erloschen.

»Er hat anscheinend versucht, Alan umzubringen, als die beiden den Verteiler auf Subdeck sechzehn überprüften.«

»Anscheinend?«

Cerner antwortete mit einem Schulterzucken. »Ich bin mir nicht sicher, was zwischen den beiden vorgefallen ist. Jedenfalls hat Alan behauptet, daß Wyl ihm vorgeschlagen hat, mit einem der Schlepper zu starten, sobald das Hangardeck frei und nicht mehr überwacht ist, um

317

sich zu einem der Hangarterminals durchzuschlagen.«

»Und?«

»Als er abgelehnt hatte, hat Wyl versucht, ihm den Schädel einzuschlagen. Im anschließenden Zweikampf geriet er an ein aufgerissenes Stromkabel und wurde durch mehrere Entladungen getötet.«

»Verdammt«, fluchte Calins.

»Wir haben einige Zeit gebraucht, bis wir das Feuer und die freigesetzten Gase unter Kontrolle hatten, und dann mußten wir uns um Alan kümmern, deshalb war niemand in der Zentrale während der letzten vierzig oder fünfzig Minuten.«

»Wie geht es Alan?«

»Er hat wahrscheinlich eine Gehirnerschütterung, jedenfalls hat er sich erbrochen. Greg ist mit ihm in die Medic-Station gegangen, ein kreislaufstützendes Medikament suchen.« Cerner schüttelte heftig den Kopf. »Verdammte Drogen. Wahrscheinlich hat Wyl einfach zuviel davon geschluckt, deshalb war er so aggressiv in letzter Zeit.« Er atmete tief ein, dann seufzte er, ruhiger geworden. »Ich hätte mehr darauf achten müssen, wieviele Metabol-Tabletten er nahm.«

»Es war nicht deine Schuld«, sagte Dabrin, die auf einem Compmonitor die laufenden Daten überprüfte und bisher dem Gespräch schweigend gefolgt war.

Cerner schüttelte ablehnend den Kopf. »Jedenfalls muß sich McLelan jetzt um einen weniger sorgen«, meinte er beinahe zynisch. »Derjenige, der am rebellischsten war, ist ja unschädlich.«

Calins sah den Triebwerkstechniker ernst an. »Aaram, ich kann verstehen, daß ihr verbittert seid, aber egal, was er getan haben mag, McLelan ist kein schlechter Mensch.« Er schwieg einen Moment. »Er hat niemals etwas versprochen, was er nicht gehalten hätte, und auf seine Art war er ehrlich, zumindest, was den Weg anging, den er gehen würde.«

»Aber wir verlieren unser Leben, nicht er.«

»Auch er wird bald sterben«, entgegnete Calins. »Ihr wißt es noch nicht, aber er hat sich ebenfalls der Mission geopfert.«

Elena Dabrin hob den Kopf, und auch Cerner musterte den Medic-Offizier unverwandt. »Was bedeutet das?«

»Er wird gerade noch die Verzögerungsphase überleben, wahrscheinlich auch die Zeit, bis das Schiff in einem Orbit ist, aber danach wird ihm wenig Zeit bleiben. Er wird sterben, sobald die Schwerelosigkeit dauerhaft aufgegeben wird, und bis ans Ende seines nicht mehr sehr langen Lebens wird er an dieses Schiff gefesselt sein, das er insgeheim mehr hassen muß als jeder andere.« Calins verstummte. »Er wird nie auf der Welt landen, die wir finden. Er wird den Weltraum nicht mehr verlassen«, schloß er dann.

»Verdammt, das wußte ich nicht«, murmelte Cerner.

Die Plasmaphysikerin lehnte sich zurück. »Es war im Grunde immer gleichgültig, wer die Entscheidungen traf«, äußerte sie dann. »Wir waren von Anfang an abhängig von den Computern, und Computerentscheidungen sind immer angemessen, logisch, optimal, aber selten menschlich. All die Unmenschlichkeit der letzten Jahre wurde letztendlich dadurch verursacht, daß wir unsere Situation nicht anders als durch den Computer erfassen und verarbeiten konnten.«

»Manchmal denke ich, daß ich seit dem Start des Schiffes nicht mehr war als eine Art organischer Wartungsmechanismus, fest eingeplant, mit berechneter Verschleißzeit und am Ende entbehrlich«, erklärte Cerner nachdenklich. Unvermittelt preßte er mit schmerzverzerrtem Gesicht seine Finger gegen die linken Rippen. Calins bemerkte es nicht, und Dabrin war durch einige Daten abgelenkt.

»Der Schiffszustand wird sich in den nächsten Stunden nicht mehr verschlechtern«, sagte sie in die Stille. »Es sieht ganz danach aus, als könnten wir es schaffen.«

»Wir werden es erleben«, erklärte Calins. »Wie sieht es mit den Reparaturen aus?«

Dabrin lachte verhalten. »Wir sind jetzt fünf, und zusammen arbeiten wir vielleicht noch wie zwei, aber glücklicherweise hat der letzte Testlauf alle Schäden aufgezeigt, und die Endüberprüfung wird uns kaum fordern. Falls aber während oder nach dem Start etwas schiefgeht, ist es endgültig aus.« Sie verzog das Gesicht zu einem wehmütigen Lächeln. »Für uns in jedem Falle.«

Calins schüttelte den Kopf. »Al, Chris und Lana arbeiten an einer Methode, euch rechtzeitig zu bergen, sobald der Antrieb einmal arbeitet«, eröffnete er ihr. »Ich kann euch nicht versprechen, daß sie euch helfen können, aber es verbessert eure Überlebenschancen.«

»Und was habt ihr vor?« fragte Cerner zweifelnd.

»Sie überlegen, eine Zweiergruppe mit motorisierten Seilwinden im Schacht nach unten zu bringen, die euch im schlimmsten Falle bergen und anschließend alle wieder heraufziehen soll.«

»Die Überlebenden«, meinte die Plasmaphysikerin sachlich. »Aber mit Faserseilen durch den Achsschacht?«

»Wir müssen durch die letzten drei Segmente, und durch zwei Segmente am Containergerüst, aber sonst können wir auf weiter peripher gelegene Unterdecks oder in einen der anderen Schächte überwechseln«, antwortete Calins. »Und die Motorwinden sind ziemlich robuste Geräte, einfach zu transportieren. Es wird einige Zeit dauern, aber es ist ein relativ sicherer Weg, wenn alles gelingt.«

Cerner warf der Wissenschaftlerin eine skeptischen Seitenblick zu. »Warten wir es ab«, meinte er.

Sie nickte. »Ich glaube nicht, daß uns etwas anderes übrigbleibt.«

CET 00.08.37.21

Sie hatten einige Stunden geschlafen, während der Abschlußtest durchgeführt worden war, anschließend waren die weiteren Daten ausgewertet und geringfügige Korrekturen vorgenommen worden. Wenig mehr als eine halbe Stunde trennte sie von der Zeit, in der sie ganz und gar abgeschnitten sein würden, während der achtstündigen Speicherphase, in der die Antriebsanlagen Energiereserven sammelten und speicherten. Der Endcountdown war angelaufen, ein Abbruch würde große Schäden verursachen, welche die empfindlichen Aggregate nicht mehr verkraften konnten.

Seitdem saßen sie zusammen in der Heckzentrale, meist schweigend, in ihren Raumanzügen schwitzend, die Glashelme vor sich stehend, Reserve-Sauerstofftanks in den leeren Metallsessel arretiert, einige Stahlbehälter mit Konzentratnahrung und Medikamenten waren am Laufgitter verankert. Von Zeit zu Zeit versuchten sie, eine Verbindung zu den anderen Mannschaftsmitgliedern herzustellen, führten immer ein wenig gezwungen klingende Gespräche und berichteten schließlich von den letzten Meßdaten und Testergebnissen.

Cerner blickte den Programmierer, dessen Gesicht auf dem Vid-Com-Schirm unregelmäßig flackerte, an und atmete tief aus, nachdem er die letzten Companalysen zusammengefaßt hatte.

»Alles in allem«, faßte er dann zusammen, »es sieht so aus, als wären wir gerade rechtzeitig fertig geworden, mit nicht einmal dreißig Minuten Sicherheitsfrist, aber rechtzeitig.«

Stenvar nickte. »Okay. Ab jetzt liegt alles beim Computer. Wir haben grünes Licht für den Startversuch, momentan jedenfalls.« Er bemerkte irritiert das schmerzverzerrte, albinobleiche Gesicht des Triebwerkstechnikers.

»Ich würde euch vorschlagen, während der nächsten acht Stunden zu schlafen«, sagte er dann. »Während der Speicherphase wird kaum etwas passieren, und ihr braucht alle eure Energie, wenn der Antrieb gestartet wird.«

Cerner nickte, dann weiteten sich seine Augen, und er drückte mit zusammengebissenen Zähnen seinen linken Arm gegen die Brust.

»Stimmt etwas nicht, Aaram?« fragte der Programmierer alarmiert. Der Lasertechniker, der Cerner gegenübersaß, blickte auf. Cerner schüttelte den Kopf, während auf seiner Stirn eine Ader flatterte.

»Elena«, rief Stenvar und suchte im Aufnahmebereich das Gesicht der Wissenschaftlerin, die hinter Cerner saß. Sie schien ein wenig geschlafen zu haben, aber als seine Stimme in ihr Bewußtsein drang, war sie schlagartig hellwach. Sie sah sich um und erkannte gerade noch die zusammengekrümmte Gestalt des Triebwerktechnikers. Mit einem schnellen Schlag entriegelte sie ihren Sicherungsgurt und beugte sich vor. Auch der Lasertechniker war aufgestanden und zog sich über die Schaltkonsole.

Der grauhaarige Mann schien sie nicht mehr klar sehen zu können, stellte sie fest, als sie den Metallsessel Cerners zu sich herumdrehte. Vylis schwebte über einem Medikamentenkasten und suchte eine Injektionspistole.

»Was ist mit ihm passiert?« fragte Stenvar mit gepreßter Stimme, die kaum verständlich war, weil die VidCom-Verbindung nicht stabil blieb.

»Er scheint einen Kollaps zu haben«, antwortete Dabrin laut und blickte zu Vylis hinüber. »Gib mir Adrenalin oder so etwas, er scheint verdammt schwach zu sein.«

Vylis nahm zwei Injektorpatronen in die Hand, überflog ihre Aufschriften und stieß sich dann zu ihr hinüber. Sie nahm ihm die Injektorpistole ab, schob eine der Metallpatronen ein und setzte das Gerät an Cerners Armschlagader an.

»Ich dachte mir seit einiger Zeit, daß er in schlechterer Verfassung ist, als er zugeben wollte«, murmelte sie und beobachtete seine Augenlider.

»Ist er in Lebensgefahr?« fragte Vylis.

Sie schüttelte den Kopf. »Er ist sehr geschwächt, und vielleicht kommen wir in große Schwierigkeiten, wenn die acht Stunden verstrichen sind, aber im Augenblick hat sich sein Körperkreislauf stabilisiert.« Sie sah sich um und bemerkte das Unterbrechungszeichen auf dem VidCom-Schirm. »Versuch, Al über eine andere Comleitung zu erreichen, er muß wissen, daß es nichts Ernstes ist, wenigstens im Augenblick.«

Vylis nickte.

»Aber was machen wir, wenn sich sein Zustand verschlechtert?« fragte sie, als er aufstand. »Wir können ihn nicht behandeln, wenn es ernst wird, und die beiden«, sie deutete mit einer Kopfbewegung auf den schlafenden Severn und den noch unter Medikamenten stehenden Tharin, »auch nicht. Und unsere Medic-Station ist sowieso unzureichend ausgerüstet.«

Vylis drückte sich achselzuckend in den Stahlsessel vor der Vid-Com-Kamera.

»Wenn er wenigstens durchhalten kann, bis der Antrieb läuft«, seufzte sie dann und beobachtete, wie der Lasertechniker versuchte, eine andere Verbindung zur Zentrale herzustellen. »Wir können ihn nicht versorgen, nicht transportieren, und wenn es kritisch wird, während wir uns mit den Antriebsanlagen beschäftigen müssen, könnte es sehr schnell vorbei sein.«

Vylis stieß einen leisen Fluch aus, den ersten, den sie von ihm gehört hatte, seit er ihr zum erstenmal begegnet war, und betätigte erneut die Eingabetastatur. Sie musterte Cerners Gesicht und seine geschlossenen Augen und entschloß sich, die zweite Metaboldroge erst später zu verwenden und zunächst abzuwarten.

»Auf jeden Fall werden wir wenig Schlaf bekommen in den nächsten Stunden«, seufzte sie leise. »Solange es nicht die letzte Wache wird…«

CET 00.08.09.27

Die Minuten vergingen. Auf Sichtgeräten, die niemand beobachtete, jagten Zahlenkolonnen einander, in den Glasvisieren der leeren Raumhelme spiegelten sich aufleuchtende Warnlichter wider, mechanische Geräte erwachten zu sekundenlangem, lärmendem Leben und verstummten wieder, Schaltkreise wisperten, das fauchende Geräusch gefluteter und wieder evakuierter Gasröhren hallte in düsteren, verlassenen Gängen wider, aus leckgeschlagenen Wassertanks drang tropfenweise die getrübte Flüssigkeit.

Im Zwielicht flammten hellgrüne, türkisfarbene und smaragdene Schalttasten auf, als das Deuteriumkraftwerk bereitgemacht wurde. Flüssiggasnebel stiegen zwischen armstarken Metallrohren empor, über die sich weißlicher Rauhreif zog.

Die sphärische Reaktionskammer der STELLAREAKTOR-Fusionsanlage lag exakt auf der Längsachse des Schiffes, umgeben von einem Ringkranz von Lasern, ummantelt mit den unzähligen Magnetzellen des Steuerfeldes. Die Zufuhrdüse des Deuteriumversorgers würde das verflüssigte Wasserstoffisotop in einem nadelfeinen, stetigen Strahl durch das Zentrum der Laserstrahlen jagen, und seine Geschwindigkeit würde es anschließend in die Thermoaggregate tragen, die ihm die Energie entziehen würden, die bei der Verschmelzung der Deuteriumatome freigeworden war.

Die Liqhyd-Pipeline teilte sich vor dem Kraftwerk in drei kleinere Röhren auf, die um den Kraftwerksraum herumführten und sich weiter zum Heck hin wieder trafen und zur Pipeline-Röhre vereinigten. Aus diesen drei Röhren waren auch die schalenförmigen Deuteriumtanks gespeist worden, die als Strahlenabschirmung eingebaut worden waren, und der große Torus-Tank, in dem Reaktionsmasse für mehrere Tage Vollastbetrieb gespeichert war. Außer den drei Hauptschächten, welche die Fusionszelle von außen umgaben und die durch einen ringförmigen Gang verbunden waren, von dem aus drei Axialschächte zur Kontrollzentrale des Reaktors gingen, umspannten zahlreiche Kabelschächte und Inspektionsgänge die Panzerzelle, in der außer dem Fusionskraftwerk auch drei Kernspaltungs-Reaktoren untergebracht waren, die bei einem Zusammenbruch der Energieversorgung das Kraftwerk einige Tage lang in Betrieb halten konnten, gemeinsam mit den Energiespeichern, aus denen die Laser und Magnetzellen versorgt wurden.

Als der Countdown T minus acht Stunden erreichte, liefen die mächtigen Generatoren des Kraftwerkes an, die Magnetfelder des Injektorsystems und der Reaktionskammer bauten sich auf, und Deuteriumtropfen wurden mit geringer Geschwindigkeit in die kugelförmige Fusionszelle geschossen. Als der erste den Mittelpunkt erreichte, blitzten die Laser auf, und eine winzige Sonne flackerte für Sekundenbruchteile in der Reaktionskammer. Maschinen liefen an, Kühlmittel wurde in gepanzerte Röhren gepumpt, Turbinen begannen zu singen.

Gleichzeitig erlosch die Beleuchtung in den Außensektionen. Auf den Hangardecks schlossen sich die Tore, die Scheinwerferbatterien verblaßten und schalteten sich ab, LOX- und Treibstoffvorräte wurden aus den Betankungssäulen in die Lagertanks abgepumpt, das Helox-Atemgemisch durch reines Helium niedrigen Drucks ersetzt. Die unzähligen Schotts und Panzertüren, Schleusenkammern und Drucktore riegelten die Gänge ab und wurden verankert. Die Energiezufuhr zu den Magazinen und Ersatzteillagern, Containerkammern und Materialräumen wurde auf die gewaltigen Speicherblöcke im Heck umgeschaltet, und die eisigen SPL-Adern der Stromversorgung starben ab.

Stählerne Klammern umfaßten Montagefahrzeuge und Raumschlepper, Spezialgeräte und Robotmaschinen. Umwälzanlagen, Generatoren, Maschinen liefen mit hellen, pulsierenden Tönen aus und verstummten. In den Kernreaktoren glühte das geisterhafte Licht der Cerenkov-Strahlung, als sie die Kontrollstäbe aus den Reaktorkernen zogen. Das atomare Feuer, die Schauer der Neutronen erhitzten die Moderator-Flüssigkeit, und das Sekundärkreis-Kühlmittel nahm die Wärmeenergie des Schwerwassers auf, verdampfte und trieb die riesigen Turbinen mit den rasiermesserscharfen Blattkanten zu gleichmäßiger Rotation. Gewaltige Energien flossen durch die SPL-Kabel zu den Speicherblöcken und warteten dort auf den Moment, an dem sie sich in einem Lichtblitz entladen sollten.

Der kilometerlange Metalleib des Raumschiffes lag bewegungslos, den Schlund des Hecks auf die ferne Sonne gerichtet. Die Positionslichter, Deckscheinwerfer und Landefeuer waren erloschen. Der stählerne Turm lag in der Finsternis, einer Kathedrale gleich, während sich in ihm eiserne Arme und wässeriges Blut spannten, unirdische Feuer brannten und grelle Blitze zwischen den Kontakten flackerten, in Vorbereitung auf die Entladung, mit der die lange Fahrt beendet werden sollte. Der Leviathan lauerte auf den Moment, in dem die Ziffern der unzähligen Chronometer erlöschen würden, erzitterte tief innen, während seine äußere Schale abstarb, gefror, erstickte.

In den Zentralen, die nahe der Achse lagen, am Bugtrichter, beim Hauptcomputer, im Heck, im Lazarett, sahen die Männer und Frauen schweigend auf die Bildschirme, während in den Hiber-Kammern die Temperatur langsam zu steigen begann, um Zehntausendstel Grade zunächst, langsam, aber unaufhaltsam. Manche schliefen, andere starrten regungslos auf tote Bildschirme oder überprüften Checklisten, die sie bereits zweimal kontrolliert hatten, versuchten, sich zu entspannen, während die letzten sechs Stunden begannen. Eine tödliche Ruhe schien Schiff und Besatzung zu erfassen, aber in den Gehirnen und Reaktoren brannten weiterhin Feuer, die erst mit dem Tod des Schiffes erlöschen würden.

Die Ziffern wechselten, träge, bedächtig. Aus sechs Stunden wurden fünf, aus fünf Stunden vier, drei, zwei Stunden. Eine Stunde, eine halbe. Eine Viertelstunde. Zehn Minuten. Zwei Minuten. Zwanzig Sekunden.

T MINUS NEUNZEHN SEKUNDEN

»Systeme in passiver Bereitschaft, Fusionskraftwerk läuft auf Stufe eins. Programm STELLAREAKTOR aktiv.«

Severn las die Anzeigen mechanisch ab, während er an die Korrekturen dachte, die notwendig gewesen waren, um die Meßinstrumente wieder an den Computer anzuschließen, und das Mißtrauen gegenüber den gleichgültig flimmernden Zahlen auf dem Datensichtgerät ließ seine Hand zittern, die sich um das Mikrofon verkrampft hatte.

T MINUS ACHTZEHN SEKUNDEN

»SPL-Netz sechsundneunzig Prozent, Speicher hat Sollwert. Energieversorgung ist grün.«

Tharin wischte sich mit dem Handrücken den Schweiß von der Stirn. Das Gasgemisch in der Heckzentrale war stickig geworden, und sofort nach der Zündung würde er das Helmvisier schließen müssen. Seine Kopfschmerzen hatten nachgelassen, aber er fühlte sich schlecht. Besorgt musterte er die Anzeige des Geigerzählers, den er neben sich an die Metallwand geheftet hatte. Die Ziffern der Digitalanzeige und das rote Warnlicht waren die einzigen sichtbaren Zeichen der Strahlenschauer, die die Panzerplatten und ihre Körper durchschlugen.

T MINUS SIEBZEHN SEKUNDEN

»Magnetsysteme go, Belastung siebzig Prozent.«

326

Marge Northon versuchte, ihre Gedanken unter Kontrolle zu bekommen, die immer wieder von den Anzeigen an der Konsole zu der Technikerin wanderten, die bewußtlos in einer Intensivstation des Lazaretts lag und vielleicht in den nächsten Minuten schon sterben würde.

T MINUS SECHZEHN SEKUNDEN

»Liqhyd-Tanks klar, Pumpsysteme aktiv, MAG-Transportröhren in Bereitschaft.«

In Elena Dabrins Helm spiegelten sich die grünen, gelben und roten Lichter der Konsole, während sie sich bemühte, ihre Atemfrequenz zu senken. Sie dachte an die scharfkantigen Metallstreben neben dem Injektorturm, welche die Sonnenhitze der Laser und der Fusionsreaktion in wenigen Sekunden in glühendes Gas verwandeln würden, an die getrockneten Blutreste und die Flecken auf den sechseckigen Reflektorplatten.

T MINUS FUENFZEHN SEKUNDEN

»EDM-Lasersystem in passivem Zustand, LAS-Prozeß in Phase 1. Energietransfer läuft. LASYS-C 17 und Gegensystem abgeschaltet nach Turbinenversagen.«

Das fast gefroren wirkende Gesicht des Technikers glänzte von kaltem Schweiß. Die Mehrbelastung des magnetischen Systems, das den Ausfall der beiden Laser kompensieren mußte, grub ihm Sorgenfalten auf die Stirn, und die Angst, das Triebwerk würde jetzt versagen, machte ihn unfähig, seine Hände zu bewegen, während das automatische Zündprogramm ablief.

T MINUS VIERZEHN SEKUNDEN

»Haupt- und Primärkreise aktiv, Reservesysteme in Bereitschaft.«

Cerner betätigte einige Tasten, und Kontrolldaten blitzten auf. Man merkte ihm seine erbärmliche Verfassung an, aber noch wirkten die Medikamente. Das magnetische System der Brennkammerglocke war bereit, und in Sekundenbruchteilen entstand endgültig das Feld, welches das Feuer der Kernverschmelzung fesseln sollte. Das Schweißgerät erschien vor seinem inneren Auge, und er erschauderte bei dem Gedanken, daß gerade in diesem Moment in der Brennkammer vielleicht eine lautlose Explosion sich entlud, die Spiegelplatten losriß, Metalltrümmer durch Magnetzell-Verkleidungen stießen, Schutzanstriche versengte und SPL-Adern ausbluten ließ. Aber nichts geschah, die Lichter blieben grün.

T MINUS DREIZEHN SEKUNDEN

»Computerprogramm Endphase läuft planmäßig, Abbruch nicht mehr möglich. Verzögerung ist eingeleitet.«

Algert Stenvar musterte den Bildschirm, auf dem die Programmanweisungen einander jagten. Er mußte an das NACHTMAHR-Programm denken, an die Fehler in den Datenspeichern und Transferanlagen, an Fehlstellen im Compprogramm und defekte Glasfaser-Kabel. Er erkannte in dem nicht entspiegelten Glas des Bildschirms sein verzerrtes Gesicht und wartete auf die entscheidende Sekunde, alle seine Sinne abgeschaltet, nur die blaßgrauen Augen starr und bewegungslos auf die kaum erkennbaren Zeilen gerichtet.

T MINUS ZWOELF SEKUNDEN

»Reaktoren auf Vollast, Energiespeicher erreichen Sollwerte.«

Die heisere Stimme des Reaktortechnikers im Ohr, überprüfte Chris Morand die Energiezufuhr zu den Hiber-Kammern. Sie hatte Angst davor, feststellen zu müssen, daß der Sollwert in den Speicherblöcken mit dreißig, sechzig oder mehr Toten draußen in der Hiber-Sektion, außerhalb der geschlossenen Panzerschotte, erkauft worden war, Angst, noch einmal eine Kammer überprüfen zu müssen, nur um festzustellen, daß wieder zehn, zwanzig Menschen an Bord des Schiffes in völliger Stille gestorben waren.

T MINUS ELF SEKUNDEN

»Hauptreaktor zündet auf Stufe 2... jetzt.«

Der Systemanalytiker flüsterte die Worte beinahe. Der Fusionsreaktor arbeitete jetzt mit einem stetigen Deuteriumstrahl, verbrauchte die Energie der winzigen Sonne, die in ihm brannte.

McLelan hörte Severns Stimme wie aus der Ferne. Er murmelte geistesabwesend etwas von Alpträumen, und die tiefsitzende Furcht ergriff einen Augenblick lang ganz von ihm Besitz. Das herabgelassene Helmvisier verhinderte, daß die anderen in der Kommandozentrale etwas von seinen Worten wahrnahmen, aber er selbst hörte sie immer wieder, auch nachdem er sich auf die Lippen gebissen und sie zu eisernem Schweigen gezwungen hatte.

T MINUS ZEHN SEKUNDEN

»Wir haben T minus zehn. Energie steht, Computer okay, Programm läuft.«

Lana Seran beachtete die Kontrollinstrumente nicht. Das Teleskopbild eines Erdplaneten und seines Mondes, die sich nach und nach als graubraune, sterile, unbelebte Wüsten erwiesen hatten, ging ihr nicht aus dem Kopf.

T MINUS NEUN SEKUNDEN

»Brennkammerfeldaufbau beginnt. S-MAG-System grün, Kontakte geschlossen.«

Harl Calins löste den Blick nicht von der Druckkammer, die Whelles' Körper umschloß, während vor ihm die Kontrollichter der Kreislaufmaschine flackerten. Durch das leicht trübe Glas konnte er den Gesichtsausdruck der bewußtlosen Frau nicht erkennen. Rechts von ihm lag die Liste derjenigen, die sich im Heck befunden und überlebt, sowie der Strahlendosis, die sie bisher abbekommen hatten. In einer zweiten Spalte waren die Radioaktivitätsraten aufgeführt, die sie bis zum Verlassen der Hecksektion noch aufnehmen würden, und die danach zu erwartenden Symptome. Auf einem weiteren Faltblatt waren diejenigen vermerkt, die in wenigen Tagen aus anderen Gründen nicht mehr einsatzfähig sein würden. Der dritte Papierbogen mit der vermutlichen Restbesatzung lag obenauf. Er war leer.

T MINUS ACHT SEKUNDEN

»BT-MAG-System erreicht Grünwert, M-Felder im Reaktions- und Entspannungsbereich stabil.«

Die Stimme des Ramjet-Spezialisten klang erleichtert, bemerkte Yreen Valier. Die endlosen Reihen ausgedruckten Papiers, auf dem der Zustand der einzelnen Ersatzteillager vermerkt war, und die unzähligen Rotstift-Korrekturen lagen um ihre Füße herum verstreut. Sie dachte an einen Techniker, der in einer der Zehner-Kammern der Reservemannschaft lag, versuchte, sich an sein Gesicht, seine Stimme, seine Augen zu erinnern. Die vergessen geglaubte Angst, er würde zu denjenigen gehören, die nicht mehr aus dem eisigen Schlaf erwachten, kehrte zurück, und die zehn Jahre, die für sie vergangen waren, lasteten wieder auf ihren Schultern.

T MINUS SIEBEN SEKUNDEN

Das Schiff schwieg einen Augenblick lang, dann atmeten fünfzehn Männer und Frauen gleichzeitig erleichtert aus, den Blick auf die Kontrollanzeigen gerichtet, die signalisierten, daß das Magnetfeld des Injektorblocks stabil geblieben war. Eine weitere Lunge dehnte sich unter dem Druck mechanisch eingeblasenen Sauerstoffs langsam wieder aus, in einer mit kalter Präzision erzwungenen Bewegung.

T MINUS SECHS SEKUNDEN

Die Anzeigen blieben grün, die Stille hielt an.

T MINUS FUENF SEKUNDEN

»Wir haben T minus fünf. Das Programm läuft. Energie okay,

Stützmasse positiv, Laser grün.« Die Stimme schwieg feierlich einen Moment lang. »Injektor-MAG grün.«

T MINUS VIER SEKUNDEN

Die Hand des hageren Technikers lag auf dem auseinandergefalteten Schaltplan, der Zeigefinger wies auf eine rot markierte Bahn, während seine Augen unruhig zwischen dem Datenmonitor und dem Kontrollpult hin- und herirrten. Die Ausrichtung des Injektorblocks hatte stattgefunden, die äußeren Verschlußteile öffneten sich. Er hielt den Atem an.

T MINUS DREI SEKUNDEN

In einer Sicherheitskammer, auf einer der zwanzig Liegen festgeschnallt, von denen siebzehn leer waren, blickte Alys Marden die weiße, sterile Decke an, während die fernen, rauhen Stimmen durch die Ohrmembran der Atemmaske zu ihr drangen. Einen Moment lang glaubte sie, einen graubraunen Lichtfleck zu sehen, endlose Sandwüsten und trüben Taghimmel, mit einer fernen, blassen Sonne, dann zerplatzte die Vision, und die blanke Plastikfläche lag wieder vor ihr. Sie bewegte den Kopf und bemerkte die Furcht im Blick der anderen Wissenschaftlerin, die reglos neben ihr lag.

T MINUS ZWEI SEKUNDEN

»Grün.«

Das Wort klang laut in der Stille, welche die zahllosen Räume, Kammern, Kavernen, Gewölbe, Hallen und Schächte umgab. Niemand antwortete.

T MINUS EINE SEKUNDE

»Computer leitet Zündung ein.«

ZERO-POINT

»GO.«

Aus dem Injektorschlund brach eine Flüssigkeitssäule hervor, jagte zehn, zwanzig Meter weit ins Leere, als ein Spinnennetz aus Licht den eisigen Flüssigwasserstoff einfing. Eine Nova blitzte in der Finsternis der Brennkammer auf, wuchs, wucherte, drängte gegen die unsichtbaren Wallmauern, die sie umgaben, und wogte durch den Glockenhals hinaus aus der Reaktionskammer. Die Flammensäule türmte sich glühend auf den fernen Stern zu, breitete sich aus, zerfächerte zu stetigem Licht. Aus dem Injektorturm brach in regelmäßigem Strom farbloses Blut hervor, und die blendende Sonnenfackel stand, bewegte sich scheinbar nicht, während sie zum Nebel zerfaserte, durch den das langsamer werdende Raumschiff immer weiter zog.

330

T PLUS ZEHN SEKUNDEN – PROGRAMM AKTIV

Sie lasen die Zeilen, einmal, zweimal. Sie spürten die mächtige Schwere, die sie in ihre Metallsessel drückte, aber sie belastete sie nicht, noch nicht. Sie sahen einander an, wortlos, regungslos, unfähig, etwas zu sagen, sich zu bewegen, zu denken, zu weinen. Einen einzigen, erlösenden Augenblick lang waren die Ängste, die ständige Furcht, der Zweifel, das Mißtrauen und die Ungewißheit von ihnen abgefallen, konnten sie für einen Moment vergessen, was hinter ihnen lag, und die Ahnungen dessen, was vor ihnen liegen mochte, verjagen.

Der gleichmäßig leuchtende Stern bestand.

Ein Strahlungsgewitter unsichtbarer Elementarteilchen wurde durch Vakuum, Metall und Fleisch gepeitscht.

In einer stählernen, finsteren Kammer erstarb ein Lebensfunke.

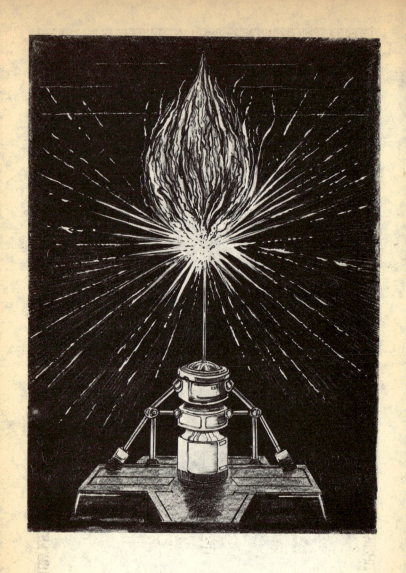

SILENT GUARD SEQUENZ REPLAY

ENDE WIEDERGABE

25 Jahre Goldmann Science Fiction und Fantasy

„Der Goldmann Verlag hat es zu seinem Prinzip gemacht, dem Science Fiction-Leser das Beste zu bieten. Er legt den Schwerpunkt auf jene Science Fiction, die gut geschrieben ist und auf einer realistischen technisch-wissenschaftlichen Basis geschrieben wurde, dabei aber doch jenen ‚sense of wonder' aufweist, der Science Fiction zu etwas macht, das atemblemmend und faszinierend zugleich ist."

Herbert W. Franke

Peter Wilfert (Hrsg.)
Tor zu den Sternen
23400/DM 9,80 (Jan. '85)
Die Science Fiction-Dokumentation der 80er Jahre in Wort und Bild – so lange Vorrat reicht zum Jubiläumspreis von DM 9,80

Isaac Asimov
Das Imperium von Trantor
23500/DM 6,–
Die frühe Foundation-Trilogie, mit der Großmeister Asimov seinen Ruhm begründete – zum einmaligen Sonderpreis von DM 6,–

Patricia A. McKillip
Erdzauber – Band 1–3
90215/DM 18,–
Die Trilogie mit den Einzeltiteln „Die Schule der Rätselmeister", „Die Erbin von Feuer und Wasser" und „Harfner im Wind" in einer Geschenkkassette zum Jubiläumspreis von DM 18,–

Die Star Wars Saga – Band 1–3
23743/DM 6,–
Das phantastischste Buch aller Zeiten – jetzt zum Jubiläumspreis von DM 6,–

Goldmann Taschenbücher

Informativ · Aktuell
Vielseitig · Unterhaltend

Allgemeine Reihe · Cartoon
Werkausgaben · Großschriftreihe
Reisebegleiter
Klassiker mit Erläuterungen
Ratgeber
Sachbuch · Stern-Bücher
Indianische Astrologie
Grenzwissenschaften/Esoterik · New Age
Computer compact
Science Fiction · Fantasy
Farbige Ratgeber
Rote Krimi
Meisterwerke der Kriminalliteratur
Regionalia · Goldmann Schott
Goldmann Magnum
Goldmann Original

Goldmann Verlag · Neumarkter Str. 18 · 8000 München 80

Bitte
senden Sie
mir das neue
Gesamtverzeichnis

Name _____

Straße _____

PLZ/Ort _____